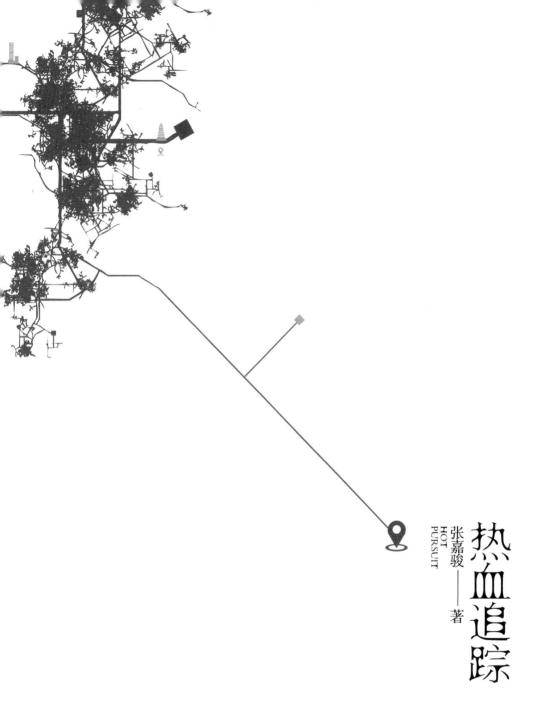

张嘉骏 ——— 著

HOT
PURSUIT

热血追踪

北京联合出版公司
Beijing United Publishing Co.,Ltd.

一未文化　　非同凡响

北京一未文化传媒有限公司
www.bjyiwei.com
出品

豪情唤出朝阳，
只因血未冷，
心未寒。

目录

楔　子

午后，灞桥街的集市上熙熙攘攘，叫卖声此起彼伏。街角的大喇叭正在高唱《上海滩》主题曲："……爱你恨你，问君知否，似大江一发不收，转千弯、转千滩，亦未平复此中争斗……"

人群中混杂着三个痞子，刚偷了几个钱包，正在兴头上，直奔街北的秦大碗面馆而来。

面馆里挤满了食客，门外的台阶下停着一排自行车，那便是痞子们的猎物。

更令人惊喜的是，还有一辆通体纯黑的摩托车横在一侧。80 年代拥有一款嘉陵 70，是一件相当霸道的事。重点是摩托车没锁，车钥匙就插在锁眼里。

但痞子们看清车牌后突然停下脚步，转身跑开了，连旁边的自行车也不敢碰。

面馆里，一个二十岁出头的年轻人独占一张桌子，背对着大门正在吃面。他端着一只蓝釉粗瓷大碗，那碗口足有一尺见方，捧在掌中犹如托塔天王。

门口进来一个满脸横肉的彪形大汉，径直坐到年轻人面前。

"东哥，打听清楚了，侯立明约你在霸头谈事。"大汉眼巴巴瞅着胡东海。

胡东海外号"龙王"，食量惊人，却是一副瘦削精悍的身形，肌肉凸起，棱棱角角都是力道。

面条韧力十足，油泼的辣子滋滋闪光。胡东海挑着筷子，呼噜呼噜吃得痛快。

"啥时候？"胡东海只问了三个字。

"下午五点钟。"大汉忍不住说，"侯立明气急了，你当众骂他老子……"

胡东海撩起眼皮瞥了大汉一下，狭长的眼睛里冷光一闪。大汉立刻住嘴。

胡东海把一瓶啤酒推到大汉面前。大汉忙用双手接住，侧过脸喝了起来。

胡东海起身，往桌上扔下两张钞票，拎着另一瓶啤酒出了面馆大门。

一只小狗跷着腿，正对着摩托车的后轮撒尿。胡东海等小狗尿完了，扮个鬼脸，三两步跨坐到摩托车上。

发动机响起低沉的轰鸣声。胡东海一手提着啤酒，一手握着车把，摩托车绝尘而去。

刚刚下过一场雨，灞河水有些混浊，波浪将一些碎木块推到岸边草地上。

侯立明加快步伐，年轻俊朗的脸庞上微微浮起一片汗气。

今天把胡东海约到此处，心里是打着算盘的，侯立明用大拇指挠了挠下巴，这是习惯性动作，表明他在紧张思考。

胡东海已经到了，摩托车停在河坝垛子上。垛子很高，又是逆光，胡东海的身影犹如一座蹲踞的兵马俑，浑身透出刚硬野蛮的气魄。

侯立明走近了，仰望着胡东海。

胡东海把啤酒瓶摔在河坝上，"啪"的一声响，他站起身，居高临下逼视侯立明，目光桀骜深沉。

"约我来这里，是不是活腻了？"

"你对我爸不敬，我给你讲讲什么是家教。"侯立明镇定地说。

侯立明的父亲去年病逝，胡东海不久前才得到消息，原因是他与人斗殴，一人挑战四个，把其中一个的脑袋开了瓢，被公安拘了。他出来后听说了侯父的死讯，当众放话，说侯立明他爸终于死了，这是报应！

胡东海经常对侯家大放厥词，但这次不同，身为人子，听到这番话真是耻辱。

"你刚从号子里爬出来，我可怜可怜你，当面给我磕个头，这事就算完了。"侯立明做出大度的样子，言语中却字字透着血气。

胡东海最恨人家说他进号子的事，当即扯开衣衫，从垛子上一跃而下。

侯立明看似往上迎击，双脚却有意无意地朝河边移动。

时近黄昏，竟飘起了零星小雨，远处河水与天空交接之处，落日却突然冲出乌云的包围，绽放出瑰丽晚霞。

在夕阳余晖和零星细雨中，胡东海出手刚勇，透出凶霸狠绝之气。侯立明且打且退，看似凌乱，却有谋算。

这时，灞桥街的集市散了，有人经过远处的石墩桥，看到这一幕，驻足观望。

胡东海是出名的拳头硬、心冷，一拳砸在侯立明肚子上，侯立明大叫一声，滚翻在地。胡东海正要转身，侯立明却一把抓住他的小腿，远看，就像是胡东海猛踩侯立明。胡东海顺势半跪在地，胳膊肘猛击侯立明脸颊，侯立明猛地一挣，爬起身，用膝盖撞向胡东海的小腹。

忽然从灞桥街上传来大喇叭的歌声《万里长城永不倒》，当那句"开口叫吧，高声叫吧"传来时，胡东海热血上头，飞起一脚，狠狠将侯立明踹进河里。侯立明发出惨叫，身子沉没在浊浪中。他往上一挺，但水的流速很快，漩涡把他拖着、拽着，瞬间便吸到了深处，那里是更为湍急的水流。

侯立明在水面扑腾了几下，一眨眼就不见了。

胡东海回头扫了一眼，扬长而去。

三天后，胡东海在西关正街的八家巷被抓。他正跟狐朋狗友喝酒，公安闯进门来，狗友们立刻抱头蹲在地上，胡东海竟抢起酒瓶，砸在一名警员头上，又抄起椅子猛打。被制伏后，他公然叫嚣："老子就要打死侯立明那个兔崽子！"

随后，搜救队沿着侯立明落水处，一直往下游捕捞。第四天傍晚，在二十八里的西南角，发现侯立明的血衣缠在一块石头上，但尸体始终找不到。

这种事在灞河每年夏天都会发生，大多是野泳溺亡，并不是每具尸体都有下落。随后汛期来了，打捞工作被迫终止。灞河一夜间暴涨，浊浪翻涌，却冲不垮此案的证据链。目击证人都是灞桥街上的人，胡东海毒打侯立明，以及侯立明惨叫落水一幕，观者无不惊恐。

物证则有胡东海摔碎的酒瓶，以及更重要的，侯立明的一件血衣。

胡东海自己更是认罪，但并无悔恨之意。更令人胆寒的是，他在事发后没有顾及落水者，却悠悠然去给摩托车加油，心理素质极为稳定。

胡东海从少年时便有恶名，经常为狐朋狗友出头。灞河事发不久前，胡东海还因暴力伤害罪蹲过班房。侯家人以及周围多人证实，胡东海与侯立明积怨已久，要求毙了胡东海为侯立明偿命。

灞河案成为1990年的大事件。

同样不凡的事还有很多。那一年，亚运之光火炬抵达西京市，五十万群众夹道欢迎；那一年，西京第三电机厂向亚运会捐款四万五千元；那一年，西北地区第一条录像带生产线在西京市东郊建成。

但有更多的人关注着胡东海的命运。

尘埃落定之际，正是雨季来临时。

一天傍晚，一个穿着黑色雨衣的行人来到路口的报刊亭。天气并没有多冷，他却戴着兜帽，浑身裹得严严实实，用戴着手套的手递给摊主五角钱，买了一份《西京晚报》。

他在公交站的遮雨棚下，打开报纸的第二版，看到那则新闻。

灞河凶案是典型的寻衅斗殴型杀人案件，犯罪嫌疑人在与死者侯立明互相斗殴过程中致其死亡；本案同时具备复仇型杀人特征，为了发泄内心的积怨而实施杀人。犯罪嫌疑人在警方抓捕行动中，悍然袭警，落网后并无悔罪表现，性质极为恶劣，情节极为严重，判处死刑缓期二年执行。

着黑色雨衣的行人盯着报纸发了一会儿呆，用大拇指挠了挠下巴，将报纸折起来，塞到街边的垃圾箱里，快步穿过马路，背影消失在重重叠叠的楼群深处。

第 一 章
丧门星

午后的小街上热浪滚滚，道路两旁的白杨树投下斑驳影子，不时有汽车驶过，车轮碾过路面传来单调的摩擦声，加重了空气的燥热。

一个中年男人慢慢走着。这么热的天，他却戴着一顶皱巴巴的帽子，脚上的皮鞋笨重古怪，边角起毛。他体形魁梧，身上却有一种颓然之气，胳膊下夹着个破损的皮革包。

他走路时微微弯着腰，保持一种异常警惕的状态。胳膊甩动的节奏有些僵硬，脚上似乎踩着节拍，一二一，一二一……使得那双皮鞋显得更怪异。

他很少抬头，每个迎面过来的人都让他紧张。每隔五六分钟，他就从裤兜里掏出手绢，在额头上擦一擦，但那里并没有出多少汗。

这些都是在监狱留下的根儿。

他在街上苦苦寻找，终于在一间报刊亭里发现了公用电话。他从皮革包里掏出一张纸，上面写了两个手机号码。

他小心翼翼地拨通第一个号码。

"是……是嫂子吗？我是东海——胡东海……我刚刚……"

对方已经挂断了。

他怔怔地拿着听筒，里面传出急促的嘟嘟声。

第二个电话是打给侄子的。哥哥去世前最后一次探监，嘱咐他出来后联络家人。其实出狱前，管教干部通知了亲属，但没人来接胡东海。现在如果侄子联络不上，胡东海将迷失在这座城里。

"喂？谁啊？"电话里传来慵懒的声音，有些不耐烦。

"小灿……我……我是你叔叔。"胡东海说。

"叔叔？"电话里的声音提高了一些，但更不耐烦了。

"我是你东海叔叔……嗯，小灿，你能不能来接我一下？"胡东海紧张地握着话筒，"我找不到回家的路。"

对方沉默了一会儿，似乎传来叹气声："你在哪儿？"

胡东海赶紧向摊主打听此处的地址。

放下电话，胡东海的手心攥着一把汗。

他走到报刊亭对面的便利店，买了一袋虾条，又买了一瓶啤酒。收银台上方的电视机传出很小的音量，节目在讨论二胎——全面二孩政策于今年正式实施，这是 2016 年最引人注目的消息。

胡东海出门坐在街边的石凳上，就着虾条喝起了啤酒。

头顶传来知了的叫声，天气更热了，胡东海仍然戴着破帽子，把那只皮革包放在身旁。这个皮包在号子里，被一个狱友隔空加持过，据说，开了光的破皮包回到社会上，能遇到福气事。

胡东海相信了，他从来没吃过这么销魂的虾条。

小街对面的树荫下，一只流浪狗被三只金毛狗追咬。望着逃走的小狗，胡东海仿佛看到了自己。

他有些头晕，二十五年来第一次饮酒，一瓶啤酒把他送到了九霄云外。

他躺在石凳上，枕着皮包睡去。

→　　2

黑白色的梦境，把他带回了上世纪 70 年代。胡东海来自"道北"——铁路以北郊区，在当时的市民心目中，那里代表了野蛮和低贱，聚集着小偷、痞子。胡东海八岁那年，父亲有幸进了第三电机厂，以临时工的身份搬进家属区。

搬来那天，有个白净男孩领着一帮小孩围着三轮车起哄，胡家每搬一件家具，男孩便嘲笑一句。

男孩对那支红缨枪尤其蔑视。那是胡东海唯一的玩具，他爸爸用树棍削的，头部勉强算尖，上面系了两根蔫趴趴的布条。

小孩们的哄笑，胡东海没有反应，埋着头与哥哥一起帮着家人搬东西，却在不经意间，冷冷地盯了那男孩一眼。这一眼，便启动了此后长久敌对的开关。

傍晚，胡东海端着红缨枪，一路追踪至家属区的东南角，那里有两栋四层高的楼房，胡东海发现那个男孩正在逗猫。

胡东海挥枪便戳。

第一战，胡东海胜利。男孩的脸被戳破，他妈妈跑到胡家搅闹："想打死我家侯稀娃儿？想打死我家侯稀娃儿？"

后来胡东海才知道，那个男孩叫侯立明，是家中独苗，他爸爸就是三厂的厂长。

闯了祸的胡东海被父亲暴打，他倔着头不吭声。

胡东海想不通的是，侯立明的小名为什么叫"侯稀娃儿"，可能是他爸妈太稀罕自己儿子了。

没几天，侯立明就扳回一局。侯立明打起架来也是有模有样。

后来就演变成了车轱辘战，隔三岔五闹一场。侯立明总在大庭广众下羞辱胡东海的出身，骂他是来自道北的贼。胡东海不仅打侯立明，还要挑战侯立明身边的男生们。

进入初中校园后，两个男孩更是水火不容。侯立明身边跟着一群人，而胡东海永远只身一人。

事态恶化的爆发点是在高二那年。

胡东海的父亲始终没有转正，一直是临时工的身份，据说是胡家没有送礼，侯厂长便攥着指标不放。那天，胡父喝了酒，竟闯进侯家理论，被侯厂长一脚踢到肚子，导致肝脏破裂，没多久便死了。但侯家一口咬定，是胡父撒酒疯，自己撞到了桌角。侯家赔了些医疗费，事情便了了。

胡东海认定侯家与自己有杀父之仇，几次强闯侯家，险些被送进少年管教所。

从此，他变得更加倔强凶霸，结果高三没毕业就退学了。退学后，他先打遍三厂，又向外扩展，决心用拳头扫平他所认定的一切不公平。

侯立明也没考上大学，却顺理成章进了三厂，分配进供应科。后来他沉迷于赌博，出手豪阔，颇有大哥风范。不过侯家过得并不如意，因为侯厂长一直卧病在床，且经常恐慌症发作。

侯立明仍然住在家属区的楼房里。胡东海则在西京城的东郊闯荡。

那是 1986、1987 年，中国的改革开放进入正轨，社会上商业气氛渐浓，人们想办法赚钱做生意。胡东海却不属于这些事，他的工作是给东郊最大的一间录像厅看场子。

录像厅总能拿到最新的港片，门前预告牌上写着《英雄本色》《英雄好汉》。

没事的时候，摩托车横在录像厅门前，胡东海倚车而立，一手插在裤袋里，跟几个兄弟聊着刚刚看过的录像片。他是个影迷，有的片子看了十几遍。

他身旁的兄弟们穿喇叭裤，烫着卷发或中分，戴蛤蟆镜。胡东海瞧不上他们的打扮，自己永远是龙王本色——板寸头，简朴的衣服，却遮掩不住霸气。

经常有一两个烫着大波浪卷的姑娘来找胡东海，但胡东海很少跟她们起腻。

龙王更喜欢录像片里的妞儿。这是兄弟们的共识。他们说胡东海的梦中只有赵雅芝、关之琳或者钟楚红、林青霞。

兄弟们遇到不平事，胡东海一定出头，不管对方来头多大。为此进出看守所，他也毫不在意。但每次平事时，他都先讲道理，如果对方不听，还顶嘴，那就用拳头再讲一遍。

"咱们讲的是江湖道义，你对我好，我就对你更好，你黑，我可以比你更黑。"胡东海对他的小兄弟说。

胡东海与侯立明有时会碰面，一般是胡东海回三厂看望母亲和哥哥时。

每次侯立明身边都有不同的女孩陪伴。冬天，侯立明系着白色围巾，一袭黑色风衣，衣领高高竖起，随便站在路边就是一道风景。他嘴角衔着香烟，用修长的手指遮住打火机，点起香烟吸一口，缓缓吐出的烟雾在风中飘散。

胡东海远远地看见了，把自己嘴上的烟头取下来，摔在地上，用脚尖碾碎。

胡东海横行而来，风雪中不系扣子，衣襟翻飞，头发上落满冰粒，晶莹闪烁，整个人就是一成精雪狼。

二人擦肩，侯立明比胡东海高半个头，根本没理睬胡东海，只是侧脸望着身边女孩，轻声谈笑。那女孩梳着两个麻花辫。

胡东海陡然一晃肩膀，撞了侯立明一下。侯立明没防备，一跟头跌到雪地上。前一秒还是玉树临风，后一秒已然"玉体"横陈，帽子也飞了，头发也乱了。旁边的女孩尖叫一声，竟扑过来撕扯胡东海。

胡东海没见过这阵势，一路上连滑带跑，落荒而逃。自出道以来，这是他最狼狈的一次。

由于胡父与侯厂长的那场旧怨，胡东海经常在人前讨论侯厂长死不死。这些话传到侯立明耳朵里，他都忍了，只顾忙着准备自己的婚事。

侯立明结婚比同龄人早，这一点出乎意料，因为他的气质很像"电视里的许文强"，纠缠他的女孩很多，有人愿意为他去死。但吊诡的是，最终胜出的女孩，就是曾在雪地上追打胡东海的麻花辫。可以说是胡东海促成了这桩姻缘。

侯立明刚结婚，女儿就出生了。不久，侯厂长病逝。

胡东海得到消息后，说那个老杀才早就该死了。

双方积蓄已久的怨念，到了彻底释放的时候。命运的激流不可阻挡，侯立明主动挑战胡东海，灞河一斗，一死一入狱。

入狱时的胡东海并无悔罪之意，甚至抱着慷慨赴死的心态。

直到两年后，他第一次产生了罪责感。那是哥哥领母亲来探监，胡东海发现母亲已经看不见他了。母亲为他哭瞎了眼睛。白发苍苍的母亲颤抖着手指，眼窝深陷，泪痕未干——那一幕令胡东海心如刀绞。

不久，胡东海的刑期由死缓减为无期徒刑。

又过了三年，哥哥独自来探监，母亲已经去世了，临终前给胡东海留下一句话：儿啊，你让我怎么去见你父亲？

胡东海发出了狼嚎般的哀哭声。

之后，胡东海因为制止了狱中一场群体斗殴事件，有立功表现，减为有期徒刑二十年。

但他的痛悔有些晚了。他不仅背负着洗不掉的恶名，毁了自家，也导致侯立明家破人亡。

今时今日，二十五年的赎罪期终于结束。此刻，胡东海一身大汗醒来，恍恍惚惚，竟不知自己身处哪个世界。

→ 3

年轻人弯腰推搡着石凳上的胡东海。胡东海睁开眼睛，正对上那张懒洋洋的脸，急忙翻身坐起来。

年轻人似乎也是刚睡醒，眼里残留的慵倦与不耐烦，融合成一抹冷淡的神色。

胡东海低声呼唤："小灿？"

"我是胡小灿。"年轻人用淡漠的腔调回复。

小灿的身材高高瘦瘦的，比之前哥哥拿去的照片更帅，不过面容的清秀感，让胡东海有些不适应。二十来岁的小伙子，本应是阳刚之气充沛之时，脸上的表情却很沮丧，配着那头微微卷曲的头发，刚度不够啊。

胡东海已经注意到，街上的男孩很多是类似装扮。方才在报刊亭打电话、在便利店买东西，看到的杂志封面和招贴画、广告海报全是这一类。

侄子的两条腿真够长的。似乎为了突出长度，窄型裤脚下面露出脚踝，赤脚穿着一双运动鞋。

胡东海刚刚梦到自己的青年时代，一分钟前还在城中奔跑呐喊，一分钟后已是换了人间。欣慰的是，侄子双眸深处隐隐闪现的聪慧之光，被胡东海捕捉到了。也许这就是新人类吧。

有些尴尬地静默片刻，胡小灿说："那……走吧。"

话音未落，人已经转过身去。胡东海用手绢擦了擦额头，起身跟上。

叔侄二人一前一后走在树荫下，如同两个毫不相干的人。胡东海望着小灿的背影，那是自己仅剩的至亲之人。

小灿来到路口的人行道，面前停着一排颜色鲜亮的自行车。他打开手机上的软件，对着一辆小黄车扫一下，然后打开另一个软件，对着一辆小蓝车扫一下。

"你要哪个颜色？"小灿问。

胡东海看着侄子的动作，正在发愣，忽然听到问话，茫然地问："政府要求大家都买一样的自行车吗？"

小灿懒得纠缠，自己骑着小黄车走了。

胡东海手忙脚乱跨上小蓝车，一只手上还提着皮包，慌乱中使劲抓住车把，车头猛地一扭，险些翻车。两三分钟原地打转，重新找到了骑车的感觉。侄子已经骑远了。

胡东海踩着小蓝车拼命追赶，不断有汽车从身边驶过，让他十分紧张。

前方突然有行人横穿马路。

"哎哎……啊……咦呀……"

胡东海躲避行人，慌乱中对着一辆巡逻警车撞上去，"嗵"的一声，自行车翻倒，脑袋磕在地上。

小灿赶紧过来扶起胡东海，忙着给警察敬礼："下次注意，下次注意。"

然后拖着胡东海跑了，一扭头瞥见叔叔的额角有血，不耐烦地叹口气。

胡东海忙说："我是躲行人，不是袭警……"

"谁管那个啊！"小灿嘟囔着，"本来脑子就不好使，还把头撞了。"

他带着叔叔拐个弯，走进附近的"小南门博康诊所"。

"谭姐。"小灿对着一个三十来岁的漂亮女人打招呼。

"噢,小灿来了。"女医生微笑道。

"赶紧上药。"小灿指了指身后的胡东海。

"我没事……"胡东海说着,突然愣住了。

女医生起身时侧过脸,那一瞬间,正有阳光透过窗户映在她的脸颊上,胡东海不禁打个激灵。

小灿推了他一下。胡东海一屁股坐到椅子上。

然后是消毒、涂药,谭医生的手指温柔有力,干净利落。胡东海迷迷糊糊的,好像真的磕坏了脑子。

谭医生亲切地问:"大哥还有啥不舒服的?"

"舒服舒服。"胡东海说。

"那你还有什么病?"

胡东海直愣愣地回答:"我有雀蒙眼。"

"啊?"小灿愣了。

"哦……你说的是夜盲症。"谭医生笑一笑,"抱歉啊,这个病我治不了。"

"没事没事。"胡东海急忙往外走。

谭医生轻声问小灿:"你朋友?"

"嗯……我叔叔。"

"有点奇怪。"谭医生叮嘱道,"以后带他出门要多留心。"

"不会是老年痴呆吧?"小灿惊问。

"别瞎说!"谭医生瞪了小灿一眼。

回家的路好似长得没有尽头,胡东海在洪流中挣扎。

陌生街道,光怪陆离的世界,眼前闪过的短裙女孩和艳丽少妇令他头晕目眩。

街道两旁高耸的楼房上,家家户户的窗户装着防盗网,如同监牢一般,让胡东海产生了似真似幻的感觉。

他停车,喘了一阵子,继续往前骑。

在监狱里也能看到电视,知道外边变化大,可是真的置身其中,仿佛溺水者失去了一切。他在记忆深处拼命搜索二十多年前的城市记忆,完全是错乱的。原先那个世界的拼图板,已经彻底破碎,他在激流中抱住一个碎片——

三厂路……

他的家……

曾经是繁华街道的三厂路，长不到五百米，当年的厂房早就拆了，只留下一个标志性的废弃高炉，如一根定海神针戳在夕阳中。一群鸽子围着炉架盘旋。

胡家在路西一侧的小巷内。巷口拥挤嘈杂，人与车并行在狭窄的路面上，正是晚饭时间，一溜的小馆子都是热气蒸腾，有厨子站在门口的大锅前扯面、削面，还有卖馒头和快餐的。

放下自行车，叔侄二人进了巷子，嘈杂声小了，每隔十几米有一盏路灯，头顶是纵横交错的电线。

胡家是个小院，红漆门刚刷过。胡东海看了一眼门口的槐树，树枝上挂着个薄薄的牌子，上面随意写了两行字：专业开锁，联系人胡先生。手机：133××××××××。

小灿推开院门，胡东海跟上去。一进院子，小灿就停步，歪着脑袋审视胡东海，脸上还是那副鬼样子，就像失恋以后绝食了三天，看起来很沮丧。

他忽然闪电般伸出手，一把摘掉胡东海的帽子，劈手夺下胡东海的皮革包，闪电般扔掉。

从"静如树懒"到"动若狡兔"之间，没有过渡。

胡东海完全没防备，眨眼间什么都没了。这时他注意到，旁边放着一个铁桶，自己的帽子和包都丢在里面。

胡小灿"啪"的一下点起打火机，就要往里扔。

"等等！"胡东海叫道。

小灿莫名其妙地看着他。

胡东海从皮包里取出一张纸。小灿扫了一眼，是一份刑满释放证明：兹有胡东海，年龄四十七，因犯故意杀人罪……

胡东海再一转眼，铁桶里已经蹿起了火苗，火光映在小灿脸上。

小灿说："走吧，去洗澡。"

胡东海没反应过来。家门还没进，饭还没吃……

小灿已经转身出了院子。

来到附近的大众浴室，胡小灿在更衣间选了两个柜子，开始脱衣服。他忽然停下，盯着叔叔的后背。胡东海那宽厚的脊背上布满伤痕，年轻时与人斗殴，曾被铁砂枪轰过，皮肉里还嵌着铁砂，脊梁骨两侧筋肉凸起，充满野兽气魄。

侄子似乎受到触动。

二人泡在水池里。胡东海枕着自己的毛巾，舒服得腋毛都绽出花了。

小灿忽然说："那个家是你的，我爸去世前说过，按奶奶当年的遗嘱也是给你的，我只是暂时借住一下。"

胡东海不知该说什么，沉默一会儿，问："灿儿，你做开锁生意？"

小灿没回应，显然那是句废话。

"你用手机对着自行车晃一下，就开了锁，确实有本事。"胡东海诚挚地说。

小灿无语，干脆闭上眼睛，扮演水中植物人。

"咋不办个门面？"胡东海又问。

小灿不耐烦地说："以前有门面，生意太忙了，烦。"

泡完了澡，胡东海在更衣间换上了侄子带来的红裤头、红 T 恤。但新衣服很不舒服，内衣倒没什么，在监狱也是穿自己的，可是便服实在不适应。因为监狱的号服比较宽大，他穿了二十五年，现在突然换上塑形贴身的衣裤，别扭，裤腰勒得紧。他不停地耸动屁股，想让下身舒服一点。

小灿一路上看着叔叔抽筋似的走回小院。

准备进入正屋前，小灿又让胡东海迈过一个火盆。至此，二十多年牢狱生活彻底留在了身后。

正屋的外间是厨房兼会客室。墙角有一台旧冰箱。套间是两个相对的房子，南厢房靠近屋门，原本就是胡东海住的，支着一张床，铺了新床垫。北厢房是小灿爸的房间，如今小灿住在里面。

小灿从自己房间拿出一个小包，淡漠地说："我爸留给你的遗物。"

小灿打开包，里面有一张照片，是胡东海与哥哥年轻时的合影，兄弟俩并肩站在大雁塔前，斜阳中的胡东海英姿勃发，哥哥脸上也露出了少有的笑容。

胡东海接过照片，鼻子一阵发酸，侧过脸，看到了那支红缨枪的枪头。这是胡东海小时候唯一的玩具，哥哥竟然一直珍藏着。

胡东海本以为自己不会哭了，却根本控制不了，泪水唰地流下来。

小灿对遗物中那个信封更感兴趣，用手捏一下，眉头皱起来，显得有些犹豫。

他把信封递给胡东海："打开看看吧。"

胡东海抹掉脸上的泪痕，从信封里抽出几张钞票，不禁愣住了。"这是……"

"我爸留给你的。"小灿的语气明显透露出不满。

说完转过身，匆匆进了自己房间，把门关了，从床头柜上拿起手机。

"妈，五百块钱是怎么回事？"小灿开口便问。

"咋了，你还想审问我？"母亲的声音透过手机，破空传来。

"我爸去世前，说给叔叔留下五千块……"

"那个杀人犯有什么资格花咱家的钱？五块钱都是多的！"

"他有没有资格是另一回事，我爸嘱咐的话你怎么……"

"你爸病糊涂了，我可没糊涂！"母亲怒冲冲地说，"你还想咋样，养那个杀人犯一辈子？"

小灿也生气了，面红耳赤地说："我这个叔叔我也不想管，可是我爸去世前特别……"

"那让他找你爸去！"母亲尖声说，"你爸窝囊了一辈子，被人欺负，到死都没抬起头！"

"我不想吵了。"小灿努力平复情绪。

"咱家就是被那个丧门星害的！"母亲哑着嗓子发出哭声，"你爸是杀人犯的哥哥，手也断了……"

"好了，好了，又拿我爸手断说事……"

争吵声透过门板传到外面，胡东海听见了。

他怔怔地坐在桌前。

过了很长时间，屋门一响，小灿出来了。

"灿儿，别跟你妈妈吵架，不好。"胡东海低声说。

"习惯了，从小到大。"胡小灿淡漠地说。

胡东海听哥哥探监时说过嫂子打侄子的事。嫂子揍侄子是因为恨哥哥。亲戚朋友有升官发财的、出国的、买房的，哥哥却受尽屈辱。

胡东海轻声问："你爸的手怎么断的？"

"被车床轧断了。我听我妈说，你进号子那年，我爸上班愣神，不小心就……"

"可他每次去探望我，什么都没说。"胡东海感到胸口一阵窒闷。

哥哥每次都把断手掩饰着。从童年到少年，哥哥经常因为包庇胡东海，受到株连，被父亲痛揍，导致他愈发沉默。

夜里，胡东海躺在床上，望向窗外。窗口像个井，他在深渊之底望着自己的命运出口。在想象中，他看见了所有的星星，然而终归是漆黑一团。

以后怎么办？

母亲和哥哥的遗言是守住这个家，平静孤寂度过余生，是胡东海仅剩的愿望。他决定把院子翻修一下。

半夜，胡东海在床上辗转反侧，不习惯软软的床垫，那东西和后背不贴合。他干脆下了床，躺在地板上，又找到了熟悉的感觉，不禁舒口气。

耳边传来蚊子的嗡嗡声。在监狱时晚上没事就数蚊子，还有身上的包。夏天的牢房被蚊子包围，每天身上都咬出百余个大包。比较起来，这里的蚊子与监狱的蚊子有很大区别。监狱的蚊子煞气逼人，从远处飞来时，突然加速向人进攻。而家居的蚊子，嗡嗡嘤嘤地落到皮肤上，悄悄地让人难以察觉。

胡东海慢慢沉入梦乡。

→　5

胡小灿突然醒过来，看到床边有个人影。天刚麻麻亮，人影后边的窗户透进一抹淡淡的青光。

"谁？"小灿伸长脖子。

直愣愣站在床边的是胡东海，身子板正，目视前方。

"对……对不起小灿。"胡东海的脑袋一垂，紧绷的身体松了松。

"吓死人啊！"

"六点钟我还以为……你接着睡……睡吧……"胡东海踉跄转身。

早晨六点钟准时起床点名，这是监狱的规矩。每天这么运转，一切有序进行——出工，点名；放风，点名；就餐，点名；收工，点名；就寝，点名；起床，点名……日复一日，滴水不漏。

小灿忽然听到院子里传来"唰唰"的脚步声。他用枕头捂住自己的脑袋。

胡东海在跑步。口号声传来："认罪服法，前途光明！认罪服法，前途光明！"

跑了四十圈以后，口号变成了："反思昨天，把握今天，奔向明天！"

监狱环境潮湿，如不强化体能，就会垮掉。他每天在一个篮球场大小的空地上跑六十圈，晚上熄灯后必做"三个五百"——五百个俯卧撑、五百个蹲起、五百个仰卧起坐。

此刻清晨的风吹在脸上，脑海中闪现过去的情景，看到院墙就想起那座高达六米的监狱围墙，每隔百米有个岗楼，他甚至看到岗楼上的哨兵站得笔直的样子，还有与哨兵肩膀同高的步枪枪头。

他所在的监狱关押着三千多名罪犯，大多刑期在十五年以上，其中有贪腐的官员、重大事故的责任人、涉黑组织头目，还有更多的因为抢劫、强奸、贩毒、故意杀人等罪名而关押的罪犯。胡东海就和那些人一起生活了二十多年……

"反思昨天，把握今天，奔向……"他的脚下忽然一绊，是个凸起的砖棱。

他忽然想起一件往事，莫名激动起来，仿佛一首歌在心中回荡，催促他寻找此生意义。

胡东海奔向院里的杂物房，找到一把铁铲，在院子的东南角挖了起来。

小灿穿着睡衣蹲在屋檐下，一边刷牙，一边瞅着叔叔。

胡东海挖出个箱子，竟然还用油布包着。这勾起了小灿的兴趣，他帮着叔叔把箱子拖出来。

箱子上有一把生锈的铁锁，胡东海捡了块砖头正要砸，小灿抬起手，严肃地制止了他。

在开锁师的面前砸锁是一种耻辱！

小灿找来一节铅笔头，又拿了一张锡纸。对付这种 B 级锁芯，只需把锡纸撕成条，放在一个特制的凹槽里，然后在上面撒上铅笔粉，插入锁眼。锡纸的韧性，能随着锁齿的牙花变形，并咬合在牙花上。左右旋转十几秒，锁开了。

这其实是小偷常用的方法，小灿因为厌恶小偷，早就不用了。但今天要对付生锈的锁，他也是着急，为了直接把铅笔粉送入锁孔，就用了一次。

他满怀期待、充满热情地等着胡东海打开箱子。

箱子里有个包裹，还是油布密封的。

胡东海迫不及待地扯开油布，从里面掉出五六部摩托罗拉数字传呼机。

"我们当年的江湖利器，六个兄弟六台机子，哔哔声一响，同进同退。"

小灿的眉毛耷拉下来："什么玩意儿嘛，简直搞不懂！"

又从包里掉出一堆磁带，哗啦声响成一片。然后是两卷录像带，分别是《英雄本色》《英雄好汉》。

小灿满脸不敢置信。他忽然发现叔叔激动得手指哆嗦起来，似乎将有一件惊世骇俗的宝物出现。

胡东海从油布包的深处掏出另一个油布包，厚厚的一叠。

小灿的眼睛瞪大了。

胡东海小心翼翼地打开油布包，是几十张明星海报。

小灿拂袖而去。

叔叔捧着一个不认识的阿姨的海报，无限深情，无限怅然。

"翁美玲……"叔叔喃喃自语。

几十张海报全是同一个人，有古装的，有现代的，有微笑的，有忧郁的，有托腮沉思的，有小鸟依人的。

"1985 年 5 月 14 号，在家里开煤气自杀。我一直想去香港祭拜她，没想到，错过了这么多年……"

胡东海从地上的磁带里扒拉出一盒《〈射雕英雄传〉主题曲》，展开歌词页看着。

歌声在遥远的时光尽头回荡：

"人海之中找到了你，一切变了有情义……啊啊啊……人生匆匆心里有爱，此生有意义，一世有了意义……"

叔叔的碎碎念，小灿已经听不见了。他回到自己屋里，关了门，拿起手机。

"喂？静静，我想你了……我现在心里堵得慌，求排解……"

第 二 章
夜盲之狐

→　　1

位于西京城南的鲸鱼沟，墓园分作上下两个区域，上区安葬的多是三厂的老家属，胡家父母葬在西北角。后来侯厂长病逝，埋在了东南角。

出狱三天了，胡东海终于下决心面对父母的亡灵。

刚才一路上坐着蹦蹦车，颠簸中，往事抖落，全部堵在了胸口。

"——儿啊，你让我怎么去见你父亲？"

来到坟前，跪在地上，胡东海什么都说不出来，哽在喉咙的苦闷，像刀一样锋利，像火一样灼烈。

我是个罪人！他在心里嘶喊。

一缕晚霞在天边飘散，白色月牙浮现。风起，胡东海感觉一丝凉意。

他站起身准备下坡，无意中往墓园东南角扫了一眼，想去看看侯立明的父亲。

天色转暗，胡东海穿过一排排墓碑，不时见到一些花篮和祭品。

他来到侯厂长的坟前，忽然一怔，没想到墓碑前的石台上放着一瓶白酒。

胡东海算算时间，一个星期前是侯厂长的祭日。这瓶白酒，便是祭品了。

侯厂长生前最爱喝长安特曲，这种五十四度的烈酒让他沉醉不已。

胡东海对此记忆深刻，还因为当年流传在家属区的笑话：侯厂长没酒喝了，就会差遣儿子侯立明出去借酒。侯立明到了人家门口，大喊一声："阿姨，取个四棱子！"长安特曲的酒瓶是方形的，坊间的叫法就是"四棱子酒"。

眼前这瓶酒，自然是长安酒厂的新品，但形状没变，捧在手中沉甸甸的。红字的商标上，有一小块颜色相近的污渍。天色很暗，胡东海没在意那块污渍，心里被一个疑问塞满：眼下还有谁在祭拜侯厂长？

当年侯厂长病倒后，酒便戒了，关于他"只喝四棱子"的典故，逐渐没人提了。可是过去了这么多年，怎么还有人记着？

看来侯立明的妻子还守着侯家，这让胡东海有些感动。

夜幕降临，不远处传来公墓管理员的喊声："关门了，清场！"

胡东海急忙放下酒瓶，不小心在墓碑上磕了一下，酒瓶弹出去，从坡上滚落，底下传来"啪"的一声，玻璃撞到了石头。一股酒香在风中弥漫开来，很快消散。

胡东海在侯厂长的坟前深鞠一躬，仿佛听到墓中传来一声怒吼："丧门星！"

胡东海拿出手电筒，踉跄着逃走了。

回到三厂路，胡东海先到巷口的面馆点了一碗油泼扯面，然后挤在一群食客中间默默地吃着。

监狱生活使他吃饭形成习惯，到点必须吃，错过那个时间，他就不饿了。

眼下他吃完面，坐着没动。身旁的食客都是陌生人，看他守着空碗坐在旁边，不明白啥意思。店伙计以为他没钱，气势汹汹过来。他把面钱付了，却仍然坐着不动地方。食客们纷纷放下碗，起立，退席。胡东海马上也走了——这是监狱的规矩，不能吃完了想走就自己走，需要大家都吃完一起离开。胡东海走了几步，忽然回过神，这个规矩在社会上就叫毛病，得改！

自从出狱后，他就陷入了龟缩状态，正所谓"人在荆棘中，不动不刺"，只想守住一个窝，让自己越来越麻木，就感觉不到痛苦。可这不就是一条僵虫吗？

胡东海坐在黑暗中，望着窗口。当初入狱第三年，他患了夜盲症，俗称"雀蒙眼"，在夜间或光线昏暗的环境下，视物不清，行动困难。

不过有失就有得，体内深藏的天赋被激发，加上苦练，在监狱的特殊环境里拓展出一项特殊技能：空间感官辨识能力。

对身体的严重禁锢，以及视力的缺损，激发了鼻子和耳朵的灵敏度。

如今的西京城和他入狱之前，完全不同了，他要迅速重构自己心目中的西京。

但话又说回来，西京城，其实从来没有变过，城市的大格局从明代就已形成，以钟楼为中心、以城墙为纽带的四大主城区已是定局。

胡东海的领悟以及奇技，就是在监狱里得到了一个人的指点。

此人是因为发生了严重的家庭纠纷，处理不当，导致恶劣后果，入狱服刑。

他本是市政工程师，痴迷于全城的下水井，居然给每个井编了号，例如：莲湖区大庆路中段 12 号 6# 排污井——他的编号是：LDZ126#。

城市虽有大规模拆迁改造，但这些井，基本不变，就成了另一种地标，不是竖立在高处的，而是紧贴路面，仿佛一颗颗纽扣。

那位工程师越研究越沉迷，开始琢磨古代的西京城与现代的西京城，并用下水井为关节，铺设出自己的地形图。

胡东海出狱后，那人还在牢里服刑。

此人当初之所以指点胡东海，是为了报恩。他进号的当天晚上，本来是睡在过道的地上。那是冬天，号子里关了十三个人，铺板上很挤，那人虽然是从别的号子调过来的，但在这儿只能算个新犯人，所以头铺的"老大"和其他"常委"不发话叫他睡到铺上，其他人就不敢招呼。胡东海从来不加入号子的"公司"，但老大都给他面子。那天晚上他自己往旁边挪了挪，其他人就知道啥意思了，没人多说什么，那人就躺在了胡东海旁边。

从那一刻起，此人便认准了胡东海。

"我不相信你是个杀人犯。"那人曾对胡东海说。胡东海一笑置之。

"我告诉你一个东西，也许你以后用得着。"

那人给胡东海描述了一幅地图。

"我拿嘴说，你用脑子记。"

现在，胡东海便根据此人的描述，深挖记忆，重新复原那张地图。

他一边回忆，一边参照官方地图，画出了一张手绘地图。

曲曲弯弯的线条，有粗有细，线条颜色也不同。每根线条，都在一定距离上，整齐分布着一连串编号，那便是下水井的位置。

整个地图是西京城，却又不像西京。

那名狱友把这样一张地图，称作"暗地图"。

纵横交错的市井街巷，在旁人看来，是破碎的、凌乱的，但只有胡东海能找到里面的路径。他仿佛嗅到那里的气味，听见每条街上独特的声音。

当初在狱中时，有个"常委"听见他们的谈论，建议用这项技能越狱。

"你们×××能把一个城市研究透，研究一个监狱，应该不是啥问题吧？"

胡东海严词拒绝。

好好接受政府改造，才是胡东海安心赎罪的态度。

侯家现在的情况，胡东海一无所知。他害怕触及侯家，更不敢在外面乱问。最好的办法是等侄子哪天心情好了，请他去三厂路上帮忙打听一下。

自从胡东海挖出那个箱子后，小灿的态度更冷淡，对于这个突然闯入他生活的叔叔，小灿给予二星以下的差评：监狱蹲久了，脑子已经坏掉。

小灿除了接到电话出去给人开锁以外，基本上就待在自己屋里。到了饭点就叫外卖，也给胡东海叫一份，但一天说不到两句话。

小灿只想做一只自由的小鸟，说明这孩子视金钱如粪土，这一点深得胡东海之心。可是小鸟应该放飞自我，每天关在屋里，与笼中鸟有什么分别？

胡东海做了二十五年笼中老鸟，眼看着侄子每天在屋里对着电脑较劲，难以理解。他已经知道那东西叫网游，小灿一戴上耳机，魂儿就去了另一个世界。

侄子从小到大的家庭环境影响了他的性格，执拗又懒散，同时却拥有不俗的技能——这孩子可能受过什么打击，无所谓把自己的才华隐没在这座小院中。

但胡东海不敢多说什么。住在一起最大的道德就是互不干涉私生活——这是年轻人一开始就明确的。

胡东海把全部精力投入到翻修院子的工作中，从早到晚独自干着。劳累会让头脑变得简单，知觉变得麻木。他已经把围墙边的杂草清除干净，枯死的树连根拔起。麻烦的是屋顶，重新铺设防雨层，需要一笔钱，他出不起，也不会朝小灿要。修房子是自己的事，他考虑下一步去工地搬砖，一点一点攒钱。

就在这天晚上，小灿接到一个老客户的电话，出去给人开锁，后半夜才回来。

胡东海本来睡了，听到动静爬起来，偷偷拉开一点门缝，看到小灿的样子，不由得愣住了。

借着灯光，只见小灿头发乱糟糟的，气喘吁吁，脸上淌着汗。

开个锁有那么累吗？难道遭劫了？

胡东海有些紧张。不过小灿的表情还算平静，看走路的架势也没受伤。胡东海克制住自己，没敢出去问。

第二天清晨，胡东海照例在院里跑步，喊口号："认罪服法，前途光明……"

心里却惦记着昨晚的事。

上午九点多，胡小灿起床洗漱，吃东西，一切如常。

胡东海又忍住了，使劲把话憋到肚子里，放了个响屁，化解了。

小灿去外面买了个新手机，补了卡。回来后从冰箱拿了瓶柠檬汁，一边喝着，一边淡漠地问："你以前没用过冰箱？"

"没有。怎么了？"胡东海终于没忍住，"灿儿，江、江湖险恶……"

"别关灯好不？"小灿不耐烦地说。

"嗯？"

"冰箱里的灯，别关，那是方便取东西的。"小灿皱着眉头。

"门一开就亮，多费电呀，灯泡还嗡嗡响。"

"嗡嗡响的不是灯泡……唉，反正别关灯。"小灿说。

老式冰箱的门边上有个弹簧，叔叔把那个弹簧按下去，用牙签别上，灯就不亮了。

"还有马桶……拉大便是坐在马桶上的，你能不能别蹲在上边，黑乎乎的脚印。"

"坐着我拉不出屁屁！"胡东海振振有词地说。

"噗——"小灿喷出了果汁。

"灿儿，江湖险恶，我教你练拳吧，再把暗地图传给你，万一哪天你也得了雀蒙眼……"

"流氓打架的事，找别人吧，现在是和谐社会！"胡小灿转身回屋了。

→　　3

两天后的晚上，小灿坐在电脑前打怪，忙活到半夜越来越起劲儿。

胡东海躺在自己屋的地上，很快睡着了。

他突然听到一阵细微的响声，从院里传来。恍惚中以为又是侄子出去了。但他猛地坐起身——那声音不是小灿的，而且不止一个人！

胡东海走到窗户一侧，朝外面看了看。视野中仍是一片灰色，什么都看不清。不过他已经分辨出来，院里有四个人，脚步声最沉重的人，已经到了正屋门口。另有两种脚步声紧跟着，还有一人沿着外墙来到了窗下，应该是把风的。

正屋的门打开了，脚步声最重的家伙进了会客室。紧随其后的，是一个走路很稳的家伙，但一个脚步轻巧的家伙抢先一步，走到了最前面。

穿过会客室就到了套间，这里是两间相对的房子，南厢房是胡东海这个屋，北厢房是小灿住的。

入侵者显然是第一次进来，并不能确定位置，便在过道中间停住了。

对方的目标是谁？胡东海推测，冲着自己来的可能性更大——二十多年前他有不少仇敌，或许有人得知他出狱了，前来报复。

胡东海迅速做出回应，在自己的床头敲了一下，弄出响动，吸引对方进来。

有两个家伙应声而来。过道还有一个，外面的窗户下面也有一个。胡东海必须保证小灿不受伤害，但目前的局面对他们不利。

进屋的两个家伙步伐稳健，一进门就看到地上躺个人，像一具死尸。

两个家伙一靠近，胡东海突然出手，一拳捶向右边家伙的膝盖，"咔"的一声，对方倒在地上。左边的家伙一脚踢向胡东海，胡东海根据声音，抬起胳膊肘一撞，正撞到对方的脚尖，接着翻身而起，一拳砸到对方的肚子上。

胡东海并不恋战，即刻冲出屋子，将房门关上，一只手攥住门把手。

没留神黑暗中一支钢管打来，直击后脑勺。胡东海身子一斜，肩膀挨了一下。

守在过道的家伙抢着钢管，二次打来。胡东海一只手仍握紧门把手，与屋里的家伙角力。同时他挺起肩膀，主动挨了第二下钢管，手臂倏地一麻。他吸口气，等对方第三次抢起钢管的空隙，飞起一脚，正中对方的胸膛。

那家伙的后背狠狠撞到墙上，钢管脱手而出。

与此同时，胡东海松开了门把手。屋里的两个家伙正在拼命拉门，门却突然开了，将二人猛地甩回了屋里。

他俩还没爬起来，胡东海捡起钢管杀进来，根据对方的呼吸声判断，左手的钢管击向一个家伙的脖子。那家伙慌急中一扭身，钢管抽在肩头，狠狠擦过耳朵，"嗡"的一下，失聪了。

胡东海的右拳打向另一个家伙的脸，拳头贴着对方的颧骨打在地板上，咔的一声，地砖裂了。

那家伙一个鲤鱼打挺，飞身跃起的同时，双拳猛掼胡东海的太阳穴。

胡东海低头避过，反手一个后肘，捣在对方肚子上——那家伙的肚子已是第二次遭受重创。

屋里的两个家伙，一个是膝盖受损、耳朵半聋，另一个是肚子遭到二连击，均已失去战斗力。

化身为夜盲之狐的胡东海冲出屋子，赫然发现侄子的房门大开。

原本在外面把风的家伙，跑进来增援，与过道的家伙一起闯进了小灿的房间。

小灿戴着耳机，浑然不觉身后发生了什么，打怪正打得起兴，突然后脖颈一紧，被一只手掐住了。接着耳机被打飞，强行回到现实中。

"哎……"小灿彻底蒙了。

"就是这兔崽子。"发出低沉声音的，是掐着小灿脖子的壮汉，脸上有不少伤痕，但最醒目的是一条旧刀疤横过额头。

"老板吩咐，他是怎么坏事的，就让他怎么享受一下。"旁边的家伙说话叽叽响，好像舌头被咬掉一截。此人面容阴狠，却又透出一点呆傻。

刀疤脸掏出匕首，递给咬舌男。

咬舌男伸手在小灿的肚子上捏了一下："肝脏在哪儿？"

"右腹上面，具体位置我也搞不清。"刀疤脸说。

小灿看着他俩，脸色煞白。

"就从这里一刀捅进去，往下切，顺便把肾脏也切了，省得多捅一刀。"咬舌男的手指按压着小灿的上腹部。

"肾脏在后腰，你在前边切不到，还得到后边捅一刀。"刀疤脸好心提醒。

"后腰？"

"所以叫腰子嘛。腰子说的就是……哎呀！"

刀疤脸的鼻子里突然喷出两股血。

他的后脖颈被一只铁拳狠狠砸中，砸到了颈窝，整个人在喷出鼻血的同时，一头栽倒，脑门擦过小灿的额头摔在地上。

咬舌男的匕首已经捅出去了，对着小灿的上腹部猛戳。

胡东海砸中刀疤脸的同时，另一只手猛击咬舌男的胳膊。咬舌男虽说身材不如刀疤脸，而且有点呆傻，肢体的灵活性却远超于常人。被胡东海击中右臂，他的匕首已经到了左手，继续往前猛刺。

胡东海把完全吓蒙的小灿推了个跟头，撞到电脑上，矿泉水瓶子、泡面桶、小风扇稀里哗啦乱成一片。

咬舌男的匕首刺空了，立刻反手朝胡东海捅过来。

胡东海发现，咬舌男才是四人中间最难对付的，飞转腾挪十分凌厉。匕首闪着寒光，刀刀奔着要害部位。但只要一瞅到机会，咬舌男就奔着小灿而去，看来是非要在小灿身上戳个窟窿。

遇到这么犟的人，胡东海生气了，当咬舌男又一次将匕首对准他时，他不退反进，迎着匕首而上。出乎意料的一招，让咬舌男愣了一下，就是这毫秒之间的迟疑，胡东海飞起一脚踢到咬舌男的手上，匕首飞了。

胡东海迅猛进击，一拳砸向咬舌男的胸膛。

"认罪服法，前途光明！"

嗵！

哗啦——

咬舌男的身子凌空翻起，撞破窗户落到院里。

胡东海拖着小灿跑出房间。

小灿问："要不要报警？"

胡东海有些犹豫，刚出狱就发生这些事，粘牙。

"别给政府添麻烦了，咱先问问那家伙。"胡东海说。

可他们到院里一看，咬舌男已经跑了。

在南厢房受伤的两个家伙也爬窗户跑了。还剩下小灿屋里的刀疤脸，等叔侄二人回去看时，同样跑得利索。

来得莫名其妙，去得无影无踪。

→ 4

凌晨三点钟，外面的狗都睡了。叔侄二人黑灯瞎火地坐在屋里谈心。

胡东海问："你到底在外面干啥坏事了？"

"你为什么不相信我？"小灿委屈地说。

"那几个家伙明显是冲你来的，你是不是偷了啥东西？"

"别侮辱我好不？"小灿很生气，"我研究锁，就是为了对付贼。你从小到大被人污蔑是贼，你是啥心情？"

胡东海无语。看来哥哥告诉了小灿许多难堪往事，正因如此，小灿并不害怕他这个杀人犯的叔叔。

"今天这肯定有缘由。"胡东海心平气和地说，"你好好想一想。"

"应该是前两天晚上发生的事。"小灿说。

两天前的晚上，胡小灿接到电话上门开锁，便骑着自行车去了，三下五除二干完，回来抄近路，绕过城墙，走了一条僻静的小街。

途中忽然内急，他把自行车停在人行道上，跑到一棵槐树后面尿尿。四周静悄悄的，偶尔驶过一辆车。小灿刚尿了一半，路口猛地出现一辆汽车，速度飞快，看来是急着赶时间，转眼就到了跟前。那车不知怎么，可能是轮胎被路上的石子垫了一下，速度太猛收不住，径直蹿上人行道，狠狠撞到自行车上。

　　胡小灿吓得膀胱一紧，把剩下的一半尿缩回去了。

　　自行车被撞倒后，汽车的惯性不减，从自行车上轧过去，车身就歪斜了，右侧车头撞到前方垃圾桶，两股力量作用，车子猛地翻过来，"咣当"一声巨响，倒扣的车体擦着路面滑行，伴随着尖锐的摩擦声，地上一串火星，然后又是"咣当"一声，滑行的车子撞上了路灯，停住了。

　　一切发生得太快，胡小灿对着汽车的方向目瞪口呆。忽然感觉下身一凉，裤链还敞开着，慌忙拉上。

　　刚才汽车在剧烈滑行中，有一个箱子甩出来，翻滚着在地上撞了几下，摊在路中间。

　　小灿回过神，跟跄着跑过去，想着先捡起箱子，别让人家的财物损失了。

　　跑近了一看，吓一跳，箱盖上有"医用"字样，箱子里是两块肉。

　　"其实也不是一般的肉，是肝儿，目测二斤多重。"小灿说。

　　"啥肝？"胡东海问。

　　"人的肝。"小灿喘了口气，说，"我帮谭姐的诊所开锁时，在她那里欣赏了不少内脏器官彩图，认识那些玩意儿。"

　　"肝和腰子……"胡东海回忆着刀疤脸和咬舌男对话的内容。

　　"嗯，那个医疗保温箱是改造过的，加长型，可惜摔开了，肝和肾就晾在那儿。"

　　"然后呢？"

　　"我想帮忙把两副器官装好，刚伸手，那辆车里钻出两个人。有一个很壮，满脸是血，好像要咬我。我以为遇到僵尸了，吓得一屁股坐在地上。"小灿抹掉额头上的汗。

　　两个家伙张牙舞爪冲过来，看样子是恨透了胡小灿。

　　胡小灿从地上爬起来就跑。爬的时候双脚乱蹬，将保温箱蹬出几米。那满脸是血的壮汉，一脚踩到了肝上，身子后仰，"咕咚"一声跌了个屁股蹲儿。那面容阴狠的家伙被肾绊倒了，"啪嚓"一声摔了个大马趴——这个被肾绊倒的男人，把自己的舌尖咬掉了。

"我没敢往后看，一口气跑回来。第二天早晨才发现手机丢了。"小灿说。

胡东海点点头："你搞坏了人家的东西，人家是来报复的。"

"不赖我呀，自行车停在人行道上面，我还怕被撞呢。"小灿说，"是那车的司机疯了。不过他们确实赶时间，我听说器官保鲜是有时效的，肝脏耐受冷缺血时间是十二小时，肾脏的上限是二十四小时。"

"人家认定是你坏了事，江湖险恶呀。"

"那怎么办？"小灿不安地看着叔叔，"他们肯定是通过我的手机，查到了咱家住址。"

"别怕，一群小杂毛。"胡东海冷笑一声，"从你讲的情况看，他们更怕见光。"

"对呀，我当时还纳闷，运输器官，应该是救护车呀。他们偷偷摸摸走小街，也是见不得人。"

"押车的人给老板交不了差，就把脏水往你身上泼。刚才我已经教育了他们，事情闹大了对谁都没好处。"胡东海说，"总之，这段时间你晚上不要出门。"

"嗯，家里安全。"小灿点点头。

"如果要出门，千万不要落单——不要独自去没人的地方。"

"路面上到处是摄像头，他们胆子再大也不敢随便行凶吧。"

"你跟他们没有深仇大恨，那天晚上纯属意外，他们只是想报复你。"胡东海从桌前站起身，"回屋睡吧。"

小灿往自己房间走，扭头说："叔叔，谢谢你救了我。"

"这是啥话？"胡东海皱着眉头，"咱们是一家人！"

第 三 章
龙王的愤怒

→　　1

　　胡东海还惦记着侯家的情况，就带着小灿在三厂路上晃悠。每次找人打听，都由小灿出面，胡东海远远地等着，以免引起老住户的反感。

　　小灿零零碎碎搞到一些消息，回家后梳理情况：侯立明被打死后，不久，侯立明的母亲也死了，亲人走的走，散的散，侯家已经不存在了。侯妻也带着一岁多的女儿改嫁了姓梁的人家，但听说又离婚了，独自拉扯着改名为梁若的女儿，目前下落不明。

　　胡东海有些困惑。

　　在公墓看到侯厂长坟前的四楞子酒，曾经以为侯立明的妻子还守着侯家，现在一听完全不是那么回事。

　　"叔你怎么了？"小灿问道。

　　胡东海掰着手指头说："你帮我分析分析。一个女人，她前夫早年死了，她带着女儿改嫁了，虽然自己又离了婚，可是二十多年后，她还会去拜祭最初那个公公吗？"

　　小灿抓了抓头发："你问我我也不懂啊，这属于社会家庭学。哎，对了，我问问静静。"

　　"不合适吧……"

　　小灿已经拨通了手机："喂？静静，比如说咱俩结婚了……嗯，婚礼再说吧，我跟你谈正事……比如结婚以后，我死了，然后你改嫁了……头七一完就改嫁是不是太仓促？好吧，又过了很多年，你还会不会去拜祭我死去的爹？好吧，爱你，么么哒。"

　　"她回答了？"胡东海惊奇地问。

"她说——有病才去！"

这四个字说明了一切。

胡东海忽然觉得自己的后脖颈有些发紧，仿佛被一只冰凉的鬼手捏住了。

既然不是已经改嫁的侯妻，那究竟是谁——至今还不忘祭奠侯厂长？

胡东海也想过，该不该找一找侯立明的前妻。可自己当年犯的罪，毁了人家一辈子，好不容易平静了，怎么有脸闯到人家门前？

还是先搁下吧。

这天中午，小灿的师傅忽然来了。这八十多岁的老头原本是个贼，少年时以偷猪起家，之后用两年时间，在西京城周边挨着县城往前偷，自封"省里一把手"。后来遇到一名锁匠，斗法十年，贼败，投入锁匠门下，后自立门户，已经三十年了，外号就叫"老锁"。

老锁眯缝着眼睛，眼珠子雾蒙蒙的，像两颗玻璃球。一见胡东海，"嘿嘿"一声，样子十分怪异，只从嘴里发出"嘿嘿"声，脸上却全无笑意。

"听灿儿说了你的情况，今天来看看。"老锁开门见山。

胡东海将老锁迎进屋子。老锁年轻时也进过号子，共同不堪回首的经历使两颗沧桑的心灵靠得更近。小灿却觉得师傅这趟并不是白来的。

东拉西扯中，老锁谈了许多话题，观察胡东海是否感兴趣。其中老锁提到的一个事情，引起了胡东海注意。

当年老锁挨着县城往前偷，一直偷到黄河边，结识了一位黄河捞尸人。

胡东海心念一动，忍不住问道："那人只在黄河上干活？"

"西京市境内，有水的地方跑遍了。"

"灞河呢？"

"凡是黄河的支流，他都跑。"老锁眯缝着眼睛盯住胡东海，"你咋了？"

"哦，随便问问。"胡东海喝了口啤酒，"老叔能不能帮我引荐一下？"

"这个嘛……咳咳……"老锁忽然拿腔作调，眼神飘忽起来。

一旁始终沉默的胡小灿心知肚明，这是师傅要换东西了。

师傅今天忽然过来，小灿事先并不知道。师傅的心思就像一把锁，外表一目了然，内里七窍八孔。

小灿开始抹腻子："叔叔，在黄河上混生活的，属于邪材，规矩多。"

胡东海明白老锁是无事不登三宝殿，干脆把话挑明："老叔你定规矩。"

老锁"嘿嘿"一声。"话说到这份儿上，我就用这张老脸蹭一蹭，黄河捞尸人平时不见人，但我能让你见他。"顿了顿，老锁又是"嘿嘿"一声，"我就想看看暗地图。"

原来如此。胡东海与侄子互视一眼。

小灿有些懊悔，前两天跟师傅随便一提，本是当作笑话说的，因为自己并不相信。却没想到，师傅上心了。

"东海老侄，你也别埋怨灿儿。雀蒙眼用暗地图，早年在西京的市井江湖中，曾经出现过。因此呢，灿儿一提到你的情况，我就耷毛了。"

"师傅，我当时没看到你耷毛啊。"小灿苦着脸说。

"我是胳肢窝耷毛，你看见个屁。"老锁哼哼道。

胡东海皱眉问："你说早年就有？"

"你的岁数还不到，许多奇事你遇不到。"

"不对啊。我在牢里碰到的狱友，他是独自从下水井起步，根据古代的西京城与现代的西京城，琢磨出了暗地图。"

"世上哪有独一份的事？"老锁"嘿嘿"一声，"狱友的话，信一半为妙。他纵有天大的本领，怎么弄得出一套完整地图？"

胡东海觉得那个狱友应该不是为了虚荣心，只是不想多扯麻烦吧。

"不过你那个狱友也了不起，他必然在原图上做了新的补充。"老锁说。

胡东海恍然大悟。暗地图是身处不同时代的人，以自己的时代背景进行完善并传递，就像一代代旅客不断补充完成的手绘攻略，而每一个接手这份地图的人，其实只是岁月的匆匆过客，留下一份图，而不知姓甚名谁。

那位市政工程师原本是当今时代特色的传递者，却因一场官司深陷牢狱，并在机缘中，传递到了胡东海手中——

一个被时代彻底抛弃的人，竟然成了这个时代的接续者！

这究竟是个巨大的讽刺，还是天大的幸运？

→　　2

老锁是明事理的人，答应只看一眼暗地图，亲眼见证一个奇迹，便心满意足了。胡东海与他约定，有朝一日需要往下传递时，会把这张图交到小灿手中。

但这场约定，是胡东海与老锁之间的秘密，并没有泄露给小灿。一是不想让小灿过早地背上心理负担，二来还是看缘分。该是他的，必然跑不掉。

其实老锁看地图，并不是白看。五分钟内，他的眼睛不断变化着，原本雾蒙蒙的眼珠子，倏地透出亮光，眼皮痉挛，面部神经带动嘴角抽搐。胡东海在一旁惊叹不已。

作为一名锁匠，以他机巧复杂的心思，该记住的都记住了。这才是市井高人。

随后，小灿奉师傅之命，带叔叔前往案板街。

此街在东大街西段北侧，总长不过二百米，路两旁到处是"手机批发""维修、回收""贴膜"的牌子，其中穿插着各式餐饮店。

胡东海在侄子的引领下来到吉庆巷。小灿在外面等，胡东海独自前往。

那位黄河捞尸人退隐后，买了个小院安闲度日，据说他教给儿子一招秘法，瞅一眼尸体就知道是自杀，还是他杀，再看尸体眼底血丝，就能分辨出是因情而亡，还是因财丧命。

坊间对奇人的传说大多云山雾罩。有的奇人深藏不露，本领早已超过了市井民众的想象。当然也有假把式，吹起牛来口吐莲花，实际上一嘴狗尾巴草。

对于这位黄河捞尸人，因有老锁引荐，必定是有本事的。至于诸多传闻究竟是不是靠谱，胡东海并不深究，他感兴趣的是，这人对西京市境内的五十四条黄河支流了解透彻。

一见此人，果然阴气森森的，皮肤粗糙，一头白发梳到脑后，深褐色的脸上一对乌青的眼珠子，令人胆寒。

更怪的是，客厅一角居然摆着个烧红的电暖器，这可是夏天，电暖器的支架上正在烤四个白生生的馒头。

胡东海进来时，老人正把每个馒头掰成八瓣，一共掰了三十二瓣，整整齐齐排列在电暖器上。他将掰好的馒头一瓣一瓣吃掉。

吃完了，一对乌青的眼珠子望了望胡东海。

"说吧，找我什么事？"

"老人家对灞河熟悉吗？"胡东海问。

老人没吭声。

胡东海接着说："二十多年前，灞河曾发生过一件凶事。"

"灞河每年有近百人翻脚，一多半都是眼下这个时节。"老人语气平淡。

胡东海理解的"翻脚"，应该是落到水里的意思。

"灞河惹不得，却不断有人撩拨。"老人一提灞河，语调有些激动，"当年的秦穆公称霸西戎后，把原来的滋水改名为'霸水'。"

"我知道。"胡东海点头。

"可你知道，后来为啥在'霸'字旁加上三点水？"

胡东海摇摇头。

"因为原先的'霸'字太硬，镇不住。"老人嘶声低语，"世人都说西京平安，外敌不侵，是因为黄河护佑，错了，那是灞河之功。"

"我明白了。"胡东海又把话题拉回来，"二十多年前的凶事，后来找到一件血衣，尸体没有下落。"

"血衣？"老人撩起眼皮。

"嗯，死者的血衣。"

老人略一沉吟，问："血衣在哪个方向浮现的？"顿了顿又问，"发现的那天是什么日子？"

"夏至。血衣漂到下游二十八里，被西南角的一块石头缠住了。"

老人起身在客厅踱步，低头看着自己的脚尖，似乎用脚尖画着什么。

"你问的是多年前的事了。"老人停下步子，目光投向窗外，语调变得沙哑，"既然你现在好好的，那过去的，就不要碰了。"老人坐到电暖器前，身子微蜷着。

"我想解开一个心结。"胡东海说。

老人看了看胡东海，乌青的眼珠子变得空远。"灞河下游二十八里，立夏之后就有漩涡，到夏至时节，漩涡更是吃人的大口，那血衣不可能自己漂到西南角，除非——"老人的语气一沉，不再说了。

"除非……是有人故意挂在那里？"胡东海感觉自己的胸口震了一下，如一块冰，在胸腔碎成无数冰碴儿。

"我不知道你为什么问这些，只劝你一句：你要捞起来的，可能是你自己的尸体。"

这句话很深奥，出自一位黄河捞尸人之口，想必是见过太多不堪回首的事。

但胡东海已经忘了周遭的一切，呆坐在沙发上，仿佛刚刚被雷劈了。

种种迹象表明，侯立明竟然没死？郁积的痛苦爆发了，耳朵里一阵轰鸣。自己背负罪孽这么多年，到头来，竟是一场残忍的伤害？

胡小灿半夜起来喝水，往窗外瞅了瞅。外面又下雨了，雨声越来越急。突然一道闪电，胡小灿吃了一惊——院里有人。

手中的杯子掉在地上，小灿看清是叔叔，赤脚奔向院子。

倾盆大雨浇在胡东海身上。他伫立在院子中间，承受着天地间狂暴的涌动。

"叔叔——你怎么了？"小灿使劲推搡着胡东海。

胡东海眼中充满痛苦和愤怒，嘴唇紧抿，刀削般的面颊上肌肉抖动。

让这场雨来得更痛快些！

然而洗刷屈辱和悲愤，又岂是一场雨能够完成的？

上苍听不见他心底暴怒的喊声。

——杀人犯！恶徒！

人人都视他为罪人之身，就连他自己也早就认命了。漫长的赎罪期过后，却发现自己赎掉的只是无辜的青春和亲人的眼泪。用二十五年抵消的，竟是人生的希望！

"叔叔，快进屋！"小灿抓住胡东海的肩膀。

胡东海甩开侄子，在漫天大雨中挺立着。

小灿回屋找到一把伞，再次冲到院里，胡东海已经跌倒在地。

小灿拼命将胡东海拖回了屋子，一边给胡东海擦拭雨水，一边联络谭医生。

一个钟头后，谭医生赶来，检查之后告诉小灿，胡东海身上的湿气太重，聚集到头顶了，以后不能淋雨，也不能用凉水洗头，如果再这样淋一场透雨，结果只有天知道。

谭医生示意小灿一起动手，把胡东海翻过来，脊背朝上。褪下胡东海的衣服时，她不禁低呼一声。

小灿说："谭姐别怕，我叔年轻时被铁砂枪打过。"

谭医生低语："这个男人经历了什么啊？"

输液后的胡东海情况稳定了。天亮前，谭医生告辞离去。

胡小灿来到床边："叔，下次再这样，谁都救不了你。"

胡东海闭着眼睛。

小灿换了话题："你发现没有，谭姐长得有点像那个阿姨。"

"哪个阿姨？"胡东海随口问。

"就是你从院子里挖出来的阿姨。"

"翁美玲？"胡东海的眼睛瞪起来，"不许乱说！"

"真的有点像。"

"我……昏迷了，没注意。"

"行了吧，咱哥们儿还装呢，上次去诊所就把你电了一下子。"

"你再叨叨，我……"

"好，算我没说。"小灿一笑，"明天我陪你翻修屋子吧。"

"就算把院子重新翻个个儿，又能怎样？胡家永远是凶宅，住在胡家的永远是恶人，你永远是杀人犯的侄子！"

小灿怔怔地看着叔叔。

屋里静默良久。

胡东海平复了情绪，疲倦地说："让我把自己的事做完。"

小灿轻声问："你是不是想找人？"

"嗯。"

"他是……"

"仇敌。"

小灿沉默片刻，问："假如找到他了，你打算怎么办？"

胡东海苦笑道："翻新啊。"

"嗯？"

"我要从鬼变回人，就得来个彻底翻新。"

胡东海真正意识到，要在茫茫人海中找到那个人，对自己是多么重要。

一定要亲手抓住侯立明，证明冤屈，洗净自己的罪人之身，进而要求"国家赔偿"，用一笔钱补偿破败的人生，度过生存困境。

→　　4

胡东海找到的第一个人是他的初中同学，也是当年侯立明的铁哥们儿。

那同学姓杨，如今开着一间杂货铺，一见胡东海就吓傻了。"东海，你出来了，咱俩同过学，我还请你吃过水煎包。"

"出来了。"

"我当年是跟侯立明关系不错，咱俩也打过几架，可那都多少年了，你不至于还要找我报仇吧？"

"我有那么恶吗？"胡东海苦笑。

"都说你跟侯家的祖宗八代有仇！公安抓你的时候，你还说太遗憾没有杀光他全家……"

胡东海一把揪住杨同学的衣领。"谁给老子造的谣？"随即松开手，抚平衣领，"老杨，问你正事——侯立明是不是联系过你？"

杨同学一个激灵："别开玩笑，立明死了这么多年，怎么可能……"

"你老实告诉我，当初侯立明是什么情况？"胡东海盯住杨同学的眼睛。

杨同学吓得直喘："他呀，染上赌瘾以后，人就变了。"

"听说他打牌上瘾。"

"打牌都是小的，后来玩骰子，野得很。"

侯立明陷入赌博深渊后，表面上还端着大哥的范儿，人却变得自私冲动，新婚不久就把家里的电视机和录音机输了。那两年他心理压力确实很大，他爸躺在床上动不动就恐慌症发作，关于他爸的谣言很多，他心里郁闷，就赌。后来利用自己在供应科做采购的职务，从财务骗取大宗款项，转移到其他账目上，然后进行赌博，幻想赢了后再补上，结果越赌越输，窟窿越来越大，根本补不过来。

眼看事情败露之际，侯立明却被胡东海打死在灞河，此事不了了之。

听完杨同学的讲述，胡东海终于确定了。

当年贪污公款和赌博都是重罪，侯立明一直想办法逃避罪责。当他听说胡东海当众骂他老子，便有了谋算。其实胡东海以前经常这样，但那次侯立明不再忍让，故意把胡东海约到灞河打架，造出声势，在旁人看来，恰是"以父之名"的合理行为。

侯立明之所以选择胡东海，就是利用胡东海对侯家的积怨，使他具有杀人动机。并且胡东海从少年时便有恶名，所以陷害他，精心伪造死亡现场，可以说是水到渠成。

因侯立明的算计，胡东海人生中最好的时光被挖掉了，他沦落成被时代碾压抛弃的残渣。这笔账必须算个彻底！

杨同学怔怔地看着胡东海。

胡东海沉吟片刻，问："侯立明当年交往的，除了你们，还有别人吧？"

杨同学一愣。

"他不会只有你们一个圈子，听说他到处有朋友。"

杨同学想了想说："我记得他和一些怪人打得火热。"

"怪人？"

"号称有啥奇技绝活儿。"杨同学忍不住笑了，摇着头说，"侯立明常和他们混在一起，说他们是江湖圈子里的'黑撒'。"

所谓"黑撒"就是混得十分牛逼，但从不张扬的一路人，本地方言，"撒"就是脑袋。

杨同学告诉胡东海，侯立明曾想把他拉进那个圈子，但他拒绝了，认为那是一群市井混混和骗子瞎胡闹。不过听说有些家伙的确有门道，下了苦功夫，虽然也都是一些极普通的人，却练出了非凡技能。

胡东海听明白了，那些人其实就是年轻版的老锁、黄河捞尸人。他们把已有的、常见的俗物，发掘为奇妙之能力，普通人也能拥有，就看愿不愿吃大苦。

奇人多从大苦中来，要么身世苦，要么经历苦。

侯立明当年和那些人交朋友，可能是被他们的执着与坚守感化，想求得人生之道，从另一个方向改变命运。

胡东海知道该怎么找了。

→　　　5

早晨七点多钟，八家巷前的假日国际公寓，一群人聚集在广场上，随着舞曲扭动身姿。

其中一个年龄最小的女孩，十六七岁，短发，丹凤眼，神情淡漠，舞姿却极为神奇。更妙的是，她是踩着轮滑，一边跟着音乐舞动，一边做出高难度动作。

"啧啧，这娃厉害。"旁边有人议论。

"根叔的女儿丹丹，大冬天也穿短裙，不怕冷。"

胡东海心想：罗有根生了这么出众的女儿，当年可没想到。

罗丹丹正与人斗舞，伴随着节奏有力的歌曲，场面十分热烈。

"……别让我的爱迷茫着，分手不说谁对谁错，两个人的缘分是天注定的，呜——咿呀咿嘿——咿呀咿呜——哎咿耶——"

丹丹的轮滑玩到了巅峰状态，动作眼花缭乱，转体画圆规、单脚跳跃加转体过桩、咖啡壶交替脚跳。更绝的是，她把跳舞的大妈大叔当作"桩子"，一会儿蛇行而过，一会儿单脚下蹲而过，谁都碰不到。

这时，一辆白色的起亚 K2 缓缓停在街旁。

罗丹丹喊了一声"爸！"，踩着轮滑从舞群冲出来，奔向路边。

车窗摇下，丹丹与车里人说着什么。那人正是罗有根。

罗有根这个人很复杂，当年是个墙头草，一会儿是胡东海的朋友，一会儿又和侯立明称兄道弟，虽然双方都知道这么个货色，但都容忍着他。

罗有根曾与人打架，被人暴揍，胡东海听说后不干了。他的禀性是见到不平就想铲，虽然对罗有根的品性不认同，照样为罗有根出头，不为别的，就是气不过，想讨还公道。对方四打一，他就一挑四，把其中一个家伙的脑袋开了瓢，为此进了看守所。

吊诡的是，胡东海打死侯立明后，就是在罗家被公安抓走的，胡东海拒捕袭警时，罗有根就抱着头蹲在墙边。后来有传言，说是罗有根举报的龙王。因为当时侯立明忽然失踪，侯家人在《西京晚报》刊登寻人启事，罗有根就告发了胡东海。胡东海入狱后，罗有根走在路上，天上会突然飞来一块板砖。老婆又气又怕，跟他离了婚，现在这个女儿是二婚生的。

路边的丹丹说完话后，踩着轮滑远去了。起亚车缓缓离开。

胡东海大步上前："老罗！"

车里人往外瞥了一眼。

胡东海大喊："罗有根！"

对方摘掉茶色眼镜，神色一变："你是——龙王？我的神神，你出来了？"

罗有根的脸上挤出一片笑纹。胡东海感受到老友的情谊，等着罗有根下车，不料那厮突然掉转车头，逃了。

主干道拥堵，起亚车飞速拐进一条小街。胡东海奔着车子逃走的方向追去。跑了几十米后，他钻进巷子。前方巷口闪过白色车影。胡东海拔足狂奔，在下一个巷子交叉处转弯。

起亚车慌不择路，冲进一片建筑工地。工程已进入尾声，七八个工人懒散地扛着东西。车子突然尖啸冲来，吓得工人们一阵惊跳。

胡东海追到此处，不着急了，前方的大楼挡住了起亚车。

车子猛然间转头，竟朝胡东海冲来。

"罗有根，我帮你平过事，你就这样报答我？"胡东海怒道。

汽车冲过一片积水，卷起瀑布般的水流。罗有根那张狰狞的笑脸近在眼前！

胡东海扭身躲过。

罗有根一不做二不休，再次掉转车头，猛冲过来。

胡东海纵身一跃，滚翻在地。汽车猛转方向，第三次撞来。

胡东海捡起一块石头砸向挡风玻璃。"哗啦"一声巨响，蜘蛛网似的裂纹蔓延开来。

罗有根在驾驶室一缩脖子，车头偏了。胡东海顺势滑到汽车侧面，一拳砸向车窗玻璃。

"认罪服法，前途光明！"

嘭！

哗啦——

一拳豁开的车窗玻璃爆裂成碎片。

胡东海又一个直拳，捣向罗有根的脸。罗有根拼命躲过，茶色眼镜打飞了，好在五官还在原位。他的脑袋猛然一磕方向盘，车头撞到水泥板上，不动了。

胡东海从车里拖出罗有根，扔到地上，蹲在旁边看着他。

罗有根挣扎着坐起来，挤出一脸笑纹："龙王，多年不见，十分想念。"

罗有根是因为害怕胡东海报复，一时失去理智。关于当年举报胡东海的真假传闻，始终是他心头的一根刺。以胡东海的性情，一出狱肯定收拾他——胡东海最恨背叛。

胡东海说："我不跟你谈这个，这都是小事！"

还有比那更大的事儿？罗有根不相信自己的耳朵了。

"我要谈谈侯立明。"胡东海说。

"啊？"罗有根愕然。

"我今天找你，让你帮忙介绍一些人。"胡东海说。

"啥人？"罗有根十分困惑。

"侯立明原来跟一些旁门左道的人混得熟，他们那个圈子都是黑撒。"

罗有根有些生气："侯立明死了二十几年，你是不是痴呆了？"

"这事有点复杂，我看你现在不问江湖，我也不多说，只要给我介绍几个人，我抬腔就走。"

"你是不是不相信我？"罗有根盯着胡东海。

胡东海冷冷一笑。能相信这个一见面就要撞死自己的家伙吗？

胡东海用嘲弄的语气说："社会复杂啊，还是号子里清静。"

罗有根说："你当年为我平事，还进了班房……"

"不扯那些陈芝麻烂谷子的事。"胡东海摆摆手。

罗有根往四周扫一眼，压低嗓音："你给兄弟透个实底儿，是不是当年还有旧账没结清，你要挨个儿收拾侯家军？"

胡东海笑一笑："你想多了。"

沉思良久，罗有根说："好吧，我也不管了。你想找黑撒，就去见见猫拐子。他可能跟侯立明混过。那个圈子，我就认识他一个。"

"走啊。"胡东海拉着罗有根站起身。

"现在？"罗有根睁大眼睛，"我还要修车呢。"

"先找猫拐子。"胡东海抓住罗有根的胳膊。

罗有根的手机忽然响了，他接起来，立刻变得怒气冲冲："小浑蛋，你给我盯住了，别让他跑，我马上过去！"

放下电话，罗有根用乞求的目光看着胡东海："我有急事，必须办完，不然我根叔的名誉就毁了。"

这是一个爱惜羽毛的鸟人。胡东海皱着眉头。

罗有根一跺脚："这样吧，我让丹丹带你去。"

胡东海苦笑："你不怕我欺负你女儿？"

罗有根一咧嘴："丹丹是跆拳道红带，练到这个级别，天天都想打人。"

罗有根拨通了丹丹的手机，劝说女儿辛苦跑一趟，最后他说："我欠这个叔叔一份人情，欠了二十几年了。"

→ 6

"丹丹，你不用上学吗？"走在路上，胡东海问。

"暑假啊，大叔，你没上过学？"罗丹丹有些不耐烦。

"听说你冬天也穿短裤，不冷啊？"

"啧，看你浓眉大眼的，咋也这么猥琐呀！"

"我的意思是女孩子冬天不能冻了膝盖，等你岁数大了，腿就会很疼的……"

"喂，我是看我爸的面子才带你的，你再这么烦人，我——"丹丹气得脸都红了。

胡东海闭上嘴巴。平时与侄子交流都困难，何况丹丹这样的新新人类。

一路上罗丹丹不停地摆弄手机，拍天拍地拍自己，完全忘了胡东海的存在。

二人在路上也是强烈的反差萌。丹丹身材高挑，衣着短而轻，展现一双修长美腿。胡东海在监狱养成的习性不怕热，八月下旬的天，太阳当空照，他里面穿一件白衬衫，外面套一件藏青色西装，似乎天然与社会隔了一层绝缘体。

胡东海还发现一个现象，他年轻时，都是男子穿着大裤衩露出双腿，而如今的情况相当复杂……

"快点啊，大叔。"丹丹在前面催促。

"噢……"胡东海加快步伐，随口问道，"你的轮滑技术那么好，怎么不去电视上比拼一下？"

丹丹不屑地说："让一帮傻咩给我打分，决定我的未来，活着有什么意思？"

"嗯，自由是世界上最可贵的东西。"胡东海想到这么一句。

罗丹丹的目光从手机上移到胡东海脸上："大叔你深邃的眼神藏着多少故事呀？"

胡东海被她看得不好意思，忙问："你见过猫拐子吗？"

罗丹丹点一下头："去年秋天，也是无聊，陪我爸去玩的。"

"那人本事有多大？"

"是个相猫师。"

"哦？"胡东海一愣。

"吹得可神了，说什么'西京城唯一的相猫大师，能断猫看主家吉凶，因为猫瞳有棱光反照人生'。哼，骗子一枚！"

胡东海产生了兴趣。

丹丹接着说："我家经常来些莫名其妙的家伙，光是神棍我就见了不少，各式各样的。"

胡东海眉头一皱。这和罗有根的说法不一样，他说那个圈子只认识猫拐子。

胡东海对丹丹说："既然你不信，还去他那里干啥？"

"就当玩呗。他说我养不了猫，因为我是火命，猫是水命，水火不容。如果我非要养，就养一只克死一只，克着克着，猫就开始反克我。哈哈，惊不惊喜？意不意外？不过他说我是火命还挺靠谱，我确实不怕冷。"

"那你爸是做什么工作的？"胡东海问。

丹丹一边玩着手机一边摇摇头："我懒得管，他在外面还有房子，反正按时把钱拿回家就行了，我们家特民主，有钱就是大爷。"

胡东海无语。

走了半个多钟头，来到莲湖公园外。

二人穿过大门，绕过一片湖水，往公园深处走去。在胡东海的印象中，莲湖公园的变化不大，但感觉中间的湖水似乎缩小了，有人在岸边垂钓，一大片荷叶在风中轻舞。

"看那儿。"丹丹往前指了指。

十几米外有一排平房，平房前面是一片草地，后面是座假山。四周绿树掩映，除了阵阵鸟鸣，再没有其他声响。

胡东海茫然问："猫拐子呢？"

"在第五间房子里。"

"他是干啥的？"

"好像是勤杂工——割草、收垃圾、扫地、清洗公告栏。"丹丹朝胡东海摆摆手，转过身去。

"谢谢你了……"

"欠你的就算还了，以后别来找我爸了。拜拜。"罗丹丹灵巧的身姿远去。

胡东海望着那排平房，沉吟片刻，也离开了。

→　　7

胡东海回家时，胡小灿正穿着睡衣蹲在屋檐下，手里捏着一撮小米，远远地撒到院里，一群麻雀争相扑食。

胡东海气喘吁吁进了院子，样子有些狼狈，低头匆匆回屋，换了件衣服，出来蹲在侄子身旁。侄子脚边放着半瓶啤酒。

小灿紧张地问："你跟人打架了？"

胡东海摇摇头："公交车太可怕。"

"啊？"

"半条命挤没了。想当年……"

"就说现在吧。"

"我被两个胖婆娘夹在中间，旁边还有个汉子，胳肢窝正对着我……唉，不提了不提了。"叔叔一副一言难尽、不堪回首的样子。

小灿的眼前出现了一幅鲜活的画面，他使劲憋住笑："您这么好的身手，也有施展不开的时候呀。"

"那两个女的死死瞪着我，看她们的嘴型，'流氓'两个字已经准备好了，只要我一动，她们就喊。我大气都不敢出。"胡东海长叹一声，"叔我这辈子遭受女人的毒手，两次。二十多年前的冬天，在雪地上被女人追打一次；今年这个夏天又算一次。"

小灿扑哧喷出笑声："我提醒过的，你坐不了公交车，让你打出租车嘛，自己要省钱。"

"不是省钱……今天出门带的钱花光了。"

"咦，你不是那样的人啊。"小灿盯着叔叔。

"从公园出来遇到一个学生，说是快开学了，自己家里有病人，没钱交学费。我就把钱给他了。他很讲义气，退给我一块钱的钢蹦儿。"

"让我说什么好呢？"小灿歪着头，喝了口啤酒。

"人家并没有朝我要钱，只是讲他的身世，我是自己悟出来的。"胡东海大手一挥，"江湖救急嘛！"

"下次有人突然抱住你的腿，喊你爸爸，你怎么办？"

胡东海仔细盘算一下，严肃地说："我当然不会随便答应，要滴血认亲的！"

小灿把嘴里的啤酒全喷了。

午饭时间到，胡小灿叫了外卖。为了给叔叔压惊，特意点了一份葫芦头泡馍。

这是西京城独有的美食，把上好的白吉饼掰碎了，泡在鲜美汤中，配以肥肠、肉丸子、鹌鹑蛋、木耳、粉丝，等等，当真是"神仙一闻味，都要跌三跌"。

吃着饭，小灿问："你找的人有下落了？"

胡东海摇摇头，看了侄子一眼，平静地说："我要找的人，叫侯立明，就是二十多年前，被我打死的人。"

此言一出，胡小灿顿时惊呆了，张着嘴说不出话。

"就是因为他，我犯了故意杀人罪，判了死缓。"

"这……这什么意思？"小灿呆呆地看着胡东海，"那……那你是杀人犯这件事……"小灿感到胸口一阵发闷，原本已经接受了叔叔是杀人犯，事实却一下子颠倒了。

"我被他陷害了。"

小灿慢慢站起身，又坐下来，思绪很乱，跟不上这突发的变故。

居然有人那么狠心，陷害一个人受了这么长时间的苦！

小灿忽然想哭："我爸临死前都认定，你不该是杀人犯。"

"算了，不提了。"胡东海也感到眼窝发热。

"可你怎么找那个家伙？"小灿问。

"一点一点接上线头。"

"那……不能让警察找吗？"小灿又问。

胡东海苦笑道："现在还没影儿，你都不一定全信，人家更认为我疯了。"胡东海的目光投向院子，一群麻雀正在争食，"再说这是我自己的事，我要让他把我的二十五年还给我！"

外面的阳光变得炽烈了，一道光线透过窗户洒进来。

小灿问："有啥我能帮忙的？"

"你养过猫吗？"

小灿摇摇头。

胡东海有些犯愁。他也没养过猫，见到猫拐子说什么都不知道，话不投机，会被当作心怀叵测之徒，再想深入交流就难了。

小灿一咧嘴："切，这也叫事儿？"

他拿出手机，在搜索栏输入：猫。

一大片资料铺天盖地涌出来。

胡东海凑过来看了一下，眼晕，全是猫的照片和无穷无尽的文字。

"这人是谁啊，这么有知识？"胡东海愕然地问。

"千千万万个我。"小灿说。

第 四 章
怪咖们

→　　1

傍晚，胡东海带着小灿来到莲湖公园，在那排平房前停下脚步。

小灿理解的"相猫师"，类似于宠物顾问，提供咨询，选购名品猫，对特定的猫进行分析研究。

第五间房子外面放着一把笤帚和一把小铲子。

胡东海上前敲敲门，没反应。他推了一下，虚掩的门开了。

外屋的面积不大，一张木板床，几样简单家具。窗下有一张桌子，上面是一只空瓷盘，窗外紧邻假山。

里间是仓房，摆着割草机、水桶、拖把等杂物。

胡东海将视线投到墙上，满眼都是猫的照片。

照片上一只白身而嘴边有花纹的猫，标牌写着：衔蚁奴。

一只白身黄尾的猫，标牌写着：金簪插银瓶。

一阵风忽然涌进屋子，墙上的照片哗哗响着，其中一张掉在地上。胡东海俯身去捡。

小灿忽然低呼一声。

一团黑影从窗户冲进来，直朝胡东海扑去。

胡东海弯着腰，手还没够到地上的照片，就觉得一股凌厉的风迎面而来。

往旁边躲已经来不及了，胡东海顺势往下一蹲，瞬间觉得一个东西掠过头皮，伴随着一声尖叫。

"喵呜——"

那是一只纯黑的猫，个头很大，却并不臃肿，腰身健硕，四个爪子按在地上十分有力，状如黑豹，瞪着琥珀色的眼睛。

胡东海摩挲一下头皮，感觉刚才被猫爪划了一下，幸亏自己动作快，迟几秒钟，头皮上肯定留下血印。

那黑猫又发出一声尖叫，再次扑来。

同时又从假山上冲来四五只猫，跃过窗户，扑向胡东海。

黑猫这次伏低了身子，瞄着胡东海的脸，身子一跃，右前爪猛拍面门。胡东海抬臂一挡，却有两只猫进攻他的肚子，加上另两只猫进攻他的双膝。

上中下三路齐发。胡东海最担心的是中路的猫，怕它掏裆。

胡东海赶紧护住底盘，手臂猛甩，试图吓退黑猫。黑猫换个方向，一步蹿上那张桌子，然后猛一扭身，第三次凌空飞跃，劈头盖脸击向胡东海。

胡东海再无躲避余地。

"当心！"小灿喊了一声，手中扔出了两个东西。

其中一个东西打在黑猫的头上，弹射开来。另一个东西撞到对面的墙上，"啪"的一声滚落在地，吸引了另外几只猫的注意。

是两把木锁。

黑猫吓了一跳，"喵呜"一声怪叫，准备扑向小灿。

一阵脚步声从门外传来，"咔嗒咔嗒"响着。声音停在门前，随即传来一阵怪异的吟诵声，完全听不懂。

但黑猫立刻停住，低头退下，兀自发出"呜呜"的声音。

"那是铁猫。"来者嗓音沙哑。

胡东海缓上一口气，扭头望向门边。

来者继续说道："古谱上称作铁猫的品种，它的眼里有泪痕。"

那人往前跨了两步，"咔嗒"一声响，一身灰衣灰裤出现在眼前。

胡东海明白了此人的外号为什么是"猫拐子"，他有一只木肢。

传闻中一个嗜猫如命的木肢怪人。

猫拐子怀里抱着一只猫，通身白色而布满黄点。他的手一松，那猫就自己跑到桌上，趴在瓷盆里。

"您就是相猫师。"胡东海欠身，"刚才念的那句话是什么？"

猫拐子面无表情坐在椅子里，深邃的眼窝隐藏着幽暗神情。"当年武则天改国号为周，迁都洛阳，途中出现一只黑猫拦住车驾，被认为不祥，武则天就颁布了'大周遣猫令'。"

这个传说挺邪乎。

"可那猫为啥咬我？"

"铁猫的领地意识非常强，你不能侵犯它们的地盘，皇帝都不行。"猫拐子看了看胡东海，"你身上有奇怪的气息。"

胡东海苦笑，难道猫也鄙视他？

"听说你能断猫看主家吉凶，因为猫瞳有棱光反照人生。"胡东海说。

猫拐子没吭声。

小灿接口说："我以前养过猫，身上是干净的白色，尖耳朵支棱着，瘦脸，像个狐狸。"

网上那张照片，胡东海也看了，那猫有一双杏核眼，琥珀色的眼珠总是微微瞪着，神情显得有点好奇，也有点惊讶。

猫拐子的视线投到小灿脸上："猫的毛色，以纯黄为上品，就是所谓的金丝猫。其次，是纯白的，称作'雪猫'。"

"我养的那只，是雪猫吗？"

"不，那应该是'狸奴'。你把它带来看看。"

小灿叹口气："我女朋友把它抓走了。"

胡东海还在考虑怎么把话题引到侯立明身上。猫拐子可能与侯立明有瓜葛，因为侯立明从小也喜欢养猫，至少有共同语言。

猫拐子忽然对小灿说："你女朋友适合养这种猫——"他指着桌子。

刚才蹲在瓷盘上的猫已经睡着了。

小灿问："那是什么品种？"

"昆仑妲己。"

"呃，妲己——静静？"小灿说不出话了。

胡东海直奔主题："二十五年前，有个人在灞河被打死了，他的猫，是不是应该提前有反应？"

猫拐子冷冷注视着胡东海，感觉来者不善。

小灿有些担心，往窗口瞥一眼，担心假山上再冲来一群猫。

胡东海语气一缓："猫师，我们今天来，是打听二十多年前那个人。"

"我只关心猫，从来记不住人。"猫拐子说着，推门出去了。

一群猫跟着他走，聚拢在门外的草地上，围着猫拐子。

胡东海说："如果你认识侯立明，就不会忘。"

"侯立明？"猫拐子原本望着猫的眼睛转向胡东海。

小灿接口说:"那个人就是被我叔叔打死在灞河的。"

猫拐子终于露出惊讶的表情。"原来是你……"随即神色一暗,嘶声低语,"我就是因为侯立明,才一头扎进猫的学问里。"顿了顿,他的语气更加幽深,"当年,他领着我们到处玩,真有大哥风范。他说不久的将来猫会占领千家万户,他说猫这门学问,非常值得研究。我信了他。别人都当他开玩笑随口一说,我信了他。"

猫拐子的语气和眼神,给了胡东海不小的冲击。猫拐子所说的一切,胡东海并不知情。在他眼中的侯立明,只是一个持续了二十多年的敌人。

同样都是付出二十多年,人和人的不同命运,就在于侯立明的一个念头。

"我信了他,没信错。"猫拐子猛然抬起头,"可是你把他打死了。"

"没有。"

"什么意思?"猫拐子瞪着胡东海。

"你信的那个大哥,他可能还活着……"胡东海说。

"胡扯!"猫拐子终于愤怒了。

"喵呜——"以那只昆仑妲己为首,草地上的群猫突然叫起来。

胡东海等着它们平息下来,用手绢擦了擦额头,说道:"我有证据表明侯立明可能还活着。"他注视着猫拐子,沉声说:"万一你信的大哥,真的还活在这个世上,你不好奇吗?"

猫拐子回视胡东海。空气仿佛凝结了。

"你到底想怎样?"猫拐子问。

"我只想知道,侯立明的朋友还有谁?"

猫拐子抬头望着天空。只是付出一句话的代价,也许一个人的命运就能改写。当年的自己,不就是这样吗?

"去找三眼老皮。"猫拐子的语调变得低沉,"当年侯立明常去他那里吃鱼,我从不掺和。"

"什么地方?"

"西二环与北二环交界处,那里有个水产市场。"

这时,一个小伙子骑着三轮车经过,扔下一句话:"拐子叔,儿童游乐场有活儿!"

猫拐子返身到门前拿起笤帚和小铲子,踏着石径远去。公园里的路灯亮起,猫拐子的身影渐行渐远,一边走一边将地上的垃圾收起来。

那群猫一直跟着他,不离不弃。

→　　2

　　西京城最大的碳市街水产市场，整体搬迁到了西二环与北二环交界处。

　　胡东海独自穿过路口，朝东北角走去。此处位于快速干道桥下，周围的行人越来越多，市场里传来喧闹声，空气中弥漫着鱼腥味。

　　胡东海踩过湿淋淋的路面，两旁是各种各样的鱼、虾、螃蟹和黄鳝。

　　几个工人穿着雨衣，从车里往外搬水箱，哗哗地漏着水，夹杂着雨靴踩动的吱嘎声。水箱忽然一斜，胡东海紧赶几步上前，稳稳托住。

　　"谢了叔。"一名工人说。

　　"打听个人，三眼老皮在哪儿？"胡东海问。

　　工人摇摇头，继续忙去了。

　　胡东海往前走，又问了几个店主，都摇了头。

　　这时，他注意到一个十二三岁的少年，胳膊腿细瘦，蹲在路边看着水盆。少年的双手夹在腿弯里，身子一前一后摆动着，看起来昏昏欲睡。

　　两个工人走过来，"哗"一下往水盆里倒了一堆鱼。水花溅在少年脸上。少年忽然睁大了眼睛，目光投向水盆。一群鲤鱼攒动拥挤，其中一条看着脾气很大。

　　少年抽出手，直直戳进水中，三根手指掐住鱼头，悠然将那条鱼捞出来。鱼尾剧烈扭摆，水珠四溅。少年抱着鲤鱼撒腿便跑。

　　"哎，钱呢？"店主嘶叫。

　　"等爷给你！"少年尖细的嗓音远去了。

　　胡东海不禁一笑，这小子口气好大，抢鱼这么霸道。一时好奇，便跟了上去。少年的方向竟是市场出口，身影消失在一扇门内。胡东海走近了，原来这是一间门房。

　　胡东海往里瞥一眼。看门人背对门口，坐在小凳子上，似乎在吃东西。

　　少年进屋后把鱼扔进桶里，"咕咚"一声，说道："爷，人家要钱呢。"

　　胡东海这才明白，此人是少年的爷爷。

　　"是郑垮子的鱼？"看门人哑声问。

　　"就是就是。"少年坐在旁边，高高跷着二郎腿，拿起游戏机玩起来。

　　"郑垮子是个蠢材，他家的鱼是好东西，正经野生货。"看门人嘟囔着。

　　胡东海心念一动，走进门房。

　　看门人扭过头，年纪约莫六十来岁，团团圆圆的脸，秃脑壳。

　　"你谁啊？"看门人问。

"叔是不是三眼老皮？"胡东海发现此人左边眉毛上有颗挺大的痣——可能是"三眼"的来历。

"啥事？"三眼老皮转回头去，继续就萝卜咸菜吃着馒头。

"朋友介绍的，说你这儿的鱼好吃。"

"啥朋友？"

胡东海迟疑一下道："猫拐子。"

"他？"三眼老皮愣了一下，捏着半块馒头转过身，"那个瓜皮还活着？"

"还能活三十年。"

"嘿，你这人有趣。"三眼老皮斜着眼睛打量胡东海，把馒头塞进嘴里，囫囵咽下。

胡东海冷不防问道："侯立明也吃过鱼吧？"

三眼老皮一下子噎住了，使劲拍着胸口。

始终沉浸在游戏中的少年，起身在三眼老皮脊背上捶了两下，生气地说："我爷喉咙细！"

胡东海赶紧上前帮忙，被三眼老皮推开了。三眼老皮看着干巴瘦，手劲奇大，把胡东海推了个趔趄。

三眼老皮喝了几口水，缓过气来。

"你就是那个打听侯立明的人。"他盯着胡东海。

胡东海一愣，不知谁泄露的消息，但也说明他找对地方了。

"你见过侯立明？"胡东海追问。

三眼老皮沉默片刻，忽然说："来吃鱼就吃鱼，话说多了费牙口，到底吃不吃？"

"行，先吃。"

"吃完了鱼，你想问啥就问，可是鱼要自己弄。"

三眼老皮招呼孙子拿来竹篮。然后他走到水桶前，同样是三根手指掐住鱼头，以更轻巧的动作将那条鱼捞出来。鱼尾更有力地扭摆着。

三眼老皮忽然将手一翻，手指在鱼头上抹了一下，随即将鲤鱼扔进竹篮里。

那一瞬间，胡东海看到他在鱼腮上贴了一片指甲盖大小的棉纸，有一股淡淡的药味。

鲤鱼在篮底跃动，鱼嘴不停地张张合合。

三眼老皮顺手将一块黑布蒙在竹篮上。里面传出有节奏的拍打声。

这一幕如行云流水一般。胡东海怔怔地看着。

三眼老皮把竹篮递给胡东海，木然说道："提着篮子，去市场逛。"

胡东海愣愣地看着三眼老皮。

"等鱼昏了头，你就赢了。"

"嗯？"胡东海不知所措。

"别耽误时间。"三眼老皮出了门房，站在市场门口，观望着过往车辆。

胡东海提起竹篮，里面还在有节奏地拍打着。篮子里没有水，这鱼应该很快就晕了，但实际上胡东海等了足足三个钟头。

胡东海在市场上不知转了多少圈，那条鱼终于昏了头。

晚饭时，那少年跑出去玩了，屋里只有胡东海与三眼老皮。

桌子中间摆了一只盘子，盘子里是一整条鱼。胡东海闻到一股奇香。

他拿起筷子，在鱼身上一戳，鱼身破开了，一缕热气飘出来，香味更加浓郁。胡东海把筷子换个角度，竖着戳一下，感觉有点怪，没有鱼肉的弹性。

他稍微用力，沿着鱼头往下一划，整个鱼身像盖子似的掀开了。他这才看清，原来是鱼骨上覆着一层鱼皮，鱼肚子是空的，只在中间有一撮黄亮亮的东西。

"鱼子？"胡东海愕然。

闹了半天，就吃这个。

胡东海用筷子夹起一些鱼子，放到嘴里。片刻，极致的味感直冲脑髓，一阵眩晕猝不及防，胡东海被美食的冲击力撞得头昏眼花。

三眼老皮看着他，慢悠悠地说："鱼头配鱼子，更鲜美。可是——"

"可是啥？"

"一般人消受不起。"三眼老皮的语气变冷。

"什么意思？"

"有些东西是不能撞到一起的。"三眼老皮的视线转到盘子上。

鱼头是完整的，胡东海无论如何要试试。再说，自己提着竹篮转了三个钟头，才得到这些东西，有付出就该有回报。

胡东海啃了一口鱼头，又吃了鱼子，简直要升天成仙了！

突然，他感觉四肢酸麻，脑部神经一阵急跳。"嗡"的一声，天旋地转。

他心中大叫"不好"，拼命想站起来，眼前却阵阵发黑。他扶着桌子，咬牙直起腰，身子却往下溜，"扑通"一声跌倒在地，什么都不知道了。

胡东海醒来后发现自己躺在陌生地方。这是一间普通卧室，屋里很暗，窗帘半遮半掩。

他感到头痛欲裂，跑到卧室对面的卫生间上吐下泻。

摇摇晃晃从卫生间出来，扶着墙往前走，经过客厅时，赫然看到罗有根坐在里面。

罗有根仍然戴着茶色眼镜，脸颊布满阴影。

胡东海走进客厅，掏出手绢擦了擦额头："今天什么情况？"

"你吃饭的时候昏倒了。"罗有根说。

"是你在背后捣鬼？"

"你个白眼狼，我帮了你！咱俩扯平了，你当年为我出头……"

"是我瞎了眼！"

胡东海一个猛冲，挥拳便打。

罗有根抬起胳膊肘猛捣胡东海的肚子。胡东海憋着一口气，罗有根没讨到便宜，就用脑袋去顶胡东海的下巴。胡东海往侧面一躲，罗有根趁势伏低身体，用肩膀撞向胡东海，一直撞到了墙上。

胡东海的一只手钳住罗有根的脖子，他自己的下巴被罗有根用头顶着，二人紧缠在墙角，谁也动不了。

以胡东海的实力收拾罗有根稀松平常，但今天他实在是身体虚了。

"撒手。"罗有根闷着嗓子说。

"为啥要害我？"

"问问你自己，二十多年前杀了人，现在还敢乱打听。"

"当年你是个墙头草，没想到你跟侯立明这么近。"

"松手，松手……"罗有根被胡东海掐得快不行了。

胡东海把钳子般的手松了松。罗有根刚吸一口气，胡东海又掐住了。

"说，你和侯立明什么关系？"

"松手……我不瞒你，侯立明当年欠了我的钱。"

"你是他的债主？"胡东海惊讶中松开了手。

罗有根挣脱出来，躺在墙角呼呼直喘。

"我一点没听说。"胡东海喃喃低语。

"谁都不知道……侯立明没让我漏半个字。"

"你借给他多少？"

"三万块！三万——那是什么年代，挣一万块比吃屎都难，我给了他三万！"

胡东海苦笑摇头："你为啥要给他？"

"我他妈的信他。他在三厂供应科，有路子有手段，能做大买卖。可一转眼人没了，被你打死了！"罗有根从墙角爬起来。

"人没了不假，可是被我打死，我不认。"

罗有根盯着胡东海，皱眉说道："你是不是坐牢坐出病了？"

胡东海研究罗有根的表情，不像在演戏。之前他还怀疑三眼老皮或者罗有根窝藏包庇侯立明。

"我们都被骗了。"胡东海说，"侯立明当年贪污公款，全都糟蹋在赌博上，眼看事情败露，他耍个阴招，给我设了局。"

"不可能吧！"罗有根直直地瞪着胡东海。

"我当然有依据。"胡东海说，"我现在只想问，你是不是和猫拐子、三眼老皮，合起来害我？"

"这事跟他们无关，是我想弄清你的目的。"罗有根坐到椅子上。

他告诉胡东海，三眼老皮的"无水送鱼"是祖传的，以往是用扁担挑竹篮从城南到城北，篮中的鲤鱼鲜活，只在鱼腮上贴一片指甲盖大的棉纸，三个钟头后，鱼就昏了。用这一方法获取鱼子，烹调后奇香，但不能和鱼头同食，相克。

"三眼老皮提醒你了，你自己要试。我也不是想害你，一般人很快就好了，你可能有别的病，比别人痛苦大。"罗有根说。

"侯立明真的没找你们？"胡东海只关心这个问题。

"废话，你到处打听侯立明，他要跟我们有联系，你还能坐在这儿？"

胡东海沉思片刻，点点头。

罗有根眉头紧皱，神色极复杂："说实话，当年我也觉得有些蹊跷，他借了我的钱没多久，突然就……人一死，一了百了。"罗有根边说边摇头，"人心难测啊。这些年我到处收债，见到稀奇古怪的事太多了，借钱的时候一副嘴脸，到了还钱的时候，所有你能想到的丑事都能做出来。"

"原来你是个讨债人。"

"就是因为侯立明，我变成今天这样。"罗有根忽然一咧嘴，"龙王呀，你和侯立明的关系，就像鱼头和鱼子，各吃各的，都香；合到一起，就撞邪。"

胡东海哼了一声。

罗有根冷不丁一拍桌子，笑道："对啊，既然侯立明没死，我就能收债了！"

"过了二十多年，你还能……"

"欠的债，迟早要还。你不是也在收债吗？"

胡东海默然无语。

"再说我手上有欠条，白纸黑字谁也赖不掉。"

"你还留着欠条？"胡东海有些惊讶，"你真是天生收债的，死人都不放过。"

罗有根目光幽远。"当年我借钱给他，是因为崇拜他。他一死，我难过了好一阵子，留着他的字，也算一个念想。不过，"罗有根话锋一转，眼里闪过一道贪婪的光芒，"按照利滚利的算法，二十多年滚成天文数字了。龙王，你给兄弟送来一笔横财！"

→ 　　4

罗有根换了一辆卡罗拉双擎，载着胡东海去见一个人。

罗有根说，当年侯立明真正的好朋友，其实是这个人，他叫宋发宽，绰号叫肥宽。

侯立明和宋发宽原是赌友，宋发宽崇拜侯立明，一直跟着他混。侯立明死后，他就变得孤僻了。

"肥宽有两个爱好：养鸽子、抓娃娃。"罗有根说，"就是纯粹为了开心。不高兴了就用鸽子怼无人机。"

宋发宽每天伺候完鸽子，就去开元商城抓娃娃，据说他家里的娃娃没有一千也有八百。

"他靠啥养活自己？"胡东海问。

"他家办了个快递承包站，全由老婆管。"罗有根说，"肥宽的鸽子是优良赛种，但从不拿鸽子赚钱。"

胡东海从年轻时就欣赏这样的人。

来到商城负一层，放眼望去，抓娃娃店里摆了三十几台娃娃机，围满年轻人和熊孩子，又嚷又笑好不热闹。宋发宽混迹其中，显得有些突兀。他的形象与街上常见的胖子无异，拖鞋，宽松裤衩，黑 T 恤被肚皮撑高。

罗有根上前拍了宋发宽一下，指了指胡东海："这是我的老朋友。"

宋发宽瞥一眼胡东海，嘴角一歪。胡东海的白衬衫外面套了件藏青色西装，仿佛独自生活在深秋时节。宋发宽又盯住娃娃机里的抓手，前挪后推。有一对年轻情侣站在宋发宽身后，宋发宽每抓出一个娃娃，女孩便欢呼一声。

宋发宽把刚抓到的小熊、史努比、kitty 猫都给了身后的情侣。

罗有根笑道："肥宽是抓娃娃界的高手。"

宋发宽没理他。

罗有根语气一转，严肃地说："我们今天来，是要谈一件重要的事。"

宋发宽有些奇怪，扭头看着罗有根。

"走，出去谈。"罗有根搭着宋发宽的肩膀一推。

"等一下。"

宋发宽甩开罗有根的手，全神贯注地操作娃娃机里的抓手，一口气抓了三个娃娃。

三个男人每人拿着一个娃娃离去。

商城茶社的僻静角落，宋发宽突然发出瓮声瓮气的声音："你……罗、罗……有根你、你……脑子有、有病吧？你、你……人都死、死……二十多、多……"

"肥宽，你别激动，你一激动就咬舌头。"罗有根说。

胡东海独自坐在另一张桌子前。

宋发宽说："我、我不相信！"

"我也觉得不可能，可是龙王仔细给我讲了，这事前前后后确实有问题。你想想，胡东海他一个杀人犯，蹲了二十多年号子，他杀的人还活着，能不查清楚？"

接下来是一阵嗡嗡的说话声。

只听罗有根问："你看呢？"

"我、我没啥看的。"

静默很长时间，宋发宽将视线转向胡东海。罗有根示意胡东海坐过来。

胡东海忽然看到宋发宽的眼圈泛红，似有泪光。他竟然哭了？

罗有根说："侯立明拿着我的三万块钱跑路，以他的本事，到外地肯定发大财。"

胡东海说："我很奇怪他回到西京没跟你们任何人联络。"

"怕是没脸吧。"宋发宽嘟囔道。

"可他总有线头扯到某个地方。"胡东海说。

宋发宽忽然想起什么，扭头与罗有根嘀咕起来。罗有根一拍大腿。

"对，周亦红。"

胡东海摇头表示不认识。

罗有根说："现在人称周大仙儿，漂亮娘们儿，当年也追过侯立明，听说为了侯立明割过腕的……"

"那是瞎、瞎传，人家就是手腕子被蚊子叮了，挠了一晚上，挠得血肉模糊啦，让人说成割腕。"宋发宽说。

"好像亲身经历的一样，你在她旁边睡着？"罗有根咧着嘴。

"可不敢乱说，现在的周亦红，那是一方'扛把子'。"

罗有根扭头对胡东海说："周亦红确实玩得大，人脉广，资源多。"

宋发宽低头嘟囔着："侯立明能去找她？"

胡东海说："不管怎样，去碰一下吧。"

宋发宽忽然有些迟疑："真的要、要撕开过去的事？"

罗有根扭头看着他："肥宽，你害怕啥？"

"我也不知道，就是心里没底。"宋发宽愁容满面。

罗有根站起身说："你俩先等等我，我去换辆车。"

第 五 章
大仙儿的少女心

→　　1

胡东海不懂车，可也能看出来，罗有根换的车比之前的档次更高了。

宋发宽露出鄙夷之色。

"瓜皮肥宽，还瞧不上咋的？"罗有根哼哼道。

胡东海费了半天劲打开车门，不是人家的车有问题，而是他二十多年没坐过小汽车，最近还是不适应，坐到车里还不能关窗，不然晕。

罗有根一边开车一边叨咕："你们不懂，去见周亦红，就停一辆奔驰在她门前，大摇大摆往里走，把他们全都唬住了……"

宋发宽闭着眼睛装作没听见。

胡东海望着车窗外的街景。

教场门是一条东西向的横街，却与六条南北向的街道相交。此处原本有一棵千年古槐，是西京城诞生的标志物，可惜上世纪20年代被伐掉了。据记载，这棵树高四丈，根围亦丈余，树下有大铁炉烧香。

坊间传闻，周亦红总在月圆之夜，对着那棵已经不存在的古槐采气。

此时小街上人潮涌动，罗有根将车转个弯，准备驶向周宅。

"先去西仓转转，看能不能买点东西。"胡东海提议。

西仓自明清以来就有花鸟市场，每逢集市非常热闹。

下了车，胡东海问："侯立明当年喜欢玩什么？"

宋发宽背着手，皱着稀疏的眉毛，说："立明不光玩儿，也有内涵，他很喜欢唐诗。"

"哦？"

"最喜欢高适的那个……嗯……千里黄云啥啥啥，天下谁人啥啥啥。"

胡东海有了主意："就在西仓找个卖画的，请他现写一幅字。"

千里黄云白日曛，北风吹雁雪纷纷。
莫愁前路无知己，天下谁人不识君。

这首诗，曾经承载了青年侯立明的心境。

不过，这首诗现在读来，却是多么大的讽刺，那句"莫愁前路无知己，天下谁人不识君"，恐怕是侯立明最恐惧的事。

胡东海把写有诗文的宣纸塞进信封，并附上一张条子，上面只留了五个字：谈谈侯立明。

三人带着信封来到周宅前。

这座宅子原来的屋主是一位晋商，宅子在教场门闹中取静。门口有个门房，屋子有高阔的门楣和门槛、厚重的大门。

三人却被门房挡住了："大师休息，不会客。"

"我们有急事。"胡东海客气地说。

"猫三狗四都说急，急了就去外面找公用厕所嘛。"

一旁的宋发宽瞅了罗有根一眼，显然是他开的破车被门房鄙视了。

"狗眼看人低。"罗有根愤然低语。

"有种你大声说！"门房听见了。

"你自找的——狗眼看人低！"罗有根的脾气也上来了。

门房在桌上按了一下。不一会儿，四个大汉气势汹汹杀到，不由分说，揪住罗有根和宋发宽的衣领往外拖拽。胡东海主动退了两步。

罗有根一记后勾拳，打中大汉的下巴，却被大汉反手击倒。

宋发宽是个胖子，反应稍慢，被对方一脚踹翻。对方抬脚还想踹第二下，胡东海抢前一步，一脚踢向对方腿弯，那厮"啊呀"一声跪倒。

胡东海三人开始反扑。宋发宽虽然身体灵活度不够，但一双胖手倒也管用，上下翻飞，拍倒一个大汉。罗有根的脚力很强，左踹右踹，一脚踹到大汉裆部。胡东海铁拳出击，一拳砸垮对手。然后三人围住最后一个大汉，手脚并用……

忽然，一阵"啪哒啪哒"的声音传来。

一个赤脚的矮个子男人走上前，长发飘逸，脸色微红。

邪门的是，这家伙手里提着一只汽油桶。

"玩野的！"罗有根往旁边一跳。

胡东海密切注视长发男的举动，随时准备出手相搏。

却见此人引吭高歌："沧海一声笑，滔滔两岸潮，浮沉随浪只记今朝……"

突然高举汽油桶，一仰脖子，往嘴里灌了起来。

众人大惊。

"兄弟，有啥想不开的……"胡东海抬手欲劝。

长发男手提汽油桶，突然一耸脖子，嘴里喷出一团火。

"呼——"

胡东海慌忙后退，感觉火苗子燎到了眉毛，摸了摸，还在。他急忙把信封揣进怀里。

"我的神神！"罗有根惊呼。

长发男且歌且舞："清风笑——竟惹寂寥——豪情还剩了一襟晚照……"

又是"咕咚"一声灌了口汽油，然后鼓起腮帮子——

"呼！"

火焰喷射。

"肥宽，你快上！"罗有根嚷道。

"你咋不上？"宋发宽早就躲得远远的。

"我是金命，火克金。你是土命，他生你……"

胡东海喊："此地不可久留，撤！"

刚才打趴下的四个大汉趁势猛扑过来。胡东海三人勉强回击。

"苍生笑……不再寂寥……豪情仍在痴痴笑笑……啦……啦……啦……啦……"

长发男在一旁独自沉醉，潇洒地喷着火。

"都住手！"一声娇喝传来。

四个大汉如同听到咒语一般，登时停了动作。

却见长发男刚往嘴里灌了汽油，顿时闷住了。眼睛瞪得像铜铃，鼓着腮帮子，终于忍不住低头"哇"的一声，往地上吐出火，不留神烧到了光脚板，急忙跳脚拍打，刚才的飘逸洒脱荡然无存。

来者是个相貌清秀的年轻女孩，穿着浅绿色长裙，脑后一条乌黑辫子，走路间几乎没有摆动，行步极稳。

胡东海上前，把信封递给女孩，只说一句："请转呈周老师。"

女孩返身进去了。

→　　2

十几分钟后，那女孩出来，在门前点了一下头，转身又往里面走去。

胡东海三人跟上。

经过一条走廊，两旁挂满各种照片，多是周亦红与不同人物的合影，个个都有头有脸。胡东海不认识，却见罗有根与宋发宽对视，又是瞪眼睛，又是咧嘴巴。

走进一间屋子，那女孩示意三人坐在一张方桌旁。

随后一个穿戴简朴的女人给他们沏茶，她始终垂着眼皮，放下茶壶便离去了。

胡东海环视房间，出乎意料的是，这间屋子并不是想象中的神神鬼鬼，而是很舒服的风格。一圈硬木沙发中间的茶几上，放着一只细高的花瓶，插着一束满天星。旁边摆着果盘。

罗有根有些紧张。他在四五年前见过周亦红，那次帮一位金主收了一笔死债，金主一高兴，带他去参加一位隐形富豪的私人宴会。宴会的主人樊总请来了周亦红，当时罗有根在人群中，远远看到周亦红如众星捧月一般，待了不到十分钟就离开了。

真没想到，如今竟有机会与周亦红促膝谈心。

外面传来一阵脚步声。周亦红走进来。

这女人素面朝天，皮肤保养得很好，比实际年龄显得年轻。头发绾在脑后，穿着一件白色长裙，戴一条玉石项链。通观此人，身上透出的，并不是那种飘然不食人间烟火的气质，而是历练出一种幽静的世俗气。

虽然混迹于上流圈子，但她的根，依然深扎在市井。

平淡自然，没有迫人的气势，但又让人敬重，也许是关于她的传说太多，每个人心中都会重新塑造她的形象，而她，反而平淡。

女人如水，水又各不相同，她深不可测，劲流暗涌，而表面静如平湖。

"周姨，就是他们三个。"那女孩说道。

"嗯，秀桂，你下去吧。"

女孩退后。

胡东海感觉周亦红只扫了他们一眼，目光便游离开了。

"我见过你。"周亦红忽然说道,眼风往罗有根那边飘了一下,但并没有看他。

"啊……"

"五年前在樊总的宴会上。"

"啊……"

罗有根感到脊背一阵发紧。那个宴会现场有一百多人,他只是挤在人群中不起眼的一个。罗有根忽然明白了周亦红能够成功的必然性。

"你打死了侯立明,今天又跑来谈侯立明,我确实很好奇。"周亦红突然对胡东海说道。

那三人的思绪还停留在聚会的事情上,猝不及防地被推到了悬崖边。

之前他们还商量,要隐瞒胡东海的身份,否则可能激怒周亦红,坊间传说,周亦红一言不合就会放出迷魂咒,中了咒的人,在街上看到消防车的红色警灯,自己就往上撞。

现在节奏完全被打乱,周亦红从一进门就掌控着全局。

罗有根看了胡东海一眼,问周亦红:"你能认出他?"

"那一年他上了报纸,电视新闻也播过,他去灞河边指认凶案现场。"周亦红说,"我当然要记住他,因为他毁了许多人的命运。"

胡东海恢复了平静,说道:"我也被毁了,是侯立明干的。"

胡东海把事情的前因后果讲了一下,罗有根不时补充。

周亦红沉默了许久。胡东海忽然觉得,周亦红的沉默似乎有一些释然,而且她没有表现出太多的惊讶和抗拒。是她早已处变不惊,还是真的窝藏了侯立明?

周亦红仿佛看出了胡东海的疑虑,说道:"你们觉得侯立明在我这儿。"

这似乎不难理解——侯立明跟她接上头,不仅能方便观察各方动静,而且一有风吹草动,直接在周亦红这里求个福,算个命,破个灾,最不济也能求个安慰。

"你们错了。"周亦红忽然叹口气,"我没有见过他。"

胡东海说:"但你知道他还活着?"

周亦红摇摇头,目光变得恍惚:"那人就是一个错误,可我当年太执迷于他。"

→　　3

"有个人在我这里租了一个福柜,与侯立明有关,但我从来没见过那个人。"

周亦红说道。

"什么福柜？"胡东海问。

福柜就是一种烧香祈福的形式。由于周亦红的包装，她推出的福柜非常抢手，每个用过的人都说：神准。

福柜的操作都是由周亦红的手下去办，周亦红是在检查的时候，从登记册上发现一个名字。

"祈福者登记的名字要真实，心诚则灵。"周亦红说，"就像在墓碑上刻先人的名字一样。"

她这里措施完善，别人都信她，她正是用这种方式积累人脉。这与商家掌握客户资源的方法没有区别，只不过她的途径更深入灵魂。

胡东海催促道："你看到的名字是——"

"侯稀娃儿。"

"啊？"罗有根与宋发宽面面相觑。

周亦红接着说："是侯立明的小名，他只对我说了一次，我记住了。"

胡东海也记得——他小时候搬进三厂家属区，与侯立明打完第一架，侯立明的母亲上门责问，就用了这个名字。

周亦红说："看到名字，我没有多想，认为是侯家的某个亲人，为死去的侯立明祈福，让我有些感动。"

为死去的人祈福并不新鲜，在这里租用福柜的，就有不少人为先人祈福，以求保佑子孙平安。

"烧香的时候，那个人不来吗？"胡东海连忙问道。

"本人不方便来的，可由福童代烧。那个人预订了一年，付款也是通过第三方平台。"

胡东海考虑了一下，说："我想看看福柜。"

周亦红权衡着什么，最后下了决心。

"秀桂。"周亦红朝门外唤了一声。

很快，一阵轻盈的脚步声传来。

"周姨。"秀桂站在门口。

"福柜那边有没有客户？"

"今天不是什么重要日子，只来过一个生日祈愿的。"秀桂欠身答道。

"那去看看吧。"周亦红挥了一下手。

早年的晋商修筑了一座坚固的地下栖身之所，周亦红将之重新发掘，进行了改造与装修。入口处有个巨大的 LED 显示屏，伴随着轻柔音乐，播放着周亦红的事迹。

所谓"福柜"由上等楠木打造而成，大小相当于一个小型保险箱。外观髹漆彩绘，使用了透雕、阳雕与深雕。

胡东海问："那人租的柜子在哪里？"

秀桂领着胡东海来到南区的一个角落。

福柜掩映在花束中，前面有一盏香炉。四周隐约听到轻微的嗡嗡声，应该是排风设备。

胡东海与罗有根、宋发宽交换一下眼神。

宋发宽问："那个人，从、从来没露过面？"

胡东海接口说："总有某个环节，需要人与人交接吧。"

周亦红又沉默了一会儿，用目光示意秀桂。

秀桂说："只来过一次。"

"嗯？"胡东海注视着秀桂。

"就是取钥匙的时候。"秀桂说。

光线比较暗，胡东海费了半天劲，才透过那一片花束，看到一把小小的金锁。

胡东海催问："那人什么样子？"

秀桂摇摇头："看不清楚。那天下雨，他穿着黑色雨衣，头上戴着兜帽，浑身裹得严严实实。"

专门挑了个雨天跑来。胡东海沉吟不语。

周亦红忽然说："但那人不是侯立明。"

"你怎么确定？"罗有根忍不住问道。

"那个人太神秘了，反而引起我的怀疑。我吩咐秀桂，只要此人出现，一定要告知我。"

"那你看到他的脸了？"胡东海问。

"只看见半张脸，但不是侯立明。我的眼力不需要多说，尤其是他。"周亦红的语气竟有些激动。侯立明对于她，真可谓刻骨铭心。

宋发宽说："我觉得侯立明不可能亲自来，甚、甚至整件事都会有代理人。"

"我也是这么想的。"周亦红说，"侯立明的性格，不是一个浪荡公子哥儿，他心思很细的。"

关于这一点，最有发言权的是胡东海。侯立明整治他的每一步都精打细算。

罗有根说："嗯，以他的本事，代理人不管找男的还是女的，也就是努努嘴的事。"

周亦红说："我那天派秀桂跟踪了那个人。"

罗有根脱口而出："厉害，你简直是侯立明的……"

"但没什么用。"周亦红又说。

秀桂惭愧地低着头说道："他取了钥匙后，去了骡马市街，我跟到那里就不见了。"

骡马市街是西京有名的步行街，店铺林立，行人如织，跟丢一个人可以理解。

周亦红说："之后我觉得自己太可笑，像个愚蠢的小女孩，心里居然放不下一个死去多年的人。可能是太想为当初的错误找一个理由。"

众人沉默了。

胡东海提出一个关键请求："能不能打开福柜看看？"

这显然破坏了规矩。

周亦红做了一番激烈的思想斗争，然后示意秀桂。

秀桂拿出一把金钥匙，颤抖着打开了柜子上的锁。她似乎感觉到，一牵扯到那个侯立明，周姨就乱了方寸。

柜子里铺着锦缎，上面放了六顶福帽，是用金纸折叠的。

"那人是怎么把福帽放到这里的？"胡东海问秀桂。

"取钥匙那天，他取走了十二张金纸，说拿回去叠好再送来。"秀桂说。

"他又来了一次？"胡东海忙问。

"第二次根本没见人，一个小包裹放在了门房，里面就是叠好的福帽。"秀桂说，"我从门房取来，放到下面的抽屉里。每次需要烧香时，福童就从里面拿出一个，放进福柜，然后点一炷香——这就是程序。"

胡东海朝柜子伸出手……

"你干什么？"周亦红急道。

"我看看福帽。"胡东海说。

"不行！"周亦红断然拒绝。

秀桂在一旁解释道："客人在金纸上写了名字后，自己叠成福帽，一次成形。金纸的叠痕非常精致，就是为了让客人安心。一旦有人偷偷打开，难以恢复原貌，万一客人检查起来，很容易发现。只要发现一次——"

"一次，我这里的名声尽毁！"周亦红说。

"我先看看。"胡东海坚持道。

胡东海已经拿起了福帽。这东西更像一个船形，巴掌大小，泛着金色光泽，托在手中很轻，旁人很难理解它承载的祝福心愿。

胡东海迫不及待想要打开，但他克制了自己。香客们折叠福帽的手法不同，内部结构必有差异，自己完全不了解底细，打开后即使能够复原，也会留下破绽。

这时候需要一个人了。

"有根，你帮我打个电话，给我侄子。"胡东海报出了小灿的手机号码。

→ 　　4

半个钟头后，胡小灿赶到了周家。

"我以为是什么大事，害我连饭都没吃完。"小灿瞅了一眼福帽，埋怨道。

"灿儿，就等你了。"胡东海说。

"他行不行？"周亦红打量着胡小灿，视线飘过那微卷的蘑菇头，"我这可是全部身家押着的。"

"有那么夸张吗，大妈？"

小灿一声"大妈"，叫得周亦红脸上阴晴不定。

小灿接着说："不就是一张纸嘛。你看——"

众人还在发愣的时候，不知怎么，小灿手上的福帽已经拆开成一张金纸。

"我的神神，我以为我的手快，这小子比我快三倍。"罗有根率先发出感叹。

周亦红的心都揪起来了，仔细一看，金纸平平展展。

胡东海急忙拿起金纸，上面有一个名字：梁若。

众人皆惊。原本都以为是侯立明的名字，却是这么个结果。

"这……这谁啊？"宋发宽问道。

周亦红也愣住了，在脑海中搜索了一番，不记得有这个人。

大家全都蒙着摇头。

"这是侯立明的女儿。"胡东海淡然说道。

"哦？"

众人的目光投向胡东海。胡东海曾让侄子打听过：侯立明死后，侯妻改嫁了姓梁的人家，但又离婚了，独自拉扯着改名为梁若的女儿。

周亦红望着那个名字，已经开始相信侯立明真的还活着。

罗有根拿出手机，对着纸上的名字，"咔嚓"照了一下。

"先恢复原貌吧。"周亦红催促道。

众人盯着胡小灿的手。

小灿捏着金纸的一个角，三折两折，福帽恢复了原样，放回柜子里。

胡东海拿出第二个福帽："打开这个。"

这次小灿放慢动作，让大家看清楚。他轻轻解开福帽的一个角，然后将另一个角解开，福帽在他手上转了个角度，解开下面的一层。几乎能听到"唰"的一声，福帽展开了，变成了一张四四方方的金纸。

纸的中间还是那个名字：梁若。

侯立明费尽周折，不惜涉险犯难，一心要为之祈福的，原来是他的女儿。

胡东海拿着这张金纸，仿佛掐住了侯立明的脖子。

"行，小子，真给你叔叔长脸。"罗有根用力拍着小灿的肩膀。

其他人都沉默着，内心百感交集。

至于福帽中的"梁若"二字，究竟是不是侯立明亲笔所写，目前很难判断。

侯立明的字体没人记得，不过罗有根家里还有侯立明的一张欠条，回去可以比对一下。

告别时，周亦红只说了一句话："我冒着毁坏名誉的风险帮助你们，就是希望，你们找到他时，帮我问一下，当年为什么没有选择我？"

执迷于这个疑惑二十多年，如今已是大仙儿的周亦红，还在纠缠着少女初恋的回忆。这可真是"只羡鸳鸯不羡仙"！

离开周家院子，胡小灿接到了母亲的电话，脸色有些难看，匆匆走了。

胡东海惦记着侯立明的笔迹。罗有根带着他和宋发宽回到住处，拿出了那张欠条。

乍一看，胡东海便有些失望。

欠条上只有一句话：侯立明今收到罗有根人民币三万元整。落款是 1988 年 4 月 16 日，并有侯立明的签名。

把这些字和"梁若"二字对照，明显就是两种不同的笔迹。欠条的字体俊秀飘逸，"梁若"两个字刻板滞拙。

"咱们瞧不出来，有人能瞧出来。"罗有根说。

"谁？"胡东海问。

"我认识一个小子，痕迹学高手，外号'鹰眼'。"

"如果两种字体真是一个人写的——"

"只要是同一个人，就逃不过他的法眼，他能从细微差异中找到相似之处。那天我去他家收债，他突然对我说：'你衬衫袖口上的狗毛，和你衣领上的狗毛，不是同一只狗的毛。'"

"狗毛的差异不难找吧？"

"关键是，那是同一天生下的小狗，两只一模一样的吉娃娃，我同时抱起来玩，它俩在我身上爬来爬去。"罗有根摇头感叹，"鹰眼那小子居然能看出不一样。"

胡东海也感到不可思议。

"我当时都惊了，就为了他这个本事，我把他家的债免了。"

"根叔是爱惜人才的。"

"我听说有个电视节目给他发出邀请，好像是什么《最强大脑》。可是人家根本不屑于上电视。不过鹰眼可能有自闭症，一犯病谁都不见。"罗有根说。

胡东海回家等结果，顺便让侄子帮他选了一部手机。

随后小灿告诉胡东海一个坏消息：母亲已经把胡家小院卖了！

胡东海一惊，自己将失去最后的避风港。

其实这一带的房子不好卖，都说风水不好，利阴不利阳。胡家更是凶宅，不仅出了一个杀人犯，而且家里有人被踢死了，有人眼睛瞎了，有人手轧断了。

但总有不知底细者，被房产中介给蒙住了。中介终于逮个不知情的，赶紧让对方交了订金。

小灿说："我跟我妈谈过了，她同意再缓一缓。"

胡东海知道小灿说的"谈过了"，是一场激烈争吵。

这座小院是奶奶作为遗产传给胡东海的，虽然小灿的母亲捂着房产证，但小灿的决然，使母亲认识到强行推进只会带来麻烦，于是暂且松口。不过对方交给她的五万元订金，她坚决不退，接下来就看胡东海有没有本事在十天内凑够五万元给对方了。

小灿只能拿出一万多块钱，但胡东海没有接受。

"你的钱是准备结婚的，我不能拿。"胡东海说，"这个家我得撑着。"

这笔钱对一般人可能不算什么，但对出狱不久的胡东海来说却是巨款。

"你怎么凑钱啊？"小灿问。

胡东海全身上下零敲碎打，能抖落几根毛？不身处其境，很难想象。老话说"一文钱难倒英雄汉"，此言不虚。

但有一个办法能解决这一切：抓住侯立明。

当然了，要求国家赔偿肯定来不及，但侯立明能证明胡东海的清白，让所有人知道自己并不是杀人犯。人心都是肉长的，如果嫂子知道胡东海被陷害，遭受了二十多年的痛苦煎熬，她心里多多少少会有触动吧。

很快，罗有根那边传回了消息："字体的辨别结果出来了。"

"怎么说？"

"百分之九十七，是同一人的笔迹！"

→ 5

胡东海在骡马市街寻觅。这条不及五百米的街道上，有着数百家大小店铺，西京最时尚的服饰总是先在这里出现。俊男靓女熙攘如潮，胡东海置身其间，却似孤魂野鬼一般游荡着。

他相信，那个黑色雨衣曾经从这里消失，不会是无缘无故的。

他从秀桂那里仔细问过对方的体态特征，并分析了侯立明与这条街的连接点——也许侯立明有自己的生意，或者，这里有侯立明牵挂的人……

两天过去了，距离房屋退款期限只剩八天。

周末下着小雨，黄昏，胡东海空寻一天，准备回去。

他穿过兴正元广场，往街对面扫了一眼。光线有些暗，有两个年轻女子穿过马路，挤在一把伞下，打打闹闹很快活。

只听一个女孩说："店长好像对你挺有意思。"

"什么嘛，今天卖货多了才有好脸色……"

"嘻嘻，他脸上是挺色的……"

"再乱说，小心……"

胡东海忽然一皱眉头。也许正是因为不甚清楚，反而那个轮廓让他有些恍惚——左边女孩的身形很像当年那个麻花辫儿，就是在雪地上狂奔着撕扯胡东海的那个女孩。当年的胡东海，是横行一方的霸主，从来没被女孩打得狼狈逃窜，因此印象深刻。

又一个恍惚，那两个女孩远去了。

胡东海的眼角余光突然捕捉到一抹黑色的影子。

右侧前方的窗店拐角处，站着一个身穿黑色雨衣的人，头上戴着兜帽，浑身裹得严严实实。他似乎是匆匆经过此地。

胡东海感觉自己的心脏猛然被撞了一下。旁边正有一群行人走来，他顺势会合进去。十几把伞撑起一条流动的队伍。胡东海夹杂在人群中，逐渐靠近黑色雨衣。对方过了马路越走越快。

胡东海紧盯那个背影，既要保持距离，步伐也不能放松。

忽然，前边的黑色雨衣不见了。胡东海有些懊恼。再一转眼，对方出现在十几米外的人行道上。

胡东海提着一口气，直追上去。

黑色雨衣变了方向，朝一条巷子走去。胡东海在脑中整理那幅暗地图，迅速离开原来的路径，奔向另一条巷子，提前一步到了对方准备出来的地方。

很快，黑色雨衣的身影出现，却从一条分岔的小路迂回而去。

两旁出现了成片的居民楼。胡东海意识到，对方的住所快到了。

持续二十多分钟的追踪，终于抵达目的地。

这里是一片繁杂的住宅区。黑色雨衣的身影消失在一栋楼里。

胡东海快步赶上，抬头往上看，等着哪个窗户亮起灯。却没想到，近在咫尺的门洞里，有一扇小门内透出灯光。他一愣，同时感觉自己的视力越来越模糊。

胡东海正要上前敲门，门却开了，那人提着雨衣，看来是想在门口抖一抖。

两个人同时抬起脸。

那人的第一个动作，是想逃回屋子。但只是瞬间迟疑，便知道自己被堵住了，然后整个人立刻放松。

他哑着嗓子，平静地问："你找谁啊？"

"我找侯立明。"胡东海的语调不高，字字有力。

"你找错地方了，去楼上问吧。"那人抖了抖雨衣，水珠洒在胡东海身上。

胡东海借着剩余的天光，发现那人面相粗糙，嘴唇略微往外翻着，鼻翼厚实，塌肩，缩胸，背略驼，加之说话的嗓音低沉沙哑，明显长期从事着体力劳作。

胡东海掏出手绢擦了擦额头，迈步上前。

"你干啥？"那人急忙退回门内。他随身背着一个泛黄的旧书包。

胡东海往里一看，这里只不过是个低矮狭窄的楼梯拐角，装了一扇门，就算一间屋子，里面肮脏昏暗。

胡东海冷冷地问："你不认识侯立明，那你去周家大院干什么？"

那人的脖子一缩，脸上露出畏惧的神色。

"你给一个死人服务，有什么好处？"胡东海步步紧逼。

"死人？"

"二十多年前，侯立明被我亲手打死了！"胡东海的眼神透出强大的压力。

"啊——"那人的脸都变形了，明显看出恐惧充满全身，额头渗出汗珠。

"你究竟是谁？"胡东海乘势逼问。

"我……我叫马达。"

"马达？"

"有个人雇了我。"

"谁？"

"我没见过。"马达的嘴唇哆嗦，一双无神的眼睛茫然地瞪着。

"没见过的人，就能雇你，你真的是给死人服务的。"

"别……别说了，"马达的身体呈现半坐半跪的姿势，瘫在凳子上，"他先是在我的门口放了个塑料袋，里面有两千……两千块钱，还有字条，还有一个手机。"

"字条上写的什么？"

"说是观察了我半年多，发现我是个诚实听话守规矩的人，就决定雇我。每个月给我两千块钱，如果有活儿要干，另外再加钱。他给我的要求是，接了活儿不准多问，也不准搬家。"

"为啥不让搬？"

"搬了家就得重新熟悉周围人，还会被别人盯着，叫我保持原样。"

"他到底让你干什么？"

"刚开始我也害怕，以为是……不好的事，结果全是琐碎的事，取个东西，去看个人……"

"这些破事，他为啥要雇你？"

"我咋知道呀？反正他给钱，又不杀人放火！"马达梗着脖子说。

"那个字条呢？"

"烧了——他命令我所有东西都要毁掉，连他发给我的短信，看完就删。他还动不动给我换个手机。我才不管那么多，有钱挣，有新手机，美着哩。"

胡东海紧盯着马达的眼睛问："他没告诉你名字？"

马达瑟缩一下，嘟囔道："他让我……让我叫他猴子。"

胡东海久久注视着马达，想要看穿他的瞳孔。这个粗糙、贫穷、有点小贪心，又头脑简单、认死理的家伙，居然是连接侯立明的唯一，也是最后一条线。

"跟我走吧。"胡东海说。

"去……去哪儿？"马达嘴唇蠕动着。

"给你搬家，住好一点的房子，还管饭。"

"不行，绝对不行……"

胡东海已经抓住了马达的肩膀。马达急促的呼吸喷到胡东海脸上。

马达突然嘶叫一声："我有病！"

"嗯？"

"我……""咳咳咳……喀喀喀……"这病说来就来，马达突然开始吐血沫，剧烈咳嗽，浑身哆嗦。"我有肺结核！"

马达如此熟稔，看来这一招是经常使用，若是一般人早就吓得抱头鼠窜。

胡东海冷眼旁观，一把揪住马达："别装了，这一套黄蓉早就用过了。"

马达空洞的眼神瞪着胡东海，嘴角挂着血丝。

"黄蓉和郭靖去岳王庙，嫌人多拥挤，就假装麻风病，把人都吓跑了。你——哼哼，你这病不刺激。"

胡东海抓着马达出了小屋。

外面的雨已经停了。

第 六 章
坏蛋从来不迟到

第二天下午，西京的地头上来了四个不速之客。

G640 次高铁列车准时到达西京北站。

从各个车门出来的乘客汇聚在站台上，大多是年轻人，提包拉箱，如群鲫过江一般，涌向地下通道。

花花绿绿的人群中，夹杂着四个意气风发的青年。

四个人都是二十岁出头，穿着打扮与周围年轻人并无分别，有的脖子上挂着饰物，有的耳朵上扎个银钉，显得时尚而新潮。

他们随着人流穿过地下通道，直奔车站广场而去。

四人在行走间看似松散，其实保持着严密的组织形态。

领头的是扎着耳钉的高个子年轻人，一头长发，外号炮哥，职务 DJ，是这个小团伙的队长。

炮哥不时往周围扫一眼，一瞥之下，将四周场景尽数吸入眼中。炮哥磨炼出的机警，已经变成了习惯与本能。他忽然有一种被盯梢的感觉，但周围并无异样。

炮哥身旁的年轻人，外号厕霸，职务狗仔。一头乱蓬蓬的长发遮在前额，瘦削的脸颊上，有着长年不见阳光的苍白，脖子上挂了一枚紫铜骷髅头。

厕霸始终低头摆弄手机，不时露出邪恶的笑容。玩着玩着，他的手上会多出一个手机。炮哥提醒他低调，他根本不理会，这小子恃才傲物，天生一副"我最牛×"的架势。

走在中间的是个面容清秀的年轻人，有着温柔星光一般的微笑，每个见到他的人，都会被那一份纯真与清澈触动，仿佛获得了都市中难得一见的馈赠。

他的名字叫冯天，但其他人并不知道，就像他不知道其他人的名字一样。他们都来自全国各地，在社会底层磨炼，然后相遇、组合，彼此只称呼职务和外号，绝不探问真实姓名和来历。

冯天的外号是钟摆，职务是"媒人"。他一边走一边看了看身后的脏鱼。

脏鱼永远处于队伍末端，即使没有行动的时候，他也待在那个位置，仿佛是在把守自己的领地。

脏鱼戴着一顶棒球帽，神色阴郁，总是微微躬着身子，手上提着一个编织袋。他经常一两个月都不洗澡，但身上也不太出汗。他的职务是"家政员"，每次行动结束后，他要负责清理痕迹。如果留给他的是一具尸体，他就处理尸体。在他眼中，并无分别。

炮哥忽然示意冯天走近些。

炮哥轻声说："大家长可能也到了。"

"不可能吧。"冯天有些惊讶。

"我的直觉不会错。"炮哥拢了拢长发。

他们这个团伙的名号"PCZZ战队"，其实是把炮哥、厕霸、钟摆、脏鱼的第一个字的字母组合起来。这是个"独狼"组织，不依附任何集团。

以往，都是大家长确定了目标，然后派他们先一步前往某个城市，控制目标后，大家长才会抵达。这次却跟他们同时到达西京市，一定有特殊意义。

他们的目标，就是在西京寻找人体器官供体。客户是本地的一位阔太太，老公姓樊，是个隐形富豪。得知妻子肝、肾器官功能同时受损，樊虎不择手段，要为妻子保命。

由于妻子血型特殊，樊虎好不容易通过秘密渠道，在山西忻州市搞到了肝、肾器官。六百多公里路程，司机全力驾驶，抵达西京后快到目的地了，司机抄近路时撞上一个小子的自行车，导致严重事故，两个器官当场损毁。

樊虎心中恶气难平，一方面派人报复那个小子，另一方面紧急联络到大家长，要求大家长亲自出马，就在西京本地寻找合适的供体。

这单生意非同小可，PCZZ战队要用尽手段，捕获那个拥有合适肝、肾的人。

四人潜伏的旅店名为"城南记忆青年旅馆"，坐落在西京城南的书院门，距城墙只有五分钟路程，距地铁站七百米。选择此处，是因为这家民营宾馆不关心客人的身份，住的全是年轻旅客。

旅馆中间是休息区，有一座天井，旁边种满了蕨类植物。

冯天喜欢这种氛围，仰起脸望着天井外面的天空。无论是慵懒的午后，还是日落前的宁静，抑或寂寞的夜晚，这个天井给人一种"命运出口"的感觉。

"我的命运出口在哪里？"冯天脑中忽然迸出一个奇怪的念头。

然而眼睛能看到的最远的地方，也不过是一片虚空。

当一个男孩开始琢磨命运时，其实他是想恋爱了……

"钟摆，行动开始了。"炮哥打断了冯天的思绪。

"哦。"冯天在椅子上坐直身，从天井外面收回目光。

"从现在起，不能出一丁点差错。"炮哥压低嗓门。

"没问题。"冯天露出淡淡的笑容。

"还是按照原计划，我安排厕霸先行搜寻各大医院，寻找合适供体。"炮哥拢了拢长发，"你养好精神，下一步就该你出场了。"

"放心吧，队长。"冯天脸上的笑容浓了一些。

他偏过脸，正午的阳光遮住了他的眼睛，隐约看见厕霸的背影在旅馆门外一晃而过。

厕霸在战队中的职务是狗仔，他很喜欢这个称呼，作为一名黑客，他的一切技能都是自学。他来自父母离异的家庭，从小没人管，长期在社会底层游荡，直到接触了电脑，他的生命中开出了一朵邪恶之花，疯狂吸收着黑色能量。

十八岁那年被大家长相中，从此踏上不归路。PCZZ战队建立后，这个智商炸出蓝天，而情商在地平线以下的小子，找到了用武之地。他自认是主力队员，除了大家长，谁都不服。

每次行动时，他都要打头阵，危险又刺激，很适合他的心性。

从旅馆出来，厕霸来到南大街粉巷的西京第一医院，寻找可供入侵的电脑。

→　　2

上午，胡小灿看了场电影，回来时疏忽大意，拐进四府街的一条小巷，惦记这里的一家灌汤包子。

他点了两笼包子，自己吃一笼，带走一笼让叔叔尝尝。

从店里出来没多久，骇然发现刀疤脸和咬舌男尾随在后。

倏地一下，小灿的头发丝竖起来，脊梁骨蹿起一股寒意。那一夜的记忆瞬间笼罩了他——咬舌男拿着匕首在他肚子上比画，阴狠的腔调和略显呆傻的目光，简直太恐怖。

本以为这几天没动静，事情就过去了，没想到两个家伙阴魂不散，一直在暗中等着呢！胡小灿才想起叔叔的叮嘱：不要落单。

小灿加快步伐，马上发现自己慌乱中出了错，竟往小巷深处走来，四周愈发安静，隐约听到某处传出狗吠声，但不见人。

小灿跑起来，回头一看，刀疤脸和咬舌男不见了。刚要松口气，两个家伙又冒出来。小灿手心冰凉，攥着一把汗。后边的脚步声越来越近，而小灿的双腿越来越软，似乎在流沙中艰难跋涉。

刀疤脸脸上的刀疤已经清晰可见了。

小灿甩手扔出了食袋。袋子在空中划个弧线，刀疤脸接住了，递给咬舌男。

咬舌男用匕首插起一个包子，咬了一大口，猛地一咧嘴，包子里的热油烫了他的舌头，舌尖咬掉的部位还没痊愈。咬舌男受到刺激，跃身而起，跳到了小灿身后，一只手几乎搭上了小灿的肩膀。

这时，迎面过来几个小伙子，正在吵着什么。

小灿突然指着那几个人，对刀疤脸和咬舌男喊道："哥，这就是那几个瓜皮！"

双方都愣住了。

小灿撒腿就跑。身后传来更大的争吵声。

小灿跑出了巷子，沿着四府街狂奔。他往后瞥了一眼，那两个家伙又追来了。

附近有个家属院，小灿一头钻进去，随便闯入一个门洞，往楼上跑去。眼下只有一个办法能应急。他一边跑，一边把随身带的口香糖塞到嘴里，使劲嚼着。

跑到四楼时，小灿发现左户的门缝插了几张广告单，手一摸，单子上有灰尘，看来这一家没住人。但十字型门锁有些复杂，用钩针的话估计要二十秒。

小灿隐约听到楼下传来说话声。

"……跑到这儿了？"

"没问题……"

小灿克制呼吸，手指哆嗦，从嘴里拿出口香糖，揪下一小团，迅速塞进锁孔，压到底。然后从自己的鞋跟上抽出一个细长的金属片，将口香糖按实，同时用金属片转动锁孔，三秒钟，十字锁被打开了。

他推门而入。

三楼传来急促的脚步声。

脚步声响到四楼拐角时，门轻轻地关上了。

前后用时十五秒。

从来没在这么大的压力下开一把锁，还是江湖经验不够啊，幸亏用超强的技术弥补了经验的不足。

但小灿忘了一件事：没有把广告单收回来。四张彩页从门缝散落到地上。

小灿透过猫眼往外看，正对上咬舌男那张脸。

"上次出了事，老板生气了，咱俩成了边角料。"外面传来刀疤脸的声音，仿佛在与咬舌男闲谈。

"只要从那小子的右腹上面捅一刀，咱俩就能交差了。"咬舌男用呆傻却执拗的语气说着，用手在门上比画。

"咱俩不要你的命，只是把你的肝和肾捅烂。"咬舌男对着猫眼认真地说。

胡小灿的后背大汗淋漓。

"我数三个数，踹门了！"刀疤脸的声音传进来。

打电话向叔叔求救或者报警都来不及。小灿冲到阳台往下看，四楼外面有棵树，但他跳不过去。

犹豫中，门外变得安静了。对方说踹门只是吓唬人，叔叔说过了，他们不敢明目张胆。

小灿忽然听到一阵"喵喵"的叫声，仔细一看，角落的阴影中竟有一只猫，看样子很饿。小灿打开橱柜，找到一盒饼干，急忙倒入瓷碟里，自己也抓了一把吃。他一紧张就想嚼东西。

猫吃饱了，起身跳到阳台上，一溜烟跑到隔壁去了。小灿这才明白，这只猫并不属于这家，是刚才跳过来的。

小灿一发狠，沿着猫离去的地方，从这边的阳台翻过一只脚，身子突然一歪，急忙抓住墙上的金属管，腾出右手扒住对面的阳台。他停了片刻，继续攀爬，翻到了隔壁的阳台上。

这家人刚刚晾晒的衣服正在滴着水珠，小灿从晾衣架上拿起一顶棒球帽，然后把一百元钱夹在晾衣架上。他戴着帽子，深吸一口气，突然冲过客厅，跑出房门。客厅的人惊呆了，不相信自己看到的一幕。

眼看胡小灿从隔壁冲出来，刀疤脸和咬舌男也愣住了。刀疤脸正在捅刚才那家的门锁，但锁里塞了口香糖，迟迟弄不开。

咬舌男怪叫一声，先一步追来。他是个单一脑细胞的人，最讨厌不按牌理出牌的家伙。

胡小灿逃到楼下，拼命跑着，一路朝着小南门逃去。

谭医生的诊所就在这一带。

二十分钟后，胡小灿埋头冲进了"小南门博康诊所"。

谭医生正给一个病人测量血压，见小灿慌张的样子，不禁起身问："你叔叔怎么了？"

小灿挤出一个惨兮兮的笑容："我就不能有点啥病？"

"你？"谭医生愣住了。

"呵，没事没事，我就是路过，进来看看有没有锁要开？"小灿跌坐在候诊椅上。

"你果然有病，这是职业病。"谭医生笑道。

胡小灿不时往诊所外面张望。那两个家伙出现在街对面，一左一右站在路牌下，安静而阴险地注视着诊所。今天真是撞鬼了。

"小灿，你真没事？"谭医生倒了一杯水给他。

"逛街累了，进来歇一会儿。"小灿接过水。

"你叔叔身体还好吧？"谭医生坐在桌子后面。

"嗯……其实不太好，经常头疼，你没事去看看他，他就信你的医术。"小灿大言不惭地说。

"哦，这是我的职责。"谭医生认真点头。

小灿又往门外瞥一眼，那两个家伙不见了。但他们肯定隐身在附近。

这时，诊所里采购药品的司机来了，问谭医生还需要什么。小灿等司机准备离开时，连忙起身，希望搭个顺风车。谭医生同意了。

胡小灿跟着司机从后门出去，院里停着一辆皮卡。

十分钟后，皮卡驶入了街上的车流中。小灿在副驾驶座上伏低身子，发现那两个家伙站在树荫下，仍然望着诊所大门。

→　　3

胡小灿走进家门时，心情已经恢复了平静。他不想把刚才发生的事告诉叔叔，叔叔忙着寻找侯立明，而且距离房屋订金的退款期限只剩七天。一个星期内，如果不能抓住侯立明，换取母亲的信任，这个避风港就没了。

胡东海坐在外屋，剥开香蕉皮，正在蘸黄豆酱。

见侄子进来，胡东海说："你师傅说过，当年张学良就这样吃香蕉。"他咬了一口香蕉，不禁皱了皱眉头。

"什么味？"小灿问。

"唉，不好说。"胡东海又咬了口香蕉。

"我也尝尝。"小灿剥了根香蕉，学着叔叔的样子，蘸着黄豆酱尝了尝。说不出的古怪味道，只吃了一口便放下了。

叔侄二人讨论"香蕉蘸酱"的问题时，似乎忘了屋里还有一个人。

马达就那么直愣愣地瞅着他俩。

小灿看了马达一眼。马达坐在窗前的小凳子上，微微盘着腿，斜挎着一个黄书包，上面布满斑驳的折痕。

小灿低声问胡东海："你真的让他住在咱家？"

"他是唯一跟侯立明有联系的人。"胡东海又拿起一根香蕉，"侯立明是个风筝，他就是那根线，我要牢牢抓在手里。"

"你又不知道这人的底细。"侄子小声提醒。

"见面就是朋友，江湖上闯荡的，你可别轻视他。"胡东海说。

"那他愿不愿意住在这儿？"小灿换了个角度。

"可能不太愿意吧。"

"那你这是……限制人身自由？"小灿有些惊讶。

窗下的马达已经闭上眼睛，好像那两个人商量的事情与他无关。

院子里那间杂物房已经收拾干净了，虽然不算正经的好房间，却也比楼梯拐角舒服，起码没那么潮湿，更不会有人上楼下楼蹬得"咣咣"响，震下一片灰尘，床底下传来蛐蛐的叫声。

其实住在哪里都无所谓，马达的抗拒情绪，来自损失的两千元钱——他说雇主猴子每月给他两千元，可他一看胡家的情况，就知道胡东海达不到这个水准。

更让马达不甘的是，那两千块钱再也没指望了，因为猴子不会再联系他。

"以前有过这种事，"马达吭哧着说，"一有风吹草动，他就断线了，十天半个月没消息。"

"你放心吧，他一定会想办法找你的。"胡东海说。

马达的脑袋摇得像拨浪鼓。

"你给他帮了不少忙，特别是周家大院的事，他不可能随便找个人替换。"胡东海沉吟片刻，问，"下一次烧香，是啥时候？"

马达翻着眼皮掰起手指头，嘴里碎碎念："初三横着走，初四驴打头，初五……嗯，还有六天。"

"只要他联系你，我就能找到他。"胡东海说。

"烧香不用我出面，有福童代劳。"马达解释道。

"嗯。可是他忽然发现你搬了家，不知道出了啥事，一定要提前找到你。"胡东海说，"就用他的疑心病引诱他。"

"瞎折腾半天，对我有啥好处？"马达低头嘟囔。

"我保证，一找到侯立明，就给你一笔钱，补偿你的损失。"

"啥钱？"马达直起脖子。

"侯立明很有钱，从他身上随便给你切一块，能把你撑死。"

"噫，他每个月才付给我两千块！"马达噘着嘴。

吃罢午饭，马达的态度更柔顺了，那是小灿的功劳。小灿点了蒸饺和黄桂柿子饼，马达吃过后，心都亮堂起来了，烦恼都没有了。他几乎感动落泪。

这人是有多苦，才会被一顿食物哄哭？

胡东海从年轻时就把情义放在第一位，之后经历了二十五年的煎熬，但更让他体会到信任、自由这些东西的宝贵。

他是把马达当作朋友的，得到这个缘分如获至宝。虽然马达说他从来没见过侯立明，但侯立明能够观察他半年多，然后放心地把事情交给他，说明他这个"代理人"做得很成功。

马达则对胡东海以前的事挺好奇，不明白他为什么急着寻找侯立明。胡东海便把自己的冤屈告诉了马达，希望激起马达的愤慨。

但马达似乎对这个长达二十五年的冤情没多少感觉。

马达更关注细节："就因为坟前的一瓶酒，你就觉得不对劲？"

"四棱子只是一个线头，我又从几个方面确定了一下，就好比一张桌子，四条腿都稳住了，侯立明就牢牢地端住了。"

胡东海的神情表明，他已经知道了当年被陷害的种种细节，现在只差一个侯立明，就能"开宴"了。

马达诚恳地说："你太灵醒了，不是一般人。"

老实人夸赞别人，是从内心深处往外翻腾的热情。

"哎对了，你说的四棱子是个啥玩意儿，让兄弟开开眼。"马达搓着手，有些羞涩地看着胡东海。

"那是一种酒，我……把它供起来了。"胡东海随口说道。

"哦……"

马达还想说什么，院门外忽然传来一个男人抱怨的声音。

"这是啥破地方啊，车都停不了！"罗有根嚷道。

这次他换了一辆奥拓。

→　　4

罗有根和宋发宽一左一右坐在马达面前，盯住马达研究着。

马达背着泛黄的旧书包，躬腰坐着，显得很疲乏。偶尔将视线飘起来，有些茫然，有些羞怯。

把脸洗干净的马达，粗糙的五官与褐色皮肤没什么变化，那是长年风吹日晒、艰苦劳作沉淀的印迹。

马达长着狮子鼻，却没让那张脸显得威猛，配合下牙略凸的造型，反而有些可笑。

马达的双手磨砺得相当有力，搭在膝头的手指坚硬如铁，本应充满阳刚之气，可是无论坐着还是站着，永远是塌肩、缩胸、背略驼。

胡东海还注意到，马达是个左撇子。

罗有根与宋发宽盯着马达看了半天，开始询问马达与侯立明相识的经过。马达不得不重复一遍，与胡东海得到的信息一样——侯立明先是观察马达，然后选定他，每个月给他两千元辛苦费，让他干一些杂事。

宋发宽问了些细节，比如侯立明是否与马达通过电话？回答是通话极少，而且声音很怪。再比如侯立明付给马达的月薪，是整齐的新票子，还是乱七八糟一堆钞票？回答是有大钱也有小钱，加起来就是两千元。

还有一个关键问题：马达从周家大院拿走了十二张金纸，怎么交给侯立明的？

答案很简单：马达就把金纸放在自己的小破屋，然后遵照吩咐，去秦岭野生动物园玩了一天，回来后包裹已经准备好了放在桌子上，他再拿回周家大院，悄悄放到门房。

盘问了三个钟头，滴水不漏。

罗有根得出结论：侯立明雇用马达很容易理解，就像老板雇的跟班，行使着杂役、司机或者秘书一类的职责。

接下来侯立明还会不会联系马达，只能守株待兔了。

就算侯立明给马达发来短信，也别指望通过手机号来捕捉对方行踪。根据马达所说，对方每次发来短信，显示的一长串号码根本不是手机号。罗有根自己也这么干过，办法有好几个，其中有一个"MDA桌面助理"软件，给其他用户发短信时，可以选择不以真实手机号发送。

尽管障碍重重，胡东海却有信心，只要侯立明再次露出尾巴，就能抓住他。

但三人也达成了共识：侯立明跑了这么多年，狡猾机警的程度不用猜，已经达到非人级别。要捕获这么一个兽类，稍有疏忽，把他惊动了，就会彻底消失在茫茫人海中。所以即使寻找侯立明的心情迫切，行动上也绝不能急躁。

要大气，要稳重。

马达勾着头坐在旁边，听三人议论。

他似乎刚刚想起什么，忽然支支吾吾，提供了一个重要信息。

"嗯……那个猴子……他可能……可能……"

"可能啥啊？"罗有根催问。

"他可能……腿脚不方便。"马达说。

"什么？"

桌旁的三人都将目光盯住马达。

胡东海问："你怎么知道？"

"有一次他发短信，让我去骡马市街。那也是个雨天，我感冒了，头疼，就给他回复：你自己去吧。他又发来短信，骂我，我只好去了。"马达嘟囔着，"我又不是他使唤的驴，驴也有不方便的时候。"

胡东海与罗有根、宋发宽对视。

身后的胡小灿也凑近了。

胡东海问马达："可你咋知道他腿脚不方便？"

"每次到了雨天，他的短信就奇奇怪怪。按理说芝麻大点屁事儿，干吗都指派我呀？"

"所以你就觉得他……可能怕下雨路滑？"胡东海若有所思。

马达点点头："我都是瞎猜。还有些爬高上低的事，他肯定给我发短信。"

宋发宽说："这猜测倒也合理。"

似乎不难想象，一个断了腿的中年男人，深藏在地下室，厚厚的窗帘遮着天光，眼前一抹鬼火幽幽闪亮。或者有可能坐着轮椅，甚至可能就住在医院，在一间豪华病房里，用不同的手机遥控着不同的人，如同一只蜘蛛。

神秘，阴险，欠揍。

大伙又议论了一会儿，却没有更多的东西了。

话说着说着就到了傍晚，罗有根请吃烤肉。一行五人来到夜市，找了一家大排档，坐在门前的树下。马达坐在桌角，嘴角不时抽一抽，鼻孔不经意地张开，从空气中贪婪地吸吮着羊肉与炭火交缠的味道。

胡小灿不时往四周扫一眼，寻找刀疤脸和咬舌男的踪影，并没有找到。

小灿的注意力转到马达身上。

罗有根正在吹嘘他收债的趣事，从他的言辞中不难听出，根叔在西京的民间金融界颇有名气。

"……遇到老赖，我就给他们变戏法……"

宋发宽吸着烟，一副昏昏欲睡的样子。

胡东海坐在马达身边，见他不时往旁边的大排档张望，便问："你想吃啥？"

马达说："先吃碗凉皮吧。"

女服务员送来一碗调着辣子香醋的凉皮和一杯冰镇酸梅汤。

"香，真香。"马达低声嘟囔着，忍不住吞咽口水。

胡小灿一直看着马达。马达与胡小灿的视线碰了一下，连忙移开目光。

烤肉端上来了，盘子里放着二三十串，滋滋地冒着油花。

"开吃！"罗有根吆喝道，率先抓起五六串，迫不及待地啃起来。

胡东海给马达拿了几串，马达急忙用左手接住，侧过身，埋着头，小心却又贪婪地吃着。

胡东海吃东西前总要静默一下，这也是监狱的习惯。然后示意宋发宽一起吃。

宋发宽每喝一口酒，就提一下裤子。

小灿边吃边问："那个侯立明到底是个什么人物？"

罗有根笑道："哈，侄儿也想见一见啦？"

"反正我叔叔恨透了他。"小灿说。

"当年女人都爱他，男人都崇拜他。当然你叔是例外，他俩的情况，一晚上说不完……"

"说你变戏法的事吧。"胡东海打断罗有根的话。

罗有根扶了扶茶色眼镜，眉飞色舞地说："我就拿出一个盒子，让欠债的家伙用手指碰一下——我的神神，一条黑斑毒蛇蹿出来，'嗞嗞'吐着芯子，都快沾到他的鼻尖了，那个家伙立马就吓尿啦！"

在他们畅聊时，马达始终闷头吃肉，第一拨端上来的烤肉，他吃掉一半。

他忽然问胡东海："胡老弟，找到那个侯立明以后，你打算咋办？"

胡东海狭长的眼睛里掠过一道冷光。

马达吃肉的动作毫无察觉地停顿一下。

罗有根说："反正龙王办他之前，先让我把债收了！"

马达吃完了竹签上的最后一块肉，打了个饱嗝。

→　　5

夜深了，小院里静悄悄的，远处隐约传来的狗吠声，更加重了夜的寂静。

睡不着，竖起耳朵能听到巷子外面的车辆轧过路面的声音。这间杂物房也偶尔发出嘎吱声，仿佛年久失修的屋顶正在一点点裂开。

马达在床板上翻来覆去，但声音很轻。

收拾干净的杂物房仍有一股浓浓的霉朽味。但马达已经习惯了，无论住在哪里，寂寞、孤苦、杂乱、霉朽，都是永远甩不掉的。

马达只是不太适应这里的安静。

他慢慢起身，盘腿坐在床板上，黑暗中呈现一个凝固的剪影。

"哧"的一声轻响，一道亮光突然闪现，他手指上捏着一根火柴。火光衬托下，他的脸半明半暗。他用火柴点燃一截蜡烛，放到桌角。在昏暗的光芒中，靠在墙上的一块玻璃出现了映像，玻璃中间的裂痕使他的影子有些扭曲。

他扭头看了一眼玻璃，感觉正被另一个自己监视着。

他从黄书包里拿出一张黑白照片。

照片很旧了，边缘已磨损，上面是一家三口的合影：年轻漂亮的妻子依偎着英俊的丈夫；丈夫一袭黑色风衣，系着白色围巾，衣领高高竖起；妻子怀中抱着襁褓中的婴儿，脸上是幸福的微笑。

马达深深地凝望着照片，手指忽然抖了抖，意识到自己沉浸得太久了。

他收起照片，望了窗户一眼，用大拇指挠了挠下巴——这是他唯一没有克服的习惯性动作，这个动作属于侯立明。

马达——侯立明，自信已经躲过了第一道难关。当胡东海把他堵在原来那间小破屋时，他感觉到世界的崩塌。但只是一瞬间，他就恢复到正常。

那一丝战栗，只是因为自己长年恐慌而落下了病根，即便无比自信，心底深处也会有一丝抖动，特别是"杀死自己的凶手"突然站在自己面前时，就像罗有根讲他的收债往事——巨大的黑斑毒蛇突然昂首出现，猝不及防的恐怖，猛然到了眼前，毒蛇的芯子几乎沾到了他的鼻尖。

此情此景，自己仍保持镇定，足见修炼之深。

回想二十五年前，他精心设局陷害胡东海，实施了灞河诈死计划。

在那之前，他已经从罗有根那里借了三万元巨款，作为翻身的本钱。他自信逃到外省足够开创一番新事业。万万没想到，上火车的第二天晚上，三万块钱就被贼偷了，而他不敢声张，硬生生咽了这杯苦酒。

设定好的新人生，还没开始就终结了。到了外乡更是步步碰壁。身上仅剩的一点钱很快花光，先后在深圳、新疆、湖北等地打零工，怕被人认出来，只能在城乡边缘干最苦最累的活儿。除了身体的折磨，还因为找工作的不易，屡屡受到欺辱也不敢声张，精神苦闷。

决定回到西京，一方面是父亲的本能使他牵挂女儿，另一方面是他认为自己的伪装术可以瞒天过海了。

在外面逃亡了十一二年，侯立明终于潜回西京，暗中守望。那年女儿刚上初中。

因为对女儿的关爱，反而让他不自信，怕自己前功尽弃，更怕女儿通过照片认出他，把他当作僵尸复活。尤其不敢靠近前妻，害怕毁掉她们已经平静的生活。

他一听到警车响，就双腿发软，膀胱发冷，肛门发紧。一见到穿警服的，就心中大喊饶命。

其实他已经做得很出色了，多年折磨自虐，把自己变成了另一个人。

"马达"这个名字，是他借用的。

当年侯立明和马达都在棚户区，比邻而居将近一年，侯立明才惊讶地发现，左边隔壁的马达，其实与右边隔壁的老头，是同一个人。

人可以伪装到这种地步，实属厉害。

市井江湖中总有些隐世奇人，为了生存或者欲望，能在自己的身体里开发出让人难以想象的力量。

侯立明绝不探问马达的来历，更不好奇马达为什么这样做。他只是立刻臣服于马达，让马达教他，如何把自己隐藏在人海中。

接下来的一年多，侯立明随着一大批外来人口跑到深圳，彼时改革大潮汹涌澎湃，侯立明并无感觉。他专门在一座车库找了个守夜的工作。白天在小黑屋睡觉，晚上去车库上班。一年多不见阳光的日子，让他生了两场大病，也让他变得阴气森森。然后，他特意逃到新疆的克拉玛依市，那里的酷暑才是煎熬。他在工地搬砖，干了四个来月，硬把自己晒得不像人样。

人常说烈日暴晒会把一个人晒脱形。此言不虚。

原本阴气森森的侯立明，再经火炉一炼，整个人完全变了。脸上的皮晒翻，露出白肉，白肉又晒黑，再翻出白肉，风沙中也不洗，最后变成黑一块白一块。离开新疆很长时间，他的脸皮才得以复原，并形成如今的浅褐色。

所谓"相由心生"，侯立明从恐慌和郁闷中磨炼出老辣阴狠之气，竟内化在骨头里，流露在外的反而是一种粗糙忠厚之色。

通体来说，侯立明炼出了"侯氏三层立体伪装术"。

是伪装，而不是化装。伪装的精髓在于透骨蚀心。

第一层是表层伪装，面貌经过暴晒后，最成功的改变是眼睛的形状，眼角下垂，眼眶变形。但鼻子却是太阳晒不掉的。年轻时挺直的鼻梁迷倒不少姑娘，逃亡中却成了人体特征。

幸好，一次在工地干活时，侯立明被脚手架上掉落的水泥板砸倒，鼻梁断了。那是上世纪 90 年代中期，小城的医疗技术跟不上，几番折腾后，鼻翼两侧鼓凸，意外形成了狮子鼻。但后遗症是经常流鼻血，量不大，两三滴。

为了彻底让面部大变样，他又戴上牙箍，从内部改变了嘴型。

第二层伪装是形体动作上的。那种"在鞋里放两颗尖石改变走姿"的做法，只能一时糊弄人。要想长久地变化，就要改掉习性。那位马达老师特别叮嘱的，一个人改掉旧习性很难，尤其是二十来岁已经定型的年轻人，有些东西根深蒂固，自己并不察觉，但在旁人看来，却是认识某个人的特点。

所以在改变之前，要透彻了解自己，知道自己的细微之处，然后逐级修改。

侯立明把自己的走路姿势，由脚上的"外八字"改成"内八字"，手上变成"左撇子"，至于体形姿态，由于重体力劳作，自然而然形成了塌肩、缩胸、背略驼的样子。

第三层伪装，更深入，是对性格的改变，按照马达老师所说，这一层演不好就砸了，因此在伪装之前一定要考虑清楚，自己适合成为一个什么样的人。

侯立明选择成为一个装傻充愣的家伙——反应慢，木讷。

装傻，说起来简单，其实并不好演，因为眼神很难骗人。比如他听到一句话，可以假装呆愣，从表情看似乎是没听懂，但是眼神却动了动，这说明他已经反应过来了，万一被人窥破，就演砸了。

所以眼神和面部表情永远一致，都要慢半拍，这就是伪装术的升华。否则，就会变成疑点。

除此之外，侯立明装病是一绝，紧急时刻，他能伪装出通常可见的所有急病，尤以传染病为佳。

随着自虐的深入，他内心有个感觉：只要自己变成另一个人，就不再是有罪的侯立明，而是一个全新的人，一个假装与当年罪行无关的人。

一个对别人不择手段的人，是禽兽。

一个对自己不择手段的人，禽兽不如。

从禽兽到禽兽不如，是一段不堪回首的经历，他毕竟成功了。但就在他以为日子会这样运转下去了，不料竟撞上了出狱的胡东海，过去的噩梦再次缠住他。

因为他在父亲坟前放的四棱子酒露出破绽，又因为给女儿祈福的行为暴露了行迹，侯立明确信，胡东海已经知道了当年被陷害的种种细节。

但这次不能一走了之，逃也没用——胡东海手上掌握着证据。

至于福帽上的"梁若"二字，侯立明并不担心，那最多算是间接证据。

最大的问题是那瓶四棱子酒。万一胡东海反应过来，把酒瓶交给警察，并且警察提取到了证物，发现二十五年前死了的人，居然还活在世上，一切都将崩毁。

一想到胡东海，侯立明就感到一阵战栗。

其实是他自己再度唤醒了胡东海。

时隔多年再次遇到的龙王，眼眸深邃，犹如一把刀，二十多年沉睡于鞘中，如今再次苏醒，那眼神犹如开刃的一面，在岁月洗礼下，如同一片雪光，冷而亮。

侯立明还得防着胡小灿。那小子从来没见过侯立明，所以不会受到先入为主的影响。反倒是胡东海和罗有根、宋发宽他们，因为早年的熟识，此刻见到一个完全陌生的"马达"，与他们脑海中的翩翩公子、三厂许文强完全不搭调，正常人不会产生"马达很可能是侯立明"的臆测。

胡小灿却未必，侯立明在他脑中本就是一张白纸。如果马达在无意中表现出任何的不自然，都可能在胡小灿的眼中变成疑点。

"是不是我想多了，神经过敏？"侯立明问自己。

但不管怎样，先摆平胡东海是正经营生。

侯立明人生的唯一残念就是守护女儿，在胡东海破坏这个心愿前，必须尽早下手。

冥冥中，似乎有三声乌鸦叫在催促侯立明。

第 七 章

都是狠角色

→　　1

清晨，胡东海在院里跑完步，去巷口买了早点，回来时看见侯立明正在整理花椒树的根。

胡东海迈步上了台阶："来吃饭吧。"

侯立明跟着进来，怯怯地坐在桌子对面，一半屁股搁在凳子上。

"马老兄，就当是自己家，别拘束。"胡东海用筷子夹着油条，放到侯立明面前的碗上，碗里是热腾腾的豆浆。

"哎哎，好。"侯立明接住油条。

"你会种树？"胡东海扯着闲篇。

"北郊那边有个树叶收集站，我干过。"侯立明慢吞吞地说。

"还有那种单位？"胡东海有些好奇。

"有的，有的。秋天满地落叶，清洁工扫了又不能烧，就送到收集站。每个区都有。"侯立明又拿起一根油条，泡着豆浆吃起来。

这时，胡东海的手机响了一声。他还不习惯用智能手机，一手拿着油条，另一手忙乱地不知往哪儿按。

侯立明欠身看了看，伸出小拇指，轻轻戳了一下。

屏幕上显示一条短信：慈善富民总部通知，解冻民族资产，为民族大业贡献力量，巨龙腾飞就在你我手中，各位善民给以下账户存入 50 元可获得国家高额补贴……

胡东海有些惊讶，国家知道他正缺钱，自己只要贡献一点不成熟的小力量，还能帮助巨龙腾飞。

"你咋看？"胡东海问侯立明。

侯立明呆呆地盯着手机，露出一丝憨傻的笑容："这是好人好事。"

胡东海抓了抓脑壳："我侄子说，凡是甩大词的短信，都属于诈骗。"

两个老男人勾着头研究着。

侯立明忽然恍然大悟似的，拍着额头说："还有富婆借种，你干不干？"

"富婆借种？"胡东海愕然。

"她老公是霸道总裁，可惜下身废了，为给家族延续香火，漂亮富婆征集男人，实际操作完，给三百万营养费。你弄不弄？"

"三百万营养费？每天吃一顿韭菜鸡蛋饺子，那得吃到啥时候？"

"你们聊什么呢？"胡小灿披着睡衣出来，一边走一边打呵欠，顺手抓起篮子里的油条咬一口，瞥一眼桌上的手机。

胡东海说："我们谈民族大事和家族大事，我们……"

"骗子。"小灿嚼着油条回屋去了。

胡东海冲着侄子的背影，亲切地骂了一声"小兔崽子"。

继续吃油条，喝豆浆。

侯立明嘟囔道："你们叔侄俩真好，我挺羡慕的。"

"你的家人呢？"胡东海随口问。

侯立明意识到自己多了一句嘴，脑子里闪过女儿的脸庞，木讷地说："我原来有个老婆，嫌和我吃苦，跑了，娃也带走咧。"

胡东海用同情的目光看了看侯立明，看到了他眼中的痛苦。

吃罢早饭，侯立明想回自己那间小破屋看看，也许猴子会留下什么东西。胡东海同意了。

侯立明离开后，小灿从屋里出来，忽然对胡东海说："那个马达叔挺有意思。"

"哦，咋了？"

"他总是用眼角偷偷瞄着人。"

"没有吧。"胡东海有些惊讶。

"他看你和根叔、宽叔的时候很正常，看其他人挺怪。昨天晚上吃烤肉，送凉皮的女服务员过来，他的眼神尤其怪。"

胡东海笑一笑："马达见女人不敢直着看，可又想看，这不算啥。"

"他的视线是从下往上勾，斜愣愣的，一般人做不到，眼角太深了。"

"呵，你观察得真细。"

"我是研究锁的，马达叔的锁眼不是一般路子。"小灿说，"比如一把十字锁，内部有四个工作面，每个工作面都有三个弹珠，挤占了锁孔内的空间。"小灿在空中比画个手势，"弹珠越少的锁越容易打开，锁孔越深的锁越不容易打开。"

胡东海笑容一敛："有的强奸犯就是那种眼神。"

"啊？"

"号子里把那种人叫'干儿犯'。有一个判了十七年的，看着老实巴交，其实不是人。先是一拳打在女人肚子上，然后捆绑，捂嘴，掐脖子。"

"畜生，应该先阉了，再活埋。"小灿说。

"那是一种病。有的狱友说，他偷瞄管教干部也是那种眼神，难道他连管教干部都想糟蹋？"胡东海嘟囔着，"不像话。"

"马达就是这种人？"

胡东海思忖着说："还是不太像。"

"万一他就是个强奸犯，你是打死他，还是继续用他钓侯立明？"

"打死他？"胡东海哼了一声，"直接打死有点便宜了吧。"

→   2

侯立明离开胡家后，并没有回小破屋，而是直奔骡马市街。女儿梁若在一家服装店上班，侯立明隔三岔五来附近转悠一圈。

服装店名为"蓦然星空"，门脸不算大，进出的时尚男女倒是不少。女儿新认识的男朋友，原本就是一名顾客。

侯立明在斜对面的咖啡馆前停下脚步，整了整斜挎的黄书包，坐在长椅上，拿着一份报纸假装翻看。

快到中午了，阳光有些刺眼。

梁若从店里出来，站在檐下，一边对着手机说着什么，一边望向街口方向。一个年轻男子从旁边走来，步伐自信有力，衬衫下隐约露出马甲线，看来经常做健身。

健身男悄悄站在梁若身后。梁若忽然回过头，似乎吓了一跳，然后便是"咯咯"的笑声。

健身男给了梁若一个漂亮的盒子，估计是个礼物。梁若不想要，但健身男塞到她怀里，还趁机想亲吻梁若。对面的侯立明不由得站起身，但立刻坐下了，有点担心自己动作太大，引起对方注意。不过，根本没人理睬他。

　　梁若红着脸把健身男推开。健身男虽然没亲成，脸上仍是自信满满的表情，有一种"迟早把你夹到碗里"的笃定。

　　他们约了晚饭之类的事情，梁若转身进了服装店。健身男瞥一眼梁若的背影，离开了。

　　侯立明跟着健身男朝前走。

　　十几分钟后，健身男走进停车场。

　　正午时分，停车场很安静，一排排汽车趴在阳光里，加重了空气中昏昏欲睡的氛围。健身男走到自己的车前，正要开门，斜刺里突然晃过一道影子。

　　一只手抓住了健身男的胳膊。

　　健身男反应迅速，用力一扭，挣脱了那只手。

　　待看清面前是个蔫头耷脑的粗糙男人，健身男立刻怒道："要饭的，滚！"

　　侯立明知道健身男非等闲之辈，此人在一家房产公司上班，深得老板器重，是部门经理，平时耀武扬威惯了。

　　"你和梁若交往，我不同意。"侯立明的声调不高，沙哑的嗓音让人误以为他在求情。

　　健身男气乐了："神经病，你他妈算……啊！"

　　健身男猛地弯下腰，捂住自己的肚子。

　　侯立明出拳很快，出完了拳，还是那副蔫头耷脑的样子。健身男显得异常难受，想吐却吐不出来。

　　"离梁若远点，听到没？"侯立明再度开口。

　　健身男拼尽一口气，力举杠铃之势，双臂往前一推："你妈的……"

　　侯立明"嗖"的一下从腰间抽出一根电线，绑住了健身男的胳膊，一只手捂住他的嘴，另一只手掐着他的脖子，在他耳边低语："离梁若远点，××。"

　　瞬间被捆绑、捂嘴、掐脖子，健身男动弹不得。

　　侯立明的表情突然变得冷厉骇人，在极近的距离逼视着健身男。

　　"唔唔唔。"健身男感觉自己的瞳孔被两道目光刺穿了。

　　侯立明松开手，从黄书包里掏出一叠照片，狠狠甩到健身男脸上。接着一拳砸下，让健身男跪倒在地。

照片散落一地，上面是健身男光着身子和一个妖艳女人纠缠的情景，那女人是房产公司老板的小情人。

这最后一击，令健身男彻底溃败。他抬头望了一眼，矗立在眼前的男人状如死神，其掌握的隐私足以要了他的小命。

不知过了多久，健身男从绝望中清醒过来，那人已消失无踪。健身男一边哆嗦着捡起照片，一边抽泣着抹掉胸前的鼻涕和眼泪。

下午三点多，侯立明回到了胡家。

"胡老弟，有情况。"

侯立明走到桌前，把自己的手机掏出来，展示刚拍的照片：一扇破门上画了三道横线，中间一个叉叉。

"这是……"胡东海辨认着。

"有人在小破屋的门上画的。"侯立明说。

胡东海有些兴奋："是猴子画的？"

"嗯。"侯立明瞟了胡东海一眼。胡东海的注意力在照片上，侯立明接着说，"我不懂啥意思。"

"这像是一种黑话。"胡东海研究着那个符号，"猴子以前没给你画过？"

"画过别的，"侯立明想了想，说，"有三角，是提醒我抓紧时间，还有圆圈，是让我小心。只要他在门上画了东西，就表示不会发短信了，怕被追踪。"

胡东海把那个符号描画到纸上，继续研究。

侯立明自己从锅里盛了饭，捞了一大勺土豆烧菜花，蹲在门口吃起来。

他背对着屋子，倾听胡东海发出的每一个细微响动。他脸上的表情仍是木然的，没有因为给胡东海提供了虚假信息而得意。胡东海不是想钓他吗？他就这么反钓着胡东海。接下来他得瞅机会找到那瓶四棱子酒，那东西是心头的一根刺。

胡东海的声音传来："我就说嘛，侯立明那个王八蛋不会一走了之。画这个的意思，可能是问你的去向，也可能是催促什么期限。你看我分析得对不对？"

"对，你说啥都对。"侯立明用力嚼着土豆。

很快，罗有根和宋发宽来了，二人针对那个符号展开了辩论。

罗有根认为，三道横线，中间一个叉叉，意思是"三天内咔嚓马达"，这是宣告了马达的死刑。

宋发宽则认为，这是侯立明准备给马达升职加薪。三道横线就是"三道杠"，马达将从市井小民直接升任大队委，而中间那个叉叉"×"，就是加薪的意思，是把"+"号变形了。

宋发宽的脑洞让伙计们很是震惊，但不能否认他看问题的角度刁钻。

那么究竟是"三天被弄死"，还是"面临升职加薪"，两种意见针锋相对。

侯立明坐在窗前的凳子上，双手搁在膝头，脸上的表情忽冷忽热。

此事关系到马达还有没有未来，罗有根和宋发宽吵得不亦乐乎。

胡东海平息了两人的舌战，先考虑另一个问题：这个符号是不是侯立明本人画的？

这次罗有根和宋发宽意见统一：为了安全，侯立明不会自己出面，只要随便雇个人，哪怕是个学生，在门上画这么个东西，易如反掌。

罗有根叹口气，对侯立明说："马兄呀，我感觉你遇到的侯立明，是个鬼。"

侯立明木讷道："我也觉得是，摸不着影儿。"

胡东海哼了一声："不管侯立明耍什么花招，马达在我这里绝对安全。"

罗有根和宋发宽告别时，侯立明忽然发现罗有根给他使眼色。

二人离去后，侯立明又等了五六分钟，才像是想起什么似的，说："胡老弟，我去交话费，手机快没钱了。"

胡东海正在门口搓洗衣服，头也没抬地说："回来捎一包卫生纸。"

侯立明出了巷口，果然看见罗有根独自站在一棵树下，一手提着公文包，一手拿着个肉夹馍，大口地吃着。看见侯立明，他扭头沿着人行道往前走。侯立明跟上去，与罗有根并肩而行。

罗有根把最后一口肉夹馍吞进嘴里，从口袋抽出纸巾，擦拭嘴角和手指上的油，说道："马兄呀，自己人就不绕圈子了，你是不是有些话没讲出来？"

"啥话？"侯立明木然地看了看罗有根。

"你跟侯立明有过接触吧？"罗有根侧过脸，与侯立明对视一眼。

侯立明摇摇头，语气中流露出愤愤不平的意味："早知道不该招惹他。"

"嗯？"罗有根停下步子。

"命都难保，钱算个 ×。"侯立明梗着脖子，表现出执拗愚钝的样子，"你们就是用我当诱饵，只等着鱼咬钩，反正我最后不落好，不是死在猴子手里，就是死在你们手里。"

"这是啥话？"罗有根拍拍侯立明的肩膀，"我认你这个朋友，话就直说了，他侯立明不是鬼，你跟他肯定有啥秘密约定。"

"没有嘛。"侯立明摇晃着脑袋。

罗有根龇牙一笑："我也不逼你，老兄好好想一想，只要你给我提供消息，让我先找到侯立明，我给你这个数——"罗有根伸出五根手指。

"五千？"

"五万。"

"五万！"侯立明差点把眼珠子瞪出来。

罗有根从公文包里拿出五张大钞："这是百分之一预付款，你收着。"

侯立明一把抓过五百块钱，一边说"这不合适吧"，一边"啪啪啪"数了一下，塞进口袋。

罗有根注视着侯立明说："你记着，千万别让龙王先找到侯立明，他憋了二十五年，很凶残，我就怕他收不住火，一把烧死了侯立明。"

"龙王是谁？"

这就是侯立明的滴水不漏。通常人会忽略熟悉的信息，侯立明当然记得龙王是谁，但此刻的他，是"马达"。侯立明甚至可以怀疑，这是罗有根故意试探他——聊天时装作不经意间，在言辞之中伏藏一只小小的话语蛀虫。

"哦，龙王就是胡东海。"罗有根并未在意这个，继续说道，"我跟侯立明有一笔旧账要算。算完了账，他是死是活我就不管了。"

侯立明低头不语。

罗有根又拍了拍侯立明的肩膀："你放心，我答应的数儿，一分钱不少你的。"

侯立明没吭声。

"你去打听一下，根叔我在西京道上是个啥人物。"

侯立明抬眼瞥了罗有根一下。罗有根年轻时就很复杂，善于在不同的圈子里打混，与胡东海是朋友，亦与侯立明称兄道弟。

侯立明抬眼的同时，露出憨厚的笑容："我信你，他根叔。"

"哈哈哈，走，喝酒！"

"不行嘛，我得赶紧买一包卫生纸回去。"

"咋了，龙王的大姨妈来啦？"

"没见啊。"侯立明转身走了。

罗有根望着侯立明的背影消失在人群中。侯立明走得慢，磕磕绊绊的，像是有关节炎的样子。

→　　4

PCZZ战队寻找器官供体的行动，已经进行了两天，还没有收到成效。

厕霸已经侵入过三家医院的电脑系统，继续沿着西京有名的医院往前梳理。

这天，他来到沣镐西路的医学院附属医院，径直走到急诊化验室旁，那里有一台供群众打印化验结果的电脑。

厕霸戴着连衣帽，悄悄拔下电脑的网络插头，把自己的手机连上医院的内网，然后进了卫生间，很快便出来。

这不是黑客常用的策略。黑客总是避免出现在事发地，但那样攻取医院系统，需要时间，而PCZZ战队并没有具体目标，还属于巡猎阶段，只能采取更直接的办法。虽然危险成倍增加，但厕霸这个人与众不同，就喜欢这样玩。

厕霸凭一部手机，通过自己编写的程序，侵入医院内网，开始窃取"统方"。所谓"统方"，是医院对医生处方用药信息的统计——这就是战队把范围限定在医院的原因，能够直接获取第一手资料，找到合适的供体。

厕霸的黑客程序在医院的信息系统中急速工作，近期患者的数据，包括血型、细胞检测等被程序吸收。得到大量资料后，还可能顺便找到需要移植器官的患者，以备下一单生意。

突然，五六名安保员冲过来。

原来是医院系统的防盗软件触发了，安保锁定了信号源，直扑事发位置——信号的源头来自走廊尽头的公用卫生间。

安保员飞奔着穿过大厅，凌乱的脚步声引起人群的骚动。

但安保员只看到一部手机挂在厕所的窗框上，不禁气急败坏。

此时的厕霸正在大厅的人群中，戴着耳机一边听音乐，一边得意地玩着另一部手机。近期患者的数据已经通过双机联网，成功窃取。

这便是"厕霸"这个名号的由来——挂在厕所里的手机，就是他在江湖上的标志。"厕所之霸，舍我其谁！"

厕霸很快将数据交给了DJ炮哥。

炮哥立即通过网络上报大家长。然而得到的反馈是：没有合适供体，并命令他们继续抓紧时间搜寻。

厕霸准备进入第五家医院。

市井之中随处可见这样的人，他三十五六岁，衣着朴素，走路一摇三晃，外表看起来极为普通。但他的五官有些奇特，眼睛和鼻子很近，嘴巴却离得比较远，人中部位那条竖起来的直线很长、很深，看起来有些锐利，仿佛被手术刀割出来的。

大家长袁富阳，就是玩手术刀的高手。

此时，他正走在西郊的土门，此处位于沣惠北路与大庆路交会处，原有一座城门，名为"开远门"，是隋唐丝绸之路的起点。如今城门不复存在，放眼望去，高楼林立，行人如织。

袁富阳背着手，显得十分悠闲，一边走一边欣赏着路人。

在他眼中，人，就是一个个活动的器皿，表层的皮肉就是盖子，里面包裹着内脏器官。

袁富阳作为一个南方人，虽然来到西京不久，却已适应了这里的气候和环境，置身于人群中，丝毫不显眼。

他原本是南方某医院的外科大夫，因在诊疗中违规操作，引发严重医疗事故，被省卫生厅依法吊销了《医师执业证书》。袁富阳早就对人体器官的生意有兴趣，从医疗队伍中被清除出来后，他为了报复社会并满足贪欲，建立了自己的团伙，从社会底层发现人才，以恩威并施的手段将其控制住，成为他的得力干才。

袁富阳崇尚"万人如海一身藏"的境界，平时躲在不起眼的角落，日常行动由团伙里的DJ负责。大家长暗中操控各个环节，根据订单调动资源。有生意时便悄悄跟着手下来到某地，神不知鬼不觉。

半个多月前，他才在武宁市完成一个单子。出于安全考虑，他做手术的地点不固定，通常在一辆依维柯高级手术车上割取活体器官，颠簸移动的车厢对他毫无障碍，就像在船上做手术一样。每次干活前，他还要喝几杯烈酒助兴，丝毫不在意这会不会给手术带来麻烦。

能用手术刀解决的，都不是麻烦。

如果一刀解决不了，那就多割几刀。

几杯烈酒下肚，在隐隐的醉意中，躺在面前任人宰割的供体，就是一只器皿。切开盖子，取出零件，干完就走。袁富阳享受的不仅仅是器官带来的金钱刺激，更是随意掠夺他人身体的满足感。

但这次来西京，情况有些特殊。

首先是他潜入的时间大大超前。刚一接到订单，手下的干才还没找到目标，他便已经悄悄潜入西京，而以往，只有在准备做手术时，他才会现身。

其次，那个订单只是一个引子，他并不仅仅为了那个供体，而是秘密视察。

近来，袁富阳的疯狂欲念升级，他想谋划建立一个基地，用来囤积供体。

这次的客户樊虎，有能力帮他实现愿望。

袁富阳派手下调查过，樊虎是西京城的隐形富豪，这个身份很吸引人，表明樊虎的财路复杂，行事隐秘，善于在灰色地带游走，并通晓丛林游戏法则。而这一切，正是袁富阳所满意的。

樊虎向袁富阳承诺，只要给他妻子做成肝、肾移植手术，一定帮袁富阳完成那个疯狂的计划。

一个是扎根于当地的秘密金主，一个是充满野心的手术刀客，彼此气味相投，虽远隔万里却不惧空间阻碍，磁石般地互相吸收着能量，必将紧紧靠拢。

樊虎非常爱自己的妻子，据说他们还不认识时，樊虎偶遇一个女孩买鞋，见她纠结在两双鞋之间不知挑哪个，樊虎默默地把店里的鞋子全买了，由她挑拣。那时的女孩还只是个大学生。

经过十几年的岁月，当年的女孩变成了悍妇，见过的人都不理解，樊总怎会越来越爱她？然而感情本就是吊诡之事，悍妇在樊虎眼中更喜人。

由此，大家长袁富阳深知这单生意的重要——为樊虎的妻子续命，就是为他自己续流量。

樊虎为了表达诚意，先期给袁富阳选定了一块地。那是在西京远郊开发的一片住宅区，荒弃了七八年，无人过问。中心是一片野湖，周围地形复杂，有一些拆迁的房屋，还有废弃的别墅群。

其中一座联排别墅是樊虎的基地，由四个单元组成，一排三层联结在一起，独门独户，车库、地下室一应俱全。虽然内部没怎么装修，但甚是隐秘和自由，可以迅速改造成小型医院，正是袁富阳理想中的基地模型……

袁富阳收回思绪，他已经在西京的阳光下走了七八站路，身上出了些汗。他喜欢长距离散步，把它当作一种物理排毒措施。

司机兼保镖阿威按照约定，会在土门商厦外面接他。袁富阳抬头看了看天空，长长地舒了口气。

手机振动起来。袁富阳瞥一眼，露出一丝淡漠的笑容。是樊虎打来的。樊总不该是这么沉不住气的人啊，这就是关心则乱吧。

"樊先生莫急，正在有序推进……当然需要一点过程嘛……没有我的手术刀解决不了的麻烦……"

袁富阳结束通话，目光掠过街市，嘴角仍挂着一丝淡漠的笑容。匆匆走过的每个人，都在冲动又茫然地寻找着什么。心中有了挂碍，就有了恐惧，身陷颠倒迷梦。世间的渺小生命，大多挣扎在自造的泥潭中，找不到方向。

这时，一位年轻妈妈领着五六岁的小男孩走过，小男孩纠缠着买雪糕，妈妈只好拿着钱包转向雪糕车。

袁富阳弯腰，笑容变得亲切。

"这孩子真好，知道自己想要什么。"

说着，他伸出舌头，在自己的右手食指上舔了舔，然后用沾着口水的手指，在孩子的眼皮上抹了一下。

孩子吓得往后一缩。

"神经病！"年轻妈妈急忙拽开了孩子。

袁富阳脸上的笑容不变，凝结在阳光里。

→　　5

胡东海陷入了从未有过的犹豫状态。

距离房屋退款期限只有五天了。马达这条线虽然能够连接到侯立明，却有些被动。胡东海还需要一个线头，带来更强的牵引力。

侯立明冒着危险，不惜一切给女儿祈福，足见他对女儿的牵挂。

找到梁若家，再结合马达这条线，就叫双管齐下、双钩钓鱼，江湖上称作"两头堵"。一头是明线，布下疑兵阵，用马达吸引侯立明的注意；另一头是暗线，找到梁若家，张网以待，侯立明自己往上撞。

但迈出这一步的距离，却要跨过内心的深渊。胡东海要承受的是自己的愧悔之情。尽管侯立明当年陷害了他，不过梁若母女也是受害者，本不该牵扯她们。可是胡东海没有别的办法，只能寻求她们的帮助。

起始点，仍然是骡马市街。

今天是星期六，胡东海又一次来到这里。

之前的那个雨天，他见过一个女孩，恍惚中有点像当年的麻花辫儿。而且听她们聊天，显然是某家店里的售货员。

胡东海只能采取笨办法：挨着店铺往前捋。

无数的俊男靓女流水般淌过，在一个个店铺前分流。胡东海置身在人群中，浑身别扭，他敞开西装，仍感觉自己被紧紧勒着。旁边经过的年轻人，纷纷扫一眼这个奇怪的大叔，特别是他走路时踩着节拍的样子：一二一、一二一。

他接连向几家店打听，毫无收获。他这样来历不明，又让人感觉奇怪的大叔，如果贸然探问某个女孩，会让人产生排斥心理。而他除了"梁若"这个名字，无法提供更多信息，换来的只有警惕。

他越是紧张，越让人疑惧。

他不敢再打听，随着人流到处走，到处看。

快到中午了，胡东海走进"蓦然星空"服装店，仍然一无所获。他并不知道，梁若正在休假。

胡东海从"蓦然星空"出来后，又在街上徘徊一大圈，失望而归。

路上他心情沮丧。在这个时代中，他注定总是在寻找，从一出监狱就在街上寻找公用电话开始，他的脚步就不曾停止。他忧虑的是，也许所有的寻找，最终都只是一场空。

胡东海回家睡了个午觉，下午三点多钟被宋发宽的电话叫走了。

胡东海来到大吉昌巷的新园社区，宋发宽正在楼顶等他。这上面盖了遮凉棚，一扇简易木门后面是层层垒起的鸽舍，最高处镶了几片琉璃瓦，作为标志。

一群鸽子组成半圆形排列在眼前，共有二十只，行话叫"一盘儿"。随着宋发宽的一个手势，群鸽骤然腾空而起，翅膀发出有节奏的振动声。空气化作一团锐风袭来，扑向胡东海脸庞。

风与阳光之中，鸽影耀目，十分壮观。这叫作"打盘儿"，通常一天两次，用来锻炼鸽子。

群鸽在空中仍保持半圆形队列，先在头顶盘旋，然后整齐地飞掠而过，远远地消失在天际。

目光追随鸽子而去，胡东海暂时忘了烦恼。

这一带没有高楼大厦，视线不会被反光的楼层玻璃切碎，望着鸽子在空旷的天上飞翔，令人油然生出一种激动。

宋发宽从空中收回目光，搓了搓胖手，双眼明亮地看着胡东海。

"老宽，你的鸽子牛气。"胡东海由衷地说道。

这简单的一句赞美，使得宋发宽的眼睛顿时眯起缝来，胖脸全部展开了，浸着汗油的额头迸发出更加明亮的光彩，鼻头凝结的一粒汗珠，竟如同慈禧老佛爷凤冠上的一颗绝世东珠，泛起高贵华丽的光泽。

平心而论，宋发宽的鸽子，绝对称得上"高贵华丽"。

他的鸽子是高贵血种，被鉴鸽大师钦点，从一出生便注定不凡。它们掌控着鸽舍，占领着上层的所有巢格，是鸽子世界的王者。

"终南山下有个田峪沟口村。"宋发宽说。

胡东海听说过那个村子，那里也是西京市的城市饮用水源地。

"这水就是从那里取来的。"宋发宽一边说一边给鸽舍前的水槽里加入清水。

"你真是下本啊。"胡东海看着宋发宽的胖手捏着小水壶，动作轻盈。

"这还不算什么，那个村里有个隐世高人，一只手摸遍了名鸽。"宋发宽看了看鸽舍里的其他鸽子，"神奇的双手，有感应的，他挑鸽子的眼光，不输于国外的选鸽大师。"

宋发宽放下水壶，抬头望着天空。

胡东海问："会不会跑丢了？"

"丢是不会丢的，如果它们真的要走，自己会选择方向离开。"

"怎么讲？"

"终南山是西京鸽子的归宿。回到终南山，它们就能自由自在。"

约莫三四分钟，方才消失的鸽群回到视野中，依然是整齐的半圆形队列，翅膀有节奏地振动着，空气扰动，化作锐风袭来。

鸽舍里的其他鸽子全都肃穆不动，仿佛在迎接远征归来的将士。

片刻后，鸽群还巢，发出"咕咕"的鸣声。

"意志力顽强，宁死不屈的。"宋发宽的语气充满了感情。

"等我哪天闲下来，跟你学着养鸽子。"胡东海说。

"关键在调教。"

宋发宽背着手，绕着鸽舍巡察。他走到哪儿，鸽子们便把头转向哪儿，他是太阳，鸽子们是向日葵。

宋发宽离开楼顶平台时，鸽子们目送他的背影。

胡东海跟着宋发宽回到家里。宋发宽全身陷在沙发里，又变成了那个愁容满面的胖子，默默吸着烟，烟气笼罩在圆滚滚的肩膀上。

电视机的声音吱吱喂喂地响着。

胡东海感觉宋发宽在犹豫什么，便问："你今天叫我来，还有别的事吧？"

静了静，宋发宽把香烟摁在烟灰缸里，轻轻拍抚着肚皮说："罗有根不知搞啥名堂，那天从你家出来，他、他在路口磨磨蹭蹭的，忽然说想吃肉夹馍，让我先走。我在马路对面等了一会儿，看见马达从巷口出来，两人不知嘀咕了什么。"

"哦，就是马达买卫生纸那天。"胡东海若有所思。

"老罗那家伙心思深，我本来不该嚼舌头，可是你要找侯立明这件事，大。"宋发宽又点起一支烟，吸了一口，"我一辈子没见过这么大的事，咱都没见过，让你摊上了，二十多年，鸟屎落你头上了。这事，太大了。"

胡东海喝着茶水，手指有些颤抖。

宋发宽叹口气："年轻时候，我信服侯立明，大哥，情义无比，服。我对他，是同辈的崇敬和仰视。他死的时候我难过极了，也恨透你，可没想到，情况是颠倒的。妈的，这世道。"宋发宽很少爆粗口，一时情绪激动，嘴唇哆嗦起来，"他、他他……侯、侯……他妈的立立立……明……做出这种事……"

胡东海忙劝："老宽，你别激动，你一激动舌头转筋。"

宋发宽憋得脸庞涨红，衣襟上撒着烟灰，肚皮起伏，终于平息下来，迸出一句话："日鬼捣棒槌。"

胡东海慢吞吞地说："你是担心罗有根背后捣鬼。我觉得他不敢，也没必要。他跟侯立明，说到底是一笔旧账，他就想把欠债收回来。"

"事情就怕搅腾。我也相信罗有根没那么坏，可是找侯立明本来就不容易，大家一门心思，他偏要起个歪心，往后的事真不好说。"

胡东海沉吟着说："你提醒得对，我还是多注意一点。"

宋发宽点起一根烟，深深吸了一口，在烟雾缭绕中沉默一会儿，说："你知道鸽群里出了害群之鸟怎么办？"

"害群之鸟？"胡东海抬头看着老宽。

"只要有一个祸害，其他鸽子就像得了精神瘟疫，白天不吃不喝不动弹，到了晚上就互相啄咬。盘鸽子最怕这个。"宋发宽说。

"那咋办？"

"通常的做法，就是把它做了。"宋发宽说，"可是太残忍，我舍不得。"

"那你的办法呢？"胡东海问。

"把它单独关在笼子里，然后抓一只鸡，在它面前拔光鸡毛。"

"杀鸡儆鸽？"

"再用拔下来的鸡毛铺满笼子，三天就治好了病。"

胡东海愣了片刻，苦笑道："你这招儿也不弱。"

"治病嘛，哪有不狠的？"宋发宽说完后，就不再张嘴了。

→　6

侯立明下午也出去了一趟，回到胡家时，发现院门锁着，便知道胡东海还没回来——胡东海只要在家，白天这扇门是不锁的。

侯立明拿出钥匙打开门，进去后返身锁上。他回到自己的杂物房，从床底下拿出一个小小的白色陶罐子，塞到斜挎的黄书包里。

他穿过院子，来到正屋，经过会客室时，放慢脚步仔细听了听，胡小灿也没在屋里。这是个难得的机会，他走向胡东海的房间，准备寻找那瓶四棱子酒。

南厢房的门虚掩着，这就是胡东海的特点，他总是随手带上门，然后大步离去，从来不管门是不是锁上了。年轻时他把摩托车随意停放在面馆门外，因为没人敢偷他的东西，偷了，就要付出代价。后来他进了监狱……锁还是不锁，就不是他能决定的。

侯立明进屋后，迅速而有序地翻找起来。

屋里一张床，一个柜子，一口箱子，一把椅子。侯立明确保每个动作的准确，翻过之后立即恢复原位，丝毫不差。胡东海并不是粗疏的莽夫，只是不屑于操心一些事，这并不表示可以随意欺瞒他。

屋里有蛐蛐的叫声，"唔唔"声时断时续。

侯立明在抽屉里翻了一下，没有酒的迹象。一瓶白酒最可能藏的地方，一般是柜子，可是柜子里一目了然，除了一些衣物，就是几个纸盒。盒子都不用打开，看看盒子大小，掂一掂重量就知道了。

侯立明又走到胡东海的床边，趴着往床下看，什么都没有。

最后就剩那口箱子。侯立明一上手，发现箱子很难打开，金属扣的卡槽生锈了，活扣儿变成了死扣，顶着不动弹。侯立明龇牙咧嘴，用力掰扯着。越难打开就越有希望，箱子的重量也对，晃荡几下，里面有碰撞声。

侯立明有些着急，那叔侄俩随时可能回家。他咬牙切齿，用力一扳，"咔叽"一声，箱盖一下子弹开了，稀里哗啦，东西撒出来。侯立明低头一看，差点儿没把鼻子气歪了。

五六部传呼机，两盒录像带，一堆磁带，还有几十张海报，全是同一个人。

这不是翁美玲嘛。

侯立明更喜欢赵雅芝，自从她演了《上海滩》的冯程程之后，就成了他的梦中情人。作为"三厂许文强"，侯立明一度尽享荣耀，许多女孩在他身上投射出对许文强的迷恋。在众多追求者中，其实周亦红是最接近冯程程气质的，但新娘却是另一个姑娘。究其原因，有一部分是那姑娘在雪地上追打胡东海，感动了侯立明。自己当时被胡东海撞倒，那姑娘竟去撕扯胡东海，而胡东海竟然狼狈逃窜——那一幕，使得侯立明有一种被母性保护的温暖……

侯立明突然醒过神，自己傻坐在地上，竟被一堆旧物件拖回到记忆的深渊中。

这是最令他痛恨，也是最令他恐惧的事情。他从骨子里把自己塑造成了另一个人，可是记忆，却猝然袭击了他，让他在绝望中产生亦真亦幻的可耻感觉。

侯立明手忙脚乱地收拾地上的东西。箱子里的位置已经散乱，他把海报叠起来，发现箱底还有一张纸。

拿出来一看，瞬间又是一击：

千里黄云白日曛，北风吹雁雪纷纷。

莫愁前路无知己，天下谁人不识君。

当年最喜欢的一首诗，如今看来多么讽刺。

恍惚间似有无数童声齐诵，带着节奏，夹着鼓点，诵声越来越大，越来越快。

然后倏地安静了。

"莫愁前路无知己，天下谁人不识君……"侯立明突然流下了眼泪。

风雪中的迷途孤雁，谁又知道，那个我，在哪里？

他嘴唇颤抖着，泪珠滑落，洇染了宣纸，留下一片泪痕。

外面院门一响，有人回来了。

侯立明深吸一口气，将起伏的心绪压制，抹掉脸上的泪痕。尽管手指有些颤抖，他还是以最快的速度整理着箱子。

从院门到屋里需要三分钟。

侯立明将传呼机和录像带归位，磁带收拢整齐，海报重叠放入箱子。

来者已经迈步上了台阶。

侯立明用力挤压着箱盖上的金属扣，但卡槽死死地顶着。

外面的脚步声已经到了会客室。侯立明想出去已经来不及了。

"咔叭"一声，金属扣合上了。侯立明移动箱子时，这才发现箱子后面漏了一盒磁带。

侯立明一只手捡起磁带塞到胸前的黄书包里，另一只手把箱子推回墙角。

房门推开了。

胡东海看到侯立明撅着屁股，趴在墙角一拱一拱的。

"马老兄，你干啥？"胡东海问。

"哎呀，跑了——"侯立明扭头爬过来，手上拿着一只小小的白色陶罐子。

一个小东西跳过来。胡东海上前一脚踩死。

"呀，我的蛐蛐。"侯立明伸出的手僵住了。

"我以为是蟑螂。"胡东海蹲下来。

地板上有一只扁扁的蟋蟀。

侯立明捏着蛐蛐的触须，叹口气，放进陶罐里，脸上露出羞怯的憨笑："我只顾捉蛐蛐，不小心进了你的屋，对不住。"

"你还玩这个？"胡东海颇为好奇。

侯立明憨憨地笑着："你家的院子邪性，出的蛐蛐都是硬种儿，杀气重。"

"你这个是啥品种？"

"愣头青。唉，可惜了，本来要把将军虫儿卖给虫贩子哩，拿到天津、杭州，一只卖个几百、上千块稀松平常。"侯立明叹着气站起身，"前几天刚跑了一只棺材板儿，这又损失一只愣头青。"

"没玩过，不懂。"

"蛐蛐是有德的虫儿，斗输了的蛐蛐不会叫，老话说'败则不鸣，知耻也'。"侯立明说着往外走。

"你干啥去？"

"埋了吧。"

"等你忙完，我有事要问。"胡东海说。

→　　7

侯立明把蛐蛐埋在花椒树下，在上面盖了一块小石头。

胡东海坐在屋檐下，看着侯立明煞有介事地忙活。侯立明并没有偷瞄胡东海，兀自搓掉手上的土，直起身走过来。

胡东海面前有一张小方桌，两杯茶准备好了。侯立明洗完手，坐在凳子上。

"胡老弟，有啥事要问？"侯立明端起茶杯，用双手拢着，搁在膝头。

胡东海开门见山，问他那天跟罗有根聊了什么。

侯立明有些惊讶，心里猜到八成是宋发宽看见，透露给了胡东海。

侯立明略作权衡，便把罗有根的意思和盘托出，说老罗想先一步抓住猴子。

胡东海点点头，这与他的推测一致。

侯立明进而表示，以后无论谁找他谈话，只要跟猴子有关，他都和胡东海通气，表现出无比的忠诚。他甚至把罗有根预付给他的五百元钱交代了，表示愿意上交给组织。

胡东海比较感动，让他留着买茶叶。

两个人的交情进一步加深了，友谊的小船稳稳当当驶入航道。

"现在不兴拜把子，要是二十多年前认识你，咱俩跪下磕个头，就是一辈子好兄弟。"胡东海说。

"那是那是。"侯立明点着头。

天黑了，二人仍然坐在屋檐下，欣赏天空中看不见的月亮。

附近高楼上闪烁的灯光，凝结成类似星河般的意境，夜风仿佛变成了墨蓝色，徐徐吹过耳畔。

"胡老弟，你晚上在院里走路时，跟白天不一样，身子不太稳。"侯立明说。

胡东海苦笑："你说得对。其实我现在看的景儿，都是一片灰。"

"哦，为啥？"

"我有雀蒙眼。"

"啥眼？"

"就是夜盲症，一到晚上视物不清。"

侯立明顿时留了心，不由得暗自窃喜。

到了晚上就是个半瞎子，对付这个臭龙王的法子更多了。

"你别难过，"侯立明叹口气，"咱活着不容易，身上都有病，我的鼻子经常流血，都成习惯了。"

"还是马老兄你够朋友。"

"说多了没用，帮你抓住猴子才是正路。"

"有朋友帮忙，侯立明那个王八蛋迟早让我逮住。"胡东海说。

"对，跑不掉的。"侯立明看了胡东海一眼，"能喝一杯就好了，咱提前庆祝一下，把你的酒拿出来嘛。"

"我戒了多少年了，家里没有酒。"

"你不是有一瓶四棱子吗？"侯立明随口问。

"那个……是供品。"胡东海含糊道。

侯立明马上将话题转到夜盲症上，没再牵扯那瓶酒。

侯立明说他走南闯北，认识一些民间大夫，会帮胡东海求医问药。

这时候侯立明有个不成熟的大胆想法：既然四棱子酒暂时找不到，那么清除眼前这个大麻烦，最直接的办法就是弄瞎胡东海——两眼一抹黑的龙王，还怎么兴风作浪？

侯立明肚子里憋着这股坏水，感到嘴巴里甜甜的。

第八章
善于制造意外的男人

→　　1

侯立明看出胡东海在寻找梁若。幸好这两天女儿休假。

侯立明绝不能让胡东海用女儿要挟自己，那他必败无疑。知道自己的软肋在哪里，人会更谨慎，也更加冷酷。

侯立明积极开发脑细胞，琢磨用什么办法弄瞎胡东海。时间紧迫，容不得他精细谋划，必须赶快找到一种简洁、有效的办法，而且绝不能留下痕迹。

植物是最好的杀手。

植物作为人类的好朋友，看似柔弱，却将危险隐藏在漂亮的枝叶花朵下面。

让胡东海的眼角膜污染，侯立明想到了滴水观音。这东西又叫"海芋"，有个"海"字，从风水学的角度来说，收拾胡东海也是物有所值。

以前在湖北逃亡时，侯立明的房东遭过罪，因为海芋长得很像芋头，房东的小孩误食，差点要了命。

侯立明很快在一户人家的院子里发现了滴水观音。

因错误的洗脸方式，导致眼角膜污染，是基层人民的常见病，不会引起怀疑。取一点汁液，接触到眼睛，逐步加大力度，使之无法控制，形成角膜溃疡。再进一步导致眼内炎，一步步滑向失明的深渊。

行动之前，侯立明锁定了胡东海的洗脸毛巾。毛巾挂在胡东海的房间门后，但这两天胡东海一出去，就把南厢房的门锁了。侯立明没办法，只能冒险等胡东海在家时找机会。

上午，胡东海又去骡马市街转悠了很长时间。距离退款期限只有四天了，他仍然没有找到梁若。中午，胡东海回来，独自待在房间。

侯立明来到南厢房的窗外，悄悄瞥了一眼，发现胡东海坐在窗前，低头不知在看什么。侯立明开始行动。他平时一副散漫迟钝的样子，可一旦动作起来，身手敏捷，跑步姿势有点吓人，躬着腰，踮起脚尖，移动速度飞快。

在距离窗户两米的地方，能看到对面的屋顶上趴着一只流浪猫。侯立明蹲下来，把一块臭鱼放到地上。鱼肉底下垫一个小小的弹簧，用小石头盖住一半鱼肉，压住弹簧，然后悄无声息退去。

胡东海正在窗前欣赏一份《防盗锁设计图纸》，侄子让他提提意见。

锁业发展趋势越来越科技化，密码锁、指纹锁越来越精密。不过，胡小灿认为，用钥匙开锁，却是人类上千年来根深蒂固、难以取代的行为。钥匙的象征就是权力，钥匙是每个人握在手中的小小权杖，它不仅是人性深层沉积的占有欲，也是一种乐趣，一种享受。

胡小灿设计的最强防盗锁，便基于这种思路。

图纸上的这把锁，堪称古今中外融合的经典产物，把中国古代的机械构造，与西方当代的电子构造完美结合，锁内犹如迷宫，每个细小的弹簧片都是机关，只有与钥匙完美契合，才能打开。

钥匙的关键，则是那些凹槽，每道凹槽上的角度都有细微变化。这张图纸上呈现的钥匙，至少有五道细密凹槽。

钥匙进入锁道后，门锁确定了所有装置都紧密契合，才会解除防护，自动开启。假如换成别的工具，触动锁内机关，发生器立即做出反应，启动自备电源，释放五万伏高压。虽然这种高压低流的电击方式不会造成死亡，但能令侵入者浑身麻木，瞬间失去自制能力。同时，屋主在外边接到报警信号，如果他赶回的速度足够快，能够当场擒获入侵者。

胡东海背对屋门坐在窗下，正看得投入，"笃笃"的敲门声干扰了他。

"进来。"胡东海转过身。

侯立明推门而入，直着脖子说："胡老弟，猴子上次在门上画了符号，就再没联系。你看，能不能让我回到小破屋住两天，看看有啥新动向。"

胡东海沉吟着。

"你放心，我肯定回来。这里住得好，吃得好，还有朋友。"侯立明抓了抓头发，憨厚地笑一笑。

"也行，守株待兔，只能用笨办法。"胡东海说，"可你要注意安全。"

"猴子不至于朝我下手吧，我……"

话没说完，只听窗外陡然传来"喵呜"一声尖叫。那叫声仿佛撕破喉咙似的，胡东海着实惊了一下，连忙扭身回到窗前，探头往外张望。

侯立明趁机退到门边。门后挂着两块毛巾，右边那块干净的蓝色毛巾，便是胡东海用来洗脸的。

侯立明从口袋中掏出小瓶子，里面有一根棉签，吸附着滴水观音的汁液。侯立明抽出棉签，迅速往胡东海的毛巾戳去。就在这时，房门猛地从外面推开了。

"咣当"一声，门板硬生生撞到侯立明脸上。这可把侯立明撞的，大王出世，小王升天，生死绝伦炸翻天，整个人立刻就不行了。

只见谭医生冲进来，大声问："刚才什么声音？哎，你怎么了？"

侯立明捂着脑袋，倒在地上。他的鼻子是做过手术的，曾经几番折腾，鼻翼两侧的鼓凸状，其实是病态造成的狮子鼻，并留下了后遗症。此时虽然没有撞裂，却是疼痛难忍，几滴鼻血流到前襟。

"对不起，我刚进来听到怪声，一着急……噢，你带着棉签，正好，快止血。"谭医生从侯立明的衣服上捡起棉签，伸向侯立明的鼻孔。

"别动！不要！"侯立明大喊着，一把打飞了棉签。尽管如此危急，他仍然没忘了自己是左撇子。

他的喊声把胡东海吓一跳，感觉这人被踩了尾巴。

谭医生的脸都白了，不知道他为何这么激动。

侯立明用手背抹掉嘴角的血。痛是痛，他还保持着理智，提醒自己别用手指摸到皮肤，手上很可能沾了滴水观音的汁液。

"我没事。"侯立明平复心情，哼哼着说，"我先走了。"

"要止血的。"谭医生关切地说，"我是医生……"

"我能止血，我买了卫生纸。"侯立明从地上爬起来，视线在地上扫一下，看到棉签落在墙边。他装作没站稳，身子一趔趄，一只脚踩住棉签，用力一碾，彻底破坏了物证，然后跌跌撞撞出去了。

→　　2

"臭娘们！贼婆娘！"

侯立明躺在自己的小破屋，翻来覆去地念叨着。每念一遍，鼻子就疼一下，感觉又要流血，他急忙仰面躺好。

胡东海的身边总有些莫名其妙的东西。侯立明恨得牙痒痒，脑子里一闪念：是否朝谭医生下手？

不行。

这倒不是什么祸不及旁人的规矩，而是为了大局。

如果因为对方摆弄了自己，就去收拾对方，那么这些年干不了别的，光剩下收拾了。

人的生命有限，可要收拾的人却是无限的，不能把有限的生命浪费在讨厌谁就收拾谁上面。

侯立明嫉妒胡东海与侄子的感情，现在更讨厌女医生的出现。胡东海在情感上的潜在收益越大，就越衬托侯立明的贫乏。其实侯立明在逃亡期间也有过喜欢的女人，需要时，就把彼此的身体抱住，就像原始人在漫长的冬季，想要暖烘烘的身体取暖。

在多年的仓皇岁月中，这样的情感曾有三四次，但只要对方稍微对他的过去产生一丝好奇，他便斩断关系。

爱情会让人变得脆弱愚蠢，侯立明不再染指了。

如今他所有的人生希望，都凝结成一个心愿：远远地守望女儿、保护女儿。

他从不主动伤害别人，但事关女儿安危幸福的事情，绝不疏忽。女儿生活中遇到的种种坏事物——人贩子、变态上司、感情骗子等，侯立明一旦发现苗头，立刻教训对方。

目前的中心任务，则是暗地为女儿保驾护航，直到女儿找到值得嫁的男人。

只是没想到渣男这么多。迄今为止，侯立明已经排掉了五个渣男。越往后排，越心寒，这世道，一个漂亮女孩碰到渣男的概率如此之大。

需要借助上天的力量消灭渣男！

侯立明听说有个地方，神准。所以才冒着危险，还把自己用命挣来的钱，都在周大仙儿那里订购了福柜、写了福帽，为女儿祈祷。后来他才知道，周大仙儿就是周亦红。但是无所谓了，周亦红永远不可能认识马达。

但胡东海的突然出现，打乱了一切。

臭龙王是所有麻烦的根源，集中精力摆平他，才能换回平静的生活。

所谓摆平，就是让胡东海乖乖躺到床上，别起来瞎折腾。

这事儿得赶紧办，侯立明预感到，胡东海迟早会找到女儿梁若。

既然现在侯立明住在了小破屋，正好利用自己不在场的机会，开始行动。

胡东海的社会关系以及生活习惯，简单明了，从每天的活动轨迹中就能找到下手的契机。

胡东海在监狱养成的习惯，使他形成固定的生物钟：每天早晨五点五十准时起床，洗漱后开始跑步，在院里跑六十圈，准备早饭……

但最好的机会，是等胡东海出门时，在路上制造意外事故。

现在天气还热，胡东海每天去大众浴池，那里位于三厂路中段的十字路口。胡东海定点于傍晚六点半进去，一个钟头后出来，沿着三厂路往回走。

刚泡完了澡，人是舒服的，会犯懒，对外界的反应能力自动降低。

于是侯立明的埋伏地点就选在沿途的一栋楼房上。

这是一片老旧小区，没有安装监控探头，临街的楼房有五层。傍晚七点钟，侯立明悄悄爬上楼顶。

全国各地每年因高空坠物砸死、砸残的人不少，坠物可谓五花八门，有家里吵架斗嘴摔下来的电脑、水壶、名牌包、皮鞋。也有在厨房做完了饭，顺手把案板、菜刀晾在防盗网上，或者腊肉、香肠，从空隙掉下来。最常见的是玻璃、花盆、晾衣竿、饮料瓶、空易拉罐，以及各种垃圾。

侯立明曾经研究过专家的实验数据：一块西瓜皮从二十五楼飞下，如果击中路人脑袋，能当场要了命；一块拇指大的小石头，从四楼甩下时会击伤人的头皮，从二十五楼甩下时则当场要命；一个空易拉罐从十八楼抛下，可造成致命伤害；一根四厘米的铁钉，从十八楼甩下时，能插入行人的颅骨。

不管怎样，对付胡东海，原则是绝不能弄死。

根据楼层高度，要摆平胡东海，需要预备"套餐"：空易拉罐＋西瓜皮＋喝了一半的矿泉水＋三两排骨＋半块肥皂＋一个烂苹果。

数量和重量都有了，裹在塑料袋里，伪装成垃圾。

傍晚七点后，三厂路上越来越热闹，夜市摊青烟缭绕，闹闹嚷嚷的声音传到楼顶。侯立明埋伏着，手上攥着垃圾袋。

七点半，胡东海准时出了浴室。他的固定路线不变，这是在监狱养成的习惯，像一只迁移的驼鹿，年年岁岁，就连地上踩过的蹄印都是重叠的。

侯立明的手心微微冒了点汗，有些兴奋，有些紧张。

理论上，这一袋垃圾甩下去，"啪"的一声落在胡东海头顶，可以给他造成轻度智力缺损，同时构成三级伤残，从此无法独立生活，需要经常有人监护。

侯立明脑补了一下胡东海傻呵呵躺在床上的情景，这也是帮胡东海考验一下那个臭婆娘谭医生，会不会一把屎一把尿地喂胡东海……

这时胡东海已经走到楼下，目标锁定在靶心。

侯立明立刻甩出手去。

但他的衣袖却被楼顶边缘的一颗水泥钉挂住了。他用力一扯，衣袖"哧啦"一声开裂，垃圾袋脱手而出，却是横着往前飞，撞到斜对面的树枝上，被树枝强力反弹回来，"嘭"的一下砸到侯立明脑门上。

侯立明只觉得前额"嗡"的一响，之前遭受过撞击的鼻子，又一次喷出血。

他急忙用一只手抚住鼻子，另一只手去空中捞取垃圾袋，一时竟忘了自己身处何地，身子一歪，险些从楼边沿坠落。但他还是及时抓住了垃圾袋，可惜手上用力过猛，垃圾袋破了，一堆东西漫天散开，哗哗落下去。

胡东海已经走过去了，听到身后的人喊着什么，他也是刚泡完热水澡，轻度智力缺损，就停下来，扭头往后看。

西瓜皮、烂苹果什么的，乱甩着掉下来。胡东海瞬间激发战斗力，敏捷地躲过半瓶矿泉水，又躲过两块排骨，脚下却踩到了西瓜皮，"咣嚓"一下，跌个大马趴。下巴正好垫在空易拉罐上，眼前的半块肥皂滴溜溜转个不停。

旁边有人嚷着，抬头往楼上看："这他妈谁缺德啊？"

"乱丢垃圾不得好死。"有人说。

楼顶的侯立明已经逃走。

风轻云淡，花开花落。

→　　3

一个奸计不成，侯立明抓紧时间又生一奸计。

他长年混迹于市井江湖底层，一切思考的根脉都扎在不为人知的土壤中，这次就玩一个"高大上"的策略。

俗话说"七蛇八蜂"，八月份是蜂类活动频繁的时节，居民楼附近常能见到黄蜂窝。

用黄蜂制造意外事故，神仙都破不了。

侯立明之所以想到这一招，是因为他看见过，距离小破屋两公里外的小树林，有一个黄蜂窝。

他立刻联络一位捕蜂奇人。此人外号“老抽”，住在北石桥，十五六岁开始，便跟着做赤脚医生的父亲掏蜂窝做药引，如今已经二十七八年了。请他掏一次蜂窝不收费，老抽自己会用蜂窝赚钱。

四十分钟后，捕蜂汉子赶来了。老抽是个瘦子，浑身上下没有二两肉，眼睛灼灼放光，听见“蜂窝”两个字就来电。

老抽有一套独门抓蜂技术，纵使拥有上千只黄蜂的大蜂巢，也能一锅端。

二十多年来，老抽在西京以及周边区域，至少掏了上千个蜂窝，高峰期，一天能掏七八个窝，不仅为民除害，他在蜂巢、蜂蛹和野蜂上赚的钱，每年也有七八万元。

“老子见的窝子太多喽，”老抽一路神侃，“有在土里筑巢的，有在树顶安家的，还有在竹节内生活的。”

“嗯哩，你掏过最大的窝子，将近两米高，直径一米多，重量超过七十斤。”侯立明用老抽的家乡话呼应着。

老抽得意极了：“这些你都知道，哈哈哈。”

“你个 ×××，那一窝抓了五千多只黄蜂，一个矿泉水瓶能装三百只，你 ××× 装了整整十八瓶！”

“哈哈哈，”老抽乐得打跌，在侯立明背上杵了一拳，“光是蜂巢中的蜂蛹，就有三十多斤！”

“钱都让你吸干了。”

说话间到了地方，二人悄悄靠近目标，是一棵粗壮的槐树。

老抽的神色变得严肃，从防护包里取出防蜂服和鞋套穿上，还把防止蜂蜇的药水装在口袋。

黄蜂善于围攻，上千只齐发，非常恐怖。黄蜂通过体温热气，能迅速找到衣服上的薄弱环节，万一有个孔缝，黄蜂钻进去就完蛋了。

防蜂服是老抽自己裁制的，用的是化工厂抗酸碱腐蚀的旧衣服改装，胸前有两道拉链，以免爬树时蹭坏。为便于呼吸，头套的嘴巴位置装上自制的带孔塑料瓶。

老抽准备停当，嘱咐侯立明：“你躲在五十米开外，不要乱动，黄蜂不会叮你。”

侯立明转身便走。五十米是个安全距离，即使在城市里见到黄蜂窝，只要保持五十米距离，别去招惹黄蜂，便不会受到攻击。

老抽一直等侯立明走远了，才开始爬树。他穿着自制的"铁鞋套"，上面有三个尖利的铁齿。噌噌几下，人就到了十几米的高处。

黄蜂窝悬垂在树枝一侧。

侯立明远远地躲在灌木丛中。树林里光线暗，又有枝叶阻挡，他虽然视力好，但看到树上的老抽也只是个侧影。

老抽的奇技，是不用烟雾熏杀，更不用火烧、水击，而是连锅端——用一个类似纱袋的东西，迅速将蜂窝套住，然后将蜂窝的根切断。这时候蜂群已被惊动，一群黄蜂从套口冲出来，围着老抽进攻。

老抽毫不慌张，下了树，手上提着纱袋，连同蜂巢一并塞进防护包里，牢牢锁住。然后拿出药水，往周围喷了一下，漏网的黄蜂很快散去了。

整个过程就像菜农摘菜一般。

老抽把一切收拾好，确保没有漏算，于是提起防护包，朝侯立明的方向走去。

二人会合。侯立明问："包里的东西没事吧？"

"老子端掉了上千个蜂窝，你说哩？"

老抽告诉侯立明，蜂窝带回家直接冻在冰柜里，时间一到，切开蜂巢，取出黄蜂和蜂蛹。蜂窝能入药，一公斤卖十五块。今天一窝端掉六七百只黄蜂，够装两个矿泉水瓶子，一瓶卖二百块。然后就是蜂蛹，那是无脂高蛋白，城里女人爱得要死，用锯子锯开，一斤卖一百块。蜂王浆更别提了，说出来怕侯立明眼红。

两人边走边聊，一百多米后，彻底安全了，老抽开始脱防蜂服。

侯立明突然看到了什么，忙抬手指向老抽……

老抽低头时，赫然发现衣服上趴着一只虎头蜂。老抽一巴掌拍死。

但另一只已经悄悄钻进了老抽衣服里。

老抽猛地捂住脑袋，闷哼一声，跌坐在草丛中。

"你怎么了？"侯立明惊问。

老抽哆嗦着手，想揉太阳穴，却不敢碰。

侯立明知道，虎头蜂蜇了老抽的太阳穴。

"快——取药——"老抽嘶声说。

"药在哪儿啊？"侯立明急忙在老抽身上撕扯。

老抽晕了，往地上倒。

侯立明似乎看到老抽指了一下防护包，上去就扯开拉链。

"你妈——"老抽好像在骂着侯立明。

侯立明看着防护包才惊醒。

里面的大黄蜂"嗡"的一声炸了锅，从敞开的纱袋里疯狂冲出来。

侯立明抱头鼠窜。

老抽拼尽力气，从裤子口袋掏出药水，往太阳穴上喷了几下，又往周围喷。然后用尽最后一点气力，掏出一个药丸，塞进嘴里，使劲嚼了嚼，咽了。

老抽在草丛里躺了近一个钟头，一阳还魂。

侯立明用衣服包着脑袋，躺在旁边。老抽扯掉侯立明头上的衣服，见他的左眼肿了，只剩一道缝，颧骨往上肿胀变形，额头上还有五六个肿包，整个脑袋像是被驴踢过。

"没死算你命大。"老抽气呼呼地说，"老子在臭水沟翻了船，二十年没遇到这种事。"老抽指着侯立明，"你肯定是想害别人，你肯定憋着啥坏主意，老天爷整治你，把我误伤了。"

老抽爬起来，往地上啐了一口口水，扬长而去。

"老抽，我觉得咱俩还可以谈谈买黄蜂的事……"

老抽发出怪异的叫声："你已经被我拉黑了！"

走出很远，那叫声还在树林回荡，犹如不散的冤魂。

→　　　4

胡东海接到了侯立明的短信，说他被黄蜂蜇了，要在小破屋附近的医院看病，还得住一个星期左右。

胡东海想安慰两句，磕磕绊绊地写短信，几次敲了字，手一划拉，又没了。一条短信折腾了十几分钟。

侄子一大早出去给客户开锁，不在家。胡东海着急又无奈，幸好谭医生来了。

"东哥，忙呢？"谭医生见他满头大汗的样子。

"噢，回复短信，不会弄。"胡东海摇头苦笑。

他一直学不会智能手机，不过据他观察，如今的人们沉迷在这种电子大烟里，随时随地都要拿出手机玩一会儿。有的人瘾头很大，超过十分钟没玩手机，就出现神经紊乱症状。胡东海就是害怕自己上瘾，才有意躲避手机对他的伤害。

谭医生凑过来，帮他把短信写完。"这个马达是住在你家那人？"

"嗯。"

"是亲戚？"谭医生表现出兴趣。

"算是结拜兄弟。"胡东海说。

谭医生笑了，这些词听着新鲜。她帮着胡东海把短信发过去。

"我今天过来，是有件事跟你说。"谭医生坐在胡东海对面。

"哦。"胡东海抬起眼。从这个角度望去，谭医生确实挺像翁美玲。胡东海有些恍惚，自己出狱那天第一次在诊所遇到谭医生，心窝就被撞了一下。

"你来看我的眼睛。"谭医生望着胡东海。

"啊？"胡东海愣住了。

"你快看！"谭医生催促道。

"挺像啊……不用看了。"胡东海说。

"像什么？"谭医生好奇地问。

胡东海二十多年没这样直面女人。谭医生闪动的眸子让他有些紧张，后脖颈发热。他张着嘴说不出话。

"东哥，你专心点。"谭医生说。

"我在看。"胡东海的目光焦点散乱，"眼睛挺好啊。"

"我这两天眼睛不舒服。"

"这个……上火了吧，要不就是手机看多了，那东西是电子大烟。"化身为胡博士的中年男人开始诊断。

谭医生摇摇头："我琢磨了两天。我的眼睛，可能是那天捡起的棉签有问题。"

"棉签？"胡东海没反应过来。

"哎呀，就是那个人——"

"马达？"

"对，他当时在你的屋门后面，我把他撞趴下了。"

胡东海没听明白。

"你说，他来你的屋子，手上拿着棉签干什么？"谭医生注视着胡东海。

胡东海沉吟一下，答道："马达说过，他的鼻子经常流血。"

"是吗？"谭医生有些意外。

"你啊，别多心了。"

谭医生敛起秀眉，沉思着说："我还是觉得棉签有问题。我的眼睛从来没出过麻烦，好端端的，忽然就不舒服，症状像结膜炎。我抹了点药，又喝了点米醋和浓茶，感觉舒服一些。米醋里的酸，能中和生物碱，这说明有问题，我赶紧让舅舅配了个方子，生姜、甘草、防风，现在好多了。多亏接触面积小，不然起码三个月不能好。"

胡东海有些困惑："这跟棉签有啥关系？"

"我那天捡起棉签的时候，手指碰了上面的药水，不小心揉了一下眼睛。"

胡东海笑了笑："不用往马达身上扯吧……"

"我知道你不相信，就是提醒你。那天窗户外面的猫叫就很怪，莫名其妙的，那猫好像受了惊吓。"

屋里安静下来。一阵风吹到窗户上，窗扇轻轻拍动，发出嘎吱声。

胡东海皱着眉头，考虑谭医生的话。

"不管咋样，谢谢你，这么关心我。"胡东海的语调柔和，但说出这番话却十分艰难。

谭医生"扑哧"一声笑了。

"你笑啥？"胡东海呆呆地问。

"没啥，就是想笑。"谭医生歪着脑袋看着胡东海，"你侄子专门跑到我那儿，说你常头疼，让我常过来给你做检查。可你挺好的啊。"

"头疼嘛……这病又看不出来，我忍着哩。"胡东海说。

"你们叔侄挺有意思的。你没有儿子吗？"谭医生忽然问。

"我……我没结过婚。"胡东海停顿一下，平静地说，"我进过监狱。"

"是吗？"谭医生有些意外，"小灿从来没提过。"

"他怕丢人吧。"胡东海苦笑。

"你是……因为什么事坐牢？"

"我不小心……"

"我叔叔是被人陷害的！"胡小灿忽然从外面进来，大声说道。

"噢……"谭医生皱了皱眉头。

胡东海摆摆手说："还没确定，还在查。"

谭医生告辞后，胡东海显得很沉默，不停地思索着谭医生的话：结膜炎……马达与棉签……

"叔，你没事吧？"小灿问。

"没事。"

"刚才谭姐问你坐牢，你怎么不告诉她，你正在追查陷害你的人？"

"说那么多干啥。"胡东海笑道。

"可你本来……"

"不提了，还有更重要的事要办。"

"你找的人有眉目了？"小灿给胡东海沏了杯茶。

"还没有。"

"嗯……距离房屋还款期限还有三天。"小灿说。

"呵，你小子记得倒清楚，我以为你就知道打游戏。"

小灿咧嘴一笑："我在游戏中也设置了时间。"

胡东海喝了口茶，吐掉舌尖的茶末子。他喜欢苦烈的茶，提神醒脑。

"噢，那天晚上的事，你可不能放松戒备。我这两天忙，没顾上照应你，你自己多当心。"胡东海说。

"我现在只接老顾客的电话，陌生人让开锁一律拒绝。宁可错过一千单生意，绝不踏上一步贼船。"

吃一堑，长一智。虽然小灿没把那天遇险的事告诉叔叔，但自己知道利害，再疏忽大意就是猪狗不如。他每次出门后，仍能感觉刀疤脸和咬舌男在周围飘荡，只是眼下没有应对的法子，只能小心拖延，等叔叔这边办完了事，再商量解决。

小灿打个呵欠，转身回自己屋。

"哦，灿儿，"胡东海说，"你让我看的防盗锁设计图纸，很好。"

"真的可以？"小灿扭过脸。

"我就指出一点啊，如果因为误碰了锁内机关，释放五万伏高压，虽是低流电，但一般人不敢往门上装。万一自己误碰了呢？还有，政府教育人民不准私设电网，虽说你是防御，可万一真把人电没了，咋弄？"

小灿点头说："是得考虑考虑。"

"再说，安装备用电源太复杂，还要装发生器，你不如就把精力放在机械构造上，把每个弹簧片机关、每道细凹槽搞好，这把锁不但有实用性，还能当作高级工艺品让人把玩。"

"厉害呀，我叔！"小灿挑起大拇指。

"我也是瞎说，你再找高人把把关。"胡东海嘿嘿一笑。

"谢谢桑地亚哥龙王老头。"小灿用外国翻译腔说着，配以潇洒的鞠躬动作，接着一扬手，昂头说道，"除了咱叔侄俩，这把锁不需要什么高人把关。"

"牛气，不愧是我们胡家的种！"

→　　5

马达通过某种秘密方式，与侯立明取得联系，然后在侯立明授意下，留在自己身边祸害自己——这种可能性存在吗？

胡东海坐在窗前，仔细推想着前前后后的事件。

换一种角度，也有可能是罗有根让马达这么干的。也许罗有根通过马达发现了侯立明的下落，并且威胁到了侯立明。侯立明权衡利弊，就与罗有根达成协议，让罗有根先收拾了胡东海，他就把欠账还清。

那笔旧账，不用想，肯定是一长串数字——80 年代的三万元，滚到今天，就像在珠穆朗玛峰的最高点，一个雪球滚下来，一直滚到山脚下，滚成了巨无霸。

罗有根骨子里就是个收债人，收的东西就是钱和命，假如侯立明与他谈交易，他会答应的。

道理很简单，侯立明如果落到胡东海手里，先打他一个偏瘫，然后让他爬到公安局去自首，那都是念旧情。再狠一点，先打他一个痛快，然后强行拖到公安局，连自首的机会都不给。

到头来，罗有根只能收个肥皂泡。

权衡再权衡，人生就是一段一段用各种选择连接起来的马拉松，跑到死，手上都要握住小算盘，噼里啪啦天天打，只要有一口气在，罗有根的盘算就不会停。

这些围在自己身边的，是人是鬼辨别不清的，缠缠绕绕，一时捉摸不透，胡东海意识到这一点，又把希望寄托在梁若家。

其实侯立明的前妻也有权利知道，自己的前夫还活着。

隐瞒了二十多年的谜题，答案虽然残酷，却是必须面对的。即使现在不通过胡东海知道，将来的某一天，胡东海抓住侯立明送入法网，他的妻女还是会知道的。

真相摆在那里，必须面对，人能选择的，只是怎样面对。

胡东海第四次来到骡马市街。

中午，当他再次跟随一群年轻人走进"蓦然星空"服装店时，终于发现目标。

那女孩正给一对顾客介绍裙子，裙子是果绿色的，浅浅的花纹，清新又不失性感。

忙完了，有同事招呼她："梁若，帮我盯一会儿，我去打个电话。"

胡东海意识到自己站在店里太刺眼，已经有好几个年轻人在打量他。他急忙腾开位置，转身出了服装店。

在外面长长地舒口气。其实来这里应该带个人的，谭医生正合适，可是已经不可能了。他的身份仍是罪人，不知什么时候才能洗刷清白。至于谭医生，本来就是无意中闯入生命的过客，该离开时自会离开。如今自己能在生命中带走的，只有久远的回忆，自己仿佛仍站在二十多年前的旧时光里。

当胡东海脑中闪过这些念头时，心里多了些遗憾和寂寞。

他坐在街对面的咖啡馆里。长这么大，头一回喝这玩意儿，年轻时听说环城南路有家小天地西餐厅，但自己开不了洋荤，还是油泼面、葫芦头吃着过瘾。

今天没办法，咖啡馆对着服装店，是最佳观测点。

胡东海随便叫了杯咖啡，学着其他客人的样子，搁方糖，搅拌，勺子碰杯，叮当乱响，引得客人侧目。他连忙端起杯子咕咚灌一口，又苦又烫，要是有一块葱油饼就好了，泡在咖啡里……胡东海如坐针毡。

直到下午六点多钟，女孩出了服装店，随行的还有两个女孩。

胡东海离开咖啡馆，慢慢跟着。

那三个女孩来到骡马市街邻近的北柳巷太和广场，一楼有一间钟楼砂锅店，招牌菜有秘制豆腐皮、小杂烩砂锅。

胡东海在外面等她们吃完饭，快八点钟了，夜幕中亮起璀璨的灯光，西京城的夜生活刚刚开始，街上车流奔涌，人行道上熙熙攘攘。

女孩在路口与同事道别，沿着街道往南走去。显然是通过散步锻炼身体，步子不疾不徐，中途没有停过。

胡东海保持着距离。二十多分钟后，前方出现一片居民区。女孩走进家属院，在门口的梧桐树下逗了一会儿猫，然后走进一幢灰色砖楼，在一楼左户停下脚步，用钥匙开了门。

屋里传出女人的说话声："小若，又回来这么晚。"

"妈，还不到九点呢，人家都去 K 歌了，就我傻乎乎回家。"

"有家不回，谁傻？"女人哼了一声。

梁若关了门，屋里的声音消失了。

胡东海转身离去。

第 九 章
人海之中找到你

→　　1

梁若的早晨是在与睡魔抗争中开始的。

闹钟响过了七八分钟，她才在母亲的吆喝下勉强爬起来，揉着眼睛赖在床头。

母亲透过虚掩的门，嚷着："这么大的姑娘，天天赖床！"

"春困，秋乏，夏打盹儿，睡不醒的冬三月。"梁若冲着门缝扮个鬼脸。

"十分钟洗漱完，赶紧过来吃东西。今天必须吃早饭出门，迟到也不管。"母亲下了最后通牒。

梁若冲进卫生间。母亲摇头叹气，走到桌子旁，把小米粥的锅揭开，用汤匙盛了一碗粥，放在桌上。两只煎鸡蛋在盘子里冒着热气，梁母打开荷叶饼，把一只鸡蛋夹到饼里，捏了捏，放到粥碗旁边的食碟里。桌子中间的咸菜是她自己腌的萝卜，切成丝，配以黄豆、青辣椒、花生炒过。

梁若坐到餐桌旁时，一切准备停当，就等她动筷子了。

梁母坐在女儿对面，监督她吃饭。

"早晨不吃东西容易得胃病，还有胆结石，知道不？"梁母说。

"又是你那朋友圈传授的知识。"梁若嘻嘻一笑。

"唉，这么大的姑娘，啥时候让我省点心啊。"梁母说。

"别忧国忧民了，我好得很。"梁若左一口小米粥，右一口荷叶饼。

"是不是那个健身狂魔不跟你联系了？"梁母忽然问。

"健身狂魔？"梁若眼睛瞪大，纯净的眸子中溢满了惊喜，"妈，你的词汇量见涨啊！"

"我听见你陈阿姨的小孙女说，什么晒娃狂魔、护妻狂魔，哎哟。"梁母笑了笑，笑容忽然一收，"你陈阿姨都抱上孙女了，我呢？"

"想抱孙女，那你得先有个儿子。"

"废话，我的意思是……"

"别逼我了，亲娘，求你。"

"哎，你还没回答我，那个练健身的，不联系啦？"

"忽然就断了。"梁若显得很困惑，"本来那天约好了吃晚饭，快下班时接到他的短信，说单位有事，要出国。然后就关机了。我也懒得管，认识才一个月。"

"好，非常之好。"梁母抚掌说，"我瞅过他，眼里有邪光。"

"你看谁都眼里有邪光。"梁若吃了一口荷叶饼。

"找对象一定要慎重再慎重。"梁母忧心忡忡地说，"我这辈子失败完了，你不能……"

"妈，你就是太焦虑了，把自己弄得紧张兮兮。"

"我能不紧张吗？"母亲用指尖敲打桌子，"你身体不太好，又是天生的傻乎乎劲儿。"

梁若继续赔着笑脸。她心里何尝没有忧虑？从小与母亲相依为命，母亲的苦累，她从记事以后就明白。关于父亲，她只知道自己还在襁褓时，父亲就被人打死了，然后母亲改嫁到梁家，却也过得磕磕绊绊，又离了婚。

母亲把父亲的照片藏起来，怕看见伤心，但母亲有时独自在房间，看着照片流眼泪。梁若见过一张父亲年轻时和母亲的合影，父亲浑身透出令人迷恋的气质，可惜死得太惨。

这么多年家里一直过得不宽裕，梁若上大学后，勤工俭学，帮母亲分担了一些压力，直到工作后，家里的情况才有了好转。

梁若发誓要用快乐陪伴母亲，即使有时候想哭也要躲起来自己哭。

她一直不愿嫁人，是想多多守在母亲身边。当然也有个原因，就是她遇到的几个有缘人，忽然都莫名其妙断了联系。其中有一个，她过后才知道对方吸毒。还有一个，与她断了以后另外找人结婚了，婚后酗酒，打老婆。

有时真的感慨人生就像在冰球场上赛跑，往前冲的时候，不知道迎面飞来的冰球里是什么，不知道躲过的是福是祸。对梁若而言，她常有一种既迷惑又庆幸的感觉，好像自己身边真的有传说中的守护天使。

"就你这傻乎乎的劲儿，从你念初中以后，一直到你上大学，我最怕的就是人贩子把你拐走。人贩子愈演愈烈的那些年，我天天晚上失眠。哎，没想到，你竟然没被拐走，人贩子把你漏了！"

"不是我漏网，是人贩子懂事，明白我属于大智若愚型。"梁若说。

"是该给你起个名字：梁若愚。"梁母露出慈禧老佛爷似的笑容。忽然一指梁若的手，"跟你说多少次了，筷子不能这么拿。"

梁若伸着筷子正要夹咸菜，停在那儿。

"手拿筷子拿得越长，以后嫁得越远。"梁母皱着眉头说。

"唉，又来了。"梁若一副挫败的表情，但马上又开朗起来，按母亲的要求调整了筷子的长度。

梁母严肃地说："还有啊，不能骑在狗身上，不然结婚那天会下雨。"

梁若"噗"的一声笑喷了，一边咳嗽一边说："我的娘哎，谁没事骑在狗身上？"

"你呀，就不信老人言，这是你外婆传下来的知识点。"

"哎呀我的妈妈，还是祖传秘籍。行，我保证不骑狗身上。"梁若憋着笑，一只手按在肚子上使劲揉，另一只手摆动着筷子。

"你看看，你又犯忌讳了——"梁母立刻指出女儿的新毛病，"不能用筷子敲碗，那是叫花子做的事。"

梁若急忙放下筷子，双手捂住肚子。

"还要记住，狗来福，猫来财，看到路上有小猫小狗，别欺负人家，有啥吃的，能喂就喂一点。"梁母索性借这个机会，全方位展开教育工作。

"是，娘亲，这个我喜欢。"

梁母来劲了："嗯嗯，看见地上有硬币，如果是正面，就捡，背面就不要捡……"

"有钱还不捡？你不知道我的外号呀——梁抓财。"

"胡说，背面朝上的硬币，千万捡不得，捡了会倒霉的！"梁母急切地说。

"好吧好吧，谢谢母亲大人教诲。我上班去啦。"梁若喝完最后一口小米粥，冲到沙发前拿起包，扭头对母亲说，"拜托别让陈阿姨给我介绍对象了，受不起！"

"你陈阿姨忙着呢，顾不上你，人家刚参加了民族资产解冻事业，一个公民交一百块，就能获得一百万的回报。"

"千万别掺和，那是骗局，从70年代就有了，换汤不换药。"

"快走吧，这点思想觉悟我还是有的，犯罪分子别想给我上眼药。"

梁若出门后不一会儿又跑了回来，冲进卧室，然后又跑出去了。

"又忘带手机啦，哼，找个对象都能让你弄丢了！"

→　2

胡东海在家属院外面犹豫着，大门口的梧桐树伸出枝叶，在头顶摆动，如同他的心情。他徘徊良久，不停地用手绢擦着额头。

胡东海考虑了见面的各种情形，脑子很乱，只能走一步看一步。

他到街边买了一份果篮，走进家属院。手上提着东西，感觉踏实了一些。

敲门时，胡东海的脑子忽然一片空白。

门开了，梁母站在防盗门后面："你找谁呀？"

"大姐……我……我是……"胡东海竟然说不出话了。

梁母疑惑地打量着胡东海，同时身子往后退，把里面的房门掩上一半。

"我姓胡。"胡东海终于吐出三个字。

梁母突然向前半步，一只手攥住了防盗门上的铁栏杆，伸长脖子使劲盯住胡东海。十几秒钟的时间，她的嘴角哆嗦起来："你是那个凶手！你是——胡东海！"

胡东海肩膀一松："是我。"

"你来干啥？"梁母既惊且怒，表情极为复杂，身子不由自主颤抖着。

"我有点事想和大姐谈一谈。"胡东海说。

"我跟你没啥可谈的！"

梁母的愤怒已经不像最初那么锐利了，多年时光的消磨，生活的重压，养育女儿的苦累，使她不得不将一部分情感封闭起来，这样才能打起精神往前走。

她曾经迷恋电视里的许文强，现在还记忆犹新。

上学时她便行事大胆，80年代初就敢穿短裙，结识了英俊洒脱的侯立明，如同梦想成真，投射了她对"许文强"的爱，于是主动追求，终成眷属。婚后她付出太多，虽然侯立明越来越深地陷入赌博泥潭，她仍然爱着侯立明。

她安慰自己，丈夫是因为心里郁闷才去赌，并不是真正的赌徒。生了女儿后，她感觉丈夫正在逐步回归家庭。这只是一种错觉，给她带来情感上的麻醉作用。然而就在她觉得丈夫即将改正的时候，犯罪分子胡东海，在灞河打死了丈夫。

她无法接受这个事实。女儿嗷嗷待哺，她的世界却崩塌了。

她用了旁人无法想象的意志力，度过了那段黑暗时期。愤怒、震惊、恐慌、绝望，当这些尖锐鲜明的情感过去后，她的心中已是千疮百孔。接下来陷入漫长的悲苦、怨恨、自怜中。当这些情感也过去后，岁月在为她抚平创伤的同时，也帮她封闭了一些东西。虽然她把侯立明的照片锁在柜子里，但有时还会忍不住拿出来看，暗自垂泪。

她改嫁到梁家，只想给女儿一个完整的家。因为她自己就出身于单亲家庭。然而命运的摆布，终归还是离了婚。如果说生活中有什么值得庆幸的，那就是女儿有着乐观的天性，唯一能支撑她的，是女儿的笑容。

如今一切归于平静，自己别无所求，每天心心念念的，是让女儿嫁一个好男人。

此时此刻，那个杀人犯竟然闯到门上，还提着一份果篮！

这件事的冲击力太强，震惊和愤怒之余，她反而有一种迷惑。

胡东海低声说道："大姐，我想告诉你……侯立明没死。"

梁母无法理解这句话，只是瞪着眼睛，透过防盗门上的栅栏看着胡东海。

"你肯定不相信，可我有依据。我刑满释放没多久，这些天一直在找侯立明，已经有了眉目。"

"你胡说八道……你胡说八道。"梁母声音嘶哑，带着压抑的怒火。

"侯厂长坟前的四棱子酒，不是你放的吧？"

"什么四棱子酒，你别给我胡扯。"

"侯厂长的祭日，有人给他墓上放了一瓶酒。"胡东海注视着门内的梁母，"侯家在城里还有什么亲人？"

这个问题把梁母问住了。据她所知，侯家确实没有至亲之人了，二十多年来，有的搬回了老家，有的去了外国，有的去了天国。

"大姐，你不信我没关系，先听听我说的有没有道理——"

胡东海从侯立明赌博开始说，贪污的公款没办法补上，就从罗有根手里骗取三万元的路费，然后设局诈死，一走了之……

"你别说了！"梁母嗓音颤抖。

胡东海讲述的内容，确实带出了当年的一些疑点，侯立明临死前那几天行为异常，作为妻子不可能察觉不到，只是以为他在牌桌上手气不顺。侯立明死后，她听说三厂的财务出现了混乱，但当时许多单位面临改制转型，各种消息满天飞，自己又沉浸在悲痛中，毫不关心外界的事物。

之后便是焦头烂额的生活。直到孩子渐渐长大，有时和女儿在饭桌上闲聊，女儿会忽然说出"我感觉自己有个守护天使"这样的傻话，她觉得那肯定是女儿漫画看多了，人变得神经了。

不过奇怪的事情还是会偶尔触动梁母。比如女儿在校园被欺凌，她去理论，却自取其辱，人家就欺负她们孤女寡母。每当这时，她就哀叹家里没个男人撑腰。可是没过两天，女儿就高兴地说，坏人们受到了惩罚。

还有女儿失窃的包，忽然出现在家门口，证件、手机、钱，一样都不少。

更奇怪的是女儿谈对象的经历，这本来是梁母最担心的。因为女儿太善良，按照老话说就是"二傻子"。一个瓜妞儿是世间最可怜的人，而一个漂亮瓜妞儿简直没活头——可是，女儿虽说一直没有找到合适的男朋友，但每次有可能遭到祸害时，都躲过去了。

梁母是讲迷信的，也觉得可能有个守护天使。当然，梁母的迷信里没有天使这个职务，而是门神。并且这门神与她的眼光基本一致，有共同的五讲四美三热爱。

"大姐，我说得对吗？"胡东海的声音唤醒了梁母。

眼前的家伙明明是杀害自己前夫的凶手，他突然一现身，就要颠覆既定事实，梁母无论如何转不过这个弯。

她不相信丈夫当年为了满足贪欲，不惜毁掉两个家庭。

侯立明的级别不够恶贯满盈。

"你走吧，我不想看见你。"梁母的嗓音充满疲惫。

"我想……"

"走！"梁母怒道。

胡东海不再纠缠，把手上的果篮放到门边。

"东西拿走！"梁母厉声说。

胡东海提起果篮转过身。后面的房门"嘭"地关了。

胡东海出了门洞，神思恍惚。他突然发现，不远处有个窥探的身影。

胡东海加快步伐。那人马上离开了，移动中故意利用树荫躲藏，让胡东海辨别不清。胡东海追到了街头，那人消失不见。

对方究竟是侯立明本人，还是马达，抑或是罗有根？

→ 3

侯立明最担心的事情发生了：坏蛋胡东海找到了他的软肋。

侯立明这两天被该死的黄蜂蜇过后，疼痛难忍，被迫去医院治疗耽误了工夫，一时没照应到，被胡东海钻了空子。这就像下棋一样，你慢一步，别人就进一步，现在胡东海的卒子已经过了河。

侯立明额头上的几个肿包还没消，左眼还肿着，被驴踢过的脑袋又被猪亲过一遍，不仅头晕，更有火辣辣的疼痛让他异常难受，这种局面下无法与对手过招，只能用最拙劣的办法。

下午，胡东海去巷口买馒头，头顶的楼房上突然掉下花盆，在离他二三米的地方坠落于地，"啪"的一声响，仙人球滚落。

傍晚，胡东海去大众浴池，头顶又落下一块玻璃砸在身后，发出巨大的碎裂声，距离他不到三米，溅起的玻璃碴子擦着脸颊飞过去。

自从上次的天降垃圾之后，集中出现的意外情况越来越多，胡东海知道，这是因为他找到了梁若家，刺激了某人。

侯立明在暗处盯着他，不断制造危险，恰恰说明侯立明已经急眼。急则生乱，胡东海这步棋走对了，在他的逼迫下，对手已经不能安心躲在阴影中，只要再推一把，侯立明必将现身。

第二天上午，胡东海再次来到梁若家。

他记得很清楚，明天就是房屋退款期限的最后日子。他还有一天，就将失去最后的避风港。他没想过朝谁借钱，其实能借的人，也只有罗有根和宋发宽，可是目前这种复杂情况下，以他龙王的禀性，不可能朝任何一个人伸手。

只要在明天晚上之前捕获侯立明，山重水复就能变成柳暗花明。

"大姐，我又来了。"胡东海说。

梁母站在防盗门内，冷漠地看着他。不过胡东海感觉有转机，梁母毕竟开了门。她脸色憔悴，显然一夜未眠。这种事想得越多，就会产生越多猜想。

昨晚她装作无意地问了女儿一些事，主要是关于对象方面的。那个健身男，还有之前认识的几个男人，都是对方主动断掉，而且很突然。过后偶尔听说他们一些不堪的事情，具有渣男性质。

漂亮的二傻子往往吸引渣男，这是不争的事实。

但逃过一次两次是傻人有傻福，每次都逃过，就不能简单地归结为运气。

生活中看似不合理的地方，往往暗藏着更大的合理性。比如，侯立明真的没死？

梁母的好奇与纠结就在这一点上。

"大姐，你还记得周亦红吧？"胡东海问。

梁母沉默一会儿，冷冷地点点头："是侯立明的一个女朋友。"

"我去找过她了，她也觉得侯立明没死……"

"她觉得死没死，跟我有啥关系？"梁母怒道。

本来想找个共同的见证人，却撞上了邪火。对待更年期女人要慎重。胡东海急忙扭转话题："侯立明租了福柜给女儿祈福。"

胡东海打开手机，把从罗有根那里转来的照片给梁母看。

梁母隔着防盗门看不清楚，随手打开门，放胡东海进来了。

梁母迫不及待捧着手机仔细看，一张金纸上写着"梁若"的名字。

"这不是侯立明的字体啊。"梁母又生气了。

"他怕人查到，故意变了字形，我们请人鉴定过，是他写的。"

"你们——还有谁？周亦红？"梁母瞪着胡东海。

"不不，周亦红没有参与，是罗有根和宋发宽。"胡东海忙说。

"哦，好像有这么两个人，他们还活着？"梁母又将目光投向手机。

胡东海默默地等着。

梁母把手机还给他。侯立明为女儿祈福，就算是真的，梁母也感动不起来。她心里反而生出了更多的怨恨。他死了，可以怀念他，而他如果一直偷偷活着，这种伤害太残忍了。

"我不管他是死是活，侯立明和我家没有任何关系。"梁母说。

"大姐，我知道你心里难过。"胡东海叹口气，"侯立明改变了许多人的命运，这件事得弄清楚。"

"现在还能怎么办？"梁母厉声问。

"不管怎样，孩子是有爸爸的……"

梁母有些神经质地摇着头："她爸爸二十五年前就死了！"

"妈，我爸爸怎么了？"门口突然传来梁若的声音。

客厅的两个人顿时惊呆了。

防盗门没锁，虚掩着，梁若正走了进来。

梁母脸色煞白。胡东海的额头也冒了冷汗，他最怕影响孩子，上一辈的恩怨止于上一辈，绝不能牵连到下一代。可是梁若在门外听到了多少？

"小若……你……你手机又忘带了？"梁母语无伦次。

梁若的身子有些摇晃，苍白的脸上显得眼睛更大，眸子里溢满了困惑和紧张。"这人是谁啊？"她看着胡东海。

"他是……哦，你爸爸原来的同学……朋友……"

"小若，我路过，顺便来家里看看。"胡东海准备往外走。

"怎么说到我爸爸死没死的事？"梁若望着胡东海。

"他是个疯子，脑子坏了！"梁母使劲推了胡东海一下，"快滚，神经病！"

胡东海看着梁若，感觉不对劲。这孩子脸色苍白，嘴唇都有些发青，额头浸着细密的汗珠，呼吸不稳。

梁母也发现了，焦急地问："你咋了？"

"妈……我难受得很……头晕……妈……"梁若摇晃着往地上倒去。

胡东海抢上一步，稳稳地托住了梁若。梁若闭着眼睛，呼吸短促。

"小若！小若——"梁母发出撕心裂肺的呼唤。

"送医院！"胡东海抱着梁若冲出房门。

"路北有医院，快快快……"梁母在后面追着喊。

胡东海沿着人行道往北边狂奔，很快看到医院楼顶的标志。他冲进西京友谊医院的门诊大厅，一边跑一边喊："病人突然晕倒，快抢救！"

有护士急忙迎上来。纷乱的脚步声在大厅回荡。

梁若躺上了担架车，双眼紧闭，鼻孔插着氧气管。胡东海提着氧气包，跟着担架车飞跑。

梁母跌跌撞撞跟过来，一边跑一边哭。女儿有个三长两短，她也只有一死了之。

梁若被推进了重症观察室。

→ 　　4

因为送医及时，梁若没有生命危险，在重症观察室苏醒了。

她今天在服装店上班时觉得不舒服，可能是感冒，向店长请假回家休息一下，却在门外意外听到关于父亲死没死的争论，心里突然紧张，导致晕厥。

梁母坐在床边陪着女儿，片刻不分离，焦虑的心情稍稍放松一些。

胡东海帮着去交费。下楼走向收费处时，他觉得自己可能真的是个丧门星，年轻时与人讨论侯立明的父亲死没死的问题，今天又和梁母讨论侯立明死没死的问题，每次讨论完就出事。

下一步何去何从？

胡东海来到收费处，准备付款时，却被告知梁若的医疗费已经交过了。胡东海暗暗一惊——前来交费的不会是别人，只有一种可能。

胡东海急忙来到大厅。这里人很多，有抱孩子匆匆行走的，有家属搀着病人踱步的，有一脸痛苦的求医者，也有一群人围在问询台前，十分嘈杂。

一个獐头鼠目的男人走过来，碰了碰胡东海的胳膊。胡东海迅速回头，把那人吓一跳。

"我有专家号，你看啥病？"号贩子低声问。

胡东海把他扒拉开，继续搜寻，但没有发现可疑人员。他立刻冲上楼，回到重症观察室。梁若又在昏睡中。胡东海把梁母叫出来，将医疗费还给她，告诉她有人交过了，问她有没有人来过？梁母摇头，满脸的茫然疑惑。胡东海不愿惊扰她，让她回去守着女儿。

胡东海快步穿行在走廊，围绕这一区域搜寻。对方交费时间不太久，也不会马上离开，肯定躲在某个角落悄悄关注梁若的病情。

胡东海忽然发现走廊尽头有个人影一晃，连忙追上去。

那人戴着连衣帽，墨镜和口罩遮住脸，浑身裹得严实。看那装扮，应是重病患者，但动作极为敏捷，躬着腰，踮起脚尖，移动速度飞快。胡东海从未见过有人这样行动。

那人进了电梯。胡东海赶到时，电梯已经关门。

旁边的另一部电梯开了门，胡东海赶忙跑进去。出狱后许多东西没见过，电梯便是一个。进来后他才发现，这不是普通的门，是需要摁动数字键的。他不知道该去哪里，就摁了最高层的数字键。

电梯向上升了两层，门开了，有人出去。胡东海一愣，以为电梯只能到这里，急忙跟着出去。外面有人进来，胡东海又一愣，跟着进来。电梯突然发出刺耳的声音，所有人都看着胡东海，他是最后一个进来的。

胡东海满头大汗，不明所以。

"出去啊。"有人不耐烦地说。

不知谁伸手推了胡东海一下，但没推动，那人反倒往后一仰，撞到了别人，引起小范围骚乱。胡东海急忙出去，电梯门在眼前合上了。

"你这样瞎跑不行。"那个号贩子不知从哪儿冒出来,"一个早上我手里就有八十多个专家号,没有我挂不上的。看你这么着急,一口价,四百块,随便哪个科室的主任医师,咋样?"

对面的电梯门打开了,胡东海一眼望见墨镜男,就要往里冲。但被另外几个人抢了先。胡东海刚迈步进去,电梯又发出警报声。他和墨镜男隔着人群,默默对视着。

号贩子从外面把胡东海拽出去了。

"你病得不轻啊,这家医院治不了你,你得去西京市第一精神病医院,我有专家号……"

"刚才的电梯通到哪里?"胡东海问。

"坐那个电梯的,一般是去地下停车库。"号贩子说,"没有我挂不上的号,就算预约满了,我也能插上……"

胡东海跑步下楼,几乎是坠楼姿势,"咚咚"地跳着。

冲进车库时,电梯里的人已经出来,各自走向自己的车位。顶棚的日光灯管忽明忽暗,胡东海仔细辨别着。他相信对方并不是要逃走,而是找个隐秘处躲藏。

巨大的立柱后面阴影密布,墙边黑暗中的管道缓缓滴着水。不断有汽车驶出去,尾灯闪烁。

角落有一道暗光闪过,胡东海没有察觉。在无声环境下,他的夜盲症禁锢了视野。

那道暗光又闪了一下,是墨镜的光泽。对方正在悄悄移动位置。

胡东海经过一排排汽车,脚步放轻,以免干扰听觉。他走到墙边,自己也置于阴影中。他不知道的是,侯立明选择躲在这里,是因为熟悉车库环境。侯立明在逃亡期间,为了改造自己,曾特意去车库守夜,长达一年多不见天光。各地的车库大同小异,侯立明即使闭着眼睛也能摸到出口。

双方都在暗处。过了三四分钟,胡东海从脚边捡了半块瓷砖,突然敲打管道。

"铛"的一声,余音回荡,遍布车库。

侯立明身边的管道也在震颤中发出回响,他一惊。这是胡东海在挑战吗?

胡东海用力敲了三下。车库管理员出来了。

"谁啊?"

铛、铛、铛!胡东海继续敲。

管理员生气了,跑进值班室,打开了角落全部的应急灯。

"唰"的一下，车库里灯火通明。

只见胡东海安然地站在一辆车前面，看样子像正要打开车门。而墙角蹲着一个像变态的家伙，浑身裹得严严实实——谁是好果子，谁是坏果子，一目了然。

"住手，不准随地大小便！"管理员指着侯立明，暴喝一声。

另一个管理员冲过来配合。

胡东海立刻组团进去，浑身充满见义勇为的气势。

侯立明拔腿就跑。胡东海提气怒奔，跃过几辆汽车，截住侯立明。侯立明出拳速度比逃跑速度更快，一记老辣的嘴锤，照着胡东海的脸颊打来。胡东海侧脸躲过，自己的拳头也到了，直击侯立明左耳。

"呼"的一声，风力强劲。侯立明抬臂挡开，二人肢体碰撞，都受到不小的冲击。

侯立明借力后退一步，继续逃跑。胡东海拔足狂追。

那两个管理员被他们的架势震住了，识趣地停了步子。

胡东海飞身踩上一辆汽车，从空中扑向侯立明。侯立明正跑得欢，斜刺里落下一团影子，躲避不及，被胡东海扑倒在地。二人在地上滚了几圈，胡东海的后背撞到了车头，侯立明的后脑勺碰到了轮胎。

侯立明闷哼一声。他头上被黄蜂蜇过的肿包疼得厉害，这一撞，像是把肿包撕裂了，咬牙吸一口气。

侯立明先一步翻身而起，一脚踢到胡东海的腹部，继续往外跑。

胡东海爬起来，拼命追赶："侯立明，站住！"

前边的人毫不理会，只是埋头狂奔。

胡东海出了车库，往外一看，人竟然不见了。他在原地打了个转转，附近只有一辆车驶向医院东北角。胡东海心念一动，朝着车子追去。

车子停在太平间外面。大门旁立着一排公告栏，左侧贴着无人认领尸体的资料。汽车正好挡在前面。侯立明从车厢旁钻出来，紧挨着公告栏往外溜。突然看到胡东海追过来。情急中，转身往后跑，一头钻进了太平间。

胡东海跟着他闯进一个房间。房屋构造狭长，约一百平方米，给人一眼望不到头的惶惑感。冷飕飕的空气中充满消毒水的味道，抽屉式的大冰柜占了一整堵墙。胡东海冲进来时，侯立明又消失了。

房间门口贴着标记，表明这间房子存放的都是无人认领的尸体，墙上的资料写着：陈母王氏，赵某某之子……还有人干脆是一个编号：A19859 无名氏。

胡东海系上西装扣子，看着森严排列的冰柜，感到震惊。居然有这么多没有身份的人死于非命，让他产生一阵悲哀。自己出狱后，如果没联络到侄子，命运是不是与这里的某个人一样？

胡东海对着满墙的冰柜喊道："侯立明，还要躲到什么时候？亲人不敢见，活着有什么意思？"

"喂，你干啥的？"门口传来喝斥声。

"侯立明，你躲在死人堆里，就不怕你爹妈难过吗？"

"神经病，出去！"

"你要和这些人一样，火化的时候只有一个编号……"

"谁和你一样——保安！保安！"

几个人冲过来强行驱赶胡东海。

"你要反思昨天，把握今天，奔向明天……"

→　　5

胡东海在太平间外面等了很长时间，侯立明始终没有现身。侯立明不可能一直躲在冰柜里，冻也会冻个半死。他可能又玩了个诈尸，然后从后门溜了，或者钻到某一辆车里逃掉。

胡东海回家一进院子，就见杂物房的门虚掩着。

"马老兄——马达？"胡东海唤道。

"啊……"床板上的身影翻转过来。

胡东海推开门："你啥时候回来的？"

"躺了半天了，就等你。"侯立明下了床，踉跄着走到门口。

胡东海吓一跳："你这脸……"

"黄蜂蜇了嘛，唉，这罪受的。"侯立明摇晃着脑袋，表情既悲惨又可笑。

"那你跑回来干啥？"

"这病不好治，费钱。"侯立明叹着气，"你认识那个谭医生嘛，我上回听你侄子说，谭医生的舅舅专治蚊虫叮咬。你帮个忙，少花点钱。"

胡东海迟疑一下，摇摇头："不联系了。"

"噢，你跟谭医生分手了？"侯立明惊奇地问，那只肿眼使劲睁着。

"什么分不分的，从来就没有牵过手。"胡东海转身走了。

侯立明望着胡东海的背影，暗暗咬着牙齿。在医院缠斗之后，他决定带着伤痛冒险回来，就是要贴身盯住胡东海，绝对不能让他再靠近女儿家半步！

胡东海走到台阶前，忽然扭过脸。

侯立明正盯着胡东海的背影发狠，冷不防对上了胡东海的目光。

胡东海走路极少回头看，一边走一边往后蹼摸，绝非他的风格，龙王的目标一向是前方。但此刻……

侯立明像被烫了似的，身子微微一震。他反应神速，立刻迎着胡东海走过去。

"胡老弟……有个情况，不知能不能告诉你。"

"咱兄弟有啥忌讳的？"胡东海松开西装扣子，面对着侯立明。

"罗有根给我打电话，那意思，好像是让我离开你这儿。"

"是吗？"胡东海笑一笑。

"他要给我提供住处，雇人做饭，一天三顿随便点菜，看病也管。"

"根叔是好心人。"

"我……再考虑考虑。"侯立明勾着头，做出很纠结的样子。

"行，你考虑吧。"胡东海转身上了台阶。

回到自己的南厢房，胡东海坐在窗前，望着外面的天空。天色已暗，四周很静，不时有风从窗口吹进来，窗扇发出微弱的拍打声。

马达身上的香皂味很浓，这在以往没有过。马达是个爱干净的人，尽管生活在破落的环境中，看起来粗糙脏乱。人往往被外观迷惑，以为他像个捡破烂的，其实个人卫生搞得很好，那是一种内在的品性。但今天的香皂味超出了品性范围。

他在掩盖其他味道。是什么？

此时侯立明在杂物房，也在愣神中。

刚才胡东海突然扭头往后看，这个异常举止表明了一种猜疑。胡东海在怀疑什么？侯立明一点一点复盘——从自己赶到女儿家外面，看到胡东海抱着梁若狂奔而去，就知道女儿出事了。女儿以前也晕厥过，他很担心。看到前妻在街上跌跌撞撞赶往医院，他更担心了，怕她没带钱，延误了女儿的治疗。

尾随至友谊医院，一看到女儿进了重症观察室，他就不顾一切去交了费。这不是理智能决定的，作为一名父亲，在这种情况下无法产生任何利害得失的想法，正如他给女儿祈福以及守护女儿的每一个时刻，只求女儿一切平安。

该上学时，顺利上学；该上班时，顺利上班；该结婚时，顺利结婚；该治病时，顺利治病。

不要坎坷，不要用困难考验孩子。

所有关于"人生需要磨难"的废话通通见鬼去，磨难由一个人承受就足够了！

但在他交费不久，胡东海就出现在收费处。之后开始搜寻他。

接下来的追打与对抗，侯立明自信没有任何破绽。他把全身包裹得像个木乃伊，肢体动作和行为举止，也和平时的表现完全不同。

虽然胡东海知道他在与侯立明对战，那又怎样？侯立明这个人还是会彻底消失，留在胡东海身边的，仍是马达。

自己在医院只是演了一个鬼影子，让胡东海触手可及，却又如水中捞月。

这种鬼打墙的游戏，他可以玩到地老天荒。

可是胡东海为什么起了疑心？

侯立明皱着眉头，用手在头发上抓了抓，放到鼻子前一闻，是香皂味。

他的头皮一阵发麻。抬起另一条手臂，仔细闻了闻。为了掩盖医院太平间的消毒水和异味，他回来后换了上衣和裤子，然后用香皂洗了头。他的时间很紧张，前后与胡东海只差了一个多钟头。使用香皂时，自己感觉并没有过量。

可是他算到了第一步，却忽视了第二步——胡东海的嗅觉这么厉害吗？难道夜盲症患者真的会激发鼻子的嗅觉？

早知如此，用一点白酒也能解决这个麻烦。或者干脆把自己弄臭。

但此刻切不可自乱阵脚。侯立明让自己放松下来。

与此同时，在南厢房，胡东海正在打开那口箱子。金属扣的卡槽生锈了，胡东海用力一扳，"咔叽"一声，箱盖弹开了，里面的东西滑出来。他当初摆放的时候，并没有严格设定位置，传呼机、录像带滚落在地上，然后是一堆磁带和海报。

这些东西看不出异样。

胡东海扒拉着地上的磁带，发现少了一盘《〈射雕英雄传〉主题曲》。

那支熟悉的歌又在时光尽头回响着：

"人海之中找到了你，一切变了有情义……啊啊啊……人生匆匆心里有爱，此生有意义，一世有了意义……"

这时胡东海发现，海报上面扔着那张宣纸，这好像不对，宣纸本来是压在海报下面的。

胡东海拿起纸，那首诗再次映入眼帘。

这次他盯住了诗文中的一个字：谁。

"谁"字稍微有点模糊了，上面有一片不规则的圆形痕迹，像是水斑，但更像是泪痕。宣纸的特殊材质，在那片痕迹的洇染下，造成了水雾状的印迹。

谁抱着这首诗哭过？

→　6

今天晚上应该采取措施。侯立明心里很清楚，麻烦已经堆到了眼前，再不铲除，就把自己埋了。

可是他有心无力。黄蜂蜇起的肿包更加疼痛，感觉整个脑袋又胀又重，好像脖子上扛着一个铁球。

一般人被蜂蜇了，拔掉蜂刺，上点药，一两天就能好转，有的人几个小时就会慢慢消肿，可是他却牵连不去，而且越发难受。

侯立明从床上坐起身，从抽屉拿出镜子照了一下，不忍看自己。

他沉吟片刻，从杂物房出来，轻轻打开院门溜了出去。

院子里的动静没有逃过胡东海的耳朵。侯立明前脚刚走，胡东海便跟了上去。

侯立明在巷口拦了辆出租车，朝南边驶去。胡东海也拦了一辆车，一路跟踪。

约莫半个多钟头，前方的出租车停下了，这里位于雁塔区丰盛路。下车后，眼前是一大片楼群，都是城中村的风格，三层以上都有加盖，新旧明显。楼群之间纵横交错的线缆犹如蛛网，巷筒子里挤满了商贩，夜市摊很热闹，猜拳行令不亦乐乎。

侯立明沿着小街往前走，在一个丁字路口向右拐，五六分钟后，停在一扇黑漆铁门前。

胡东海隐蔽在不远处的墙角。视野中的侯立明只是一个模糊的轮廓，但脚步声清晰入耳。

侯立明使劲敲门，"咣咣"声响了一会儿，门开了，一个人探出头来。

"找谁？"

"找你——老抽！"

"哎？"

侯立明一把掐住老抽的脖子，推进院里，老抽挣扎时，胡东海趁机进了门，藏在黑影中。

老抽干巴瘦削的身子抖晃着，对付凶残的黄蜂他有本事，但对付凶残的鬼敲门，他不行。

侯立明没对他客气，上手就让他认庀了。

"看我头上的肿疙瘩，今晚必须治好。"侯立明的声音不大，却充满老辣狠毒的气势。

"你自己没安好心，老天爷整治……"

"少废话。天亮前不把我弄舒服了，我让你后半辈子不舒服。"

"你这人……"

胡东海趴在窗缝往里看。屋内最醒目的是一台冰柜，旁边的货架上堆放着坛坛罐罐，还有一些土黄色的干瘪蜂窝。灯光下，侯立明坐在椅子上，老抽正在检查他的脑袋。

"咋这么严重？"老抽嘟囔着，"你这体质，热天不能捂，你这两天又干了啥坏事……"

"你再多说一句，我把你舌头拔出来。"

侯立明的脑袋映在灯光下，五官扭歪，配以肿眼睛里射出的毒辣目光，极具恐吓性。

"那你忍住疼，可别嫌我下手狠。"老抽不安地说。

"动手。"

老抽先用药水在侯立明的脑袋上喷了喷，然后剥了几瓣蒜，加了些草药捣碎，用蒜泥将草药糊在肿包上，然后用粗粝的手指揉压起来。

"你的疙瘩不在脑袋上，在心里。"老抽低喃。

侯立明狠狠瞪了老抽一眼。老抽闭上嘴巴，继续揉压了三四分钟，然后拿出一根扁平的针，在酒精里洗了洗，割开了肿包。

侯立明在椅子上猛一挺身，却一声不吭。

老抽本想趁着治疗，报复一下侯立明，让他感到痛苦。此刻却受到震动："我敬你是条汉子。"

"哧"，又是一下，扁针割开第二个肿包，溢出一颗深紫色的血滴。

窗外的胡东海都觉得自己脑袋疼起来。

老抽念叨着："一般人受不住第二下，更别提第三下了……"

"哧"，扁针继续割着。

"第四下……老子都受不住了。"老抽嗓音发颤。

侯立明微微哼了一声，后背被汗水浸透了。

胡东海没想到那个人这么能忍痛。世间已经没有力量能阻挡他自虐的步伐。

老抽正在割开第六个肿包。

"×××，你手别颤！"侯立明发出声音。

老抽呼呼地喘着气，停下动作，让自己心情平复一下，然后继续干活。

窗外的胡东海想：那个坐在椅子上受虐的人，会是侯立明吗？

胡东海真的怀疑自己判断错了。不认识侯立明的人，见到马达后，无法想象彼此之间的差异。胡东海记忆中的侯立明，与目前朝夕相处的马达，这种分裂感，很难一下子抹平，他已经颠覆了正常人的观感。即便种种迹象表明，马达与侯立明很可能是同一个人，胡东海还是觉得差一步。

也许只有侯立明亲口承认，才能确信吧。

他又想到那瓶四棱子酒，那东西既是一个引子，也是一个答案。

屋子里安静了。老抽在割开的伤口上抹了药膏，又让侯立明吞下一颗药丸。然后扶着侯立明躺在木板床上。

"你睡一会儿，等你醒来，免费送你一杯野生蜂王浆。"

"不要带蜂的东西。"侯立明哼哼着说。

老抽乐了，笑容慢慢收起来，嘟囔道："你这家伙不是人，求你以后别来了。"

→　7

后半夜，胡东海和侯立明先后回到小院。

黎明前静悄悄，风中不起波澜。

早晨五点五十，胡东海准时起床，洗漱后开始跑步。

口号声响起："认罪服法，前途光明！认罪服法，前途光明！"

跑了四十圈以后，口号变成了："反思昨天，把握今天，奔向明天！"

胡东海一边跑着一边环顾小院。今天是房屋还款的最后期限。如果今天把握不住，明天就不知道该奔向哪里了。

跑完步，胡东海去侄子的房间聊了几分钟。胡东海感觉侄子似乎也有个什么计划，但小灿表现得若无其事。胡东海嘱咐他不要招惹别人，尤其是别想着报复上次那两个坏家伙，一切等他这边办完事，再集中解决。

安顿了侄子，胡东海去巷口买来油条、豆浆。侯立明自觉地坐在桌边，默默吃着。他头上的肿包确实消退了不少，看起来没那么痛苦了。

"马老兄，脸色不错，今天出去玩一趟吧。"胡东海说。

"嗯？"侯立明愣了愣。

"我把罗有根、宋发宽叫来，热闹一下。"

侯立明的眉头微微一皱，不明白胡东海要什么花招，但预感到情况不妙。

是时候该做点准备了。

"行，听你的。"侯立明憨笑着点一下头。

吃罢早饭，小灿便出去了，说是给顾客开锁。

上午十点，胡东海打电话给罗有根，让罗有根把宋发宽一起接过来。

罗有根正在外面办事，说了声："先等等我，我去换辆车。"

一个钟头后，罗有根开着一辆吉利远景来了。

人到齐了，侯立明才从杂物房慢吞吞出来。

罗有根嚷道："你是丑媳妇上轿，迟迟畏畏的。"

宋发宽咧嘴说："你这轿子，难怪人家不爱上。"

"啥意思？"罗有根斜眼瞅着宋发宽。

四人坐上了吉利远景，宋发宽终于忍不住，吐起槽来。

"老罗，你家里是不是办了车展？"

"到底啥意思嘛，满嘴阴阳。"

"办的是七万元以下汽车展销会。"

罗有根愣了一下，随即反应过来，一龇牙："你个瓜皮肥宽，还嫌我档次低？"

"每次开车带我和龙王，你都是破、破、破车嘟嘟嘟……"

"我的神神，当心你的舌头。"罗有根哼笑道，"我明着告诉你，我的车没有超过七万的，不是给不给面子的问题，是低调。根叔我是什么人，在西京道上混了这些年，还需要用汽车来证明自己的身份吗？"

"那倒也是。"宋发宽的气息似乎弱了，"你根叔往地上一趴，自己就是一辆劳斯莱斯。"

听着前边的两个人斗嘴，胡东海尽管不是很懂，但觉得有趣。汽车可以证明身份，此言不虚。而现在能证明自己的，只有旁边这个男人。

胡东海与侯立明坐在后排座。侯立明默默缩着手脚，黄书包揽在胸前，身子随着汽车行驶微微摇晃着。胡东海也带着一件东西，黑色塑料袋里有个长方形的盒子。

"龙王，去哪儿？"罗有根才想起来问。

"往东边开。"胡东海说。

"神叨叨的，该不是把几个大老爷们儿拐卖了吧？"罗有根笑道。

宋发宽说："老眸咔嚓的，谁买你啊？"

"你不懂了吧，咱这岁数正是黄金闪闪亮，小姑娘哭着喊着往上扑。"

"就你？整天开个破、破、破车嘟嘟嘟……"

到了下一个路口，胡东海说："往右拐。"

"哎，这是广安路。"罗有根皱眉说，"再往东就到桃花潭了。你是不是想去园艺博览会？"

胡东海没吭声。

宋发宽回过神："灞河。"

胡东海笑一笑。

罗有根瞥了一眼后视镜："龙王，你要在灞河掀什么风浪？"

车厢里的气氛陡然降下来，在座四人都知道"灞河"代表了什么。但罗有根和宋发宽不明白胡东海为什么突然要去灞河，那可是他的"罪恶发源地"，是他的陷阱。

侯立明仍然缩着手脚，昏昏欲睡的样子。

越往东走，车辆越少，新修的宽阔马路干净整洁，飙起车来很爽，但罗有根的车一提速就飘，于是他乖乖按照七万以下的标准行驶着。

"到了吧？"罗有根问。

"去霸头。"胡东海说。

车厢里一阵轻微的骚动。

霸头就是当年的罪案事发地，位于西岸上游，是个月牙形区域，胡东海年轻时很喜欢这里。霸头曾是他扬威之处，最终又成了他的沉没之地。

车停在一处斜坡上，四人下了车。胡东海忽然从罗有根手中抢过钥匙，塞到自己口袋。

"这是干啥？"罗有根惊问。

"免得你乱跑。"胡东海说。

罗有根嘟嘟囔囔，一起沿着台阶走到河坝垛子上。

远处偶尔有灰椋鸟飞过。平静的河面看不出任何危险，却不知已带走了人间多少个二十五年时光。

这一带稍显荒凉，附近停着三辆挖掘机。风呼呼吹着。

四个人蹲在河坝垛子上。胡东海从塑料袋里拿出一瓶酒，放到中间。

"认识吧？"胡东海问侯立明。

四棱子酒重现人间，但不是那一瓶。

"胡老弟，你要请大伙喝酒？"侯立明抬头问。他的眸子深处闪过一丝寒光，隐藏在阳光里。

胡东海打开瓶盖，仰起脖子，悬空喝了一口，然后递给侯立明。侯立明迟疑一下，接过来，悬空喝一口，再递给宋发宽。宋发宽也喝一口，习惯地提了提裤子。胡东海却从宋发宽手中接过酒瓶，对罗有根说：

"政府规定开车不能喝酒，你要遵纪守法。"

"哎？今天咋回事，车钥匙收了，酒还不让喝。"罗有根问，"龙王，你到底要干啥？"

"我讲讲二十五年前，发生在这里的事情。"

此情、此景，在眼前重演。那个飘着零星小雨的黄昏，水天交接之处，落日竟冲出乌云的包围，绽放出最后的晚霞。就在那凄美而壮丽的景色中，两个年轻人的命运激流，发生了剧烈碰撞。

→   8

"所以侯立明故意退到了灞河边，趁你踢他的时候，自己跌到河里。"罗有根说。

胡东海并没有看罗有根，而是看着侯立明："是不是？"

"你问这个傻子干啥？"罗有根笑了。

宋发宽皱着眉头，看看胡东海，又看看侯立明。

胡东海手上拿着一个音乐播放器，打开，《万里长城永不倒》的歌声响起来：

"……开口叫吧，高声叫吧——"

眼前瞬间闪过黑白画面：胡东海飞起一脚，侯立明惨叫着落入河中。

此时胡东海突然站起身，踢出一脚。

脚尖以极慢的动作踢向侯立明的胸口，毫厘之间停住了。

侯立明抬头看着胡东海。时光刹那间凝固。紧接着，侯立明做了个不易察觉的动作——他用大拇指挠了挠下巴。

"侯立明……"宋发宽的喉咙里发出"喀喀"的声音。

"什么？"罗有根的眼睛倏地瞪大了，难以置信地看着这一切。

侯立明猛然间拿起酒瓶，砸向胡东海。他本来是蹲着的，却以不可思议的速度站起身，并以刁钻的角度将酒瓶抢向胡东海。

动作极快，但在震惊者的眼中，有一种莫名其妙的凝固感。

侯立明一出手就是杀招，四棱子酒奔着胡东海的太阳穴敲去。

胡东海抬起胳膊肘，撞开侯立明的手腕，酒瓶脱手而出，"嗖"的一下从罗有根头顶飞过去。罗有根慌忙低头，十分狼狈，脸上的震惊之色还没有消散。

宋发宽挪动肥胖的身躯，敏捷地往侧后方闪开，嘴里喊道："先别打，把话说清楚！"

然后他猛地往前一拥，趁着侯立明调整身姿的空当，拦腰抱住他。侯立明用力一扭，没有挣脱。胡东海已经停止动作。

"我从不在背后偷袭人，今天把哥儿几个约到这里，就是做个了断。"胡东海说。

罗有根嘴唇哆嗦着，盯着侯立明上下打量，怎么也不敢相信。

宋发宽放开了侯立明。侯立明也变得平静了。

胡东海语气低缓："从昨晚到今天早晨，我有件事没想通。"

"什么事？"侯立明漠然地问。他的神态仍然是马达式，但侯立明的魂魄正在缠绕。很难说是马达附在了侯立明身上，还是侯立明附在了马达身上。

"下雨的那天晚上，我在你的小破屋堵住你，然后把你带到我家，之后，你完全可以再次逃跑，消失在更深的人海中，可为什么不跑？"胡东海说，"就是这个问题，让我不敢确定你就是侯立明。"

侯立明冷漠一笑："你现在知道原因了？"

"你要找到那瓶四棱子酒，对不对？"

侯立明默不作声。

"我可以告诉你，那瓶酒已经在公墓打碎了。"胡东海说。

侯立明的目光一凛，有一种被玩弄的羞耻感。

"我一直以为你在那瓶酒上留下了指纹，为了毁掉证据，你才留在我家。可是，你在我家吃饭，睡觉，拿东西，怎么就不怕指纹泄密？"胡东海注视着侯立明，"由此我推断，其实你根本不怕指纹，因为你没有指纹，你把手指磨平了。"

罗有根冷不防抓起侯立明的手，仔细翻看。

侯立明毫不在意。

每根手指上都有老茧。

"还真是，用绳子磨的？"罗有根问。

侯立明一把推开他。

胡东海接着说："既然不是指纹，那你究竟怕什么？"

宋发宽嘟囔："酒瓶上面还能留下啥印记？"

"今天早晨我终于想起来，那天在公墓看到的瓶子商标上，有一块污渍。"胡东海踱了几步，说道，"那是鼻血。"

侯立明暗暗吸了口气。情况确如胡东海所说，他给父亲坟前献上四棱子酒，跪下磕头时，不小心将一滴鼻血洒在商标上，但他没有太在意，因为那时他很安全，不会想到胡东海会找到他。然而就是一瓶售价不到十元的酒，成了破绽。

"你当时肯定也犹豫了，"胡东海说，"但你应该是天快黑才去扫墓，待不了多长时间，公墓晚上七点关门，你没时间再换酒。所以，你难得地侥幸了一次。"

侯立明低头不语，手指紧捏着。

"一滴鼻血有多重要？我问了侄子，滴血认亲这种事还真的有。现在的雷子本事可大了，查案子就坐在电脑前，打开满坑满谷的监控摄像头，然后派弟兄去现场提取一点血啊什么的，就把犯罪分子抓住了。"胡东海说。

罗有根咧嘴笑了一下，赶忙闭拢嘴巴。

胡东海接着说："你钻进我的房间搜寻那瓶酒，假装捉蛐蛐，给自己准备好一切退路。可惜你看到那首诗——莫愁前路无知己，天下谁人不识君。你哭了。"

宋发宽有些伤感地看着侯立明。那种心情他可以体会。

"不过，真正把你逼急了，是我找到梁若以后，你害怕了。"胡东海盯着侯立明，"四棱子酒已经无所谓，你女儿才是最重要的。"

"胡东海，祸不及家人！"侯立明突然吼道。

现场静了几秒钟。风越来越大，四个人衣襟翻飞。

胡东海叹口气："就是因为你女儿，今天我决定好好和你谈一谈。如果照着我的脾气，一发现你是侯立明，早就动手了。"

"哼，你太高看自己了。"侯立明牵了牵嘴角。

"二十五年前，就在这里，你害的不光是我，也害了自己家人……"

"收起那些废话！"

"大丈夫有所为，有所不为，你是个男人，就主动站到她们面前，认罪服法。"

罗有根忙说："我觉得吧……"

胡东海抬手制止他，仍注视着侯立明："当年就是灞桥分局抓的我，你现在跟我去自首，十五分钟就到了，那里的老警察肯定记得……"

"这么多年了，你一点没长进，还是那么天真。"侯立明冷笑。

"我是当事人，你帮我洗刷冤屈，我帮你在他们面前求情，你关不了几年就能放出来，堂堂正正重新做人，老婆孩子一家团圆。"

"说得好听，我凭什么信你？"

"知道你不信我，所以把老罗和老宋请来，都是有儿有女的人，他俩做见证，你总该信一个吧。"

"我跟他们不熟！"

场面又变得剑拔弩张。

罗有根的目光透过茶色眼镜瞄来瞄去，衡量着、盘算着。他上前一步："立明，你这话说得欠考虑，龙王也是为你好。"

宋发宽摊着手说："大家都别急……慢、慢、慢慢来……"

罗有根悄然侧身，一只手飞快地发了微信，接收人是"丹丹"。

这时，胡东海的手机忽然响了，是侄子打来的。

"叔，院子着火了。"

"什么？"

"杂物房烧毁了，就是马达住的那间屋子。"

"啥时候烧的？"

"我刚回家，已经烧过了，他屋里的东西全烧坏了。不过还好，火没有引出来。"

"嗯，等我回去再说。"

胡东海放下手机，看着侯立明。

侯立明嘴角微微上扬，回视着胡东海。

自己可能在胡家留下的所有痕迹，都在一场延迟的火灾中消失了。自己刚才离开胡家时，预先设置了一场二十分钟后起燃的火灾，简单得就像挖自己的鼻孔。

那场火是在向胡东海宣示：我不可能去自首。

既然四棱子酒已经打碎，眼下杂物房也毁了，唯一留给胡东海的，就是一滴眼泪，但那不过是一滴含盐分的水而已。

侯立明突然从河坝垛子上一跃而下。逆光中，他的身姿如一只凶猛的泼猴。

→　　9

胡东海紧跟着一跃而下，追击侯立明。

侯立明沿着河滩奔跑，躬着腰，踮起脚尖，移动速度飞快。二人都是逆风，速度不相上下。

罗有根和宋发宽跟在后面，跑得气喘吁吁。

罗有根哼唧着说："肥宽……咱俩怎么摊上这么两个货？"

宋发宽呼哧喘不上气。

常言道：话怕三头对面，事怕挖根掘蔓，只要几个人对应，把事情弄到底，就没问题。可是眼下来看，真正的麻烦才刚开始。

前边的胡东海和侯立明已经打到一处。

胡东海的刚勇之姿不减当年，拳头更显得老道，每一击都是挟风带浪。侯立明在出拳的速度上似乎比胡东海更快一些，收拳也很快，别人打一拳，他能打个来回。

侯立明一拳打到胡东海的胸膛，自己的肋侧也挨了一拳。侯立明不愿恋战，主要是脑袋上蜂蜇的肿包虽然平复了不少，但还没痊愈，不能过多消耗体力。

侯立明从黄书包里掏出一根铁链，抡起来虎虎生风。胡东海捡了一根树杆，以棍为枪，双方都讨不到便宜。侯立明的铁链抽向胡东海的脑袋，胡东海身子一蹲，用树杆去戳侯立明的腿，侯立明跳起来，从半空狠狠甩来铁链。胡东海稍一停顿，肩膀上挨了一下，打得他身子趔趄。

这时候罗有根和宋发宽赶到了。

罗有根大喊："凡事好商量！"

宋发宽弯腰扶着双膝，喘不上气："老罗……说说说说的……在在在理……"

侯立明突然冲上旁边的挖掘机，把里面的人扔出去，自己钻进驾驶室，按动操作器。挖掘机发出轰鸣声，长长的铁臂晃动起来，带动着前方巨大的铲斗，朝胡东海砸过来。

胡东海翻身躲过。铲斗里的沙子铺天盖地倒下来，腾起一片沙尘。

胡东海被逼到了河边。挖掘机轰响着，铲斗朝胡东海砸过来。胡东海后退时，脚下忽然一空，身子后仰，翻倒在河里。

罗有根和宋发宽追了过来。宋发宽跳到河里，艰难地往前挪步。但身体肥胖，浮力大，滴溜溜在河面打转儿。反倒是胡东海把他推向岸边。罗有根伸手抓住宋发宽的胳膊，使出吃奶的力气，把宋发宽拖到草滩上。

胡东海从河里一爬上来，又朝挖掘机冲去。挖掘机狂吼着迎面开来，对着胡东海碾压。胡东海捡起一块石头，向上一纵身，另一手抓住铁齿。再一纵身，跳上了铲斗。

侯立明在驾驶室急忙调整方向。胡东海已经爬上了铁臂，身子摇晃着。侯立明疯狂扭动操作杆，车身剧烈摆动。胡东海身子一滑，差点儿掉下来，一只手牢牢抱住铁臂，身子往前拱动。再一跳，跳到了驾驶室顶上，俯身用石头猛砸窗户。

侯立明打开车门，翻身跳下。

胡东海被激怒了，一个猛扑，撞倒侯立明，铁拳击向侯立明的脑袋。侯立明用膝盖撞翻胡东海，爬起来继续跑。胡东海再次扑倒侯立明，大手牢牢钳住侯立明的肩膀，不料身后突然袭来一阵风，胡东海的后背结结实实挨了一下，身子前倾，摔在地上。

罗有根扔掉树杆，嘶声说："对不住，我不能让你打死侯立明！"说完，撒腿便跑，与侯立明会合。

胡东海大怒，起身狂追。

宋发宽被这一幕骇住了，没想到罗有根偷袭胡东海。等他反应过来，胡东海已经追远了。

那三人沿着河滩往前猛跑。胡东海越追越近。罗有根体力不支，侯立明不想管他，但架不住罗有根的念叨。

"我冒着生命危险救了你……我再给你个惊喜……"

这时，一辆银灰色的宝马车从远处驶来，风驰电掣一般，转瞬间到了跟前，车身在阳光下闪闪发光。

车门猛地弹开，罗丹丹往外探一下头，眼神淡漠，短发飞扬。

"好闺女，来得及时，回去给你买装备！"罗有根抓住侯立明的胳膊，拼命往车里推。

胡东海已经追来了，手上握着石头。

"快快！"罗有根猛踢侯立明的臀部，侯立明拼命爬向后排座。

一块石头从罗有根头顶飞过去，罗有根吓得嗷嗷怪叫，抱头钻进副驾驶室。

胡东海的距离不到十米。

宝马的车门来不及关上，罗丹丹强力掉头，但后车轮陷在沙地里，引擎低吼着，轮子卷起一大片沙粒。

胡东海正往上冲，被迎面飞来的无数小石子挡住了，急忙抬臂护住脸。小石子如冰雹一般倾泻在身上。

车里的罗有根"嘭"的一声关上门："快快快，龙王疯了！"

宝马的车轮在沙坑里越转越快，更多的沙粒飞射出去。

车头猛地往前一拱，冲出了沙坑。

与此同时，胡东海扔出石头，狠狠砸在车身上，"咚"的一声巨响。

车里的罗有根一阵揪心疼痛。

宋发宽也追上来，将一块更大的石头扔出去——"咚！哗！"——尾灯砸烂一只。

"暴民！暴民！"罗有根吼着，"跟这帮暴民出来，只能开七万以下的车！"

头顶突然传来"嗵"的一声震响，有人跳到了车顶。

罗有根气急败坏："有完没完啦！"

胡东海趴在车顶，但还没开始动作，手脚就失控了。他平时坐车都晕，上了车顶更是天旋地转，还没缓过劲，汽车一个转弯，将他狠狠甩下。

宋发宽跑上前，费劲地搀起胡东海。胡东海扶着腰，望着汽车远去的方向。

宝马冲上河堤大道，绝尘而去，车身在太阳下化作一道亮银色的光影。

车厢里终于安静下来。

丹丹一边开车一边问："怎么上次那个叔叔要打死你？"

罗有根语重心长地说："你爸我是个好人，好人常常受到误解。"

丹丹做个呕吐动作，朝后视镜里的侯立明瞥一眼，漠然地问："那你也欠了这个叔叔一份人情？这个欠了多少年？"

"闺女，风水转过来了，咱家要发啦！"

自始至终，侯立明完全是一副置身事外的悠然样子。

罗有根把自己的气息调理顺了，扭头往后看一看："美猴王，你不说点啥？"

侯立明的头枕着椅背，闭目养神。

胡东海和宋发宽站在河堤大道上，望着长堤尽头。柳树枝条在风中轻摆，留下婀娜舞姿。

——箫声咽，秦娥梦断秦楼月。秦楼月，年年柳色，霸陵伤别。

良久，宋发宽问："咱还回去取车不？"

吉利远景的车钥匙还在胡东海手上，但胡东海一摸口袋，早就打没了。

宋发宽说："丢了也好，反正我喝了酒，不能开车。"

他往路中间凑了凑，准备拦一辆车。

"我想走回去。"胡东海说。

"一起走吧。"宋发宽背着手，走了很远，他说，"人活着，各有各的道，猪吃食是朝前拱，鸡觅食是往后刨。"

二人一直走到夕阳西沉，晚霞中的剪影勾勒着金黄色的边线，风渐渐小了，暮归的小鸟飞过头顶。二人的影子在路上越拖越长。街灯亮起，风又变大了。

身上的衣服吹干了，途中找了个小饭馆，两人各自喝了六碗八宝稀饭。

回到街头，宋发宽说："我去抓娃娃了，你来不来？"

胡东海摇摇头。

宋发宽看了他一眼，想说什么，却又不知怎么说，于是拍拍他的肩膀，挺着肚皮远去了。

胡东海站在街边，望着宋发宽消失的背影，忽然觉得异常孤独。

晚上八点多，胡东海拖着蹒跚的步伐回到家。明天这个家就不是自己的了。

他到杂物房看了看。那场火不大，只烧毁了里面的东西，并没有危及其他地方，墙壁都没有完全熏黑。角落只有一小节融化的蜡烛，不足以提供任何证据。

深藏不露啊。以后再想找侯立明就更难了，有罗有根帮他，如虎添翼。

胡东海拖着沉重的步履回到正屋。北厢房的门虚掩着，侄子破天荒的没有打游戏，屋里传出音乐声，小灿正跟人视频。

"灿儿，我把你的音乐播放器弄丢了。"胡东海在门口招呼了一声，准备回自己房间。

"叔叔，等一下。"小灿跑出来，随意扔给他一个包。

"这是啥？"胡东海捏了捏，感觉包里好像是钱。

"那是房子的订金。我给中介打了电话。"小灿转身回屋。

"等等，这是你妈妈给的？"胡东海拉住他。

"你猜呢？"小灿笑一笑。

"不可能啊，你——"胡东海忽然心念一动，"你把防盗锁的设计图卖了？"

"嗯，孺叔可教也。"

"原来你神神秘秘，这几天是在办这事儿？"胡东海嘴唇颤抖。

"反正是要变成产品的，谁做都一样。"

"卖了多少钱？"

"五万啊。"

"你耗费心神设计，那图纸的价值……"

"我也是着急卖，人家就出五万现金。"小灿大度地摆摆手，"这家公司还是有实力的，他们愿意跟我继续合作。"

西京市凯威锁具有限公司，是一家提供先进技术设备，以生产销售家居锁具及其配件的高端企业。

小灿说："上次你提出的问题，我改了，效果不错，客户很满意。"

胡东海不知该说什么。

小灿想了想，又说："这次卖房的事，是我妈错了，我当然有责任。"

"不怪你妈妈，摊上我这么个亲人，谁都恨，谁都怨，你妈妈不是恨我这个人，是恨我的杀人犯身份。"胡东海轻轻叹息一声，"我有时想，哪怕是个无名氏身份，也比杀人犯身份好吧，起码是自由自在的。"

"叔，你的事没弄成？"小灿试探地说，"那个马达——"

"他就是侯立明。"

"噢，我早就看他不顺眼。"

"是我被他迷惑了。"

"现在怎么办？"小灿思忖着说，"可以报案了吧，你已经确定侯立明是诈死，可以洗脱冤枉了。"

胡东海沉吟片刻，摇摇头道："哪有证据啊？"

"根叔和宽叔都可以做证呀！"

胡东海苦笑："老罗没指望了，老宽……唉，把他折腾起来也没用，凭我俩的口头说明，去指认一个完全不像侯立明的人，那不是笑话吗？就算公安立了案，侯立明那个贼货，有一丝风吹草动，只怕逃得更远，藏得更深。"

"叔，你是不是还有别的担忧？"小灿轻声问。

胡东海在窗前踱了几步，说："如果公安介入，为了搜集证据，肯定要扰动梁若母女。"胡东海叹了口气，"梁若那孩子有先天疾病，受不了这种刺激。"

这始终是胡东海的心结，不愿连累无辜家人。所以他今天才把侯立明约到灞河，劝他自首，否则之前也有机会报警。

胡东海沉声说："不管怎样，这是我和侯立明之间的事，我必须亲自解决。"

"我相信你，叔叔。姓侯的已经现了原形，迟早落到你手里。"小灿说。

"谢谢你，灿儿。"

"这是啥话？咱是一家人！"

胡东海的心底涌起一股暖流，融化了挫败感。但他还是感觉头很痛。谭医生提醒过，不能用凉水洗头，今天落入河中，虽然时间不长，却还是不舒服。

"我头疼，先去睡了。"胡东海朝自己房间走去。

"叔——"很认真的呼唤。

"嗯？"胡东海艰难地转过头。

"现在社会上流行异性按摩，要不你适应一下？"很认真的商量脸，"你的任督二脉也该放松放松。"

胡东海嘴唇一扁："那是资产阶级剥削压榨劳动人民……"

"好好，算我放了个屁。"

胡东海回到自己房间，整个身子砸在床板上。出狱以来，第一次安稳地躺在床上，像个正常人一样，沉入梦乡。

明天……

明天又是新的开始。他还没想好怎么迎接明天，但明天很快就会变成"今天"。一定要抓住侯立明，这是他唯一确定的。侯立明永远逃不过"今天"。

第 十 章

一把刀的距离

→　　1

　　第二天上午，谭医生来了。胡东海正在院里晾晒自己刚洗完的衣服。谭医生把包放在屋檐下，来到胡东海身边，很自然地接过一件衣服，用衣架撑起来，细细地抻平。

　　水珠滴滴答答落到地上，像一首乐曲。一阵风吹来，带着皂粉气息的白衬衫飘起，在阳光里变成半透明的翅膀。

　　"用洗衣机很方便的，衣服和洗衣液放进去，摁下按钮，洗净，甩干。"谭医生说。

　　"灿儿买了一台，我不会用。"胡东海拧干手上的一条裤子，"再说机器不一定有手洗得干净。"

　　"你跟我舅妈的思想水平一样高。"谭医生笑着，手指撩开额前的发丝。

　　衣服都晾完了，映着阳光在风中飘动，地上闪烁的影子很有家的气氛。

　　"小灿给我打电话，说你的头又疼了。"谭医生走到屋檐下，拿起自己的包。

　　"噢，睡了一觉，好像……更疼了。"胡东海说。

　　二人进了屋子。

　　谭医生说："小灿给我讲了你的遭遇。"

　　"年轻人就是嘴不严。"胡东海从热水瓶里往茶壶里灌水。

　　"又不是丢人的事。"谭医生说。

　　"很丢人了。"胡东海苦笑。

　　"你有我的手机号吧，没事的时候讲给我听。"谭医生看着胡东海。

　　胡东海把茶杯放到谭医生面前："也好，我正学着发短信，练练手。"

　　平时也没个能练手的，谁没事老接你的无聊短信啊？

"那说定了。"谭医生笑一笑。

"嗯……谢谢你。"

"空口说可不行，坐下，我给你扎一针。"谭医生用不容置疑的口吻说。

"啊？"

"坐下吧，给你治头疼的。"谭医生笑得眼睛弯成月牙。

胡东海坐在窗下。谭医生弯腰在包里取东西时，胡东海望着她的侧面，光线笼罩着她，身影仿佛泛起了柔和的涟漪。胡东海不禁有些失神。

"你怎么了？"谭医生忽然问。

"噢……我……还不知道你的名字。"

"小灿没告诉你？"谭医生有些惊讶。

"他可能想让我自己问……那孩子心思深。"

"什么心思？"

"不不，我的意思是……唉，你叫啥名字？"

看着胡东海窘迫的样子，谭医生忍着笑意："谭春线。"

"嗯？"

"我叫谭春线。"

"孩子都好吧？"

"啊？"

"家里……家里都好吧？"

"我没孩子。五年前老公出国时跟我离婚了。"

"噢，这样……对不起……"

原来是家破人散的局面。

胡东海没再问什么，闭上眼睛，等着谭春线给他扎针。

距离胡家十六公里的西京友谊医院，门诊大厅还是和往常一样繁忙。络绎不绝的人流中，一个头戴连衣帽的年轻人穿行而过，他正是狗仔厕霸。

大家长在客户的施压下，催促 PCZZ 战队提速。可是这种事，不是想提就能提起来的，谁知道那个拥有特殊血型的供体，究竟住在哪家医院？在人生地不熟的城市里，只能一家一家巡猎。

今天是第十二家医院。

大厅里，那个獐头鼠目的号贩子正在跟人聊天："没有我挂不上的号，就算预约满了，我也能插上……"

厕霸走过时，号贩子挡在身前，被厕霸推开。旁边一名护士回头看了一眼。

厕霸找到用于查询的公用电脑，拔下网线，把自己的手机连上医院的内网。手机屏幕上出现网络连接提示，三秒后，"嘀"地响了一声，建立安全连接。屏幕显示"要求传送地址"，下面是"端口号码"，厕霸输入一串数字：24589452。

屏幕显示：状态，传送中……

黑客程序开始在医院的信息系统中急速工作，近期患者的数据，包括血型、细胞检测等被程序吸收。

厕霸马上转过身，按照惯例走进卫生间，用一根铜丝将另一部手机挂在厕所窗户上。

他看了一眼自己随身携带的手机，屏幕上的进度条迅速生长。总量是17854，而他的程序已经吸取了962，屏幕显示：962/17854。

厕霸快步从卫生间出来，不料正撞上保安。

原来最近各家医院频繁遭到黑客攻击，虽然监控录像并不能锁定具体疑犯，但医院抽调人员，守住几个可疑地点，张网以待。厕霸一进医院直奔公用电脑，且行为怪异，自然难逃法眼。

厕霸撒腿便跑。三名保安扑向他。旁边又冲来两名保安围追堵截。厕霸冲进走廊，撞倒一名护士，引起混乱。身后的五名保安紧追不放，一个保安眼看要抓住厕霸了，猛地往前一扑，肚子撞上一辆药品推车。

"叮当……哗啦"一通乱响，堵住了走廊。

年轻医生大声抱怨："搞什么名堂，误了急诊谁负责？"

这边一乱，前方的厕霸消失在走廊出口。

保安们继续追捕。那个被撞肚子的保安忍痛走了几步，突然停下，扭过脸，那名医生不见了。

厕霸冲到楼下，逃向停车场，却被门口的保安围捕。

刚才的年轻医生也来到楼下，脸上的口罩往下拉了拉，是DJ炮哥。炮哥扫了一眼厕霸。厕霸退回走廊，寻找新的出口。

炮哥立刻触发火警器，"呜啦呜啦"的啸叫声中，大厅顿时陷入混乱。病人和家属们互相碰撞，病得轻的冲出了大门，病得重的跌倒在地，还有提着输液瓶、拖着氧气包的，一瘸一拐纷纷逃命。

炮哥追上厕霸，塞给他一件病号服，并用身体遮挡。

厕霸从炮哥身后出来时，已经打扮成病人的样子。炮哥抓着他的胳膊，趁乱冲出大门，在台阶下离开人群，奔向院角的汽车。

在混乱中的大门口，却有一个人逆流而上，进入门诊大厅。

脏鱼戴着一顶灰色棒球帽，神色阴郁，微微躬着身子。他的职务是"家政员"，每次行动结束后，他要负责清理现场。脏鱼冷静地走到公用电脑前，查看厕霸有没有可能留下物证。然后走进卫生间，窗口上的手机还挂在那里，保安没来得及收走。脏鱼取下来，塞进编织袋里。

他不紧不慢扫视着，任何因为恐慌带来的疏漏，都是这一行不允许的。

然后他来到炮哥触发火警器的地方。这些路径和程序全部是演习过的步骤，在每一家医院出现状况，都会依此操作，当然不同的医院、不同的对手，细节上会有变化，但只要行动地点是在医院，大的路子不会差。

混乱过去后，大厅渐渐恢复安宁，人们陆陆续续回到原位。

脏鱼提着编织袋，躬着腰慢慢走着。

"我有专家号。你看啥病？"号贩子凑过来问。

脏鱼瞥了他一眼，阴郁的目光让号贩子打个寒战。

但号贩子马上转过身，发现新的目标："我手里有八十多个专家号，没有我挂不上的……"

"去去，我们已经住上院了！"梁母一手推开号贩子，一手扶着女儿的胳膊。

梁若的脸色仍显苍白，刚才的火警让她受到了惊吓。二人走向电梯。

"妈，我想出院。"梁若说。

"才住了三天，医生说还要观察。"梁母不时往周围扫视，心事重重的。

"我感觉差不多了……单位的小凤结婚，我还要随份子呢。"电梯来了，梁若走进去。

梁母忽然说："你先上楼，我去外面买点水果。"

梁母匆匆返回大厅："喂，号贩子，你对这医院熟吗？"

"太熟了，我都不好意思。"

"见过这人没？"梁母拿出一张旧照片，上面是年轻的侯立明。

号贩子摇摇头："哟？这是哪位专家？"

"现在有四十多岁了，你要是见到这个人，我给你五百块钱。"

"你说的！"号贩子眼里放出光彩。

外面的街道上，炮哥驾驶的汽车汇入了街上的车流中。

厕霸斜倚在车后座，仍在摆弄着手机。刚才的混乱对他没有任何影响，他反而因为把医院搅得鸡犬不宁而扬扬得意。

炮哥望一眼后视镜，嘴角一扭，看不惯厕霸那副"我最牛"的架势。

厕霸这货属于吊不甩类型，缺乏团队精神，今天的事情虽然算是正常风险，但厕霸张扬的做派容易出纰漏，而且厕霸对炮哥这个队长总是不以为然，如果不是幕后的大家长镇着厕霸，厕霸早就蹿稀了。

身边有这么一块料，炮哥经常想拿出一点威势，但效果不大。

等红灯时，炮哥说："厕霸，以后低调点。"

"智障才低调。"厕霸一句话怼回来。

遭到羞辱，炮哥也只能是嘴角一歪，低诵一句："一片碧池风波起，唯有羊驼卧槽急"，以表达内心的愤慨。

话说，要是钟摆在身边就好了，炮哥庆幸这个战队中还有一个忠诚的手下。

厕霸的手机忽然"嘀嘀"响了两声，屏幕显示：17854/17854。完成。

友谊医院的患者数据已经获得。

"骚气，我喜欢！"厕霸发出打鸣般的古怪笑声。

→　　2

大家长袁富阳的巡察工作已经进行了两次。

今天再次来到西京远郊这片废弃的住宅区，他的心情更好了。樊虎为了表示诚意送给他的这块地，虽然荒了七八年，但恰恰胜在无人过问。袁富阳登上别墅顶部，举目四望。

复杂的地形使别墅区更像迷宫中间的城堡，那一片野湖平静无波，水面倒映着树影。周边那些拆迁的房屋，还有其他废弃的别墅群，形成了防守带。

袁富阳站立在联排别墅的第二个单元上，其余三个单元呈拱卫之势，全部是三层联结。院子里有六七个工人正在忙碌。他们并不知道这里将变成什么，只是受雇修整房间。楼下有个工人正用大铁锤砸着墙壁，传来"嗵嗵"的声响。

司机兼保镖阿威刚从车库出来。重金招募的三十名精英打手正在陆续抵达，阿威负责带队。

两辆运送水泥的平板车去了地下室，那里将被改造成"肉圈"——集中饲养供体的地方。

别墅的二单元与三单元，将被迅速改造成小型医院。

一单元则是袁富阳的行宫，也会招聘一些医疗助手，都是无照行医或者被医疗机构开除的渣子，稍加培训，负责简单的护理工作，以防供体出现异常状况，造成不必要的损失。

四单元是打手和厨子居住的地方。院里还有两座平房是狗舍，十几条恶犬已经就位。

袁富阳心目中的供体基地，初步成形。他把这里称作"野湖基地"。

在此地活动，最重要的是保密措施一定要严密，绝不能走漏半点风声。政府对这种事零容忍，如果被公安机关察觉，分分钟遭到铲除。

袁富阳命令野湖基地的每个人，未经允许，禁止外出，尤其是杂务人员，外出必须由打手跟随监督。

为了防止外人窥探，门外的牌子上写着：戒除网瘾训练营，闲人勿扰。

另有一些广告语：珍爱生命，远离网络！剁手党可耻！

袁富阳的房间在一单元的三楼。由于长期无人居住，虽然经过简单装修，屋里仍有一股淡淡的霉味，天花板上有一块黑色菌斑，白天也要开灯，窗下的十几盆绿萝也是半死不活。

袁富阳不在意这些，他对生活的要求其实并不高，所有奢华的享受，在他看来才是真正的犯罪。这些年他赚了许多钱，爱钱如命，而且只爱钱本身，是彻底的守财奴，从不炫富。

此时，他拉开抽屉，拿出一沓现金，一张张捏起来，放到鼻子下面专注地嗅着。闻钱味儿是他最大的爱好，尤其是寂寂长夜，独自坐在桌前，闻钱闻到凌晨二三点是常有的事，陶醉的表情堪比吸毒。

这一爱好与童年经历有关，他爸吸毒，把家里吸得干干净净，受尽了金钱困扰的袁富阳，有一次看动画片《阿凡提》，里面的巴依老爷数金币时发出的叮当声，成为世界上最美妙的音乐。怦然心动的袁富阳，对于金钱有着初恋般的憧憬。最初他闻钱味儿只是为了减压、释放郁闷情绪，渐渐上了瘾，成了纯粹的享受。

眼下的一张钞票上散发出女人的香水味，袁富阳闭着眼睛，嘴角微微痉挛，额头青筋扭动，压抑的呼吸声深沉而短促。

一阵敲门声惊扰了他。袁富阳有些生气。

"谁？"

"家长，是我。"阿威低沉的声音传来。

司机兼保镖阿威深得袁富阳信任，阿威从十几岁就跟着袁富阳。

阿威面无表情，长着一个方脑壳，国字脸，身体棱角分明，外形颇像机器人，早年打架就被人称作"机器阿威"。

阿威的痛觉迟钝，这让他在打架中占尽优势，但也非常危险。人类有痛感其实是自我预警机能。阿威的后背曾被一把刀砍伤，几乎砍到脊椎了，他还是顾头不顾尾，忙着往前冲杀，险些丢了命，是袁富阳救了他。

"家长，地下室砸伤一个工人。"阿威笔挺地站在袁富阳面前。

"手术设备还没有到位，他能撑一个星期吗？"袁富阳瞥了阿威一眼。

阿威摇摇头。

"那就没什么价值了，就地处理。"袁富阳的注意力回到钞票上。

"我想直接砌到墙里。"阿威语气平淡，就像在讨论一块砖头。

"太残忍了。"袁富阳牵了牵嘴角，"地下室很快要住人的。"

窗外传来一阵狗吠声，狼狗们躁动不安。

"我知道怎么做了。"阿威转身往外走。

"记住，在这里办事，不能拖泥带水。"袁富阳说。

阿威出去后，袁富阳的手提电脑接到讯息——炮哥传来了友谊医院的数据。

袁富阳打开数据库，开始筛选。他的目光掠过各个分类，不慌不忙地输入关键字：AB 血型 RH 阴性血型。这便是俗称的熊猫血。

不需要逐条检视，确切地知道自己要找什么，只要采集几个关键数据即可。

在潮水般的数据流中，很快跳出了相关信息。袁富阳的目光掠过，注意到一个"心源性晕厥"患者的资料。

他盯着屏幕，嘴角浮现一丝麻木的微笑。除了血型以外，这名患者的群体反应性抗体水平、白细胞抗原以及氨基酸残基配型，全部适合。

袁富阳再次拿起钞票，放到鼻子下面嗅着，听见外边的狗吠声突然暴躁起来。

当晚，炮哥向战队的成员宣布：供体目标已经锁定——友谊医院心内科二病区，56 号病房，14 床，梁若。

"钟摆，该你行动了。"炮哥说。

"早就准备好了。"冯天露出自信的笑容。

屋里很暗，窗帘半遮半掩，罗有根仍然戴着茶色眼镜，脸颊布满阴影。

茶几对面坐着一个秃顶男人，手上把玩着一串珠子。

"根叔，实话讲，我没钱给你。"男人叉着腿，一副死猪不怕开水烫的样子。

罗有根笑眯眯地看着他。

房间另一边摆着一张桌子，侯立明背对他们大吃大喝，旁若无人。

桌上是刚叫来的外卖：酱爆猪肝，红烧狮子头，焖豆腐，中间摆着一盘西京名吃葫芦鸡。

秃顶男人继续说："根叔，我还缺钱呢。我老婆死了一个礼拜，没钱火化，现在还在冰柜里塞着。她冻得时间越长，以后火化越费钱。"

"那正好，连你一块烧了，两个人算一锅的钱。"罗有根的笑容更亲切了。

"反正我一分钱没有，你看着办。"秃顶男人梗着脖子。

"来来，逗个乐儿……"罗有根拿出一个纸盒子。

"变戏法那一套收起来吧，我从小在姥姥家长大，一星期吃两回蛇，我亲手拔过毒蛇的牙。"秃顶男人不屑地说。

"哎哟，我遇到了老赖中的极品。"

"我明着告诉你，哥们儿今天过来是再借二十万，等翻了本，才能把以前借的六十万一起还了。"

"你……"

"看到没，这儿——"秃顶男人撩起自己的 T 恤，露出肚皮上一条长长的伤痕。"去年的。还有这儿——"他扭过身，露出背上的伤痕，"半年前的。"

罗有根忽然转头望向侯立明的背影："大哥，你说这事咋弄？"

侯立明手边有一瓶四棱子酒，他并没有让罗有根买这瓶酒，罗有根是故意的，一边用好菜招待他，一边用倒霉的四棱子酒恶心他。

听到罗有根的问话，侯立明并未回头，兀自斟了杯酒，一饮而尽。五十四度的烈酒一入喉咙，就反呛到鼻子里，感觉又要流鼻血。

罗有根对秃顶男人说："就看我大哥的意思，他要免你的债，我无所谓。"

秃顶男人惊呆了："真的？"

"人都说欠钱的是爷，我跟你透个底儿，我大哥就是爷——大老爷。"罗有根嘿嘿冷笑。

根叔的话里夹枪带棒，把秃顶男人弄糊涂了，眨巴着死鱼眼。

"我兄弟说得对。"侯立明仍然背对他们，竟把瓶中酒倒进葫芦鸡的盘子里，瓶子里还剩三分之一白酒。

然后他把瓶子放在桌上，把酱油灌入酒瓶，稍等片刻，又把花椒油灌进瓶子里。

他的奇怪举止把那两个人弄愣了，一起看着他。

酱油的密度最大，沉在瓶底；花椒油其次，浮在中间；白酒的密度最小，漂在上端，所以，瓶子里的液体分出黑、黄、白三块。

侯立明动作优雅地夹出一小块狮子头，用筷子穿透，弄出一个窟窿。然后他把自己的腈纶鞋带解下来，用葫芦鸡里的白酒浸泡一下，从狮子头的窟窿里穿过。

最后，他把狮子头压在瓶口，挤压成一个紧实的肉丸子，塞住瓶口。

鞋带的一半挂在外面，另一半浸入瓶内，成为一根导火索。

侯立明这才转过身，慢吞吞走过来。

"你顶住，五分钟，我做主免了你的债，还让根叔再借给你二十万。"侯立明说。

"真……真的？"秃顶男人惊愕地看着侯立明。

当他的目光投入侯立明的瞳孔时，瞬间被吸了进去，犹如深渊一般，令他不寒而栗。他从来没见过这种眼神，仿佛一个怪异的生命从极冰和极火的地狱中孤身爬出，把无数冤鬼踩在了身后，独自得以生存。

侯立明已经把酒瓶放在了秃顶男人的秃顶上。

他从茶几上拿起打火机，点燃了鞋带。

被白酒浸湿的腈纶鞋带，迅速软化收缩，呈现焦糊状，白色的火焰十分明亮。侯立明收回打火机，鞋带的燃烧速度立刻变慢了，但没有停，散发出辛辣的鱼腥味，黑褐色的球状灰烬又薄又脆。

鞋带的燃烧物穿过肉丸子进入了瓶口，继续在里面燃烧，抵达最上层的白酒。

蓝色的火焰起初十分微弱，很快变成了一片，瓶内起了烟雾。与花椒油的夹层部位腾起蓝红相间的火焰，酒瓶内犹如沸腾般发出咕嘟声……

"不行不行！"秃顶男人猛地往后一仰。

侯立明在空中接住了酒瓶。

"你找死。"侯立明嗓音低沉沙哑，"炸到地上，你来收拾啊？"

秃顶男人看着面色冷静如铁的侯立明，吓得什么都说不出来。侯立明紧握着酒瓶，丝毫不在乎那东西很快就会爆炸。

"五分钟还不到嘛。"侯立明说着，把秃顶男人按坐在沙发上，"答应过的事，要办到。"

酒瓶再次放到秃顶男人的脑瓜上。

倒计时开始了……

酒瓶里的酱油无法燃烧，但在酒精和花椒油的催发下，底部翻滚，迅速膨胀的泡沫涨满了整个瓶子。泡沫越涨越多，越涨越大。

"嘣！！！"

瓶口的肉丸子猛地喷射出去，粘在天花板上。

与此同时，秃顶男人尿湿了裤子。

侯立明拿过瓶子，放到茶几上。瓶子里的混合液体还在咕嘟咕嘟翻滚着，瓶口溢出大量深褐色的泡沫，散发出刺鼻的味道。

"差了七秒钟。"侯立明有些遗憾地说。

"我还钱……还钱……"秃顶男人瘫坐在地上。

罗有根目瞪口呆。刚开始时他还将双臂抱在胸前，等着看好戏。然后他的胳膊放下了，双手不经意地搓动着。当酒瓶里开始沸腾时，他也害怕了。距离太近，玻璃瓶一旦炸碎，后果不堪设想。但他只能强撑着面子，胆战心惊坐在原地。

侯立明这一招，是反手把他也玩弄了。

"以后别借钱了，收债的人都是畜生。"侯立明对秃顶男人说。

→　　4

房间只剩下侯立明和罗有根。罗有根换了一副嘴脸。

"大开眼界呀，今天。"罗有根扶了扶茶色眼镜，脸上挤出一片笑纹，"自从你现了原形，我都不敢认你了。以后就叫你'侯真人'吧。"

"没工夫跟你废话，我女儿还在住院。"侯立明淡漠地说。

"我知道留不住你，可我忙活半天，咱俩的账还是要结一下嘛。"罗有根说。

"胡东海要抓我，我女儿不安全。你帮我对付他，你的钱……"

"等等，你可能误解我了，你和龙王的恩怨，我不参与。龙王那个人我惹不起，我只要拿回自己的钱，咱俩各走各的。"

"你已经惹了他。胡东海当年被抓，传闻是你举报的。"

"你也听说了？"

"我等他判了刑才走的。"

"举报的事他不在乎，他说那是小事。"罗有根笑了笑。

"真的吗？"侯立明冷冷一瞥，"胡东海最恨背叛，那天你又偷袭他，叛徒算是坐实了。他嘴上说不在意，那是因为抓我是头等大事。等他抓住我，腾出手了，他会闲坐着跟你喝茶？胡东海有仇必报，有债必还，你比我更清楚吧。"

"哎，不对，说得好像我真的举报了一样！我没有！"

"你跟二十五年前的胡东海说去。"侯立明从沙发上站起身。

"你啥意思？还黏上我了？"

"是你自己黏过来的，退不掉了。"侯立明居高临下看着罗有根。

罗有根沉吟片刻，起身，笑容变得更体贴了："你给兄弟透个底儿，到底能不能还钱给我？"

"你说呢？"

"你骗了我三万块钱。三万块是什么概念，如果当年我去北京，一万块能买个四合院，两万块能买个大院子。这笔钱我能买一大一小两个四合院，你算算现在值多少？"罗有根掰着手指头说。

侯立明的思绪瞬间回到了过去。

那天，他坐上了逃亡的火车，可是火车还没离开西京地界，他就发现自己的钱被偷了。他甚至感觉到谁是贼，却只能咬碎牙吞到肚子里。那一刻的震惊、迷惘、悲愤、绝望……

侯立明收回思绪："老罗，你说的有道理，但账不能这么算。二十多年变数太大，你不能拿既定事实反推当年。'如果'这两个字，就是扯淡。"

"你是打算耍赖了？"

侯立明漠然一笑，瞥了罗有根一眼，伸出三根手指："不多说了，给你这个数。"

"三十万？"

"你太小看我了，也把你自己看轻了。我当年是骗了你，该受罚，罚金加上利息，一千倍够了吧？"

"你要给我三千万？"

侯立明点点头。

罗有根上下打量侯立明，哈哈大笑："侯真人啊，你属蛤蟆的，口气这么大，不怕舌头抽筋？"

侯立明不露声色地看着罗有根。如此淡定，大气磅礴。

罗有根笑着笑着，把眉头皱起来了："你这……"

"看我这身打扮不像，是不是？根叔你是混社会的高人，还是通过一张皮看人吗？"侯立明冷笑摇头，一副失望至极的样子。

罗有根见识过各路怪人，其中一个印象比较深的，是在西京下辖的县城里，那人的后院养着两头黄牛，牛粪遍地。家中有个天井，罗有根去的时候刚下过雨，天井里积着污水，如果想走到灶房，必须踩着泥泞过去。

在那样的地方待一会儿，会感叹，人怎么能住在这种环境里？

那人晚上就睡在炕上，但即使是寒冬，他家的炕从来不生火取暖，因为炕下埋着四个大铁箱，里面满满登登装着钱、珠宝。

那样一群人是市井江湖一道奇特的风景线，他们的表面卑微贫穷，但他们却追逐并收取最华丽的东西，且手段残忍。除了他们追逐的，对其他一切皆麻木，包括自己的身体。

罗有根脸色一正，说道："讲讲你的发家史吧，我很好奇。"

侯立明不想碰那些不堪回首的往事，但那些事一件都不少，全藏在头脑深处，就像大树的年轮——树在一生中遭遇了多少风雨、旱情，受过什么天灾、虫祸，年轮上都有显示。

侯立明的脑子里闪现着当年的不堪情景，嘴里却稳稳当当吐出一朵朵莲花：

"离开西京后，我先去了深圳。那时改革大潮风起云涌，我用那笔钱承包了一座车库，接纳各地来运货的汽车，收取停车费和过夜费，掘了第一桶金。后来又到湖北，在武汉搞了两栋楼专门出租，其间还救了一对夫妻。那两口子知恩图报，后来介绍我去新疆克拉玛依炼油厂。那个厂现在归中国石油集团公司管辖，当年还是个中型厂子，我入了股份，这才知道，以前搞的车库、租楼都是小钱，这才是大头。"

罗有根怔怔地看着侯立明，有些疑惑，有些向往。

侯立明从斜挎的黄书包里拿出一个小盒子，打开，放到桌子上。

灯光下，那是一枚绿宝石戒指。

"这是我给女儿准备的嫁妆。"侯立明说，"我从来没让外人看过，你是她叔叔，我让你看一眼。"

罗有根凑到灯下鉴赏。尽管他并不精通珠宝玉器，但仅凭一点知识和经验，这东西毫无疑问，是个宝物。

罗有根把戒指放到桌上："我信你。"

这句话有点耳熟，二十五年前也说过。

侯立明把戒指收进盒子里，慢条斯礼装进黄书包："马克思说，一切价值都可以还原为时间。这话不假。你们收债的，赚的其实是时间。时间越久数字越大。"

罗有根定定地看着侯立明。

他似乎明白了侯立明与胡东海的不同。胡东海被社会隔离了二十五年，重新进入了社会。而侯立明始终深扎在市井江湖上，是社会丛林中的优异求生者。

侯立明坐在桌旁，给自己沏杯茶，慢慢地品着："老罗，我就愿意跟你深谈，你明白事理，不像胡东海，信奉的还是流氓无产者的侠义精神，可笑，这都什么年代了，还是满脑子乌托邦理想，永远没长进，永远不识时务。有当英雄的心，没当豪杰的命。"

罗有根被活活侃晕了。这境界，高山仰止。

"那你……你能扛得住龙王？"罗有根低声问。

"他是龙王，我是猴王——你说说看，谁弄谁？"

罗有根不吭声了，他小时候钻研过《西游记》小人书。

侯立明吐掉舌尖的茶沫子："当然了，胡东海也算是一块料，如果生在乱世，能成为征战一方的将军。可我刚才就说了——'如果'这两个字，就是扯淡！"

侯立明说着，抬头望向天花板。刚才粘在天花板上的肉丸子掉下来，落到地板上，碎成了渣。

→　　5

午后难得一见的蓝天，然而在天空下行走的人们只顾匆匆赶路，错失了只需仰头一望便能得到的些许惊喜。只有正在康复中的病人，才会满怀期待地寻找一切美好之物。

友谊医院的花园里，梁若正在散步，身边的月季花在风中摇曳生姿，她俯身嗅了嗅花香，不由得想到了玫瑰。

花园中间有座亭子。梁若累了，绕过柱子坐在木椅上。

医院是城市中的封闭所在，围墙外正在迎接一年一度的开学季，坐在亭子中的梁若，有一种被遗忘的落寞感。

这时，一名中年妇女穿过花园，脚步匆匆来到亭子附近，显得有些茫然。她用手指梳理一下微微卷曲的头发，眼镜的光芒闪烁，深色套裙在风中轻摆。

"不好意思……请问心内科怎么走？"妇女向梁若打听。她的嗓音略显沙哑，有一丝虚弱。

梁若礼貌地站起身，指向花园东南方向："阿姨，你往那边走，6 号楼，有三个病区，进去能看到标识，也可以问导医员。"

"哦，谢谢姑娘。"妇女匆匆离去了。

她往东南方向走了十几米，快接近大楼时，右转，一直走到偏僻的角落。这里有一片树木，遮阳蔽日，地上阴暗潮湿，不远处放着一排垃圾桶。

妇女看看四周无人，从灌木丛后面拿出一个双肩包，开始脱衣服。她麻利地脱掉上衣，然后弯腰脱裙子，露出了腿上的腿毛。她摘掉头套、眼镜，连同衣服和裙子一起塞到双肩包里。

然后他穿上裤子，套上外衣，用手搓揉脸颊，嘴巴扭了扭，眼睛用力眨着。

一切准备停当，不到三分钟，一个神采奕奕的大男孩出现了。

冯天背着双肩包从角落出来，绕到 6 号楼另一侧，沿着石板路重新走向花园。

他远远地看到梁若正从亭子里出来，身影在花丛间闪现。他深吸一口气，从一棵梧桐树后面出来，匆匆迎向梁若。

冯天与梁若擦肩而过。

走过了五六步，冯天扭头："请问——你看到我妈妈没有？"

梁若转脸望向冯天。她看到一个神色焦急，为亲人充满担忧的男孩。

"你妈妈……"

"噢，就是头发……嗯……眼镜……咖啡色裙子……"冯天似乎不善和女孩交流，有些生涩与紧张。

梁若很少见到男孩会在女孩面前红了脸，不禁歪着头，多看了两眼："哦，她去心内科了。"

"谢谢。"冯天转身时脚步踉跄一下，接着跑开了。

"6 号楼，有三个病区——"梁若在身后提醒道。

冯天远远地挥了一下手，身影消失了。

梁若低头笑一笑。这场邂逅有一种微妙的感觉。

冯天在 PCZZ 战队中的职务是"媒人"。

狗仔厕霸搜集到猎物的信息后，媒人的任务便是设法接触猎物，博得对方好感。尤其是病中女孩，情感脆弱，需要内心的温暖抚慰。厕霸给冯天提供了关于梁若病情的一切资料，掌握了这些信息，就是获得了通向灵魂彼岸的路卡，接下来全凭冯天临场发挥了。

冯天的外号"钟摆"，有两个意思。其一，这是个很污的戏称，戏谑他的生理构造。那是同伙们初见面时，为了增进友谊，一起洗桑拿。他们意外撞见冯天的物件儿，惊为天物。后来炮哥经常说一句话：莫与钟摆论短长啊。其二是正经的关于冯天的技能，形容冯天的伪装术极强，钟摆从左侧到右侧一个摆荡，他就能变成另一个人。

冯天加入团伙的原因，是他曾经受过大家长的恩惠，大家长给他的亲人做了器官移植手术。但他并不知道，那对于大家长来说，只是一个普通单子，要求速战速决，以防供体反悔。只要配型合适就干，干完就走，不管器官来源的质量，也不做淋巴毒试验、群体抗体测定等生死攸关的检查，更没有术后治疗管理。不仅让供体受到严重伤害，更导致患者的存活率极低，属于双杀。

冯天的亲人，便由于处理不当，在痛苦中存活几个月，死了。冯天受到蒙蔽，只知道自己欠了钱，又欠了情，不得不"卖身"偿还大家长，为团伙贡献才行。

第二天，梁若在花园散步时，再次遇到了冯天。

冯天低着头匆匆走路，差点碰到梁若："噢，对不起对不起。"冯天连忙道歉。

梁若微微一笑："是你啊。"

"噢……昨天谢谢你，我找到我妈妈了。"冯天说。

提到妈妈，梁若自然而然有一种亲近心理："你妈妈怎么样？"

冯天轻轻叹口气，让梁若看到他眼里的忧色："我妈妈有心源性晕厥症……"

"哦，跟我的病一样的。"梁若说。

"我听说这家医院治这种病很好，可是不知谁给我妈妈灌了迷魂汤，不愿在这里治疗。"冯天流露出焦虑的神色。

"超过四十岁的人，要特别当心的，就算这种病没犯，也不能疏忽大意。"梁若说。

"嗯，我都跟妈妈讲了。我还有这个——"冯天从双肩包里拿出一本图册，"我把西京各家医院的资料集中收集起来了。"

这本精心装订的图册上，是各医院治疗心脏病的优势对比。

"啊，真好。"梁若认真地看着，"对了，友谊医院就要找丁宏涛主任，他很厉害的。"梁若指着图册上的照片。旁边还有几行介绍文字。

"你好像很有经验的样子。"冯天看了看梁若。

"我三进宫了。"梁若笑着说。

冯天的眼里闪过不易察觉的光泽，是同情还是……这个漂亮女孩说到自己的病情时，似乎毫不在意。

冯天拿出一支笔，认认真真在丁宏涛那一页勾了个重点符号。

梁若知道了他叫冯天。

又过了一天，梁若远远地看到那名中年妇女来到 6 号楼，当时梁若正跟母亲站在走廊尽头的落地窗前，眺望城市的风景。她扭头时，认出了妇女的样子，微微卷曲的头发，戴眼镜，穿套裙，去了丁主任办公室。

梁若和母亲回病房时，妇女在一名护士陪伴下出来了，梁若本想打个招呼，但妇女在打电话。

"……小天你别说了，我刚刚咨询过……这事儿先这样吧……"

梁若瞥了一眼妇女的背影。

"你认识？"梁母问。

"见过面，跟我的病一样。"梁若说。

"那可不能耽误。"梁母也产生了同病相怜的感觉。

"好像说是不太想在这家医院治疗。"梁若的语气有些遗憾。

→　6

梁若以为再也见不到冯天了，但冯天第三次出现在她面前。

冯天坐在花园的石凳上，正在一个本子上勾勾画画。

梁若招呼道："你好，冯天。"

"哦……梁若，好。"冯天抬起脸微笑。

这男孩有一副清俊的面容，双眸间有着温柔星光一般的微笑，他的纯真与清澈仿佛不容于这个世界，仿佛是在星河深处另有家园。这让始终对神秘之物充满好奇的梁若，有一种莫名的触动。

"你写什么呢？"梁若走过来，马尾辫在阳光下摇曳。

冯天愣了一下："我记一点常识。"

"是吗？我也学习一下。"梁若坐在冯天身边。

本子上全是关于心源性晕厥的日常护理、注意事项、急救措施。比如，不要大口大口喝水，以免加重心脏负担，应该小口啜饮。

"给我妈妈准备的，她的眼睛不太好，不能长时间看手机和电脑，所以我把资料记在本子上。"

"你……"梁若竟不知如何表达了，"……真是太少见了。"

"这是表扬吗？"冯天笑着问。

"应该是吧。"梁若回以微笑。

"别人都说我很怪，我朋友很少的。"冯天说。

"因为你太认真，别人会受不了。"梁若一针见血地指出。

"对啊，梁大夫真厉害，一下就点出我的病症。"冯天认真地说。

梁若笑了。

梁若这个女孩需要什么？

冯天在观察中发现，这女孩生活中缺少父亲和兄长。冯天一次也没有见到有男性亲属看望梁若。这几天来过的，明显是同事或者朋友而已。

冯天有一种天赋，即使自己不去刻意迎合，也能根据猎物的心理需要，自动调整状态。第四次见面后，他便让梁若在他身上找到了依存感。

"我研究过手相的。"冯天说。

这一招屡试不爽。女孩，即便不相信，也出于好奇想看看自己手上的纹络，是否真的展示出命运的走向。

"你这么认真的人，肯定厉害。"梁若笑着说。

"跟一个老头学的，其实就几招，你就当开心吧。"

梁若伸出右手，手指圆润柔软，掌心泛着淡淡的光泽。

冯天低头审视片刻，忽然抬起脸看看梁若。

"怎么了？"梁若问。

"啊，你有个'劫宫'，好大一个劫，应该就在今年。你差点死掉，好在有'贵人线'相助。"冯天全神贯注地看着，"没错，是有贵人。但这个贵人嘛……"

他似有意又若无意地用自己的食指在梁若的掌心画了个水波样的圈儿。

当他的指尖碰到她的掌心时，仿佛清水入骨一般，心中一颤儿。他心里对她有了莫名的幻想。这个女孩子真神奇啊，怎么随随便便就在他灵魂深处撞出一圈涟漪呢?

冯天微微吸口气,继续说道:"我看'劫宫'最准了,是那个老头指点我的,算是他的独门绝技。只要掌纹中显示出来,就一定应验。"冯天露出孩子气的笑容,他一笑,显得嘴巴很大,半张脸都咧成了花,"我付出两瓶好酒的代价,把老头灌个半醉,套他吐了真言。"

梁若歪着头看着自己的手掌:"你刚才说贵人怎么了?"

"这个我看不懂了。"冯天抓了抓自己的头发。

玩这个套路的关键在于,欲言又止的分寸。让女孩觉得你掌握了她生命的某个秘密,而那些秘密,她自己并不知道,却心向往之。一个掌握了自己秘密的男孩,就像一块磁石吸引着她,使她莫名产生依赖感。

"其实相书上很多东西是故意写错的,还有的把顺序弄颠倒,就是为了误导后人。真正的看相,都是口耳相传。有一次,我在一个人的手上看到一条'打劫纹',相书上也说过这道纹,就在食指和中指下面交叉的地方,不过根据相书的说法,她在二十二岁必死,可她已经二十五岁了。当时我就感觉到头皮发麻——你知道吧,有时看相很吓人的,明明一个本该死了的人,却活生生坐在跟前,紧张得要命。我什么都没说,又仔细看她的手纹,终于发现她的生命线内缘布满了保护线,很浅很浅,我暗暗数了数,竟然有八条!"

冯天喘了口气,看着梁若。梁若惊讶得说不出话,她已经沉浸在其中了。

冯天接着说:"后来我不敢看手相了,害怕,不该是自己看到的。特别是有的人,手上分明有了灾纹,同时又有福线护佑,就觉得冥冥中自有安排。那样的人,天生就跟别人不一样。"

梁若笑了笑:"那今天怎么又看相了?"

冯天叹口气:"忍不住嘛,想了解你。"他似乎发觉自己的失神,忙说,"哎,女孩子都对感情线有兴趣,你怎么不问?"

梁若看了冯天一眼,笑着说:"我觉得财富线更重要。我的外号梁抓财,你能看出来吗?"

冯天托住梁若的手,认真地研究一会儿。

梁若问:"怎么样?"

"五指笔直,不漏财,这就比大多数人厉害了,"冯天低头欣赏梁若的手掌,"至于抓财线嘛——要到九十五岁以后应验。"

"噗——不准不准,不给钱!"梁若抽回自己的手,握成了拳头。

梁若终于要出院了。冯天准备收工。

战队里的每个成员都明白,大家长与猎物之间,仅仅是一把手术刀的距离。他们要负责连接这个距离。

梁若是 RH 阴性 AB 型血,也就是熊猫血,其他检测数据也完全符合要求,正是樊虎的老婆最合适的供体。

大家长严令:这种珍稀供体,绝不能有丝毫闪失和损伤,通常采用的绑架和掠夺的方式不能用,必须让猎物在完全信任的基础上,毫无戒备地同意媒人的安排。

冯天会请求梁若去见"母亲",帮忙劝说"母亲"配合治疗。

但就在这时,冯天有点犹豫了。他不知道自己为什么犹豫,只知道自己不该犹豫,而且自己的犹豫无法改变任何事。大家长一旦察觉他的犹豫,立刻会派其他人取代冯天。当那一步出现时,冯天就被宣告了死刑。

冯天陷入了短暂的迷惘中。但顾客那边不允许他拖延,最终是出于惯性,出于他对大家长的畏惧和 PCZZ 战队的所谓团队精神,他决定往前走一步。

至少还没到悬崖边缘——冯天这样欺骗自己。

这是他第一次如此清醒地骗自己。

梁若回家后,冯天展开了第二个步骤:以朋友身份与梁若交往,迅速找机会,让梁若去他的住处,帮忙劝说"母亲"就医。等梁若和他到了住处,届时大家长便会接手,整个过程神不知鬼不觉,梁若无法进行任何反抗。

但冯天突然发现了异常现象,一个中年男人在梁若周围晃悠,形迹诡异,来历不明。

冯天从来没见过梁若家的男性亲属,他急忙将这个情况告诉炮哥。炮哥立刻上报给大家长袁富阳。

在这个节骨眼上,袁富阳最怕警方或竞争对手设局,尤其是牵扯到背后的樊虎,并关系到他的供体基地,容不得丝毫疏忽。

袁富阳命令:"立刻将此人调查清楚!"

第 十 一 章
鬼隐者

→ 1

侯立明最初注意到冯天时，并没有提升警报值。侯立明不是一个被害妄想狂，否则早就疯掉了。在没有发现危险迹象之前，他只是保持冷静的观察力。

梁若出院后，那个男孩仍和女儿保持联络，正在逐步越过普通朋友那条界线。侯立明作为一名边界守护者，开始把冯天当作一个对手。

很快，侯立明发现了冯天行为上的异常。

梁若出院后在家休养，冯天去家里看过两次。每次进出家门前，他都有一种奇怪的谨慎，经过梁家门外的街道时，他总是习惯低下头，沿着树荫遮蔽的地方匆匆行走。

这是一条溜边儿的鱼。

侯立明是资深逃亡者，多年练就的"动物本能"，让他嗅到一丝危险气息。

这小子在隐藏某些东西。在梁若面前时，他是个阳光大男孩，只要一离开梁若的视线，他的头顶就罩上了一片乌云。

且不论他的品性优劣，单凭这种不老实的状态，他就被打入另册。

侯立明一度怀疑这个人与胡东海有关，也许是胡东海通过他侄子的朋友，故意接近梁若，从而诱捕侯立明。

所以首先要搞清楚，这小子住在哪里？

冯天第三次来看望梁若。这时候梁若的身体已经恢复得差不多了，除了按时服药以外，几乎看不出是个病人。

冯天离开后，侯立明尾随而去。

也就是这一次，冯天发现了周围的异样。侯立明一跟上他，他就转变路径，朝着旅馆的反方向，去往城市另一头——这是 PCZZ 战队的标准程序。

侯立明发现冯天的方向忽然改变，知道自己被注意到了。对方的警醒，更让侯立明紧张起来。

冯天也很紧张，他快步走进一座商厦。侯立明跟进去，在柜台与货架间搜寻。冯天去了卫生间。三分钟后，有个逛商场的顾客走进了男卫生间，突然迎面一个打扮时尚的年轻女人出来，不禁目瞪口呆。

女人扭着小蛮腰，在香水区转了一圈，然后来到女式内衣区。不远处的侯立明东张西望，避开了内衣区。冯天安安稳稳地等待着。侯立明转悠一圈，背影远去。

这次跟丢了年轻人，侯立明不死心。他又一次来到梁若家外面，守株待兔。

冯天果然出现了，但这次带着炮哥做外援。大家长要求迅速搞清楚侯立明的来头。据冯天观察，侯立明就是一个人，没有接应者。一个孤身大叔围着梁若家转圈子，看似关心梁若，可是梁若住院期间，却一次没有去病床前探望，究竟是干什么的？

冯天与炮哥做了分工：冯天负责吸引侯立明，炮哥暗中拍照取证。

冯天离开梁若家后，侯立明尾随而去。他很快发现，前面那小子的行为方式又变了，这次是在故意引导他。

侯立明最讨厌变来变去的年轻人，但他这次做好了准备，望着冯天离去的方向，并没有受到误导，而是把注意力转到另一边——街旁有个假装玩手机的家伙十分可疑。侯立明刚把目光投过去，对方便转身跑开了。

侯立明拔脚便追。

炮哥作为 PCZZ 战队的队长，除了日常管理、凝聚团伙士气以外，更要接应队员、负责现场安全，特别擅长追踪与反追踪。

侯立明追赶炮哥穿过一条巷子。巷子逼仄昏暗、幽深扭曲，犹如迷宫一般望不到尽头。侯立明跑过的地方，墙上爬满了藤蔓，叶片翻飞。追了七八分钟，侯立明便停下步子，退了出来，一是对方速度太快，二是要提防埋伏偷袭。

此时在外面街口迂回前行的冯天，接到了炮哥的信息，炮哥已经拍到了侯立明的照片，正赶往会合地点，要求冯天速去。

冯天甩开膀子跑起来。

街上拥堵严重，一长串汽车趴在主干道上。

这时，一个踩着轮滑的女孩从另一边的人行道出现。她戴着兜帽，上身穿着夹克衫，下身穿着运动短裤，露着修长美腿，踩着轮滑的飒爽身姿如风一般掠过。

隔着马路，她望向对面奔跑的冯天，然后拿出手机看了看。随即身子一转，钻进了一条小巷。

冯天背着双肩包，甩开长腿越跑越快，迎面过来的人纷纷躲避。

轮滑少女从小巷出来，修长美腿一闪而过，又钻进一条小街。

这是大长腿之间的战斗……

冯天不仅跑得速度快，而且步态潇洒，惹得旁观的人们艳羡不已。

在众人的瞩目下，冯天越跑越兴奋，化身为风的美男子……

速度！大长腿！

嗵！

十字街口转弯时，冯天感觉自己的双腿还在跑着，但上半身已然飞起，挟着强烈的惯性，在空中以慢动作翻动，然后猛烈而急促地摔在地上。

在相遇的一瞬间，轮滑少女身子往下一缩，一个"转体画圆规"并"单脚下蹲"的标准动作，轮滑的顶部正撞上冯天的脚尖。毫秒之间的冲撞后，轮滑少女借势往地下一滚，而冯天已经飞了起来。在旁人看来，是冯天踢到了少女，可怜的少女在地上翻滚。

七八米之外，冯天的身体狠狠地砸在人行道上。

"噢——"

众人皆惊。

轮滑少女还假模假式地滚了半圈，果然是专业有"诚意"的碰瓷手法。

她从地上爬起来，一瘸一拐走过去。

"你这人……跑步不看路！"罗丹丹揉着自己柔弱的膝盖。

冯天躺在地上，仰望着逆光中模糊的脸。明明是她斜着冲过来的……

"还躺着不起来，想碰瓷是吧？"罗丹丹揪住冯天的双肩包，强行往下撸。

冯天敏捷地爬起来，并不废话，撒腿便跑。

罗丹丹突然一个腾空跳跃——360度后踹。

咚！

轮滑少女的跆拳道红带技法。

冯天的胸口被一只轮滑鞋踢中，身子后翻五六米，撞到路灯上，跌坐在地。

罗丹丹上前抓住他的双肩包，野蛮一拽，里面的东西甩了出来：手机、钱包、一个手绘的笔记本、签字笔、一份西京地图册、一个小小的茶叶袋。冯天爬过去，把手机和钱包抓在手里。双肩包内还有一个夹层，紧紧锁着。

这时，侯立明挤在人群中说："都是文明西京人，有事好商量。"

他示意罗丹丹捡起那个茶叶袋。

丹丹顺手一划拉，对冯天说了句："没空搭理你，回家写作业了。"

转身时与侯立明交接了手中物。侯立明朝另一个方向走去。

冯天捡起地上的东西装进包里，没有注意自己丢了一个小小的茶叶袋，匆匆赶去和炮哥会合。

→　　2

侯立明坐在街心花园，手上捏着茶叶袋。袋子上印着"城南记忆青年旅馆"。

随身带着城市地图册，还有旅馆的茶叶袋，怎么看都不像是生活在本地的人，而且很可能是刚来西京不久。之所以使用纸质的地图册，而不是通常的手机导航，应该是为了随时做记录。这是一个做事认真的浑蛋小子。

侯立明用大拇指挠了挠下巴，正在紧张思考时，手机发出嗡嗡的振动声，是罗有根打来的。

"我听丹丹说了，已经帮你办成了一件事。"罗有根开门见山地说。

"嗯。"

"记住咱俩的交易，我只帮你三次，而且绝对不惹龙王。"

"不让你和胡东海正面为敌。"侯立明不屑地说。

"现在还剩两次。"罗有根加重语气，"你一个星期内摆平龙王，然后咱俩把账一结，从此各走各的、各安天命。"

"我遇到新麻烦了，是我女儿，有一帮人围着她转。"侯立明说。

罗有根沉默一下，说："龙王不可能找一帮人去对付你女儿！"

"我没说是他。这些人比胡东海更讨厌，可是我不知道他们的目的，也不知道他们有多少人。"

罗有根沉默了一会儿，语气变得迟缓："你担心什么？"

"这帮人的路子不一样。"

"新手？"

"新人，路子很野。"

"我听丹丹说，忙了半天你就让她捡了个茶叶袋。"

"别的东西不能碰，容易让人起疑。茶叶袋够了，我先找到他们的窝。"

罗有根笑了："找个耗子洞，用得着费这么大的工夫？"

"我跟不住他们，尤其是今天来的另一个小子，神出鬼没的。"

"我的神神，还有你猴王搞不定的？"

"牵扯到小若，我要特别小心。"侯立明说，"而且我没有一点证据能提醒小若，搞不好弄巧成拙。"

无法放开手脚的侯立明，就像在脖子上套了根绳索，绳索的另一头，连接着女儿。

罗有根的语气也变得沉重了："别的我不管，三千万是你答应的，我等着。"

"一分钱不少你的。"

"哦，这几天好像龙王的身体不好，在家养精蓄锐。"

"如果不是我被缠住了，他现在已经摆平了。"侯立明冷冷地说。

"噫，你不是说过嘛——'如果'这两个字，就是扯淡。"

一句话把侯立明噎得直翻白眼。

他准备挂电话时，罗有根又来一句："你女儿成了唐僧肉了，不知道你这个猴王能不能保得住她？"

侯立明的语气陡然变得阴森："我不喜欢这个玩笑。"

他挂断电话，手上捏着这袋茶叶，目光愈加冰冷。

西京城南的书院门是一条文化步行街，"城南记忆青年旅馆"与城墙只有五分钟路程，里面住的全是年轻旅客。

侯立明戴了一顶鸭舌帽，搭配一副黑框眼镜，衣着朴素，让自己显得比实际年龄更老一些，看起来像是从四线城市来的老教师。

侯立明长期在市井江湖游走，生存技能全部来自底层世界，因此他一到达目的地，就在底层世界寻找突破口。那些在底层谋生的人，因为别人把他们当空气，他们反而能看到更多的东西。

侯立明选中了一个杂工，那人五十来岁，骑着三轮车赶往后院。车上放着两个塑料大桶，还有铁勺、铁铲等物，侯立明推测是回收厨房泔水的。

侯立明装作在后院散步，悄悄跟到厨房，听到别人喊那人"老郭"。他一直跟着，听完三句话，就能模仿对方的渭南口音。

那人独自收拾泔水时，侯立明走过去："老郭，吃了么？"

"哦……"老郭抬起脸，有些茫然，但家乡口音让他觉得亲切。

"这人太浪费粮食咧。"侯立明往泔水桶里瞥一眼。

"就是嘛，碎娃子就会糟蹋，你看这馊水。"老郭流露出不满。

"我那碎崽儿也是。唉，我一骂他，赌气，跑到西京来了。"

"啊啊，你也刚来啊？"老郭抬头问。

侯立明一脸愁苦。这种愁苦只有同在异乡为异客的人能体会。

"我教书教了大半辈子，儿子没教好，煎熬。"侯立明摇着头。

"唉，一样一样。"

两人越谈越投机。侯立明发现老郭干活儿懒散，而且不熟练，显然是刚入行没多久，可能是某个亲戚介绍来临时顶替的，心里不情愿。

侯立明忽然拿起铁勺，帮着老郭在泔水里捞起来。

"哎哎，我来我来。"老郭忙说。

"乡党，你慢些儿，"侯立明意味深长地说，"这里头有好东西。"

"好东西？"老郭退了半步，"这馊水……我家没养猪。"

"你不知道噢，"侯立明压低嗓音，"有的客人喝多了，戒指、手表掉到火锅里、碗里。"侯立明往门外扫一眼，"你好好弄，还能寻见硬币。"

老郭的眼睛放出光来，一把抢过铁勺，以热恋般的眼神望向泔水桶。

当天下午，侯立明见到了老郭的侄女，在这里当服务员的小郭。侯立明说自己的儿子被几个坏小子骗到了西京，只知道住在城墙附近的某个旅馆。

侯立明还形容了儿子的长相，无疑就是冯天。

"他们一共四个人。"小郭说，"住着二楼一个套间。"

"你甭声张，也甭紧张。"侯立明安抚道。

傍晚，冯天和炮哥、厕霸、脏鱼出去吃大餐。小郭在老郭的催促下，帮侯立明打开了那个套间的门。

"谢谢乡党，最多十分钟。"侯立明说着，闪身进了房间。

十分钟绰绰有余，因为根本没有值得搜索的东西。

柜子里的旅行包只有几件随身物品，衣服是随买随扔，床头柜上有两瓶矿泉水，桌上有些零食的空袋子。整个屋子就是一个大大的嘲讽。

唯一的收获，是在卫生间的纸篓里发现一管膏药，治疗皮肤过敏的，还有一瓶调节肠胃的饮品，显然是有人水土不服。侯立明结合对方的行为，以及随身物品，确定自己遇到了来自外地的团伙。

这就比较麻烦了。随机型组织是最难打的，没有形成规律，在本地没有根脉可挖。这就像四处游走的狼，找不到巢穴。

就在侯立明寻找线索时，与他相隔三十米的路南，有一家醉长安餐馆，经营西京名吃。在一处小小的竹林景观前，厕霸正在展示手机上的监控视频。

视频中的侯立明四处摸索，样子有些可笑。

"就是这个人。"冯天凑到手机前看了看，"样子变了，是高手哇。"

炮哥之前拍过侯立明的照片，若不是心里有准备，不会认出是同一人。

脏鱼独自坐在桌子一角，神色阴郁地喝着冰峰汽水。

厕霸用手指在屏幕上画个圈儿，然后在侯立明脑袋上弹了一下。

"他什么都搜不到，可咱们对他也是一无所知。"炮哥说。

在冯天的配合下，厕霸早已黑进了梁若的手机，但查找之后，没有相关信息，所有的照片中也没有这个人。

"钟摆，你说呢？"炮哥问。

冯天摇摇头："我还在琢磨。"

"大家长下了命令，二十四小时内必须弄清这个人的底细。"炮哥有些忧虑。

"不是说三天吗？"厕霸也急了。

"客户那边催得紧，"炮哥伏低身子，示意三个队员靠拢，"就怕夜长梦多。梁若这边不能有任何闪失，否则，咱们四个剖心挖肝都不够。"

"哎，这个智障私闯房间，要不要报警啊？"厕霸忽然怪笑着问。

炮哥脸都白了，狠狠瞪了厕霸一眼："你收敛点儿。"

"切，又一个智障。"厕霸毫不在意地撇撇嘴。

炮哥似乎要发怒。

"呵呵，厕霸是想调剂一下气氛。"冯天忙打圆场。

炮哥压住心头火气，不敢和厕霸闹崩。

夜里，冯天拿着炮哥拍的照片，结合厕霸的视频截图仔细检查。此人善于变装，而且手法高明。冯天联想对方在路上追踪、拦截他的样子，以及炮哥对此人的描述，做出了推测："这个人使用了伪装术。"

"什么？"炮哥在床上抬起脑袋。

"我使用伪装技能是随时要变化的，针对不同的场所、不同的人，进行不同的展示。但这个人有点奇怪，他的肢体动作与他的身体特征不相符。但那是在紧急情况下，平时他肯定保持一致……"

"什么一致？"炮哥插嘴问。

"他的面容是憨厚木讷的，相应的，他平时的行为举止应该是慢，或者懒散，或者拘束。可是他在追踪我们，尤其是追踪你时，动作变化很大。"

"所以这就是特殊情况。"

"对，为了解决眼前的麻烦，他暂时脱离了自己伪装的壳。等到事情结束后，他会立刻恢复到原来状态，回到壳里。"

"那你的意思是——"炮哥直勾勾地盯着冯天。

"这个人整体就是一个假象！"

冯天和炮哥住在外屋，厕霸和脏鱼住在里屋。

冯天进去时，厕霸正在微信聊天，对方昵称"骚板"，是厕霸在西京认识的新朋友。厕霸一边与骚板聊着，一边同时和三个人下五子棋，这是他的放松方式。

脏鱼躺在床角，仍戴着棒球帽，一动不动，像一条死鱼。

"厕霸，该你出马了。"冯天笑眯眯地说。

"噢，咩事？"厕霸头也不抬地问。

"调查那个智障嘛。"冯天说。

厕霸抬起脸："有线索了？"

"你先把他的照片分解一下。"冯天坐在床边。

不一会儿，炮哥也进来，坐在另一边。

厕霸打开平板电脑，插入 U 盘。侯立明的照片出现在屏幕上。厕霸将照片导入一款面部识别软件，五官分解，出现在屏幕右侧的方框内，依次是眉毛、眼睛、鼻子、嘴巴、耳朵。

在冯天的要求下，厕霸对五官做了适当的修正，并将脸部进行降噪处理，除去面部的斑点、伤痕，使粗糙的脸部趋于年轻。

然后将五官重新归位。出现在屏幕上的男人，只是显得年轻帅气一些，但主要特征仍不明显。冯天左看右看，总觉得哪里不对劲。

他拿出自己常用的一款化装软件，输入电脑。每次做任务前，他要把不同的形象用软件描绘出来，做成三维立体图像，细节完善后，再准备相应的化装物品。化装之后，还要把自己的照片输入软件，全方位检查。之前在医院伪装"母亲"，在商场伪装"时尚女郎"，什么情况下以什么面目出现，全都是事先演练好的。

冯天用化装软件分析侯立明的脸，同样收效不大。

侯立明这张脸是岁月之手的神奇作品。

炮哥在屋里踱步，不时看看表。凌晨三点多了，大家长要求中午十二点之前必须得出结论，现在看来几乎不可能完成。炮哥很少在队员面前流露出烦躁情绪。

厕霸也开始抓耳挠腮。

这时，一直躺在床上扮死鱼的脏鱼，抬起脑袋瞟了一眼，阴郁地说了句："骨头不变。"

其他三人的目光唰地投过去。

冯天最先反应过来，自己竟然忘了这么简单的道理。

脸部再怎么伪装，骨骼的构造是不会变的。即便做了整形手术，也是难逃法眼，人类的水平还达不到鬼斧神工的地步，通过注射、垫假体、削骨改变面貌，不仅会在局部留下僵硬、突出的痕迹，而且后续维护麻烦。但照片上这个人，脸部是自然的，没有不协调的状态，除了鼻子有点奇怪。

"看看他的骨骼图。"冯天催促。

厕霸歪着头，双腿习惯性抖动着，然后打个响指，埋头在电脑前。

他进入一家海外网络平台，灰色的背景显得单调沉闷。他的手指划动，光标移向按钮。冯天认出来，厕霸准备使用比特币。

电脑"嘀嘀"响了两声，厕霸的购买生效了。

他以最快的速度下载安装软件。打开的界面上有一大堆复杂的指示框。

接着，侯立明的照片导入框内，脸上出现了无数的横线，又细又亮，随即被竖线切割成无数的细小网格。然后每个区域都在变化。左侧上方的字符迅速跳跃闪现。有一个计算装置，不断出现各种数字。

大约一分钟以后，电脑屏幕上出现了一个完整的头骨像。

黑色为底的白色头骨像，宛如 X 光片呈现在眼前。冯天有些兴奋。

"智障骷髅。"厕霸怪笑着说。

这次就连炮哥也笑了，还故作亲切地拍抚着厕霸的肩膀。

不料厕霸倏地一震，犹如触电般抖落炮哥的手，扭头恶狠狠瞪了炮哥一眼。炮哥吓了一跳，从来没见过厕霸的这种眼神。

"我最讨厌男人碰我！"厕霸发出威胁的声音，满脸的恶心与厌憎。

冯天连忙自觉地挪开了屁股，但目光始终紧盯着电脑屏幕。

现在他知道为什么侯立明的鼻子有点怪——那里有过损伤，处理后形成了狮子鼻状态。

冯天提醒厕霸集中注意力。厕霸回到任务中，在冯天的指点下逐层复原头骨面相。

第一步是将颅骨定位后，根据绘画中的"三庭五眼"理论，用四横五纵的九条直线，确定其五官位置和大小。第二步是将现有的面相信息，输入"人像模拟组合系统"，并按照人体解剖学原理，从系统的部件库中寻找与颅骨匹配的五官部件。最后运用美术、医学等知识进行制作。

颅像复原法，曾用于长沙马王堆女尸的复原工作，并成功复原多具腐烂无名尸的面相。

冯天目测此人的年龄约在四十八九岁，于是让厕霸描绘出三张不同年龄的面相图，一张是现在，一张是三十岁，一张是二十岁。

三个多小时后，制作完成的面相复原图展现出来。

"好帅！"冯天惊叹道。

当冯天盯住那张二十岁俊朗的脸时，不由暗自打个激灵，似乎想到了什么。

"你怎么了？"炮哥敏锐地察觉到异样。

"这么帅……我接受不了。"冯天掩饰地笑一笑。

这人有点像梁若啊。

应该说梁若有点像他！

炮哥急于完成任务，催促厕霸："下一步就是找到这张脸的主人。"

厕霸没理他。

冯天想了想，说："只能去图书馆碰运气了。"

早上八点半，位于长安北路的省图书馆一开门，冯天和厕霸便走了进去。

他们来到六楼资料馆，找到一台用于查询报纸期刊的电脑。往年的报纸内容已经有了电子版。冯天示意厕霸打开《西京晚报》，输入"1980—2010"，先查这三十年的。

厕霸将手机连接到电脑上，他的软件能在海量的电子世界中，进行数据追踪、深入挖掘。

软件启动了，侯立明的新照片呈现在手机屏的左侧，右侧飞速闪烁的图文资料如瀑布般滚过，与那张照片形成一动一静的状态。

比对过程只进行了七秒钟，手机便响起嘀嘀的蜂鸣声。

电脑上跳出一张有些模糊的照片，显示是二十六年前的 6 月 15 日，《西京晚报》的一则寻人启事：侯立明，男，现年二十二岁……

冯天与厕霸对视一眼。厕霸咧嘴轻笑，冯天也很激动。在茫茫人海中，剥开层层伪装，把一个从来不相识的鬼隐者挖出来，这种如神加持的感觉，就像刚打了四百毫升鸡血，忍不住想引颈长鸣。

冯天又看了一眼侯立明的照片。难道他真是梁若的父亲？

厕霸正准备拔掉插头，忽然，手机又响起嘀嘀的蜂鸣声，仍在继续挖掘数据的软件，通过名字与照片双重线索，发现了新目标。

1990 年 8 月 29 日《西京晚报》第二版的社会新闻：灞河凶案是典型的寻衅斗殴型杀人案件，犯罪嫌疑人在与侯立明互相斗殴过程中致其死亡……

冯天的脑子瞬间卡住了，目瞪口呆地看着那则新闻。

厕霸急忙进行交叉比对，结果大吃一惊——

那个人早就死了！

第十二章
惹不起的老家伙

→　　1

进入九月以来，接连下了两场雨，湿漉漉的空气中渐渐涌起的凉意，使这座原本燥热的城市变得清爽了。街边的国槐轻盈地飘落一些树叶，烤玉米的小摊支在树下，散发着独有香气，吸引了几个行人驻足。

胡东海站在小摊前，往篮子里放了五元钱，指着一个饱满的烤玉米，说："给我来这个。"

摊主一边转动着炭炉上的玉米，一边拿起竹签递给胡东海。

胡东海撕开玉米衣，烤得焦黄的玉米瞬间勾出了他的口水。他急忙咬了一口。

因为之前在灞河遭了水淹，这几天头疼，无奈在家躺着。谭春线送来的药还算管用，又扎了几针，觉得精神了不少。

雨一停，他就去友谊医院看了看，发现梁若已经出院了。今天到梁若家附近转悠，看到梁若和母亲出了门，便跟在后面，沿着街边一直往南走。母女俩步子慢悠悠的，看来就是逛街散心，用以帮助梁若康复。

没过多久，胡东海远远地瞥见了侯立明。这次追踪又成功了。

他一边啃着玉米，一边沿着街边往前走。他觉得侯立明的行迹有点奇怪，不知是不是发现了他，有点瞻前顾后的样子，这在以往没有出现过。

侯立明似乎提防着什么……

梁若和母亲进了服装店，逛了十几分钟，终于出来了，但侯立明却不见了。胡东海尾随着梁若母女，准备再次看到侯立明时，想方设法拦截，但绝不能惊动那对母女。

这时，胡东海突然发现一个奇怪的年轻人。那人伏身在远处的一堵墙上，半个身子遮掩在树后，像一只猫，将周围十几米的范围收入眼底。

胡东海侧身站在公交站牌下，继续啃着烤玉米，目光又往那边一瞟，年轻人不见了。胡东海皱了皱眉头。

他加快步伐跟着梁若母女。

前方的侯立明在街角晃了一下。与此同时，胡东海再次发现那个年轻人，很近的距离，出现在一间商店的宣传牌后面，长发在脑后扎了个辫子，眼睛望着的方向，正是侯立明的身影消失之处。

胡东海把烤玉米拿在手里，随着人群往前走。年轻人在他右侧前方隔着七八个行人的地方。当侯立明第三次出现时，年轻人加快了步伐。胡东海可以确定，对方也在跟踪侯立明。

胡东海感到一阵迷惑。

但既然是同路人，就继续跟下去。

不过，年轻人忽然改变了路径。胡东海知道，对方已经发现了他。

如此警觉的小子，究竟是什么来头？胡东海心中的疑惑更深了。

他决定一探究竟，便沿着年轻人的方向追去。

对方正是炮哥。炮哥再次转变路径，一猫腰钻进巷子。胡东海的速度随之加快，但他进了巷子后没有看到目标。就这么不见了？一抬头，赫然发现，在围墙上，那小子敏捷地连爬带跑，一眨眼跳到了另一面墙上，然后隐没在楼群里。

胡东海略一思忖，斜着钻进一条小巷，沿着岔路加速奔跑。

三个岔口之后，炮哥出现在前方。他没料到胡东海突然追上来，原本正坐在墙上，一条腿耷拉下来，不知在考虑什么。一见胡东海，他急忙抽身而起，翻到了墙的另一面。

墙很高，墙面光滑。胡东海提一口气，朝着墙壁飞奔过去，企图借着冲力，直接蹿上墙头，结果双脚只是在墙根蹬了几下。

不服老，第二次又一个猛冲，这次蹬了五六步，伸手去扒墙头，却只是摸了一下，就掉下去了。

无奈，胡东海急忙跑到下一个交叉口。

他忽然发现，小辫青年到了自己身后。

对方竟是在反追踪！

胡东海暗暗吃了一惊，那小子年纪轻轻，居然有这么厉害的技能。

他继续往前跑，吸引小辫青年来追，对方显然对他也充满好奇。

两个人从巷子里跑到街上，又钻到另一条巷子里。

胡东海紧盯着小辫青年。对方施展的跑酷功夫是他从未见过的，先是绕着墙壁与高架梯，上蹿下跳。然后斜阳里一个高难度悬空翻转，人就到了七八米外的屋顶。之后沿着屋顶到屋顶，一次次飞跃而过，很快甩开了胡东海。

胡东海选择的所有路线都是最短距离。他捕捉炮哥的声音，组成相应的特征模式，进而推测对方路径，开始拦截。但对方的优势明显，来来去去都在高处，能看到身影，却触不到人。

胡东海显得十分狼狈，跌跌撞撞，像个没头苍蝇似的乱闯。

炮哥心底油然而生一种爽感，忍不住戏弄对手。他玩着花样，学胡东海蹭动墙根的可笑样子，然后示范性地一跃上了墙头。胡东海在下一个岔口看到他，他一个后空翻，从墙头跃向另一个墙头……

胡东海等待的机会到了。

他一甩手扔出烤玉米。

啪！

打脸只要一下，不轻不重。

玉米棒子砸到脸上并不痛，但炮哥在瞬间失去了平衡力，犹如折翼的飞机，突然天旋地转，一头栽到地上。

胡东海大步向前，伸手抓炮哥的小辫。

炮哥一摔到地上，顺势打个滚，双脚踢向胡东海，然后鲤鱼打挺站起身。胡东海的手指从辫子上掠过，揪掉一撮头发。

炮哥疼得一呲牙。这时他做了个奇怪的动作，本来转身要跑，脚下仿佛绊了一下，身子一歪。胡东海抢步向前，抓住炮哥的肩膀。

"小子，干啥的？"

"关你……屁事……"

炮哥拼命一挣，在胡东海腰上拍了一巴掌。胡东海趁他立足未稳，双手用力推出。炮哥斜着往墙上撞去，快撞上时，借助惯性跳起来，扒住墙头，身体一个大回旋，翻到了另一面，脚步声远去了。

胡东海站在原地，指缝间还粘着几根头发，手一松，在风中飞散了。

这么厉害的小子，为什么盯上了侯立明？

炮哥翻墙远遁后，一口气跑到建国路上，来到城墙东南一隅，钻进一大片老社区，七拐八绕，到了城墙另一边，再一转弯就融入了熙攘的人群中。

炮哥来到一片小广场，四处一望，安全。他坐在树荫遮蔽的木椅上，给厕霸打电话。

"收到信号了吗？"炮哥问。

厕霸只是"唔"了一声，爱搭不理的语气。

"那人不是侯立明，是另一个，你先不要轻举妄动，等我汇报大家长。"

"唔。"

炮哥今天出来，本来的目标自然是侯立明，他随身带着追踪器，也是打算放到侯立明身上，从而探查对方的住处，进一步了解对方。

但半路杀出个怪大叔，且追踪技能惊人，虽然方法比较老派，但自成风格。

炮哥知道市井江湖潜藏着许多高手，以前遇到过一些，但由于自己的阅历和经验还不够，今天这种人是第一次撞见。

他感觉这个怪大叔对路径的判断很邪乎，似乎包容了整个环境，不仅是眼睛看到的，更重要的是耳朵和鼻子的功能，把自己完全融入空间。这种空间辨识力，他只是听说过。

遇到这么厉害的对手，他才临时决定，趁着对方抓他时，一巴掌拍到对方的腰上，把追踪器安插在西装口袋内侧。

追踪器是有数的，今天带出来的是编号A28。信号已经传送到厕霸的手机上。

炮哥随即向大家长禀报："跟踪侯立明时被另一个中年男人盯上，虽然成功甩掉了，但那家伙追踪手法奇特，有可能是侯立明的同伙。"

袁富阳闻言，吃了一惊。之前刚刚得知侯立明是个"早就死了的人"，已经够奇怪了，眼下突然又冒出一个同龄中年男人。西京的地头果然是藏龙卧虎。

他命令炮哥："集中优势资源，以最快的速度挖出对手的底细！"

厕霸的手机屏幕上有一个移动的红点。

微型追踪器的追踪半径为16千米。手机屏幕上有个坐标，坐标上方显示：距离8574米。这个数字缓缓变大，表明追踪对象正在移动。

冯天在房间里踱步，不时关注一下。

手机屏幕上的红点沿着西京地图缓缓移动，到了三厂路。

坐标上方的数字继续变大，最终在 10827 米止住。

冯天嘟囔道："相距 10 千米。"

"这个智障跟侯立明是一路的？"厕霸咧着嘴问。

冯天不喜欢厕霸对一切的藐视态度，尤其是遇到这么诡异的对手，轻敌只会铸成大错。但厕霸这小子是听不进意见的，大家长针对他的怪诞性格，也只是吓唬和欺骗，从来不讲道理。但从另一个角度来说，正是厕霸天生的那种"我最牛"的个性，激发他的天才能量熊熊燃烧。

炮哥走进房间，扫视一下，问："脏鱼呢？"

"游泳去了。"冯天说。

脏鱼的游泳就是洗澡。他不适应卫生间的洗澡方式，那让他窒息，更不会去公共澡堂与一群人挤在一起，而是自己找一片水域，跳进去扑腾一番，然后躺在水边把自己晒干。只有在水中扑腾时，脏鱼才会迸发出生命的动感。

冯天接过厕霸的手机，看着那个红点："这个人在三厂路停留了多久？"

"一直没动过。"冯天说。

"可能就住在这里。"炮哥低喃。

"去侦察一下吧。"冯天提议。

"给脏鱼发信息，咱们先搬走。"炮哥说。

之前侯立明发现这家旅馆后，他们并没有急着搬离，是想作为一个诱饵分散侯立明的注意力，好趁虚对付梁若。但眼下情况突变，多了一个对手，便要重新调整策略。

冯天在自己的地图册上已经设定好几个备用地点，随时可以到位。

"搬到哪里？"冯天问。

"在梁若家和三厂路之间找个地方。"炮哥说。

冯天在地图册上画了一下：韩森寨。

"钟摆，梁若那边怎么样？"炮哥问。

"挺好的。"冯天说。

炮哥皱了皱眉头，显然对冯天的回答不满意。他加重语气："那条线牢牢抓住，咱们的任务中心就是梁若！"

"放心吧。"冯天露出浅浅的笑容。

胡小灿给一位老顾客开了锁，骑着自行车回家，路过一家便利店，想起家里的卫生纸用完了，便停车走进小店。

他从货架上拿了一包卫生纸，又在零食区拿起一袋虾条——叔叔出狱那天吃的第一口社会食物，就是销魂的虾条。

胡小灿来到收银台。有两个客人也过来，一左一右，把他夹在中间。他随意往左侧扫一眼，愣了一下，看到那人脸上的刀疤。再往右侧扫一眼，打个寒战，对方也在看他，面容阴狠，透出一丝呆傻，舌尖咝咝吸着凉气。

胡小灿的身体僵住了。

刀疤脸拿着一袋奶粉，咬舌男抱着一大包卫生纸，后面露出刀尖。

小店没有其他客人，胡小灿的面前只有矮个子男店主。

"谁先交钱？"店主扫视三人。

胡小灿目光闪烁，看到收银台旁边的角落扔着一个作业本，上面隐约有"晓萍"两个字。

"哥，晓萍最近咋样了？"胡小灿问。

"嗯？"店主呆呆地看着小灿，"她……好着呢。"

"啊——晓萍在马路上！"

胡小灿猛地一指窗外，趁着众人愣神的工夫，转身便跑。

但后脖领被刀疤脸揪住了。

"谢谢两位兄弟，"店主怒指小灿，"一包卫生纸和一袋虾条，至于吗？"

小灿以更大的声音喊道："就不给钱，怎么了？"

他一边叫唤着，一边悄悄用力挤压虾条袋，使虾条袋在顶部形成一个鼓胀的圆球状，继续挤压。

"你干啥？"刀疤脸发觉不对，凑过来看。

然后虾条袋"嘭"的一声爆炸了，虾条飞溅。胡小灿趁乱又用打火机点燃卫生纸上的塑料，扔向咬舌男。

刀疤脸还处在爆炸的震惊中，咬舌男躲避燃烧的卫生纸。

胡小灿给店主扔下二十元钱，夺路而逃。

"追！"咬舌男收起匕首，冲向门口。

刀疤脸一边跑一边说："咱俩好像遇到克星了。"

"不信！我要反客为主！"咬舌男叽叽叫道。

胡小灿狂踩自行车，沿着街边拼命逃。

刀疤脸和咬舌男远远地追赶。

胡小灿转个弯，差点儿和迎面驶来的外卖摩托车撞上，慌乱中摔倒在地，爬起来抓住自行车，飞身跃上，继续猛踩。

三厂路到了。他把自行车踩圆了，耳边风声呼啸。他扭头往后看了看，那两个家伙不见了。胡小灿松口气，在巷口把自行车归位，匆匆跑进巷子。身后传来脚步声，两个家伙又出现了。

"来啊！"胡小灿一边跑一边挑衅，"我叔在家等着呐！"

刀疤脸的速度慢了，他还记得那天晚上被揍的感觉。

刀疤脸伸手拦住咬舌男："过界了。"

胡家的大门对于他们来说就像是地狱入口。两人停在围墙边，与胡家相距二十多米。

这时，咬舌男忽然仰起头，望向天空。刀疤脸不明所以，跟着抬头。

一架黑色无人机飞过头顶，在胡家上空盘旋。

刀疤脸愕然道："兄弟，我有点搞不清状况。"

咬舌男呆呆地说："这家人很复杂。"

胡小灿本来没注意无人机，准备进院门时，回头看了一眼，发现那两个家伙望着天空发呆，于是抬头一望，愣住了。

他急忙进了院子，无人机在上空盘旋。

小灿关了院门，冲进正屋。胡东海正在厨房煮面条。

"灿儿，盐快用完了，你啥时候……"

"叔，咱家被监控了！"小灿急切地说。

"嗯？"胡东海一怔。

"快来看——"

小灿拖着胡东海的胳膊，将他拉到外屋的窗前，抬头向上张望。

胡东海说："这个玩具挺高级，谁家的？"

"那是无人机，能拍照摄像。"小灿又往外瞥了一眼。

无人机飞到屋顶去了。

小灿把刚才的经历告诉了胡东海。叔侄俩分析，这种情况不像是刀疤脸和咬舌男那一伙人干的。

"应该和那个小辫子有关。"胡东海说。

"小辫子？你招惹女孩儿了？"小灿露出意外又兴奋的表情，感觉叔叔果然深藏不露。

"是个小青年，年龄跟你差不多。"胡东海说，"今天上午碰见的。我跟踪侯立明的时候，那小子也在跟踪侯立明，我俩就干了一架。"

"哦，你俩为了抢一个男人大打出手。"小灿若有所思地点点头。

"那小子飞檐走壁、上蹿下跳，翻跟头、打旋儿……"

"跑酷？"

"不知道啥名堂，反正很厉害，我差点追不上他。"胡东海关了煤气灶的火，开始捞面条。

"那他怎么找到咱家的？"小灿皱眉问。

"是很奇怪，我回来的时候，后头没有尾巴。"

"难道无人机一直在天上跟着你？"小灿接过叔叔递来的面条，"要不然就是……"

"是啥？"

"他在你身上装了追踪器。"

"啊？"胡东海端着碗愣住了。

小灿把面条放到桌上，快步去南厢房拿出那件藏青色西装，小心地摸索起来。

在口袋内侧，摸到一个黄豆大小的金属物。

胡东海捏起来看了看："用这玩意儿就能追到人，那我的功夫白练了？"

破坏了追踪器，却于事无补，对方已经知道了胡东海的住处。

无人机神出鬼没，抓又抓不着，打又打不到，只能干瞪眼。

胡东海忽然想到了宋发宽。

"老宽，忙啥呢？"胡东海问。

手机里传出宋发宽的声音，夹杂着背景音乐声和笑闹声："抓娃娃，你来不来？"

"我遇到事了，有坏小子用无人机监视我。"胡东海说。

"什么……这边太吵了……哎哎，史努比和熊宝宝是给他俩的。"手机里的声音晃远了，然后传来宋发宽清晰的声音："你刚才说啥？"

"无人机监视我。"

"老罗没这个本事呀。"宋发宽说，"你会不会看错了？"

"是一伙新人，刚结的梁子。"

"啥来头？"

"不清楚。手段高，玩的都是高科技。"

"是侯立明请来的帮手？"宋发宽问。

"不是，但和他有关。是他惹的麻烦，我一脚踩进来了。"

"你俩……唉……"宋发宽难得发出笑声，能想象到手机后面那张胖脸上绽开的花朵，"我马上过来。"

→　　　4

宋发宽带着鸽笼来了。笼子里有五只鸽子，都是被鉴鸽大师钦点的鸽子种血，浅灰蓝色的脑袋配以雪白的小嘴儿，晶莹如暗红宝石的眼睛，翠绿色的脖子，延伸到前胸的羽毛渐变为玫瑰色，配以雪白的翅膀，以及翅膀尾端一道漆黑条纹——这是一种自带勋章的高贵之鸟。

"我刚才进来的时候，没看到无人机。"宋发宽说。

胡东海沏了茶："是不是被你吓跑了？"

宋发宽摇摇头："没人知道我的鸽子能怼无人机。"

小灿蹲在鸽笼前，饶有兴味地欣赏着鸽子："宽叔，你的鸽子太赞了。"

宋发宽就喜欢别人夸鸽子，顿时眉飞色舞。

胡东海说："上次还是听老罗说，你的鸽子有这本事，正好开开眼。"

一提到罗有根，宋发宽又变得愁容满面："朋友弄成了这样，老罗亏心。"

胡东海摆摆手，请宋发宽喝茶。

宋发宽说："我先放两只鸽子上去巡视一圈。"

他走到院里，打开鸽笼，手托着鸽子放飞了两只。然后在屋檐上方插了一面小小的竖条纹彩色旗子，作为鸽子飞回的标记物。

小灿看着双鸽在天空飞翔，十分惊奇："鸽子是不是听到什么声音，或者你有密码给它们？"

"训练它们认识了特殊形状，只要看见那种飞起来的无人机，就当作敌人。"

"不可思议。"小灿感叹道。

"其实很好理解。"宋发宽轻轻拍抚着自己的肚皮，指着天空盘旋的鸽子说，"你叔叔的空间辨识能力，差不多也是这样。"

宋发宽挑选的鸽子脑神经触突特别多，所以各种信息的交流密度就比别的鸽子快很多。同理，胡东海由于夜盲症，脑神经自然地补偿，再加上平衡机制发挥作用，使得掌管听觉神经和嗅觉神经的触突迅速发达起来，在监狱的特殊环境中得以强化。风声、车声以及气味等等这些空间信息，进行高密度的快速交流，给胡东海的刺激大大超过常人。令人惊奇的是，胡东海在一个特殊环境下用了二十几年练就出特殊的技能。

"原来是这样。"小灿似有所悟。

"道理不难解释，主要是没人愿意长期下苦功这么干，更没人用鸽子怼无人机，所以你听着新奇罢了。"宋发宽有些得意地说。

一只鸽子飞累了，奔着条纹旗子飞回来，落到屋檐上。宋发宽抬起手，鸽子滑翔到鸽笼上。

"白浪的爆发力可以，耐力不够。"宋发宽十分溺爱地看着鸽子。

胡东海端着茶壶坐在屋檐下，招呼宋发宽来喝茶。

小灿仍然抬头望着天空，巴巴儿地等着看热闹。

坏蛋总是"善解人意"的，无人机出现了。

空中忽然传来咕咕的鸣叫声，尾音拖得很长。

"开始了。"小灿有些紧张。

宋发宽起身说："咱们回屋，别让坏小子的无人机拍到。"

胡东海端起茶壶匆匆进了屋子。小灿却从门口拿起一把伞，撑开，蹲在屋檐下扮演"蘑菇"。

黑色无人机绕过树梢，幽灵般飘浮到小院上方。

原本在鸽笼上休息的白浪突然箭一般飞向空中。空中的鸽子侧翼配合，双鸽合力进攻。

无人机突然遭到袭击，失去平衡，在空中翻滚，勉强稳住了，又被双鸽追击。无人机迅速撤离，绕过树梢飞到一排屋顶上空，向下坠落，消失了。

双鸽飞回院子，落在鸽笼上。

晚饭，宋发宽便留在胡家用餐，与小灿大谈鸽子。只要一说到鸽子的话题，他就像一个打足了气的皮球。

有个古老职业就叫"鸽子把式"，旧时代王府专门雇把式训练鸽子，指哪儿飞哪儿，让飞多高就多高。还有的把式，专门训练鸽群去偷别人家的鸽子。

新中国成立后，大部分鸽子把式都被请到动物园训练和平鸽，在劳动节、国庆节等大型庆典中，放鸽子出来表演。外行看热闹，内行看的是队形、阵法的奇妙变化。

宋发宽小时候就遇到一位民间师傅，是西京城的最后一代鸽子把式。到宋发宽这一代，基本也就绝种了。

"老胡，我、我、我要教你侄子盘鸽子。"宋发宽激动地说。

"灿儿忙着开锁哩。"胡东海说。

"他盘鸽子有前途，弃、弃、弃暗投明正是时候。"宋发宽说。

"老宽，你喝了酒，现在意识不清，回去再想想。"

"就这么定了，不认徒弟，就认个干儿子。"宋发宽又喝了一口酒，提了提裤子。

"等灿儿结婚生了娃，你给娃当干爷爷。"

"不，我我我就要当干爸！"

胡东海笑了，冲着北厢房喊："灿儿，别打游戏了，出来陪你干爸喝一杯！"

"那你是同意了？"宋发宽笑得像个胖娃娃。

"我同意管啥用，要看孩子的意思。"胡东海说。

"你别糊弄我……你你你别糊弄……别糊弄我……"宋发宽喝了口酒，正提着裤子，脑袋一歪，醉倒在桌上。

胡东海和小灿费了九牛二虎之力，把宋发宽拖拽到南厢房的床上。胡东海醉意蒙眬，直接躺到地板上，呼呼睡去。鸽笼就放在南厢房的门口。

次日清晨，胡东海准时去院里跑步。突然看到三架无人机悬浮在上空。

宋发宽也起得早，刚到院里摆个太极势，准备吸天地之精华，一眼瞥到了无人机。这次情况严重了。

宋发宽打开鸽笼。四只鸽子升空。

但一交手，鸽子便处于劣势。无人机的声音和旋转的螺旋桨干扰了鸽子，鸽子又是一夜处在陌生的地方，很不适应，一只鸽子受了伤，翅膀上有血。

胡东海说："算了，撤吧。"

宋发宽吹口哨召回四只鸽子。受伤的鸽子叫佐罗，宋发宽很难过，轻轻擦拭着鸽子翅膀上的血迹。

这时小灿也出来了，在屋檐下看着。三架无人机在上空穿插飞行，一副狂妄嚣张的样子。

宋发宽拿出手机，拨通了儿子的电话："宋强，马上去楼顶，把鸽舍打开，给我准备一盘儿……对，就现在，你看到佐罗回去，就放鸽子！"

胡东海劝道："老宽，算了……"

宋发宽放飞了佐罗，然后慢吞吞地走到小灿身旁："干爹让你看看本事。"

胡东海兀自苦笑。

天空中的三只鸽子仍与无人机周旋。

十五分钟后，十二只鸽子骤然出现在视野中，一阵有节奏的振动声中，鸽翅卷起一团锐风，扑向无人机。

风与旭日中，鸽影耀目，半圆形队列将无人机逼向树顶。无人机没有退路。鸽群合力进攻。佐罗也飞来了，加入团战。

虽说十六只鸽子摧毁了两架无人机，但宋发宽损失了五只鸽子。每一只坠落的鸽子都摔在院子里，摔在宋发宽身边。佐罗摔下来时折断了脖子，眼睛仍望着宋发宽，浑身染血。

宋发宽颤抖着，手捧鸽子，伤心落泪。他背对着屋门，孤独地坐在檐下，默默地吸烟，圆滚滚的肩膀被烟气一笼，仿佛罩在雾霭里的山峦。

胡东海走到宋发宽身边，拍了拍他的肩膀。

"老宽……"

"我没事。"宋发宽叼着烟，眯着眼睛，"我玩得很痛快。"

离去时，宋发宽边走边唱："我好比离群雁有翅难展，又好似深水鱼晾在了沙滩……"

→ 5

西京的老家伙不好惹，PCZZ战队看出了这一点。

老派的追踪技能、原始力伪装术、鸽子团战无人机——这一桩桩、一件件，闻所未闻。

西京的市井江湖有一道神秘的防御线，看不到、摸不着，但你去打的时候，就有力量反击。

使用无人机这么嚣张的做法，是厕霸的任性。厕霸显然是故意与炮哥唱反调，而在这个节骨眼上，炮哥要顾全大局，不能强势压制，结果就造成这种局面。

冯天也对炮哥说，厕霸太重要了，大家长在背后撑着，就当他是个小孩子吧。

冯天曾试着向三厂路上的居民打听胡家的情况，但人人避而不谈，仿佛有什么忌讳。冯天只得到两条信息：住在胡家小院的是个杀人犯，名叫胡东海，他侄子是个开锁的。

杀人犯的消息确实惊人。然而通过无人机侦查到的情况，并没有发现院子里有什么特别之处。那个带着鸽子上门的胖男人，应该是朋友，炮哥已将其锁定，准备进一步探查。

不过，冯天又发现一个有意思的情况：有两个人似乎在追赶杀人犯的侄子。

一个人脸上有刀疤，一个面容阴狠，又透出一点呆傻。

这个情况比之前的两个信息更重要，冯天请炮哥多加注意。

"那两个人不像普通小混混。"冯天说，"如果他俩与胡家为敌，就可能发展成咱们的朋友。"

"嗯，有道理。"炮哥对冯天的建议一向重视。

"反倒是小胡看不出有什么厉害的，不过正因为这样，才更有意思。"

"只要他们对小胡有兴趣，咱们对老胡有兴趣，就可以结盟。"炮哥说。

"我来办。"冯天说。

炮哥拢了拢长发，做个劈手动作："重点还是最近冒出来的几个老家伙，要尽快搞清楚他们的关系，如果他们和侯立明联结起来，围着梁若构筑一道防线，咱们的任务就麻烦了。"炮哥的语气变得阴冷。

刀疤脸和咬舌男在三厂路上晃悠，如同两只狗接受了指令，进入死循环程序，只为一个猎物：胡小灿。

两人都是单细胞物种，尤其是咬舌男。

胡小灿的生活没有规律，而且晚上不再出门了，这让他们很生气。

咬舌男忽然发现一个人也盯着胡家。那家伙穿着一件油渍麻花的白色风衣，戴着破帽子，正趴在树杈上，用单筒望远镜窥视胡家院子。

咬舌男与刀疤脸互视一眼。

咬舌男问："你咋说？"

"八成是跟无人机一伙的。"

咬舌男点点头。

穿风衣的家伙忽然收起单筒望远镜，从树杈上滑下来，走到拐角后面。

刀疤脸和咬舌男悄悄靠近。

冯天故意用这么高调的方式吸引了二人的目光，然后他转过拐角，蹲在墙根后面，装着打电话。

地上有两条影子慢慢移过来。

冯天用粗哑的声音说："……这事儿不能急，姓胡的太厉害了，大哥，我有办法收拾他……"

冯天站起身，往外走的时候，迎面撞上刀疤脸和咬舌男。他低头没理二人，脚步匆匆。

刀疤脸横过一条腿，挡住他："兄弟，出来混的？"

"你谁啊？"冯天不耐烦地问。

咬舌男上下打量冯天。冯天脸上布满胡茬，眼泡有些肿，看上去有三十来岁。

咬舌男发出叽叽的声音："你跟那家人有仇？"

"啥意思？"冯天反问。

刀疤脸接口说："咱兄弟路子一样。"

"你们……"

"我们要收拾那个小的。"咬舌男说，"我要在他的肚子上戳一刀。"

"后腰再戳一刀。"刀疤脸补充。

"对，我们就要捅烂他的肝和肾。"咬舌男说。

冯天一皱眉头："为什么？"

"你别管，是我们的私事。"

冯天漠然一笑，抬手把帽檐压了压："我对小胡没兴趣，我要干的是老胡。"他不屑地说，"你们还不知道吧，老胡是个杀人犯。"

"杀人犯？"刀疤脸睁大眼睛，又想起那天晚上在胡家被揍的感觉。

"哼，我就知道他不是好人。"咬舌男说。

"兄弟，咱也不是好人。"刀疤脸提醒道。

"我不管。"咬舌男说，"好人不长命，坏蛋活不久！"

冯天看着他，想问一句：人类还有盼头吗？

刀疤脸忽然把咬舌男叫到一旁，嘀咕了几句，不时看一眼冯天。

二人返回冯天身边。刀疤脸说："你们的团伙比较专业，咱们互相利用一下，咋样？"

"哼，你们有啥利用价值？"冯天问。

"我们帮你对付小胡……"

"不需要。小胡屁崽子一个，老胡才是大黑撒。"

"有个女的经常去他家，你不知道吧？"咬舌男瞪着冯天。

"啥女的？"

"医生，在小南门有个诊所。她和姓胡的关系不一般。"

冯天心头一动，这可是个重要情报：一个关系紧密的女人，还是个医生，这种人通常能得到更多秘密，通过她一定能挖掘到实用信息！

刀疤脸和咬舌男领着冯天来到了"小南门博康诊所"。

谭春线浑然不觉自己被盯上了。下午，她陪胡东海出去买衣服。

胡东海带她来到骡马市街，顺便看看梁若上班了没有，但蓦然星空的门关着，上面写着"今日盘点"。

在隔壁的服装店，谭春线给胡东海选中一件蓝格衬衫。试衣服的时候，谭春线站在胡东海面前，帮他翻领子、抻平衣角，发丝就在胡东海眼前拂动，气息飘过胡东海的脸颊，让他一阵紧张。

少年般的热情在心底涌动，久旱的荷尔蒙开始涨潮……

穿着蓝格衬衫的胡东海，引得店员小妹直夸帅大叔。

"去吃点东西吧，饿了。"谭春线说。

"嗯。"

出了服装店，胡东海又往旁边的蓦然星空瞥了一眼。他的脑子仍在盘旋最近几天发生的事。自己无意中招惹的那股势力，究竟什么来头，也许侯立明得罪过他们，人家跑来报复。胡东海担心的是，万一侯立明被这伙人收拾了，自己的冤屈就永远洗不清了。

"哎，东哥，想什么呢？"谭春线问。

"噢……没事。"胡东海说。

"看那边——"

转过弯，来到一条小街，路边的小摊陆陆续续都出来了，谭春线在麻辣烫和炸串儿夹馍之间纠结了一下，最终选择了"土豆片夹馍"。

一人一个土豆片夹馍，两人边走边吃。小街尽头有个卖玩具的摊子，都是些半旧不新的玩意儿，但各式各样造型怪趣，平时很少见到。谭春线拿起一把折叠的小洋伞，拨动底座上的开关，伞打开了，旋转，五颜六色，伞下面有只小鸟，脑袋一点一点的。

玩具约莫烟盒大小，活灵活现，十分有趣。旁边的标牌上写着：伞下一只答应鸟，36 元。

所谓"答应鸟"，也许是说鸟的脑袋一点一点的，表示同意的样子。

"这个我送给你。"胡东海挺着胸膛说。

"好啊。"谭春线笑道。

又转悠了一会儿，到了傍晚，两人吃了一顿铁锅炖羊肉。

谭春线说自己很久没这么开心过了。她告诉胡东海自己的家乡在合阳县城，那里有最漂亮的花灯。

"你愿意陪我回去看看吗？"谭春线忽然问，脸颊红扑扑的。

胡东海正在大嚼羊肉，一下子塞住了。

谭春线拿起那个玩具，拨动底座开关，小伞开始旋转，鸟的脑袋一点一点的，谭春线自己笑起来。

"以后……等我……"胡东海想说"等我洗刷了冤屈"，但他觉得自己有点像骗子，空许愿。

谭春线聊起了诊所里的趣事，说到今天上午的一件怪事。

诊所来了两个客人，生病的那个三十来岁，穿着一件脏兮兮的风衣；另一个二十岁出头，头发乱蓬蓬的，很瘦，那脸色一看就是长年不晒阳光，进门后一直玩手机。风衣男说肚子痛，谭春线给他开了点药，他给了一张大钞，谭春线去里屋找钱，那人也跟进来。谭春线有些不安，说不上为什么。找钱的时候，那人碰倒了血压仪，折腾了三四分钟，风衣男走了。谭春线急忙来到外间，那个瘦子已经不见了。

"没丢啥东西吧？"胡东海问。

谭春线摇摇头："我仔细检查了，手机也在抽屉里，可是总感觉被动过。"

前后三四分钟，胡东海想不出会发生什么麻烦。

谭春线说："可能是我神经过敏吧。其实这一行，经常见到怪人哩。"

"我也算一个吧？"

"你……嘻嘻，是挺怪啊，不过怪得有趣。"

→　　　6

三四分钟，足以黑进一部手机。

离开诊所后，冯天和厕霸坐进了炮哥的车里。厕霸立刻打开手机，搜索谭春线手机里的所有内容。

跳出"侯立明"三个字，与"东哥"这个名字关联度极高。

厕霸梳理了信息，交给身旁的冯天，冯天迅速做出了判断。

这个女医生姓谭，最近和东哥短信往来较多。东哥在短信中，数次提到"侯立明"这个名字，显然在给谭医生解答一些疑问。除此之外，他还告诉了谭医生一些自己的情况。

随着资料的挖掘，冯天越来越吃惊。

"这个东哥就是胡东海，患有夜盲症。"冯天说。

正在开车的炮哥皱起眉头："一到晚上就瞎了的人？"

"差不多吧……"

厕霸已经搜索到"夜盲症"的词条："视物不清，模糊，严重时全瞎。"

冯天接着说："胡东海二十五年前确实杀了人，他杀的，就是侯立明！"

"什么？"炮哥猛踩刹车，车停在路边，后面的汽车险些追尾。炮哥扭头看着冯天："这怎么可能？"

"看来是事实。"冯天嗓音低沉，"胡东海现在急于找到侯立明，就是解决这桩旧怨。"

炮哥深深地点一点头："这就全对上了。"

"是的，一切都说通了。"冯天吸了口气，"咱们已经掌握了这个侯立明的个人信息。"

炮哥的嘴角缓缓浮起一抹冷笑："那就是说，他俩不仅不是朋友……"

"而且是仇敌。"冯天说。

"所以——老家伙们联结起来，构筑的防线，根本不存在。"

"大家长一定喜欢这个结果。"冯天说。

一个患有夜盲症的杀人犯，二十五年前杀的，正是如今鬼影般存在的侯立明。

侯立明还活着，而胡东海却入狱二十五载，胡东海正在追捕侯立明。

炮哥立刻将这个情报上传给大家长。

袁富阳收到了这份大礼，他敏锐地意识到，自己需要的人，出现了。

袁富阳设在西京郊外的供体基地，正在快速建立，正需要一个本地的代理人扎根西京，为他处理所有地下黑市业务。没有谁比一个"见不得阳光的活死人"更合适，而这个活死人的致命把柄，已经被袁富阳抓在手中！

冯天每次去梁若家，都要带一包开口松子，梁母喜欢嗑松子。给梁若的则是她爱吃的臭豆腐。梁若准备吃的时候，母亲就做出嫌弃的样子，让她拿到阳台去。冯天自然跟着过去，一边陪梁若吃臭豆腐，一边欣赏阳台上葱郁的花木。

梁母对待冯天的态度，已由最初的习惯性的警惕，变成了关心。

"好花不常开，好男不常在。"这是梁母教导女儿的名言。

在此之前，梁母总能从别的男孩儿眼中看到一丝邪光，但冯天没有。

很纯的男孩儿，如同一片星光，从善良的内心向外透显出纯净之光。

今天冯天一进门，梁母正在厨房做蒸饺，是专为款待冯天的。冯天挽了袖子要帮忙，但他其实不会做饭，整日专心琢磨怎么伪装骗人，没时间研究烹饪。梁若就让他洗盘子。梁母顺便问了不少问题：家是哪儿的，家里还有什么人……

这样的人设资料，冯天的脑子里储存了一百多套，信手拈来。

梁若故意撒娇不让她妈问了，感觉像审犯人。

梁若包饺子，手指轻柔地摆动着，一只只雪白可爱的饺子像蝴蝶似的飞到案板上。不一会儿，饺子排成一个圆圈，每个都那么精巧。

蒸熟以后，掀开笼屉的盖子，一股扑鼻的香气，晶莹剔透的蒸饺映入眼帘，在不断升腾的白雾里，每一个都是那么丰盈。

在热腾腾的气息中，冯天感受到久违的家的温暖。他看着梁若和母亲忙碌的身影，忽然有些愧疚。

近来，这种愧疚之情时时冒出来，趁他不备，撕咬他的心尖。

为了掩饰自己，他忙不迭地捏起一枚蒸饺，放到嘴里囫囵吞下。

梁若笑了："你这是猪八戒吃人参果。"

吃罢饭，梁母被陈阿姨叫去聊天了，冯天在厨房帮着洗碗。

他感觉到梁若有一点忧郁，便问她怎么了。梁若说这次病倒住院前，她回家听到母亲和一个人谈论父亲，好像是关于父亲的生死，令她十分惊愕。但母亲说那个人是疯子，不让梁若乱想。梁若一直不敢问，怕母亲受刺激，心里却始终有一个坎儿。

冯天很清楚梁若问什么，但他一个字都不能泄露。

冯天劝慰梁若："上一辈的事情自有上一辈处理，我们重要的是让眼前人幸福。"

离开梁若家时，冯天觉得自己很无耻。

他慢慢走着，看着地上的影子。身后有人靠近了，冯天加快步伐，从十字路口右转，跑了起来，身后的脚步声越来越近。冯天刚转过一座楼房的拐角，肩膀便被一双大手牢牢钳住了。冯天使劲一挣，扭头看到侯立明的脸。

"离梁若远点，杂种。"侯立明冷冷地说。

"你是谁啊？"冯天试图逃跑。

侯立明一拳砸到冯天的肚子上。冯天呻吟一声，弯下腰。

侯立明"嗖"的一下从腰间抽出一根电线，绑住了冯天的胳膊，用一只手捂住他的嘴，另一只手掐着脖子，在他耳边低语："离梁若远点，听到没？"

冯天动弹不得，眼睁睁看着侯立明的表情变得凶狠，目光刺穿了他的瞳孔。

"放手。"冯天嘶声说。

侯立明越掐越紧，冯天渐渐喘不上气。

"灞河……凶案……"冯天从嗓子里挤出一点声音。

侯立明松开铁爪般的手："你说啥？"

冯天抚平自己的衣领子，摸着掐痛的脖子，恢复了镇定神色："二十五年前，侯立明被胡东海打死了，胡东海入狱服刑，可是侯立明还活着……"

侯立明猝然一惊，竟忘了自己要干什么。短暂的困惑后，他又一次掐住冯天的脖子，但力量明显不足，冯天抬手推开他。

"没想到，我也有见鬼的一天。"冯天嘲弄地说。

"你到底是干什么的？"侯立明的嗓音有些颤抖。

"侯立明叔叔，你赢不了。"冯天说，"我今天找你，是请你去见一个人。"

"你找我？"

"是啊，只有这样才能找到你。"

侯立明咬紧牙关看着冯天："你让我去见谁？胡东海？"

"他能救你吗？"冯天不屑地反问。

侯立明退了半步。

"所以，你应该去见一位贵人。"冯天说。

侯立明眉头紧锁，盯着冯天。

远处一辆汽车驶来，在路边停下。阿威从车里出来，笔挺地站在侯立明身边。

侯立明漠然地看着阿威。阿威像个机器人，国字脸上没有一丝表情。

冯天指了指汽车，对侯立明说："反正跑不了，不如去碰碰运气。"

侯立明瞥了一眼汽车，目光冷冷地回到冯天脸上："离我女儿远一点。"

声调不高却字字如冷刃，划过冯天心头，令他喉咙一紧，浑身涌过一阵寒意。

等他回过神来，侯立明已经坐上汽车，走了。

第 十 三 章
你们这些害人虫

→　　1

大家长袁富阳坐在兴庆公园的湖边。他喜欢湖水，自己的野湖基地就靠着一片湖。

袁富阳看着不远处的三个垂钓者。阳光照射下，那三人呈现出 X 光片的视效，仿佛三具骷髅，只有内脏器官鲜活可辨。袁富阳被自己的幽默感逗乐了。

他拿起手边的书，这是一本《昆虫记》。

脚步声停在身旁，是阿威。

袁富阳放下书，目光掠过阿威，望向不远处的中年男子。侯立明给他的感觉，是雾中的一尊石佛，第一眼就是一块石头，第二眼是任何物体。

"请坐。"袁富阳往长椅旁边挪了挪。

侯立明坐下来。

"侯师的生存能力，实在罕见。"袁富阳的语气充满了钦佩。

"你是干什么的？"侯立明漠然地问道。

"来帮你的人。"袁富阳说。

"不需要。"侯立明说。

袁富阳淡淡一笑，慢条斯理地翻了翻书。侯立明瞟了一眼，没想到这个人竟看这类书，根据他的理解，这应是初中生的读物，用来帮助少年朋友学会观察生活中的小生命。

袁富阳将书晃了晃："看过吧？"

侯立明没回应，目光投向对面的湖水。

袁富阳翻到一页，居然念了起来："四年黑暗的苦工，一个月的阳光享乐，这就是蝉的生活。我们不应该厌恶它歌声中的烦吵浮夸。因为它掘土四年，现在忽然穿起漂亮的衣服，伸出飞鸟般的翅膀，在温暖的阳光中沐浴。那种铍的声音能高到足以歌颂它的快乐，如此难得，而又如此短暂。"

侯立明怀疑自己遇到了精神病患者。

袁富阳喃喃地说："写这本书的人一定参透了人生与自然之理。"

侯立明起身准备离去。

旁边的阿威面无表情地盯着他。

袁富阳抬起脸，说道："我刚才念的这段书，你没感觉吗？"

"什么感觉？"

"蝉经过四年黑暗苦工，从地底爬出来，可以享受一个月的阳光。你行吗？"

侯立明慢慢坐下了。

袁富阳低头看着自己的手。侯立明相信，那是一双杀人的手。

"侯师，你现在最害怕谁？警察，还是胡东海？"袁富阳的视线飘到侯立明脸上。

侯立明漠然一笑："你费了半天劲，把我请来，就是威胁我？"

袁富阳懒懒地笑了笑，手掌忽然一摆，不知从哪里掏出一张照片，放在侯立明面前。侯立明扫了一眼，其实他根本不用看，就知道照片上的人是谁，那是他女儿。

"我从来没见到一个漂亮女孩子，吃臭豆腐吃得这么甜美。"袁富阳说。

梁若在阳台上笑着，四周花木掩映，身旁有个若隐若现的身影。

侯立明突然出手，击向袁富阳。

但阿威更快，阿威在背后猛地勒住了侯立明的脖子。侯立明的坐姿很别扭，身子被椅背挡着，阿威的手臂紧紧缠着他的脖子，动弹不得。

"你应该是个理智的人。"袁富阳看着侯立明。

侯立明仿佛被蟒蛇缠住了，难以呼吸，额头青筋暴起。他向后挥拳，猛捶阿威的脑袋，但阿威痛感迟钝，没什么反应。

袁富阳朝阿威点点头。阿威松开手，仍是面无表情。

侯立明深深喘了几口气。

袁富阳亲切地说："我没有一点恶意，真的是要帮助你。"

侯立明瞪着袁富阳，但心底有一丝虚无感。他很清楚自己没退路，这是灭顶之灾。

"侯师，只有我们能庇护你。"袁富阳眼神专注地看着侯立明。

侯立明沉默良久，问道："你想让我做什么？"

"为我守住西京地头。"

侯立明皱眉看着袁富阳。

"我们共同创造地下黑市江湖的传奇。作为回报，我不仅给你一大笔钱，更要给你一个全新的身份，具备所有相关的社会信息，就像你一直这么生活着。"

"这是……"

"能在阳光下自由行走的人。"

最后这句话的诱惑力，只有身处其境的人，才能真正体会到。

侯立明经历过常人想象不到的生活。他曾在深山老林下苦力，把伐倒的树杈砍掉，夏天从凌晨三点一直干到晚上九点，冬天从凌晨四点干到晚上七点，一天挣八元钱。夜里就睡在一个长方形地坑里……

他就是一只"小虫子"。

现在，他苦苦寻找的东西摆在眼前，全新的生命。

但他更牵挂另一件事。

"我只有一个条件——"

"请讲。"

"让你的人，远离梁若。"

袁富阳竟答应了。

袁富阳回到野湖基地，重新安排了近期的行动计划。

首先是"肉圈"的建造，争取在最短的时间内，将地下室改造成供体居所。

其次，手术设备尽快到位。花费二百多万元购置的设备，有摘取器官所需的病床、手术灯、刀具、冷藏箱等等，还有两辆手术车。但医疗器材不能一次运来，容易引起怀疑，要按步骤拆分，逐步到位。

袁富阳安排妥当，坐在自己房间，一边闻钱味儿，一边琢磨每个细节。他的风格一向是谨慎、精密、高效。

这时，樊虎打来了电话。

袁富阳看到手机屏幕上显示的"F"，不禁一笑。他把案头的台灯压低，房间的阴影面积更大。他舒舒服服地靠着椅背，接通手机。

"别跟我耍花样。"樊虎的声音传来。

"樊先生，我和你一样着急，但事情要一步一步做嘛。"袁富阳说。

"原本约定的移植时间已经过了。"

"我已经向你解释了，这边程序上遇到一点小故障。不过放心，夫人的病情不会耽误。"

袁富阳说话一般不会使用"绝对""肯定"等字眼，在他看来，那只是虚张声势。他的声音透出的专业力量，能够起到更大的作用。

"双器官功能衰竭，随时可能……"

"电话里不要讨论具体事情。"袁富阳毫不客气地打断樊虎的话。

不难想象，樊虎已经被折磨得心神涣散，可他又不得不依赖袁富阳。

赌注太大，袁富阳同样如此。虽然他对生命是漠视的，不过，从数据的角度来看，樊太太的病拖不了多久了，这个手术，袁富阳必须尽快做。他刚才重新安排的行动计划，正是为了这个目的。

"我已经表达了足够的诚意。"樊虎说，"你最好记住这一点。"

"没有我的手术刀解决不了的麻烦。"袁富阳最后说。

→　　2

袁富阳答应侯立明远离梁若，只是缓兵之计。他不可能放过梁若这么珍稀的供体。袁富阳也并不认为，侯立明能挡住他的手术刀。

根据目前掌握的资料，以及冯天反馈的情况看，侯立明当年逃亡时，他女儿出生没多久。梁若从来没见过父亲，也就是说，侯立明并没有参与女儿的成长。亲情是建立在抚养、陪伴和守护中的，一对从来没有相认的父女，谈什么感情？

何况袁富阳从来不相信人世间有什么真挚的感情，一切都是交易罢了。亲情只不过是一种更隐秘、更残忍的交易。袁富阳对自己的父亲就没有任何感情可言，那个男人偶尔体现出对儿子的关心，只不过是在毒瘾满足的短暂时间里。

袁富阳认为，在这方面，人不如野兽，而更像昆虫。

袁富阳更相信，一个人逃亡二十多年，而不与家人相认，是极端自私的行为，归根结底，那种人关心的只有自己，爱惜自己的生命胜过世间一切。就像一个吸毒成瘾的浑蛋，满足自己的毒瘾，就是他存活的唯一理由。

所以，侯立明根本不能成为障碍。

袁富阳会把梁若的肝和肾割掉，从而得到更有价值的回报——这才是纯粹的交易，不掺杂人性。

手术后的梁若，也许可以让她活一段时间，用来安抚侯立明，帮他度过情感的脆弱期，甚至可以假装帮他救女儿，就像当初对待冯天的亲人一样。最终的结果是一样的：侯立明欠了钱，又欠了情，必须卖身偿还大家长，为团伙贡献才能。

袁富阳给炮哥下达指令：着手收服梁若，送往安全屋。

冯天看到手机上炮哥发来的讯息，眼前忽然出现了雾状的气体。

"你怎么了？"梁若问。

"噢……"冯天从恍惚中回过神。

"你刚才说到小时候。"

"小时候怎么了？"冯天呆呆地问。

"嘻……"梁若笑了笑，睁大眼睛看着冯天，"你真没事？"视线飘过冯天的手机，"女朋友发短信了？"

"呵，我没女朋友。"冯天放下手机。

"那你想找个什么样的女朋友？"梁若认真地问。

"嗯……我就想找一个会抽烟喝酒的好女孩。"冯天凝视着梁若。

梁若掩嘴笑了。

冯天不知从什么时候陷入了梁若的温柔之中，他不敢看梁若的眼睛。梁若眼睛里折射的世界太美，冯天不小心偷看一眼，就被吸引，那里的美好与平静，让他看到了另一种生活——他曾经幻想的，并且妄图寻找的生活。现在这种生活出现了，触手可及，然而咫尺天涯。

冯天知道，梁若也想走进他的世界，但那是梁若不知道的凶险的黑夜。

"公司有点事，我得回去一下。"冯天站起身。

"你走了？"梁若抬头看着冯天。

"明天再过来。"冯天说。

梁若跟着起身："我送送你。"

冯天低头走着。

梁若说："店长催促我回去上班呢。"

"哦，再休息几天吧。"

"店里人手不够，再偷懒，会被开除呢。"梁若说。

"你们那个店长，不像啥正经人。"冯天说。

"你怎么知道？"梁若停下脚步。

"哦……你给我看的照片啊，你们同事聚餐的合影。"冯天说。

"照片就能看出人品？"梁若笑着问。

"你忘了我是巫师了？"冯天也笑起来。

"不过那个人确实色色的。"梁若说，"几个姐妹都说他脑子进水了。"

"他不是脑子进水，他是脑子里有个茅坑。"冯天说。

"哈哈哈……"梁若大笑。

"别笑了，快点辞职吧。"冯天说。

"我不怕他，我有守护天使。"梁若说。

"是吗？"冯天看了梁若一眼。

"真的。"梁若说，"连我妈都有点相信了。"

"我也信。"冯天说着，与梁若道别。

他匆匆走在街上，心底万分纠结。他告诉自己长痛不如短痛，现在可以逃离梁若，只要想个办法，让大家长准许他离开这项任务就行。

但冯天不能逃，这才是他痛苦的原因：自己甩手离开后，梁若并不能换来安全，因为大家长会派更恐怖的人来接手这单业务。

冯天忽然停下脚步，能不能提醒梁若有危险？

可是梁若怎么信他？自己制造的一切假象，突然翻转过来，向梁若承认自己是个骗子，那么自己重新说出的所谓实情，是不是又是一个谎言呢？

他先给了梁若谎言之烛，梁若便是一只飞蛾，然后他把谎言吹灭。

刚刚病愈的梁若，怎么禁得住一次更惨烈的打击？

他只恨自己陷入了这个残酷的游戏。无论他是否停下来，梁若都是死。只不过，他在这里的时候，梁若会迟一点靠近死神。

冯天回到韩森寨。这条路很繁华，但在长乐公园东门外有一座巨大的古冢，被一栋栋高楼大厦包围着，十分幽静。那小山般的古冢，便是秦庄襄王的陵墓。

冯天信步走来，穿过铁栅栏，爬到圆丘形的坟冢上面。他感觉自己就像一个守陵人。

PCZZ战队新租住的如意宾馆，在马路斜对面。

冯天忽然看到炮哥穿过马路，走到了花坛后面。冯天从双肩包里拿出前两天用过的单筒望远镜。

视野中，炮哥正与一个年轻人交谈。年轻人身旁跟着一个十一二岁的男孩，长得眉清目秀，十分可爱。

冯天将焦点对准年轻人。此人面貌特征颇像兔子，不时露出一对板牙，眼睛则机警地四处张望，有几次对上了冯天的望远镜。冯天一慌，但知道对方不可能看到他。

炮哥不知给年轻人指点了什么，年轻人频频点头。然后炮哥与年轻人握手，年轻人离去，那个小男孩跟着走了。

冯天从坟冢下来，快步回到如意宾馆。进大堂时，正好遇到炮哥，二人结伴回到房间。

冯天装作无意地问："刚才过马路，见你跟一个人聊天，谁啊？"

炮哥迟疑了一下，嗓音低沉地说："刚入伙的兄弟。"

"哦，这样啊。"冯天露出惊奇的表情，"这么快就有地头蛇加入了。"

"大家长一直在招募优秀人才，你忘了？"

"可是那小子不像会打架的。"

"行啦，别多嘴乱问！"炮哥忽然制止了谈话。

冯天心中的不安越来越深。平时炮哥有个大事小情，都愿意跟他商量。今天不太对，难道是对他产生了怀疑，准备找人接手？

"噢，钟摆，你看到我的信息了吧？"炮哥转身时问道。

"嗯。"

"别心在不焉的，你马上找机会收网，二十四小时内把梁若带到指定地点。"

"好的。"

把梁若带到所谓的家里，请她劝说冯天的"母亲"去住院，然后就在安全屋昏睡，被大家长捕获。

程序很清晰，冯天的脑子却很乱。他担心炮哥看出异样，一扭头瞥见厕霸要出门，忙问："干啥去？"

"饿了，吃点东西。"

"一起啊，我也饿了。"

出了宾馆，二人走在街上。

冯天说："西京东边有个骊山，温泉相当不错，等干完了这一票，去泡个澡，岂不爽哉！"

厕霸仍在摆弄手机，说道："不去不去，智障吗。"

"华清池知道吧，杨贵妃洗澡的地方。"

"什么，杨贵妃？"厕霸的眼睛亮了。

厕霸只喜欢丰满的已婚少妇，这一类型中，杨贵妃绝对是千古第一人。平时厕霸宅在房间解闷时，没少研究杨贵妃的片儿，眼下能实现这个完美的意淫之旅，何乐而不为？

"骚气，我喜欢！"厕霸放下了手机。

"哎，炮哥最近对你咋样？"冯天适时问道。

一说到炮哥，厕霸顿时垮了脸："别提智障炮。"

"炮哥给咱们找了个新兄弟，多好的事啊。"

"你说兔牙啊，不是智障炮找的，是人家来拜码头的。"

"是吗？"冯天有些惊讶，"怎么摸到路子的？"

"大家长亲自在网上收服的，他们的聊天记录我都有。"厕霸得意地说。

"兔牙能干什么？"冯天问。

"业务员。"厕霸显得不耐烦。

"哦。"冯天明白了。

所谓业务员就是处理普通订单的，平时在网吧等场所，随机猎取供体。

冯天突然感到心头一紧，停下步子问："那个小男孩是怎么回事？"

"在网吧钓的，是兔牙送给大家长的见面礼。"

"什么？"冯天愕然。

"切，你蛋疼啊？"厕霸扫了冯天一眼，"那个小崽子是升级版的器官供体，就是一只'猪崽儿'，大家长要把他身体里能用的物件儿都摘下来。"

冯天如同遭到雷劈一般，呆立在街头。

厕霸用胳膊肘碰了碰冯天，把手机伸到冯天面前。

"这是什么？"冯天木然地问。

"自己看呗。"厕霸得意地晃着手机。

打开的视频里有一间昏暗的屋子，突然出现一只干枯的手，接着镜头拉到旁边，呈现一个男孩的脸庞，正是今天下午用望远镜看到的小孩儿，眉清目秀，十分可爱，此时却显得惊慌失措。孩子的身旁有影子晃动，传来模糊的说话声，显然是在命令孩子。然后是一些医疗器械，有人在给孩子测量血压，还有一只手在孩子的肚腹间比画，似乎在标记位置。那孩子像一只弱小无辜的羊羔，任凭摆布……

厕霸把手机收回去了，冯天最后听见孩子稚嫩的声音："……妈妈在家等我……"

冯天浑身冰凉，四周闪亮的街灯与霓虹灯在他眼中变成了噩梦的背景。

以往，他们的行动没有直接杀害人，但现在性质已经变了。所谓升级版的器官供体，在大家长眼里不是一个有生命的人，只是器具。

更令人憎恶的是，大家长彻底丧失了人性，开始朝小孩子下手了！

→　　3

胡东海接到了宋发宽的电话，让他带着小灿过去看鸽子。宋发宽是认准了小灿的聪慧，想通过小灿的手，把自己的独门绝学传承下去。

小灿确实挺感兴趣，前几天鸽群团战无人机的景象，着实震撼。他当时就想，只要掌握了驯鸽秘法，鸽子本身是没有正邪观念的，如果是干坏事，鸽子能隔一条街发现警察，根本不用人把风。但用在正事上，则对危险物品、自然灾害等具有警报力，比如火灾、水灾等等。

胡东海准备带着侄子去见宋发宽，但忽然下起了雨。九月份很少见到这样的风雨，气象台说是中雨，可是越下越大，电闪雷鸣，持续到晚上。叔侄二人只好待在家里。

胡东海早早睡了，他突然被手机铃声惊醒，凌晨四点多，窗外的雨还没停，天很黑。胡东海拿起手机一看，宋发宽打来的，他暗暗一惊。

"老宽，咋了？"胡东海问。

"东海叔……我是……我是宋发宽的儿子，宋强。"手机里传出嘶哑的声音。

"噢……"胡东海一下子紧张起来，"你爸呢？"

"他从楼上摔下去了……"

"什么？"

"我们……我们正在医院。"手机里传来隐隐的哭声。

胡东海冲进侄子的房间，把小灿叫起来，打出租车赶往医院。雨下个不停，胡东海一言不发，望着车窗外的街灯。

叔侄二人赶到医院时，宋发宽正在重症监护室，身上插满了管子。

宋强的母亲守在病床前，一脸悲戚的宋强迎住胡东海。

原来昨天半夜风雨交加，宋发宽担心水耗子咬他的鸽子，独自跑到楼顶平台去看。后来推测，有一只受伤的鸽子被雷声惊扰，扑棱翅膀到了平台边缘。宋发宽去救鸽子，结果从六楼楼顶摔了下去。

家人出来察看，才发现他跌在地上不省人事。如果不是坠楼时被晾衣架挡了一下，当场就没命了。

"你爸爸是老手了，怎么能跌下来？"胡东海皱着眉头。

"我们也不愿相信，可是医生仔细检查了，身上没有防御性伤口。"

这说明当时没有搏斗、对抗痕迹，应该是不小心坠楼的。

当时送到医院，宋发宽持续昏迷。宋强听到爸爸在说什么，凑过去仔细听，说的是："胡……胡……"

开始以为他爸爸产生幻觉了，在打麻将，胡牌了。后来才明白是叫胡东海的名字。

宋强打开爸爸的手机，给胡东海打电话。顺便也给爸爸的老朋友罗有根发了短信，但根叔没有回复。

胡东海走到病床前，宋发宽仿佛有感应，手指在动。胡东海握住宋发宽的手。

"老宽，我来了。老宽，我在这里。"

小灿的鼻子一阵发酸。

胡东海扭头对小灿说："灿儿过来，给你干爸磕个头。"

小灿愣了愣。

宋强忙伸手说："现在不兴这个了。"

小灿却走过去，跪在地上给宋发宽磕了个头。

宋发宽似乎想睁开眼睛，但只是眼皮微弱地抖动。

胡东海鼻翼抽动，紧绷的脸上充满了痛苦。一旁的宋妻捂着嘴呜咽。

这时，宋发宽又发出微弱的声音，宋妻忙弯腰贴近丈夫。

然后她回头对宋强说："你爸爸……想喝酒了。"

宋强哭丧着脸，摊开双手说："哪有酒啊，哪有酒……"

胡东海从床头柜上拿起药棉，蘸了些清水，涂抹在宋发宽的嘴唇上。宋发宽抿了抿唇，习惯地伸手去提裤子，但他的手一放到腰上，便不再动了。

心电仪发出一连串嘀嘀的警报声。

医生冲进来抢救……

现场一阵躁动……

胡东海从重症监护室出来，心如刀绞，以手捶墙，小灿在旁边轻声劝着。

这时，一个身影在走廊那边探了一下头——是罗有根。他看到胡东海，迟疑片刻，转身离去了。

下楼时，迎面过来一个方脑壳、国字脸的年轻人，面无表情地从罗有根身边走过。那人径直穿过走廊，从重症监护室外面经过时，往里瞥了两眼，慢慢走了。

胡东海抬头看了看，不认识那人，立刻把头转向监护室。

医生从里面出来，摇了摇头。

一阵撕心裂肺的哭声从监护室传出来："胖子，不让你养鸽子啊，鸽子害死你了……我和你儿咋办啊——"

胡东海的眼泪再也止不住了。

罗有根回到车里，呆呆地坐着，两眼无神地望着急诊中心大楼。

他低喃："肥宽，我开着七万五千块的车，来看你了。"

然后他摘掉茶色眼镜，突然用脑袋狠撞方向盘，撞了七八下，抬起头，把茶色眼镜戴好，把发型抚平，开车离去。

雨已经停了。罗有根来到一家名为布鲁斯10号的酒吧。

他穿过镶金的双扇转门，坐在吧台前的高脚凳上，神色郁闷。旁边有人喝得半醉，上来与罗有根打招呼。

罗有根瞥了他一眼："你还没噎死呢。"

此人也算一位奇人，外号酒串子，但从不自己买酒喝，而是表演绝活儿换酒。他的绝活儿是"吞针"：一条棉线上串五六根针，他与人打赌，吞几根针，就让对方买几杯酒。凭这个本事，长年混迹于各个酒吧。

"根叔，你赌我能吞几根？"酒串子晃着棉线上的针。

"你这能耐，屈才了。你应该去维也纳金色大厅，再不济也是拉斯维加斯，实在不行，迪拜街头卖艺啊，那儿的针都是金子做的，你他妈吞一肚子金针回来。"

"我他妈再找个姑，我金针菇。"酒串子翻着眼皮说。

罗有根大笑一声："行了兄弟，今天的酒我请，随便喝。"

"那我不能坏了自己的规矩。"酒串子又把棉线晃起来，"看好了，五根针。"

然后仰起头，张开嘴，把棉线送入口中，上面的针一根一根吞进喉咙，嘴巴外面只留半截线头。

罗有根忽然叹口气："我现在就是这感觉——针扎在心上，疼啊。"

酒串子提拎着线头，把针一根一根扯出来，然后说："怎么进去的，就怎么出来，你还是你。"

罗有根愣了一下，随即朝侍应生招招手："少爷，上酒。"

酒串子一边喝酒一边诉苦，说他本来能去电视台表演，可是领导一审节目，认为不和谐，怕小朋友模仿。这世道哪有人模仿啊？想招个徒弟都没有……

酒串子醉倒在桌上。

这时，侯立明背着黄书包进了酒吧，四处扫一眼，朝罗有根走来。

罗有根看了看手表，有些不耐烦："等你半天了。"

他把侯立明带到角落的桌子旁。

"啥事不能在电话里说？"侯立明前后张望，十分警觉。

"肥宽出事了。"罗有根开门见山。

侯立明的目光定在罗有根脸上："啥事？"

"人没了！"

侯立明眉头一皱，不相信地盯着罗有根。

罗有根把杯中酒一饮而尽："是不是你干的？"

侯立明脸色一沉有些生气，手指捏着酒杯，捏了几下，松开了："你把我当什么人了，我能害死老宽？"

"下一个是不是轮到我？"罗有根嘶声说，"凡是知道你底细的人，一个个干掉。"

"别耍酒疯。我问你，老宽到底怎么死的？"侯立明瞪着罗有根。

"听说是喂鸽子，摔下来了。"罗有根露出了比哭都难看的笑容，"你信吗？"

侯立明低头看着杯中酒，眉头紧锁。

"肥宽年轻时没结过仇人，现在更不可能了。他除了鸽子，就是抓娃娃。他抓娃娃跟他妈的做公益一样，谁站他旁边，他送给谁。就这么个人……这么个人——"罗有根忽然嗓子一哽咽，用手遮住额头，挡住自己的眼睛，肩膀深沉地颤动一下，"谁忍心朝他下手？"

"老罗，你醉了。"侯立明拍了拍罗有根的胳膊。

"我思前想后，这事肯定和你有关。"罗有根抬头，茶色眼镜上有一片水汽。

"你回家吧。"

"你上次说，有几个新人，路子很野。"

侯立明没吭声。

"是他们干的吧？"

"是有几个外地人。"侯立明低声说。

罗有根一把抓住侯立明的手腕："这是咱们的地盘儿！"

侯立明站起身："我送你回家。"

罗有根脚步踉跄："人家都打到门口了！"

侯立明托着他的胳臂。

"咱们……要守住自己的城……"

侯立明继续往前走。

罗有根忽然停下脚步，盯着侯立明说："聚集老家伙们，跟那帮兔崽子干到底！"

侯立明没吭声。

罗有根的神情有些激动："你、我、猫拐子、三眼老皮……龙王……"

侯立明听着，并没有打断他。

"噢，还有周亦红，你的老相好，那是一方'扛把子'。"罗有根一挥手，"她结交的人，你想都不敢想，她一跺脚……"

侯立明本来还在听着，可是罗有根一提到周亦红，他的脸顿时垮下来："我跟周亦红没关系。"

罗有根本以为搬出周亦红能让侯立明兴奋起来，却被泼了一盆冷水，不甘心。"周亦红对你念念不忘，只要你一句话，她肯定为你出头……"

"不用。"侯立明的脸色愈加阴沉。

"哎，你当年是不是亏欠了周亦红？"

侯立明的眼里突然射出森寒的目光。

罗有根一个激灵。

侯立明收回目光，嗓音低沉地说："你走吧，我不送你了。"

罗有根愤然道："侯立明……你当年是个美猴王，现在变成了……哮天犬！"

侯立明在一栋烂尾楼里有个临时藏身所。一回去，他就给袁富阳打电话，质问宋发宽的事。

袁富阳亲切地说："哦，礼物你收到了。"

"什么礼物？我问的是老宋……"

"有些事我会替你办，别客气，既然答应保障你的利益，当然会做出成效的。"袁富阳发出淡淡的笑声。

侯立明明白了，此人在手机里不会说出与罪行有关的半个字。

袁富阳呵呵地笑了几声："你那姓胡和姓罗的朋友，我也会找机会照顾的，以后你就能干干净净重新开始了。"

侯立明感到一阵寒意。对方软硬兼施的手段很厉害，一方面用新身份诱惑他，一方面不动声色地恐吓他：不服从，同样会被神不知鬼不觉地毙命！

侯立明又想起罗有根的话。

罗有根因为宋发宽的猝死，受到了刺激，想痛痛快快打一场，可是他煽呼的场面越大，侯立明越紧张。罗有根不理解侯立明的感受，侯立明见不得光，事情闹大了，他收不住。

他付出那么大的代价，在黑暗中躲藏二十多年，已经形成了本性，让他突然站出来，那就是抽筋剥皮，把自己彻底撕裂开。

再说猫拐子等人早已退隐。江湖还是那个江湖，只不过，不再是他们的江湖。

侯立明在楼前的荒草中徘徊。

这里是一片废弃的楼群，地上长着半人高的荒草，四周一片寂静，白天也见不到半个人影。

侯立明沿着脚手架爬到楼顶天台，眺望远方。风很大，残阳如血。落日被云层遮掩，边缘勾勒一抹暗红色印痕。

侯立明从黄书包里拿出一个破花炮，是前两天在路上捡的，炮筒上残留着两个字：家欢。

他用双手拢着打火机，点燃引线。花炮上冒起一缕青烟，然后滋出了一尺高的烟火，连着滋了三下，一下比一下低，灭了。

侯立明仿佛听到宋发宽的笑声。

当年，他常和宋发宽爬到楼顶，谈天说地。那时的宋发宽是个小胖子，话痨，能从中午说到夕阳西下。经常是鼓着腮帮子喷一会儿，渐渐目光发直，又拼命喷了几句，忽然脑袋一歪，睡过去了。

但只睡十分钟左右，一下子挺起脖子，又开始说话。

然后两眼一闭，脑袋一歪，又睡过去了。

如今侯立明形单影只，一只"落水狗"站在楼顶天台，寂寞地玩着烟花。

他像狗似的喷着鼻子，从楼顶下来。

侯立明在街上晃荡，不知不觉走到宋发宽家的楼下，抬头寻找宋家的窗户。

眼角余光忽然瞥见一个人影，正从楼前走过，侯立明扭头一看，胡东海来了。他躲在几个花盆后面，目送胡东海进了门洞。

侯立明悄悄跟着。胡东海耳力惊人，他没敢直接跟，估计胡东海到了四楼，他才行动。

胡东海一直上了楼顶平台，推开简易木门，来到层层垒起的鸽舍前。

鸽子全部在笼子里，总数约有三四十只。

胡东海长久地注视这些小生命。它们睁着乌溜溜的眼睛看着他，不时发出咕咕地鸣叫。

胡东海轻声说："老宽，你在这儿吧？"

群鸽肃穆。

"老宽，是不是侯立明害死了你，你说一声。"胡东海低喃。

侯立明躲在木门后面，大气不敢出，默默地看着。

胡东海认定是侯立明杀了宋发宽。之前侯立明多次暗中害他，没有得手，现在他朝宋发宽下手，要一个一个除掉知情人。

胡东海叹口气，望着眼前的鸽子，想到了自己。

该给它们自由了。

胡东海一个一个地打开鸽舍。

"你们的主人已经不在了，去寻找你们的自由吧。"胡东海念叨着。

鸽子从四方形的木笼里出来，一层一层站在架子上，羽毛在夕阳中熠熠生辉。

胡东海捧起一只鸽子，张开手臂放飞。鸽子在头顶盘旋一下，飞了起来。

胡东海一只一只捧起鸽子。接着，后面的鸽子逐次振翅而起。

宋发宽曾经说过，他的鸽子是不会跑丢的，如果它们真的要走，自己会选择方向离开，那就是终南山——西京鸽子的归宿。

"回终南山吧，老宽在那里等候你们。"

三四十只鸽子组成半圆形队列，在楼顶上方盘旋，然后腾空而起，翅膀发出有节奏的振动声。

一团锐风扑面袭来，拂过胡东海的面颊。

躲在门后的侯立明被这一幕惊呆了。灿烂的鸽群，以无与伦比的身姿冲向天空，落日余晖笼罩着它们。

沐浴着自由之光的鸽群，组成整齐的队形，向远方飞去。

但有一只鸽子忽然脱离队列，返回楼顶，在胡东海头顶盘旋。

其他鸽子纷纷脱离队列，返回楼顶。接着所有的鸽子排成一条线，回到楼顶上方，绕行三圈，发出"咕咕"的鸣叫。

然后群鸽重新组成整齐的队列，振翅高飞，朝着终南山方向远去。

最后，群鸽化作点点星光，消失在天际。

晚霞缓缓隐没。

自由了，这是给宋发宽最好的祭奠。

也是从这一刻起，胡东海真正意识到：我已经出狱了！

第 十 四 章

大冤家

→　　1

侯立明给罗有根发短信，让他先去外地避避风头。

罗有根被这条短信激怒了，回复道：根叔我生在西京，长在西京，打算埋在西京！

罗有根越想越憋闷，困兽般在房间转圈，实在郁闷得不行，就出门在街上暴走。

路过一家名为"蓝贝"的大众舞厅，这是一家老字号，每逢周末有下午场，舞厅在二楼，一楼和三楼是旅馆和网吧。

下午来玩的都是纯粹跳舞休闲的，场面很干净，而且有舞林高手。

罗有根花十五块钱买了票，发现人不少，不知哪家公司搞聚会，年轻人更多，也有中年白领。

罗有根身后有个板寸头也进来玩，这小子二十岁出头，有意无意地看着罗有根。

罗有根心里有气没处撒，一进来就大声说："斗酒！斗酒！"

但没人理睬他。

有人说："这老傻×有病，活腻了。"

有人哄笑道："喝死这个老叫驴，谁收尸？"

有人朝罗有根嚷道："老四眼，碰瓷你换个地方！"

一时间"老傻×""老叫驴""老四眼"满天飞。

罗有根拿出一支香烟，点着了，慢慢吸了两口，目光掠过那群年轻人。

这时，那个板寸头走到罗有根面前，问："你想怎么斗酒？"

罗有根说："我赶时间，一个打十个。"

板寸头说："看你这么牛这么急，来，我跟你打。我喝一杯，你喝十杯，公平吧？"

罗有根说："上酒。"

一群姑娘围过来，嘻嘻哈哈看热闹。

一个姑娘说："大叔，你的身体行不行啊？"

罗有根瞟了姑娘一眼："你试试不就知道啦。"

服务员送来了酒。

板寸头端起酒杯，一饮而尽。

罗有根一杯又一杯喝了酒。服务员有些愕然，板寸头脸上的表情渐渐收紧。

板寸头端起第二杯酒，一饮而尽。

罗有根重复之前的动作，一口气又干掉了十杯酒。

姑娘们集体喝彩。"好壮——"

罗有根指着服务员，嚷道："满上！满上！"

第三轮喝过后，更多的人围过来。

板寸头说："没劲，不玩了。"他掏出一张卡，"刚才那三轮的酒钱算我的。"

罗有根呵斥道："拿着你的钱，滚。根叔没钱吗？根叔就想找个人逗逗闷子。"

板寸头恶狠狠地瞪了罗有根一眼。

有两个姑娘往罗有根身上凑："你就是根叔啊？"

"听过我的名号？"罗有根潇洒地扶了扶茶色眼镜。

"今天头一回。"姑娘掩嘴笑。

"那是根叔我的初夜喽，哈哈哈。"

这时音乐响起，姑娘们拽着罗有根进了舞池。罗有根乘兴起舞，人们再次惊呆了。

罗有根拉着不同的姑娘，从探戈到华尔兹，再到牛仔、恰恰，还不时来上一段桑巴、爵士。只见他忽而旋转，忽而慢摇，忽而踢腿跳跃，尽显豪放。最后在一支慢曲中，以摩登方步结束。

舞池里轰然响起的喝彩声几乎掀翻屋顶。

罗有根走到吧台前，大声说："给妹子们上酒，放开喝。"他从公文包里拿出一沓钞票，拍到吧台上，"记住根叔的名号！"

然后一摇三晃往外走。

在门口，他拿出手机，拨通胡东海的电话："龙王，我要见你。"

"啥时候？"胡东海问。

"一个小时后，建国门城墙下。"

放下手机，罗有根打个酒嗝，边走边哼着儿歌："一闪一闪亮晶晶，满天都是小星星……"

罗有根沿着城墙往前走，心里想着见到胡东海怎么煽呼。其实胡东海不用煽呼，心里本来就有火。

罗有根刚转过一个拐角，不由得停下步子。

斜对面的小街上，突然出现了十几辆极限自行车，十几个年轻人冷冷地盯着他。罗有根定睛一瞧，为首的竟是刚才与他斗酒的板寸头。

罗有根一下明白，自己被盯上了，下场可能就是宋发宽的结果。

他往四周扫视，这是一个僻静的死角，位于一排房屋的背面，这个时间没人过来。

罗有根刚才喝的酒，被风一激，有点上头，脚步便有些不稳。

——中年男子醉卧街头，不慎死亡。

自己可能会顶着这样的标题，出现在本地新闻圈里，留下的名字只是"某人"，属于他的辉煌已经结束。

板寸头正在接听手机，抬起手臂时，露出了胳膊肘上的手枪文身。他一动，那把手枪就上下折叠。

板寸头点了一下头，说了声："好的，威哥。"收起手机，朝罗有根露齿一笑："看你这么牛这么急，来，我跟你打。"

罗有根撒腿便跑，从公文包里掏手机。刚把手机掏出来，身后呼的一声，一辆自行车冲来，车上人踢出一脚。罗有根的身子往前扑，手机飞了出去，在地上弹了几下。又一辆自行车冲过来，从手机上碾过去。连续十几辆车子都从手机上碾过去，又稳又准。手机像一只小动物，在车轮下翻滚，七零八落，散了一地。

罗有根刚从地上爬起来，一辆自行车迎面冲来，转眼到了跟前，车手猛地提起车子，腾空而起，前轮撞向罗有根的额头。罗有根慌忙就地一滚，车子从身上飞跃而过。

罗有根捡起一块砖头，胡乱扔出去，砸在其中一辆自行车上。

但他的身后又有一辆自行车冲来，车手借助小斜坡的角度，猛冲之后，一个后空翻，在空中旋转一周，后轮撞在罗有根背上。罗有根飞出去，脑袋险些磕在台阶上，茶色眼镜不见了。

十几辆自行车围着罗有根快速转动，犹如群狼扑咬孤羊，车轮碾压地面发出混乱的摩擦声。

罗有根擦掉嘴角的血，怒喝一声："小兔崽子，我把你们……"

三辆自行车同时冲来，三个车手抬起前轮，用后轮飞奔着挤压罗有根。罗有根拼命后退，后背撞到城墙上，已无退路。三辆车劈头盖脸地撞向罗有根。罗有根抱头往下一钻，从三辆车的夹缝逃出去。

但随后有一辆车子斜着飞奔而来，在空中一个大回旋，轮子侧面撞到罗有根肩膀上，把罗有根掀翻在地。那辆自行车趁着惯性，前轮在城墙上点了一下，再次飞来，朝躺在地上的罗有根坠压下来。

罗有根的眼前只有一团黑影。慌急中，他随手抓起一根枯树杆，往上一戳。枯树杆哪里挡得住自行车的下坠？"啪"的一声树杆折断，不过事到紧急时，必有出奇处，剩下的半截树杆有个尖，戳到那小子的手。那小子吃痛，不由得松开车把，自行车猛地一斜，"咣"的一声翻倒在旁边。

罗有根立刻上了脾气，想玩个鲤鱼打挺，猛挺几下没挺起来，赶紧爬起来，抢着半截树杆，犹如持矛血战的将军，与小浑蛋们对峙。

"老不死的，挺难弄啊。"板寸头冷笑一声，"我陪你逗逗闷子。"

板寸头骑车往前一纵，罗有根连忙往台阶上跑。

板寸头提着车头，用后轮跳跃，一级一级快速追上。其他车手分作两队，呈包抄之势。十几辆自行车往罗有根身上汇聚。

到了一片空地上，板寸头朝后面的蓝帽子车手点点头。蓝帽子车手收到信号，突然加速，用前轮撞向板寸头的后轮。在相撞的一瞬间，板寸头用力踩了一下车蹬子，然后脱手而出，整个人飞了起来。自行车则像炮弹似的，射向罗有根。

罗有根的胸口迎来强烈的撞击，吐出一口酒，身子后仰着翻倒在地。

与此同时，蓝帽子从自己的车上翻身跃下，空自行车继续往前行驶。

板寸头正好从半空落下，稳稳地跨坐在蓝帽子送来的空车上，车子并未停，又被板寸头猛踩一脚，冲向罗有根，径直从身上轧过去。

罗有根又吐出一口酒，四肢抽搐，躺在地上望着模糊的天空。

——醉卧沙场君莫笑，古来征战几人回？

板寸头做个手势，六辆自行车齐头并进，飞旋在空中，依次轧向罗有根……

"啪！"

一块砖头狠狠砸在一个小子的脸上。

被砖头抽了大耳光的车手顿时嘴角歪斜，在空中喷出鼻血的同时，连人带车撞向旁边的车。

六辆自行车交相碰撞。

罗有根拼尽最后一股力气，将身子滚开。六辆自行车落在地上，丁零当啷声响成一片。

一个小子刚刚爬起来，又被一块砖头砸倒，六个车手重新滚成一堆。

"龙王……我的神神，你再早来五分钟多好。"罗有根抹了一下眼睛。

→　　2

胡东海按照约定时间到了建国门的城墙下，却等不来罗有根，手机也没人接，感觉不对头。罗有根这家伙虽然在品性上有瑕疵，但守时和守约，却是他人性中难得的闪光点。基于对其人性底线的一点幻想，胡东海沿途寻找，正撞见罗有根受虐。

胡东海二话不说，拎着板砖，冲进极限群。极限小子们重组战队，被胡东海左右开弓，拍倒三个。

板寸头发现事情已经败露，拖延无益，喊了声："闪！"

十几个小子风卷残云一般退去。

胡东海提着板砖，有些怅然地望一眼远去的背影。

"你还等他们请你吃饭哪？"罗有根嘶声嚷道。

胡东海扔了板砖，掏出手绢擦了擦额头，过来扶起罗有根。

罗有根靠树坐着，抹掉嘴角的酒沫子和血迹。

"走，去医院。"胡东海准备扶起罗有根。

"我不爱去医院。"罗有根摇摇头，"我死不了，养一养就好了。"

"你约我出来，有事？"胡东海问。

"肥宽不是侯立明害死的，但他有责任。"罗有根说。

"他人在哪儿？"

"我也不知道，他可能在搞什么名堂。"罗有根抚平自己的发型，"哎，我的眼镜呢？"

"说正事，侯立明搞啥名堂？"

"凭我的经验，他和那帮野路子，可能有啥猫腻，但他有苦说不出。"

胡东海皱着眉头："侯立明找了个靠山？"

罗有根点点头，又摇摇头："我跟你透个实底儿，侯立明答应还给我三千万……"

"三千万？他有吗？"

"反正他有一颗绿宝石戒指，打算给女儿的。侯立明不会给女儿假首饰。"

胡东海沉吟不语。

罗有根说："总而言之，我最不希望他出事。"

"说了半天，他跟那帮野路子有啥关系？"

"他可能让人把蛋捏住了。"罗有根说。

胡东海看着罗有根。罗有根是老江湖，老江湖一向是话糙理不糙。

"刚才那群小子是咋回事？"胡东海问。

"可能跟野路子有关，不过也有可能，是我斗酒招惹的。他们背后有个什么威哥。"罗有根叹口气，"肥宽没了，咱俩都要当心。"

"我有数。"

罗有根忽然一把抓住胡东海的手腕："龙王，我就说三点：一、我当年没有举报你，你被抓是你命背；二、上次在灞河偷袭你，对不住，但我不后悔；三、咱俩都不希望侯立明出事，咱俩就在这一点上没矛盾。"

"没矛盾。"

"那就赶快找到他！"

"我比你更急，可他在哪儿啊？"胡东海瞪着罗有根。

"你别这样看我，我真不知道，他太会藏了。"

"先送你去医院吧。"胡东海把罗有根扶起来。

"说了不去医院。你把我送到朋友家，我要闭关养精蓄锐，我要蓄势待发。"

"你朋友在啥地方？"

"吉祥村。"

二人顺着城墙往前走，这时街灯亮了起来，他们走到路边拦出租车。

"龙王，你还得去梁若家。"罗有根说。

胡东海沉默着。

"找到侯立明唯一的办法，你掂量掂量。"

吉祥村是西京南郊的一处城中村。

罗有根的朋友曾是这儿的村长，据说三年前受了周大仙儿的蛊惑，想要改命造风水，就得先造一个聚宝盆。

村长让人给家里设计地下室，挖好后，村长上瘾了，又做了全套水循环系统，通风、采光的弄齐备，居然养起了鸭子。但并没有改命，一次和开发商吃饭被一根鸡骨头卡了喉咙，险些要了老命。

但另一种说法，如果没有那个聚宝盆，鸡骨头当场就要了命。聚宝盆的作用就是把大祸变成了小灾，也就是死罪可免，活罪难逃，拖出去打二百军棍的意思。这里面的道道可深了。

自此，罗有根便躲在这个奇人的地下室休养身体。

胡东海离开时记下了村长家的电话，以备不时之需。

回到家，胡东海心情低落。两个老朋友一死一伤，这笔账不仅与侯立明有关，与他胡东海也有千丝万缕的联系。眼下侯立明还是躲着不见影，他仿佛在一座迷宫摸索，遇到了断头路。胡东海变得焦躁。因为侯立明，自己毁掉一切，杀人犯的身份迟迟无法洗清，还给别人带来了灾祸，愤怒中的胡东海犹如笼中困兽。

胡东海一会儿在卫生间狂冲马桶，一会儿在院里对着花椒树练铁砂掌。

侯立明曾在花椒树下埋葬了一只蛐蛐，小坟头上放了一块小石头。胡东海触景生情，更加郁闷躁动。

胡小灿见叔叔有病，急忙给谭医生打电话。谭医生的业务范围不包括精神问题，但她还是火速赶到胡家，要做一道家乡菜"辣子豆腐"，请胡东海品尝。

她把豆腐切块，放到汤里煮，然后油炸豆腐，把萝卜丁、莲菜丁、肥肠等等做成拌料，再用烧好的猪油、清油淋到辣椒面上。吃的时候先舀一勺豆腐，配以拌料，最后淋上辣子油，吃一口还想吃第二口，十分过瘾。

美食的治愈作用颇为神奇，还有谭春线的温婉言语舒解愁绪，胡东海那颗饱受屈辱与痛苦的心灵总算安宁下来。

"我原来有个小名，叫'七轱辘'。"胡东海说。

轱辘是一种小板凳，能在地上滚动。

胡东海出生时，身子只有一个轱辘的长度，家人觉得他命不长。有个长辈看了，说这孩子能活，长大了就像七个轱辘垒起来那么高。

于是家人给他取个小名"七轱辘"，算是讨个吉利。

后来又有人说，这个名字凶啊，"七轱辘"就是"七孤路"，这有多惨，人的一生总共就那么七条路，他条条都是孤路。

说到这里，胡东海笑了，笑得有些苦涩。

谭春线说："身高只有七个轱辘，那也是他们瞎说，七个轱辘摞起来才有多高？"春线沏了一壶茶。茶越浓越苦，胡东海喝得越过瘾。

"人家也就随口一说。"胡东海喝口茶，吐掉舌尖上的茶末子，"可我长大了，还真的和轱辘有缘。"

胡东海年轻时到处惹事，跟不少人结了梁子。有一阵晚上不敢睡死，怕仇人上门。有时听到窗外叫别人的名字，他都要探到窗口瞄一眼，看是不是要诈的。

他甚至晚上不睡床，坐在墙边的小轱辘上，脊背弯成一张弓，脊柱顶着墙壁，双腿蜷在胸前，两条胳膊搭在膝盖上，没一点声音，跟死人一样，老书上把这叫"龟眠"，能让气息在特定的脉节上流转。可别以为他真的睡死了，只要有一丝异响，他一跃而起，比踩了猫尾巴还机灵。

"你可真是个怪人。"春线笑道。

"又坏又怪，遇到现在的事，也是一种报应吧。"胡东海语气平静。

"如果……我是说万一，你找不到那个侯立明呢？"春线问。

胡东海端起茶杯，轻轻晃了晃，看着杯子里的茶水。

"听我妈说过，我还不会走路时，就练成百毒不侵的本领。"胡东海说，"而且不论爬多远，都能找到回家的路，就好像脑子里有地图。"

在爬行的过程中，无论前面是有污物、脏水或是破东西，他都决不躲避，直行而过。有时看见地上有烟头、水果核儿，甚至小虫等，他抓起来就啃。即便在爬行中尿急，也是一边爬一边放水，无论爬多远，后面的水路就拖着走。

谭春线咯咯地笑起来。

"直到有一次，爬行中撞上了蜂窝煤炉子，炉子上放着开水壶……"

"啊呀！"谭春线捂住了嘴巴。

"我直接就把炉子推倒了，开水和煤灰撒了一地，自己却没烫着。我爸本来要揍我，我妈就问，'这到底是幸运还是灾祸？'我爸到死都没想明白。"

"万一开水壶朝你这边倒下来，那就是……"

胡东海笑一笑："四十多年前，我爸妈以为我躲过了一劫，其实二十多年前，它还是发生了。"

人生中难免遭遇劈头盖脸的灾祸，而在那一刻只能承受。但现在有机会推倒"炉子"，胡东海绝不会放弃。

谭春线当然希望胡东海洗刷冤屈。胡东海不拿回清白，就不会走进她的世界，而她，也无法走进胡东海的世界。

→　　3

侯立明不愿再等待了。

他面临着人生中最痛苦的抉择。与此刻比起来，以前在地下车库的阴暗小屋住了一年多，在克拉玛依的烈日下曝晒四个月，在深山老林里砍树杈，被黄蜂蜇的肿包又被老抽一个个切割开——全部这些，都不算什么。

此时此刻他要做的，是将自己付出的一切抹消，将他从极冰和极火的地狱中爬出来的道路，毁掉。

因为他不再想独自生存。

为了女儿，他愿意回头重新走过去。

他预感到袁富阳那边准备下手了，之前袁富阳骗他说可以放过梁若，但女儿周围晃荡的影子并没有离去，更有甚者，冯天与梁若越来越亲近，就连梁母都被冯天骗得团团转，认定女儿下半辈子必须托付给这么一块料。

为了阻断洪流，侯立明走向那个家，他要将自己的罪行，在亲人面前和盘托出，让那母女俩知道，危险已经降临。

他正准备进入家属院，手机忽然响了，接起来，是个陌生的声音。

"走进那个门，你和大家长的约定就失效了，没人能庇护你。"对方的嗓音僵硬低沉。

"离我女儿远点，××。"

侯立明挂断电话，加快步伐向前走。

与此同时，胡东海也正走向梁若家，他决定最后试一次，希望梁母明白他说的一切，他相信梁母愿意面对侯立明还活着的事实……

侯立明已经站到了门前。

笃、笃、笃。

敲门声响了一会儿。

笃、笃、笃、笃。

颤抖的手指敲击防盗门，他必须停下来，用另一只手握住。这时他才意识到：我是左撇子啊。但是无所谓了，他继续用右手敲击。

手心的汗握了许久。

房门一下子打开了。防盗门的铁栏杆后面露出梁母的脸。她本来以为是冯天，随即神情一顿，有些警觉、有些茫然地看着侯立明。

"你找谁？"梁母问。

瞬间，侯立明往后退，他的双腿发软，膝盖抖得哗哗响。再退两步，他就到台阶前了，然后转身就可以逃掉，如同二十五年前一样，逃回温暖的黑暗中。

梁母准备关门。

侯立明站住了，右手扒着防盗门的铁栏杆，整个人似乎要倒在门上。这个动作把梁母吓了一跳，身子一晃，里面的房门即将合上。

"芸芬……"

屋里的人颤抖了一下，很多年没有人叫出这个名字，但又仿佛昨天听见过。

房门半掩，梁母的神色既惊讶又惶惑，嗓音有些尖："你是谁啊？"

侯立明的全身重量都撑在手臂上，手掌紧紧攥着栏杆，用一种垂死的、绝望的，同时又透出愧疚的声音说道：

"我是……侯立明。"

胡东海加快步伐穿过马路，能看见那座家属院了。他迟疑了一下，在街边买了一个果篮。

他刚才先去骡马市街看过，梁若在几个同事的陪伴下，进了服装店。今天是梁若病愈后第一天上班，很难说会不会中途回来，胡东海要抓紧时间说服梁母。

胡东海提着果篮一走进门洞，就听到一阵哭声，他紧赶两步跑到门前。

防盗门虚掩着，胡东海一把拉开门，冲了进去。

赫然看到侯立明双手放在梁母的脖子上……

胡东海甩起果篮砸过去，同时飞身向前，猛踹侯立明的肋侧。侯立明一惊，横臂挡了一下。胡东海冲力太大，两人翻滚着撞到茶几上，客厅响声一片。胡东海的胳膊肘猛击侯立明的面门，侯立明用左臂挡住，右拳暴击胡东海的腰部。胡东海翻倒，侯立明双拳下捶，奔着胡东海的脑袋砸下来。胡东海用膝盖猛顶侯立明的小腹，侯立明的脊背一拱，向前倒翻过去，狠狠撞上电视机。同时他也把胡东海带翻在地，就地一个反身，用自己的额头猛击胡东海的鼻子。胡东海侧脸，侯立明一头磕在电视柜上，嘣的一声震响。

"都滚出去！"梁母发出尖厉的哭叫声。

胡东海和侯立明缠在一起，四肢交错。

胡东海说："侯立明，你竟敢杀人灭口！"

侯立明说："你眼睛让鸡屎熨了？"

"你连你的结发妻子都要掐死……"

"我掐死你！"侯立明猛然腾出手，"嗖"的一下从腰间抽出一根电线，绕着胡东海的脖子勒住，往后一拽。胡东海咯喽一声翻起了白眼。

梁母突然走过来，脚步踉跄，拖鞋甩丢了，抬起光脚板踹到侯立明脸上。侯立明冷不防吃了前妻一脚，脑袋一歪，胡东海趁机挣脱。

梁母失去了力气，跌坐在沙发里，掩面哭泣。那哭声不仅有痛苦和委屈，还有怨恨、困惑和一种虚无的宿命感。

侯立明走到沙发前，低头说："芸芬，你别激动，你一激动就喘不上气……"他又想上去抚弄梁母的脖子。

"芸芬死了！齐芸芬早就死了！"梁母虚弱地喊叫着。

胡东海怒视侯立明："你终于有脸回来了。"

"我的家事与你无关。"

"是你害了人家东海。"梁母嘶声说，"要不是东海前两次来家里，把你的事跟我讲了一些，让我有了心理准备，你今天回来……我……"梁母无力地哭着，眼里似乎要滴出血，"我以为你是鬼！是厉鬼！"

侯立明蹲在一片狼藉的客厅中间，低声说："芸芬，我对不起你和孩子，我是罪人，让你们受苦了。"

胡东海说："现在忏悔还来得及，把你的罪行说出来！"

梁母哽咽地说："他刚才讲了……他是个恶人……坏人……我没想到，自己当年不顾一切要嫁的，是个人渣，是个厉鬼。"

梁母的声音虚弱无力，但发出的诅咒却让人不寒而栗。

侯立明更深地垂着脑袋："我当年诈死，也是担心债主逼迫，让你们母女俩担惊受怕……"

"你闭嘴！"梁母从沙发里站起来，她身着紫衣，高领卡在下颌，仿佛一幅旧画，生生地印在了岁月中。她那薄薄的嘴唇紧抿，眼皮发青，颧骨微微哆嗦。胡东海也吓了一跳。这女人怨毒执念之深，还有那种白昼梦魇般的样子，形如鬼魅，阴气森森。

确实没有哪个女人能够忍受这样的欺骗、背叛和逃离。曾经为一个男人笑过、哭过，因他的横死，伤心欲绝，更恨过凶手，发出过最强烈的诅咒。当初给法官上书，要求枪毙胡东海的，齐芸芬是请愿名单上的第一个。

如今竟是如此……

梁母缓缓开口，嗓音嘶哑低沉："侯立明，我最后一次叫你的名字，从我家出去。"

侯立明慢慢站起身："我可以跟胡东海去认罪。"他轻声说，"可我要等女儿回来。"

"你想干什么？把女儿也害死？"梁母浑身颤抖着。

"我让你带女儿离开西京。"侯立明说。

"什么？"梁母用惊疑不定的目光看着侯立明。

胡东海沉默地注视着侯立明。

"我一认罪，肯定就关起来了，没人保护你们。"侯立明说。

梁母皱着眉头，一时难以理解。

"小若身边那个男孩，是个坏人……"

"你有什么资格说别人是坏人？"梁母冷笑。

侯立明低下头。"正因为我是坏人，更了解坏人。那男孩有一个团伙，他在你们面前表演的都是假的，可我没一点证据可以报警。小若随时可能……"侯立明突然紧张地问，"她今天去上班干什么？"

"去辞职。"梁母淡漠地说，"是你口中那个坏人劝她辞职的。"

"辞职？"侯立明愣一下，"对，应该辞职。那个店长不是个好鸟，在外边包了一个女的，又整天盯着小若。我本来打算收拾他，这几天耽误了，没腾出手。"

胡东海说："你现在不能跟孩子见面，她禁受不住，病刚好。"

"我告诉你了，这是我的家事，不用你指手画脚！"侯立明极不耐烦。

"东海说得对！你现在没脸见孩子。"梁母忽然说。

"是啊，你把脸丢在哪里，就在哪里把脸洗干净捡回来。"胡东海说。

侯立明看看梁母，又看看胡东海。

梁母补了一句："你那张脸还是侯立明的脸吗？你简直是个画皮！"

侯立明蹲下来，从地上捡了个青苹果，啃了一口。

梁母又补了一句："让一个妖怪见我娃，等我一金箍棒打死你！"

侯立明又捡了个苹果，正要吃，忽然停下动作，盯着地板愣了片刻，嘟囔道："不对。那骗子让小若辞职，是为了切断小若的社交圈，准备下手了。"

他把苹果塞进黄书包，起身往外走。

梁母质问："你干啥去？"

就在这时，门外忽然传来"扑腾"一声，有人跌倒。

胡东海一个箭步冲出去，只见梁若倒在地上。

侯立明和梁母跑到门口，梁母发出嘶哑的哭叫："小若——"

梁若刚刚听到了屋里的议论，在震惊与绝望中，旧病复发。

→　　　4

侯立明抱着女儿冲向友谊医院。梁母跌跌撞撞跟在后面，几次摔倒，被胡东海扶起来。梁母又急又怕，对胡东海说："你快去，他一个人不行！"

胡东海追上了侯立明。冲进医院大门时，胡东海把梁若接过来，按照上次的路子走。

梁若被推进急诊室后，梁母气喘吁吁地跑过来，满脸是泪。胡东海安慰了几句，瞥了眼侯立明。侯立明勾着头坐在长椅上，浑身缩着。

胡东海走到一边，想给侄子打电话，让小灿送点钱过来，以备急用。

但电话没人接。胡东海皱了皱眉头，小灿向来是手机不离身，上厕所都带着。

胡东海给梁母打个招呼，赶回家里，这时已是晚上七点多钟。

屋里没人，但厨房里的锅是热的，掀开锅盖，笼屉上放着一盘灌汤包子——小灿从北院门买来给叔叔尝的，怕凉了，就在锅里捂着。

胡东海再次拨打侄子的手机，接通了，他松了口气，只听一声："叔——"
便突然断了。

"灿儿！灿儿！"

胡东海一惊，急忙又打，再也接不通了。

他怀疑手机有毛病，在桌上磕了磕，然后给谭春线打过去，想试试电话，却也无人接听。

胡东海脑子很乱，强迫自己冷静下来，在屋里转了一圈，迈步往外走。

这时，手机忽然叮咚一声，来了短信。他连忙打开，屏幕上出现几行字：

你马上去医院引开梁若的父母，否则你侄子身上的零件都会取下来。

小灿被绑架了！

胡东海又看了一遍短信，别无选择了。

他拼命赶往医院，像发疯一般。小灿是他在世上唯一的亲人了，他哥哥把小灿留在他身边，是一份体贴，更是一个托付。他本来就一无所有，现在连最后的亲人也要被夺去！

胡东海冲进医院后，迅速冷静下来。走廊里灯火通明，胡东海的步伐迅速而沉稳，一边走一边扫视周围，医生、护士、病人及家属……尤其不放过各个昏暗的角落。

夜盲症似乎更严重了，但激发出的空间辨识能力随之增强。为了救回侄子，他不惜一切代价。

"咦，又是你？"一个獐头鼠目的家伙冒出来，"你还没挂上号？"

胡东海把他扒拉开。

号贩子扯住胡东海："我手上有专家号……"

胡东海凌厉的目光一扫，号贩子慌忙缩回手。

这时，胡东海注意到从二楼到三楼的拐角处，有两个身影晃来晃去，一高一矮。但那里太暗，看不清楚。

"见过那两个人吗？"胡东海悄悄问号贩子。

号贩子扭头瞥了一眼，摇摇头："从来没见过，肯定不是病人或家属。"

"你能肯定？"

号贩子龇牙一笑："我还可以告诉你，他俩不是黄牛也不是医托儿。"

那两人忽然朝三楼走去。胡东海快步跟上。

两个家伙穿过走廊，在52号病房外面放慢脚步，探头一看，赶快走开了。胡东海从52号病房外经过，发现梁若躺在9号病床上，侯立明和梁母守在床前。

胡东海脚步没停，继续跟踪而去。

两个家伙突然跑起来，奔向四楼。在拐角处，胡东海疾步上前，左右开弓，将二人打倒。

高个子趁胡东海不备，抽出腰上的匕首，刺向胡东海的腰肋。胡东海没防备这家伙有刀，身子一斜，刀刃划破西装，在皮肤上割了一道，渗出血。

胡东海连出两拳，将高个子砸翻在地。矮个子想跑，被胡东海脚尖一钩，绊倒在地上。

胡东海将二人拖进卫生间，把矮个子扔在地板上，用脚踩着；把高个子顶在墙上，用胳膊压住对方的脖子。

"谁派你们来的？"胡东海问。

"唔唔唔……我们是看病的……"

"啥病？"

"气……气管炎……"

"气管炎还敢抽烟？"胡东海捏起高个子的手，手指熏得焦黄。

"就是抽烟才得了气管炎。"高个子说。

"呼吸内科在二楼，往三楼跑啥？"

"我……我眼瞎了……哎呀——"

胡东海捏着高个子的食指，"咔叽"一下掰折了。

矮个子在地上想爬起来，胡东海狠狠踩了一脚，响起一声怪叫。

胡东海的眼睛仍然盯着高个子："最后问一次，胡小灿在哪里？"

"谁是胡小灿？"

"一个钟头前，你们抓走的小伙子。"

"不知道……哎呀！"

胡东海捏着高个子的无名指，"咔叽"一下又掰折了。高个子脸色蜡黄，身子往下出溜。胡东海松开胳膊，高个子一屁股坐在地上。

胡东海蹲在高个子面前。他一蹲下来，高个子更加恐慌，胡东海的目光并没有多少压迫力，但高个子就是觉得头皮发紧，感觉胡东海蹲在那儿，有一种古风。

胡东海捏住了高个子的小拇指……

"我说——那小子被抓到红庙坡了……"高个子目光闪烁，"我就知道这些。"

胡东海松开了高个子的手指。

这时，外面传来脚步声。

矮个子立刻发出汽笛般的长鸣声："救命——有坏人！"

常言道：不要随便在医院许愿。

果然有一个坏人走进来，正是侯立明。

侯立明上前一脚踹在矮个子肚皮上："谁是坏人？"

胡东海问："你来干啥？"

"我还问你呢。"侯立明冷冷地瞥了胡东海一眼。

"这两个家伙没安好心。"胡东海站起身。

侯立明弯腰看了看高个子："刚才就觉得不对头，有人鬼鬼祟祟的。"

"我侄子让他们绑了。"胡东海说。

侯立明冷笑一下："节哀顺变。"

"是绑架，不是死了！"胡东海生气地说。

"绑匪也是瞎了狗眼，你们身上有啥油水？"侯立明不屑地打量胡东海。

"这事儿跟梁若有关。"

"少往我女儿身上扯，你们叔侄俩造的孽……"

"小灿的事我自会处理，咱们各管各的。"胡东海指着侯立明，"你只要别忘了，等女儿病好了，去自首！"

"我最烦别人指着我，上次指我的人，手指头已经喂狗了——"

躺在地上的高个子急忙捂住自己的手。

矮个子安静地躺着，左一眼右一眼看着两个中年男人言语交锋。在卫生间朦胧的灯光下，两个伟岸的身影透出浓浓的火药味。矮个子满怀期望地等待他俩打起来，不由得握着拳头，眼看就要打起来了……

卫生间顶棚的灯炮突然熄灭。

四周瞬间一片漆黑。

侯立明说了声"糟了"，冲出卫生间。

胡东海经过短暂的适应，重新调整听力和嗅觉，大步出了卫生间。

外面也是一片昏暗，所有人都被这突发的变故惊得六神无主，走廊里到处是乱跑乱撞的人影。

胡东海和侯立明冲进 52 号病房。借助窗外的迷蒙光线，只见梁母倒在床上，梁若不见踪影。

胡东海愤然道："中计了！"

显然刚才那两个家伙是诱饵，高个子提供的关押地点自然是假情报。

友谊医院采用的是双回路供电模式，当一条线路有故障停电时，另一条线路可以马上切换投入使用，四台专用变压器，进行不同范围区域电力的供给。

但黑客远程侵入了医院的电力系统，切断了两条线路。医院备用的发电机组需要启动时间，停电、倒电有一个短暂过渡期，给了对手可乘之机。

反应最快的是 UPS 设备，断电后即自动连接供电，但只能保障手术室和消防通道的用电。

胡东海和侯立明冲进走廊。之前躁动的人群在医生、护士、保安的协助下，逐渐稳定下来。

侯立明喊了一名护士去照顾梁母，自己和胡东海寻找梁若。

但去哪里找？

二人往楼下跑去。楼梯上迎面过来的号贩子撞到胡东海身上，胡东海抓住他，急着问："有没有病人出院？"

"到处都是人，堵住了。"号贩子说着，继续往下跑。

胡东海和侯立明跟着往楼下冲去。忽然听到一名医生问护士：

"十楼的手术室怎么样了？"

"刚刚进去一名病人，UPS 设备能坚持一个小时。"护士说。

胡东海与侯立明对视一眼，昏暗的光线中，两人都觉得不妙，于是又掉头往楼上冲去。

他们一口气跑到十楼，不顾一切闯进手术室，却是一名老者在接受心脏手术。

二人随即往楼下冲去，从消防通道奔向停车场。侯立明突然明白了，消防通道维持紧急供电，是坏蛋为了迅速带走梁若。

二人跑进停车场，侯立明远远看见一辆手术车正在离去。

"站住！"侯立明大喊一声。

胡东海往前狂追，侯立明紧紧跟随。

手术车从出口驶离，开始加速，进入了街道，很快消失在漫无边际的车流中。

胡东海和侯立明飞奔到出口，在手术车离开的地方，落下一个东西。侯立明捡起来，是病人戴在手腕上的住院手环，上面写着：心内科……52 号病房……梁若。

侯立明攥着手环，紧咬牙关，只觉得眼前阵阵发黑，胸中沸腾的血液烧灼着心脏。

"当心！"胡东海推开侯立明。

只见一辆白色帕萨特猛地开过来，司机似乎失控要撞向二人，但紧急刹住车。车门打开，竟是一脸伤痕的冯天。

"大叔，快上车！"

第 十 五 章
暗夜狂奔

→ 1

侯立明正处在火山喷发的风口上，一见冯天，犹如地底汹涌的岩浆撞破了缺口，瞬间爆发出炽烈的怒火。

侯立明一把将冯天抓出来。冯天像个橡皮人似的，不知怎么就到了外面。侯立明挥拳便打，被胡东海拦住了。

胡东海紧跟着一脚，又把冯天踢回了驾驶室。

侯立明怒视胡东海："你跟他一伙的？"

"不是。"

"我让他出来，你让他进去，你跟我对着干？"

侯立明说着，又伸手把冯天抓出来。

胡东海又一脚把冯天踢回去。

侯立明气疯了："他是坏蛋！"

胡东海说："他有车！"

侯立明吼道："苦肉计！"

胡东海说："没必要，咱们本来就找不到他们。"

侯立明愣了一下。

"你得冷静。"胡东海说，"这小子送上门了，这是唯一的机会。"

侯立明恶狠狠地瞪着冯天。胡东海把他推到后排座，自己坐进副驾驶室。

冯天掉转车头冲上街道，同时告诉他们，大家长为提高效率，一次做两台手术，会把梁若和胡小灿一并解决，所以那辆手术车肯定要去接胡小灿。

但要找到关押地点，目前唯一的办法是先找到厕霸，而厕霸跟外面有联系的，只有一个外号"骚板"的年轻人。

"现在就去找骚板。"冯天说。

从冯天的神态和脸上的伤痕来看，他来这里之前，被暴打过一次。刚才又被两个大叔一通整治，更觉得生无可恋。

不过，冯天神色中的灰败和颓丧，并不仅仅是肉体损伤所致。胡东海与侯立明太熟悉这种表情了，那是愧疚、委屈与担忧交织在一起的情绪。胡、侯二人已经被折磨二十多年了，此时的冯天，仿佛是他们年轻时的镜子。

"你和那个小辫青年是一路的？"胡东海问。

"小辫……哦，炮哥，他是我们队长，直接和大家长联络。"冯天老实回答。

"那你叫啥名字？"胡东海又问。

"冯天……他们都叫我钟摆，我的职务是媒人。"冯天说。

"骗子，垃圾团伙。"侯立明的声音从后排传来。

"不光有骗子，还有负责追踪和反追踪的，还有黑客、清道夫……"

"狗日的，你还显摆上了！"侯立明怒不可遏。

"我只是解释一下……"冯天哭丧着脸。

胡东海回头瞥了一眼："侯立明，你别急……"

"我能不急吗？我女儿在他们手上！"

"我侄子也在他们手上！"

冯天本能地一缩脖子，生怕二老又打过来。

胡东海深吸一口气，尽量用平和的语气说："小子，别怕，好好开车。"

车厢里沉默了。

"说说吧，你们那个团伙是咋回事？"胡东海问道。

冯天大致交代了 PCZZ 战队猎取人体器官的情况，以及四个人的来历。除此以外，他对其他情况也是一无所知，大家长对信息把控得很严，不该问的决不允许问。他自己就是乱问，被战队怀疑，险些丧命。

冯天还说出了自己加入团伙的原因：大家长曾给他的亲人做了器官移植手术，虽然亲人在术后只存活了几个月，但他既欠了钱，又欠了情，所以不得不卖身偿还。

冯天还告诉二老：梁若的熊猫血很珍贵，各项检测指标也达标，大家长不惜一切要得到她。

不过以往都是 PCZZ 战队先控制住供体，大家长才会悄悄来到当地，为保证安全，他会在一辆移动的手术车上割掉器官。但这次大家长早早来到西京，显然不是专为梁若这一个供体，而是有个什么基地。

"那你们抓小灿是为啥？"胡东海问。

"抓他不是我们的主意，是他得罪了两个人，那两人最近与我们有合作项目。"

"是不是一个脸上有刀疤？"

"对对，还有一个说话叽叽响，一脸阴狠，舌头好像咬掉一截。"

"他们是哪一伙的？"胡东海追问。

"他俩头上有个老板，做大生意的，听说黑白两道耍得开。这次也巧了，他俩帮老板运送肝和肾，路上被你侄子破坏了，老板迁怒他俩，让他俩把你侄子的肝和肾搞烂。他俩都是一根筋，就盯住你侄子。后来我们双方沟通情况，才知道他俩的老板就是我们这边的雇主。"冯天顿了顿，有些迟疑地看了胡东海一眼，轻声嘟囔道，"话说回来，如果不是你侄子破坏了雇主需要的肝和肾，这次我们就不必来西京，梁若就不会被战队选中……"

"这跟我侄子有啥关系？"

"雇主好不容易从山西弄来了人体器官，快到家了，结果撞上了你侄子的自行车……"

"胡东海，原来毛病出在你这儿！"侯立明顿时怒发冲冠。

"那个浑蛋开车撞上了我侄子的自行车，我侄子一泡尿都没尿完……"

"憋死活该！"侯立明说。

"你讲点理，我侄子也遭了毒手了。"

"那别连累我女儿！"

"归根结底是坏人干的坏事，你跟我吵啥？"

冯天低声说："二位大叔……"

"你住口！"两人一起吼道。

冯天浑身一震，再不敢吭声。

"都是你们这帮犯罪分子，整天不学好，年纪轻轻出来害人！"胡东海训斥道。

冯天一边开车，一边缩着头听着。

"贼斯鸟、棺材瓤儿、狼干粮、马八六、小蹄子……干！"侯立明把他在全国各地学到的词语一口气喷出来，还不解恨，又往前伸手，去掐冯天的脖子。

胡东海挡住他，扭头问冯天："你为啥要帮我们？"

冯天吓得不敢出声，望一眼后视镜，看到侯立明那张要吃人的脸。

冯天低声嘟囔："胡大叔，我不敢说。"

"你这是浪子回头，说明你愿意反思昨天、把握今天。"胡东海循循善诱。

"我……我……我喜欢梁若。"冯天硬着头皮说。

这次，侯立明竟出奇的平静。

但胡东海听到一阵窸窸窣窣的声音，回头一看，侯立明正在解自己的裤带。

"你脱裤子干啥？"胡东海问。

冯天吓得后脖颈都裂了。"侯大叔要用电线勒我。"他有这方面的经验。

胡东海劝侯立明："你就把冯天的话当放屁，他喜欢你女儿，咋可能？"

"啥意思，我女儿不配？"侯立明怒问。

"不是……你没明白我的话……"

"我就是喜欢梁若！"冯天用豁出命的语气说道，"我本来奉命骗她，可是不知不觉爱上她了，我遇到这么单纯善良的女孩，是我的幸运，我很痛苦……"

"你再多说一个字，我把你的头拧下来当尿壶。"侯立明说。

"我本来决定，就在今天向梁若坦白自己的罪行……"

一听这话，侯立明不吭声了。他也是今天在亲人面前坦白的罪行。

"可惜晚了。"冯天忽然呜咽一声，"我想让梁若远离我……远离罪恶，可是没来得及说，我就被抓住了。因为我昨天向厕霸打听'猪崽儿'的事情，还流露出不满的表情。厕霸就把我的表现告诉炮哥了，我一直以为他俩矛盾深，不太防着厕霸，没想到厕霸对大家长死心塌地，竟然让炮哥给大家长打小报告，大家长便派人控制了我，我拼命逃出来……"

"说得这么无辜，你个××！"侯立明从后排座起身，要敲冯天的脑袋。

胡东海再次劝阻他。

侯立明转而怒视胡东海："要不是你去家里闹事，我女儿怎么能住院，她不住院，怎么能被坏人选中？"

"侯立明，你要是早点站出来，哪有后面这么多事情，你个缩头乌龟……"

"我是缩头乌龟？哼，老子光明正大地住在你家，你还不是睁眼瞎，好饭好菜伺候老子。"

"还有脸说？大丈夫行不更名，坐不改姓，住在我家的是马达！"

"马达是老子的网名！"

胡东海被噎住了，吭哧一下，说："你这个画皮，害了我这么多年。我本来计划好了，1990 年 5 月 14 号，去香港祭拜翁美玲。我把钱都攒上了，地方都打听好了，狗贼你一个奸计，害我错过了二十五年！"胡东海厉声说，"你能还罗有根的钱，可你能还我的青春吗？"

车厢里安静了。

良久，侯立明嘟囔道："我女儿要有个三长两短，我就跟你同归于尽。"

胡东海说："那你得先给我洗清冤屈。"

车厢再次安静下来。冯天十分紧张，感觉特别压抑恐慌。

为了冲淡弥漫的杀气，冯天随手打开车载 CD，响起一首粤语老歌，《胭脂扣》主题曲——

誓言幻作烟云字，费尽千般心思，情像火灼般热，怎烧一生一世，延续不容易，负情是你的名字，错付千般相思……

"住口！"两位大叔同声吼道。

→ 　　2

长乐坊街道隶属于西京市碑林区，西头直接连到城墙。冯天开车拐过转盘，驶入孟家巷。有一次厕霸和骚板微信聊天时，冯天知道了骚板的住址。

帕萨特停在一间小铺子外面，卷闸门半悬，门头写着"手机维修"。

冯天弯腰从卷闸门下面钻进去。胡东海顺手一抬，卷闸门"哗"的一下升起来，他迈步进去，侯立明紧跟着。

入口还有一扇虚掩的玻璃门，隐约看到屋里的电脑屏幕闪烁。

冯天喊了声："骚——"

侯立明一把捂住他的嘴，把他推搡到一边去。冯天眨巴着眼睛，一副受气包的样子。

胡东海和侯立明已经进了店子，却一下子愣在门口。

冯天挤进去，踮着脚，目光从两人如山的肩膀上越过，看到一些不可描述的画面。

电脑屏幕上正在播放岛国动作片，一个七十多岁的老头全神贯注地欣赏着，两只浑浊的老眼眯缝着，一个耳朵塞着助听器，一个耳朵塞着耳机。旁边的柜台上堆着各种手机模板和维修材料。

"这就是骚板？"胡东海问冯天。

"这个……几天没见，这么老了？"冯天记得骚板的微信头像不是这样的。

忽然从铺子深处传出了声音："爷爷，是不是有人开门？"

老头子没反应。

"别只顾着看片儿！"

胡东海探头往里看，从外间到里间有一条窄窄的过道，光线昏暗。

侯立明开始挪步。

那老头看到有人进来，慢吞吞摘掉耳机，一脸木然地说："下班了，不修了。"

"大爷，我们找你孙子。"冯天说。

"不在家！"老头张口便说。

胡东海和侯立明走入过道。老头子紧赶几步，上去抓两人的衣服。冯天急忙上前，拦腰抱住老头。

"您还是继续看片儿吧。"

不料老头的腰劲奇大，猛地一扭，上手便是二龙戏珠，两根手指戳向冯天的眼睛，冯天慌忙低头。老头反手一个乌龙摆尾、海底捞月，抓向冯天的裆部，冯天急忙夹紧大腿，双膝一弯。老头另一手转个圈，三根手指锁住冯天的咽喉。

胡东海和侯立明已经闯入里间，不由得惊呆了。

一个穿着破旧工作服的年轻人埋头在一堆器材中，那堆器材有玻璃烧杯、铁盆、桶和各种玻璃管。台案上摆满了手机主板，约有三四十个，已全部拆掉，旁边堆着塑料壳、手机屏。

年轻人正把十几个电路板放到盆子里，与浓硝酸混合，进行溶解。很快，一团棕红色的气体向外溢出，都被设计精良的排风系统吸收了，屋内只有极淡的气味。溶液内开始出现亮晶晶的小颗粒。

"这小子……在炼黄金！"侯立明愕然说道。

胡东海瞪大眼睛看着。

年轻人的全副心神都在炼金中，对小颗粒进行过滤、提纯。

侯立明猛醒过来，大喝一声："骚板！"

"啊……"年轻人转过身，眼神空洞，仿佛身处另一个世界。

"别动我孙子！"门口传来叫声。

胡东海扭过脸，只见冯天被老头锁着喉咙，推了过来。

侯立明嘶声说:"废物。"

胡东海说:"老叔,我们只是打听一个人——"

冯天接口说:"打听厕霸。"

众人望向骚板。骚板居然又投入炼金中,一旦错过这个时点,这批货就废了。

侯立明上前揪住骚板的脖领子:"厕霸在哪儿?"

"不知道。"骚板说。

侯立明顺手拿起一个玻璃烧杯,作势要砸。

骚板慌了。

那老头喊道:"敢弄坏东西,我弄死这小子!"

侯立明头也没抬地说:"赶紧弄死。"

冯天朝胡东海说:"胡大叔,救命。"

场面陷入短暂的僵持中。

骚板小时候跟爷爷学过银匠,后来又学会了修手机。偶然的机会,让他发现了手机电路板上有黄金。因为黄金的延展性和导电性无可取代,主板用了黄金,手机耗电量小,假如换成铜,打两三个电话就没电了。

骚板就自己组装了化学设备,收集大量废旧手机电路板。七个主板即可炼出一小袋黄金粒。80年代末开始流行的大哥大,黄金含量更高,通常一个大哥大能提炼一克黄金,可惜那种机子很难找到。提炼贵金属是非法的,民间也有人偷偷干,不过杂质太多,等同于废料。骚板的技术能够大幅提升纯度。

胡东海上前拍了拍骚板的肩膀:"你跟厕霸认识没多久吧?"

骚板低头不语。

"他是个坏蛋……"

"我只知道他够意思。"年轻人说。

侯立明吼道:"他在哪儿?"

骚板瑟缩着肩膀:"我不能出卖朋友……"

那厕霸生性狂傲,很少服人,但认识骚板后颇为投缘,一个自诩为手机虚拟江湖的黑暗骑士,一个是手机现实世界的炼骨人,彼此还商量着联手干点大事。

啪!

烧杯狠狠摔在地上,玻璃碎片飞溅。

众人惊愕中,侯立明又拿起了硝酸瓶:"最后问一遍,厕霸在哪儿?"

"东新街——"骚板发出号叫。

"敢泄漏消息，回来踏灭小店。"侯立明临走扔下一句。

话说两天前骚板请厨霸吃涮锅，厨霸听见老板娘在后厨打电话，与老公对骂，并大哭崩溃。厨霸喜欢丰满的已婚少妇，遂假惺惺劝慰，拿起老板娘的手机，给她老公发个链接，对方点开后，手机被控制，遭到狂虐，老板娘芳心大悦。

胡东海三人赶到东新街夜市时，正是最繁华的时间段，道路两旁的店铺灯火通明，各色小吃一溜排开，砂锅、米线、麻辣烫、烤肉烤鱼、涮牛肚……烟雾腾腾，吆喝声不绝于耳。

但这里有七八家涮锅店，骚板不记得是哪一家，挨个儿问太费时，而且容易打草惊蛇。

冯天忍痛在自己的脸上揉了揉，一些伤口又裂开了，渗出血迹。他跌跌撞撞冲进一家涮锅店。

"大婶，我刚下火车，被人打了，我二姑在哪儿？"

"谁是你二姑？"

"染了黄头发，烫的大波浪，又壮又妖的样子……"

"……李记涮锅……"

冯天回头迎上侯立明。侯立明嘶声低语："骗子。"

胡东海说："半斤八两。"

侯立明一愣，正要发作，冯天忽然抬起手："就在那边！"

三人闯入李记涮锅店，扑面的油烟气，昏暗的灯光下坐着三桌客人。两个服务员在店内走动。

"请问几位？"服务员问。

"老板娘呢？"胡东海问。

服务员打量三人，见来者不善，视线不由自主往后面飘去。侯立明推开他，三人大步走进后厨，烟气缭绕中空无一人。

后厨有一扇小门，从那里隐约传出嬉笑声。

胡东海对冯天说："你在这里守着。"

遂与侯立明冲进小门。

休息室内，厕霸正对着一个少妇耍流氓，小屋中间放着一张桌子，上面的涮锅正在咕嘟咕嘟冒热气。

"厕霸！"侯立明大喝一声。

"谁啊？"厕霸的手正摸着少妇的腿，猛地跳起身。

侯立明上前便抓，少妇尖叫一声，声音赛过警笛，侯立明稍微一愣。厕霸见势不妙，先去桌上抓手机，被胡东海劈手夺下。

手机屏幕上显示地图，地图的路径上，有一辆手术车的标记正往东郊移动。

胡东海眯着眼睛仔细辨别，那边的侯立明已经擒住了厕霸。但厕霸突然照着侯立明的手背咬了一口，侯立明松开手，厕霸拼命往前一挣，一把抢过手机，扔到了沸腾的涮锅里，随即往外蹿去。

冯天不知里面发生了什么，正准备看一眼，迎面的厕霸与他撞个满怀。

"是你……"厕霸一瞪眼。

冯天二话不说，扭住厕霸的胳膊，却被厕霸反踢一脚，正中小腹。厕霸疯了似的推倒货架，往外逃去。

"别让他跑了！"胡东海往外追。

"废物！"侯立明紧随而至，一脚踢翻了冯天。

前边的厕霸已经蹿进了夜幕中，胡东海只能隐约辨别出一团黑影。

"人呢？"侯立明四处张望，"不能让他通风报信！"

"你去那边。"胡东海往前一指，自己跑向另一边。

胡东海经过一条巷子，停下，这里相对安静。他蹲在巷口的黑暗里，静如石胎，全身的感应力却在汹涌地汇聚，迅速适应着四周的环境。

各种脚步声、车声和杂音从夜风中吹过。

厕霸正藏在街对面的巷子里，他看到一个女人停在巷口的树下，正在接听手机，便悄悄移过去，伸手便抢。女人惊叫一声，手机掉在地上，滚落到路边。厕霸一把抢走，往巷子里逃去。

胡东海拔脚便追。厕霸一边跑一边摁号码，最后一个号码摁完，拨通了——

"喂？哪一个嘞？"耳边传来炮哥的声音。

但厕霸已经在空中了。

胡东海飞起一脚，将厕霸踢出了五尺的高度。厕霸眼睁睁看着手机从自己面前落下，砸到地上，弹起来。一切看起来是那么缓慢，他也紧跟着落下。之所以看起来缓慢，是因为他与手机同步坠落。

此时的厕霸，脑中瞬间诡异地闪现出小学四年级的情景。翻开课文，《两个铁球同时着地》讲述了意大利科学家伽利略追求真理的故事……

"施光亮，专心听讲！"老师敲着黑板，居然是个染了黄头发、烫着大波浪的天使。

"施光亮。"

咕噜咕噜咕噜……

手机在地上滚动着，碰到了厕霸的鼻尖，厕霸以左脸着地，眼睛闭着。

"快审他！"侯立明说。

胡东海拍拍厕霸的脸，探了探鼻息："昏了。"

"审他没用的，手术车去哪里只有大家长知道。"冯天说，"我们平时掌握的信息都是局部的。"

"刚才他手机看到的是啥？"胡东海问。

"他只是监控手术车不要停。"冯天解释。

侯立明拎起厕霸，扔进了汽车后备箱。"嘭"的一声，箱盖合上了。

胡东海和冯天已经坐在了车里。

侯立明坐进后排座："开车啊，废物。"

胡东海对冯天说："走，东郊。"

帕萨特加速朝东郊驶去，但前路依然渺茫，街灯背面是黑沉沉的夜幕。

→　　4

"叔叔一定会来救我的……"

"叔叔不会扔下我不管……"

"我是我们胡家唯一的种！"

第三个念头给了胡小灿莫大的自信。

他立刻猛挺着身子坐起来。

但是，如果叔叔和一个女人结婚……比如，和谭医生结婚，生了孩子……

胡小灿忽然想哭，他一想到谭医生，又感到一阵绝望。

接到谭医生的短信时，他正在家给叔叔准备晚饭，从北院门买来的灌汤包子放到笼屉里热着。谭医生的短信催促他去开锁，诊所的一个柜子又锁死了，钥匙断在里面。以前谭医生也会发短信，一般是接诊时不方便打电话。

胡小灿立刻赶往小南门博康诊所。

到达目的地时，天已经黑了，诊所的门关着，里面隐约透出一点灯光。小灿感到有些奇怪，走近了，里面传出音乐声，没问题，谭医生休息时喜欢听歌。

"谭姐？"小灿在外面呼唤。

门开了，有个人侧身站在里面，看不清楚。

"谭姐，干什么呢？"小灿往里走。

他刚迈进门内，便有一股力量将他拽进去。他往前踉跄，被一个人绊了一下，跌倒在地。

"哎——"小灿只发了半声，就被人踢了一脚。

大门关闭，上锁，灯亮了。小灿用一只手遮住灯光，抬头一看，脑子里轰隆一声，刀疤脸和咬舌男俯身注视着他，如同两个屠夫审验案板上的猪头。

乐曲声还在诊所里飘荡，是一首温柔的情歌。

咬舌男晃了晃谭医生的手机。

"谭姐呢？"小灿颤声问。

"你想见她？"刀疤脸"善解人意"地问。

咬舌男凑过来，匕首在小灿的脸颊上拍了拍："要不是我们的合伙人有项目，我现在就在你肚子上戳一刀。"

"后背还得来一刀。"刀疤脸补充。

咬舌男从小灿的口袋里搜出手机。刀疤脸提着小灿的胳膊，一路拖到了后院。小灿的手机忽然响起来，咬舌男受了惊，低头一看，屏幕显示"我叔"。

咬舌男说："这个讨厌的老东西。"

刀疤脸抢过手机，正要往地上摔。黑暗中忽然有个声音说："等一下。"

一个高个子的年轻人走过来，一头长发，打着耳钉。

"炮哥你咋了？"刀疤脸问。

"制造一点气氛。"炮哥说。

过了一会儿，手机再次响起，还是"我叔"打来的。

炮哥对刀疤脸说："给他。"

刀疤脸愣了一下，把手机交给小灿。

小灿立刻接通，刚喊一声"叔——"，炮哥一把夺过来，关机。

很快，谭医生的手机响起来，屏幕显示"东哥"。

"嘿，这老东西急了。"刀疤脸嘎嘎怪笑。

炮哥点点头："这就对喽。"

周围安静后，炮哥给胡东海发短信：你马上去医院引开梁若的父母，否则你侄子身上的零件都会取下来。

"好了，抓紧时间。"炮哥有些不耐烦了。

咬舌男把小灿拖到一间屋子前，门被打开，小灿看见了谭春线。

谭春线被绑着，嘴巴上封着胶带，坐在靠墙的椅子上。小灿顺着谭春线的右臂往下看，不禁大吃一惊。她的右手垂在身侧，手指正往一个鱼缸里滴着鲜血。

"天亮前，她就失血而死了。"咬舌男叽叽地说着，"这是炮哥出的好主意。"

炮哥在身后冷笑一声："朋友嘛。"

刀疤脸凑到小灿面前："你知道为啥要这样？"

小灿绝望地摇摇头。

"为了联盟。"刀疤脸说，"我俩不戳烂你的肝和肾，炮哥为补偿我俩的精神损失，提出这个玩法，就是让你害怕，让你干瞪眼没办法。"刀疤脸开心地说。

炮哥走到谭春线面前，弯腰笑了笑："你算是幸运的啦，第一批供体为了保证价值，不要三十岁以上的，不然的话，你就会被掏空内脏，死得更痛苦。"

旁边的咬舌男用匕首拍了拍小灿的脸颊："你分分钟记着，这个女的因为你，慢慢死了。"

"他也活不了多久。"炮哥不耐烦地看了看手表，"该走了。"

谭春线望着胡小灿，眼神无比绝望，她试图挣扎，却动弹不得。身上的绳索与椅子绑在一起，椅子又和墙边的管道绑在一起，结成了密密匝匝的死扣儿。

"谭姐……"小灿只觉得五脏俱焚。

"快让他离开这儿，免得太激动，损伤了五脏六腑，那都是宝贝。"炮哥一边催促着，一边朝屋子外面招了一下手。

从后院的树影中分离出另一个黑影——脏鱼出现了，戴着一顶灰色棒球帽，手上提着编织袋。

他微微躬着身子，有条不紊地清理着现场痕迹，查看每个人可能留下的物证。他走进小屋，在谭春线身边徘徊，检查地面，丝毫不关注椅子上绑的人。

脏鱼结束工作后，咬舌男锁上小屋的门，刀疤脸拖着小灿，五个人上了一辆面包车。车子离开后院，悄然驶入夜幕下的街道。

梁若苏醒后，看到了胡小灿，但彼此并不认识。胡小灿关在梁若对面的囚室里，每个房间隔着铁栅栏。男人和女人分开关押，小灿这边的囚室中，竟有一个十一二岁的男孩，脸色苍白，看样子吓傻了，身子歪在墙角，眼神空洞，手指不停地抠着自己的胳膊。

地面阴暗潮湿，总共关押了二十几个供体，都很年轻。有人嘤嘤哭泣，有人焦虑不堪，有人已经绝望。他们有的是被骗来的，有的是被挟持、绑架来的，由于失踪时间很短，家人毫不知情。四十八小时内，他们会被处理干净，不会引起外界怀疑。

耳边隐约传来狗吠声。地下室有两道门，囚室的铁栅栏上挂着链子锁，入口处还有一道铁门，挂着沉重的大锁。

铁门外面摆了一张桌子，几个打手正在玩牌。囚室的哭声大了，那边就有人威胁道："再哭，拉出去喂狗！"

梁若只觉得虚弱无力，她想喊，却拼命克制自己。恐惧感已将她淹没，脑子竟是一片空白，大概是因为太害怕，大脑的自我防御机制发挥作用，命令她不要回忆可怕的经历。

刚才有一个护士模样的人，给她注射了针剂，她的心跳还算平稳。她明白了，那是对方需要她保持良好的状态。给她打针的虽然像个护士，但行走作派完全不是那么回事。梁若对医生和护士很熟悉，而那个人最多只是会注射针剂的二把刀。

"为什么被关在这里？究竟出了什么事？妈妈呢？"

各种疑问一股脑冲出来，让她头痛。

"还有……在自己家里谈话的那两个人——有一个是上次来过的大叔，另一个大叔不认识，他们和妈妈谈论的竟然是死去的父亲……父亲还活着……父亲……等等，那个背着黄书包的大叔似乎在哪里见过……有一次过马路，眼前有一辆飞驰的卡车……然后自己回到了人行道上……那是梦吧……印象模糊了，但是那个大叔好像真的见过……"

梁若陷入昏睡中。

　　白色帕萨特全速驶入东郊，但所有路径中，究竟该往哪里找？那辆犹如幽灵般的手术车，似乎就在前方等候着他们。

　　胡东海在副驾驶室闭上眼睛，尽力在脑中勾勒暗地图，让自己看清每一个细节。在厕霸手机上显示的短暂图像，与胡东海脑中的地图结合，辐射出几条可能的路线。

　　胡东海扭头问冯天："你们那个大家长，在别的地方干活时，一般去哪里？"

　　"让手术车往郊外开，能躲过摄像头。"

　　"习惯不会轻易改变，"胡东海低喃，"今晚一直往东，就会出城。"

　　"通向城外的路也有好几条。"侯立明冷冷地说。

　　侯立明的手机忽然响了，他一愣，接起来。

　　"梁先生吗？我是友谊医院心内科的林娟。"

　　"哦……林护士长。"

　　"你爱人是轻微脑震荡，没有生命危险。"

　　"谢谢。"

　　"我想问一下，梁若呢？"

　　"噢……我正在接她回来。"

　　"梁先生，停电的时候发生了什么事？需不需要我们这边……"

　　"不不，我正在处理，天亮前就能送孩子回去。"

　　挂断手机，侯立明望着车窗外的夜景。

　　冯天一边开车，一边怯怯地问："大叔，为什么不报警？"

　　"你个废物，报什么警？"侯立明一听见冯天说话，就莫名地拱火，"一个刑满释放的杀人犯、一个要死不死的活尸、一个王八蛋诈骗犯，你怎么跟警察解释？等警察把你处理完，天都亮了，太阳都出来了！"

　　胡东海悠然道："我跟小冯倒是无所谓，有人怕见太阳才是实情。"

　　"胡东海，少含沙射影，老子就是怕光！"侯立明说。

　　冯天轻声说："我理解侯大叔的心情，警察肯定要查他，警察一查，他就得先落网，警察收网的时候，万一惊动了坏蛋，梁若就……"

　　"闭嘴！你就是坏蛋的一分子！"侯立明说。

　　对侯立明来说，多年的老毛病是没法改的，相比于在亲人面前承认罪行，站在警察面前更让侯立明恐惧。逃亡期间，一听到警车响，他就双腿发软，膀胱发冷，肛门发紧。一见到穿警服的，他就十万天兵我的妈，心中大喊饶命。

但这一步，迟早要迈出去。

侯立明低喃："我会自首，但今晚不行，我女儿还在贼窝里。"

这时，侯立明突然想到两个人。

"拓字辈兄弟。"

"什么？"胡东海没听清。

"西京地下江湖有名的'拓'字辈兄弟：大拓、二拓。"侯立明有些兴奋。

"他俩怎么了？"胡东海扭头看着后排座。

"哥儿俩秘密控制着东郊沿途的垃圾山，平时让谁去捡垃圾、去哪里捡、怎么捡都有规矩。拓字辈无人敢比。"

"西京城还有这号人物。"冯天低语。

胡东海一拍膝盖："手术车是从东郊沿线走的，大大小小的垃圾山，肯定会经过几个，那就是瞭望哨。"

底层民众的眼睛雪亮超过想象，尤其是守着自己的一亩三分地。

侯立明对冯天说："废物，去东十里铺。"

胡东海说："你别总是废物、废物的，娃虽然是个骗子，可也有自尊。"

冯天说："胡大叔，我是该骂。"

侯立明说："骂你都是轻的，我还没顾上打你呐。"

东十里铺在灞桥区西部，据无量庙碑记载：唐贞观年间，此处东临浐河设了驿站，名为"浐河铺"。到了明洪武年间，则因距长安城十里，得名"十里铺"。

七八年前，侯立明曾与拓字辈兄弟有过一面之缘，但对方肯定早就忘了他。

在侯立明的指引下，帕萨特停在一间隆兴招待所前，此处位于官厅新村，附近的简易招待所有好几家。隆兴招待所楼上有拓字辈兄弟的一间长包房，搞不清他们干什么用，可能是个行政办公室。

侯立明让胡东海和冯天在前厅等着，自己上楼去了 12 号房。但很快下来了，房间没人。

侯立明径直出了招待所，胡东海和冯天跟着，三人沿着招待所的外墙往前走。这是一条很长的巷子，拐了几个弯，越走越暗，到了尽头一下子豁然开朗，有一片很大的住宅区，中间是空地。

胡东海注意到，他们从招待所一出来，就有三三两两的人在后面尾随，但也不像跟踪，可能只是同路的行人。尾随了一段，其他人都消失了，只有一个满头杂毛的小伙子，不紧不慢地跟着。

胡东海笑了笑："拓字辈兄弟很客气。"

通常侯立明的戒备心更重，可是在这里，并没有露出很警惕的神色，他曾与兄弟俩见过面，了解对方的路子，他去招待所楼上敲门，其实就是给对方打招呼。

转过一个拐角，侯立明说："那边。"

一间屋子里透出灯光，门头上写着：社区棋牌室。门口挂着厚厚的帘布，里面传出哗哗的洗牌声、嗡嗡的说话声和笑声。

身后的杂毛儿没再往前跟，站在不远处，目送胡东海三人进了棋牌室。

→　　6

室内摆了五六张麻将桌，满座。三人一进去，靠窗的一桌人停下动作，其中一个三十多岁的光头男人把麻将牌扣下来，站起身往后走。

侯立明示意加快步伐，三人紧跟着出了后门。光头男人敞着怀，行走间衬衫飘动，像一对翅膀。

在一个狭窄的转口，光头男人忽然停下步子，注视着侯立明。

侯立明示意胡东海和冯天别靠近。

"有七年没见了。"光头男人说。

"七年半。2009 年清明节见的面。"

"他俩八面风？"光头男人往胡东海这边瞟了一眼。

"瓮子。"侯立明说。

"哦。"光头男人神色一松，问，"你挂样儿葫芦？"

侯立明摇摇头："养了虫仔儿。捋汤。"

光头男人的眉毛皱紧了，上下打量侯立明："你有仔儿？"

"嗯。迟了怕殇，话带出去，熬米粥，游子有变。"

光头男人显得犹疑不决，然后摇摇头："塌地的事，脚下不稳。"

"让我见大拓。"侯立明语气坚定。

胡东海走过来："不能再耽搁了，赶快探明消息。我侄子也在他们手上。"

光头男人有些惊愕，看了看胡东海，但没说什么，低头走了。

胡东海正要追，侯立明挡住了。冯天凑过来，一时手足无措。

侯立明说："那人就是二拓，去见他哥了。"

冯天问："侯大叔，你们刚才聊的什么？"

侯立明冷漠地瞥了冯天一眼，把脸转过去，望着二拓离去的方向。

胡东海说："有旁人在场，他们就说暗语。我在号子里听过。"

"怎么解？"冯天好奇地问。

"二拓问侯立明，咱俩是什么来头？侯立明回答——"

"瓮子。"冯天高兴地问，"啥意思啊？"

"意思是，那是两个笨蛋，别当回事。"胡东海说。

冯天的眉毛耷拉下来："挂样儿葫芦呢？"

"问他还是上次的事吗？侯立明说是孩子丢了，要追查，晚了会出事，希望二拓往外传话，各个地方都动起来——熬米粥。"

"游子有变呢？"冯天又问。

胡东海看了侯立明一眼，摇头说："这句没听懂。他俩可能做过什么生意。"

侯立明忽然挪动步子，胡东海招呼冯天跟上，走进一个破落的小院。院里倒是花木繁盛，有个男人蹲在瓜丝架下，给婴儿把尿，然后把婴儿交给一个中年妇女，那女人冷淡地扫了几个人一眼，嘟囔了一句什么，回屋了。

二拓说："哥，就是他们。"

大拓满头白发，但年龄只有四十来岁，民间说这种情况属于"血热"。大拓谁都没看，坐在躺椅上，跷起脚，脚尖钩着拖鞋晃荡着。

二拓凑近了："哥，说句话。"

大拓哑声开口："你想说啥？"

二拓急道："打电话问消息啊，人家两个孩子丢了……"

不料，大拓竟闭上了眼睛。

冯天忍不住说道："不就打几个电话吗？"

侯立明突然抬起脚，狠狠踹向冯天。冯天"啊呀"一声惨叫，身子斜翻着倒地，滚了几圈。侯立明上前猛踹，似乎因为冯天插了一句嘴，把他积攒半个晚上的怒气全部顶出来了。冯天在侯立明的脚下连连惨叫，哭爹喊娘。

胡东海本想上前阻拦，顿了顿，继续袖手旁观。

二拓看不下去了，对侯立明说："教训两下就行了。"又对冯天说，"电话那么好打啊？瓜尿货。"

侯立明仍然猛踢冯天。

胡东海看出大拓属于人情刻薄、性子怪癖的人，即使在旁人看来，举手之劳的事情，在他看来，也是权力的象征。既然是权力，当然要用得有价值，而他们三个不速之客显然带不来价值，反而是麻烦。

"哥，办不办？"二拓急了。

大拓看着侯立明狂殴冯天的情景，似乎受到一点触动，但并未松口："咱们立事，讲的是规矩。在咱们手底下刨食的，信的就是咱的规矩。"

胡东海知道，大拓说的规矩，其实是面子。

他朝二拓点点头，二拓走过来。

二拓说："我哥就这脾气，没法儿，小时候让人欺负惨了。俺们混到现在，也真是不容易。"

"你哥是大佛，求神拜佛哪有那么容易？"胡东海表示理解。

"你明白我哥的意思了？"

"你哥喜欢啥？衣食住行？"

"爱吃。"

"爱吃啥？"

"啥都爱，天上飞的、地上跑的、水里游的……"

"鱼？"

"嗯，爱吃鱼。"

胡东海心念一动："鱼子呢？"

二拓摇摇头："那个不行，吃不惯。"

"嘴咋那么刁呢？三眼老皮做的鱼子呢？"

"三眼老皮？"

"你知道？"

"听过，没见过，一般人找不到他，可能早都死球了。"

"你别管死活，三眼老皮做的鱼子，想不想吃？"

"甭开玩笑，大晚上的，你到哪儿弄去？"

"跟我走。你有车没？"

"有。"

"开车。"

以侯立明踢打冯天为背景，这场谈话迅速结束。侯立明也累了，从黄书包里掏出一张卫生纸，擦着脑门上的汗。冯天从地上爬起来。

胡东海走过来说："你俩挺能演，差点把我也哄了。"

冯天揉着胸说："前三脚是真疼。"

侯立明根本不看他。

胡东海说："不愧是俩骗子，眼神一对上就知道咋回事，都不用排练，这就叫那啥——"

"心有灵……犀……"冯天偷眼瞄一下侯立明，闭上了嘴巴。

二拓在院门口招手。

胡东海对侯立明说："你俩沿着长乐路往东开，我去弄点吃的。"

冯天错愕不已，胡东海已经走了。

→　　　7

帕萨特沿着长乐路急驰。

侯立明仍然坐在后排座。冯天只觉得如芒刺在背，不敢看后视镜，却又忍不住。

后排座被阴影笼罩，鬼隐者就坐在阴影中盯着冯天，冯天打个寒战。

他永远忘不掉，上次用颅像复原法，一步步剥离、拆解、修复那个骷髅头，直至屏幕上出现一个英俊潇洒的男子，当时那种血崩的震撼感无法形容。

冯天自认是伪装术的奇才，但与鬼隐者比起来，自己不过是依赖高科技工具包装出来的假货。可是这个男人，对自己身体进行了原始力的开发与挖掘，不仅是身体，灵魂都重新塑造了。

以前只是听说市井江湖中有此类人物，现在，这样的"珍稀物种"，就坐在自己身后。

更吓人的是，他是梁若的爸爸。

侯立明突然开口："废物，我问一件事——"

"啊……"冯天的脊背猛地一挺，一股寒意漫过全身，打着方向盘的手竟然失去了知觉，车子晃了几下，赶忙控制住。

"你老实回答，敢说半个假字，我把你的后脑勺拧到前面去。"

"是……请问吧。"

"你把我女儿骗到啥程度了？"侯立明问。

"哎？"

"你们……发展到啥程度了？"侯立明嘶声问。

"没……没程度……"

"只是朋友？"

"纯粹的朋友关系。"

"你敢骗我……"

"没没，我认识梁若的时候她在住院，出院后又在家休养。"冯天战战兢兢地瞥一眼后视镜。

"哼。"侯立明靠着椅背，闭上眼睛。

冯天以为没事了，刚松口气，只听侯立明又问："读过几年书啊？"

"没……没读几年。"

"学不进去啊？"

"不……我爸说，读书能量太大，容易把脑子烧坏。"冯天瞥了眼后视镜，"为了保护我，他就不给我交学费了。"

"哦。"侯立明倾身向前，盯着冯天的后脑勺，"你没骗我吧？"

"侯大叔……咱俩之间基本的信任……还是要有的。"

此时，胡东海已经赶到了西二环与北二环交界处的水产市场。二拓在车上等着，他并不相信这里能拿到珍美鱼子。

胡东海敲开门，闯入三眼老皮的住所。

三眼老皮背着手站在屋子中间："你说你侄子和朋友的女儿让人绑了？"

"嗯，需要鱼子救命。"胡东海并未说细节。

三眼老皮默默看了看胡东海，扭头对孙子说："去张经理家，把鱼子抢回来。"

那少年正跷着二郎腿玩游戏机，立刻扔下游戏机，撒腿跑出屋外，很快便消失在夜幕中。

"看你的运气吧。"三眼老皮坐在凳子上，"你让我现在做，起码得两个钟头，正好张经理从我这要了鱼子，我欠他人情。"

十分钟以后，少年狂奔回来，鞋都跑丢了，脚底板被玻璃扎出了血，地板上留下脚掌印子。少年从怀里掏出一个小瓶子，递给三眼两皮，一句话没说，又坐到椅子上，高高跷着二郎腿，拿起游戏机玩起来。

胡东海想说什么，三眼老皮制止了他："拿着走吧。"

"多谢了。"

胡东海转身出门。

下台阶时，他隐约听见三眼老皮对孙子说："收拾东西，准备搬家。"

"噢，啥时候？"少年问。

"连夜搬。"三眼老皮说。

胡东海的脚步顿了一下，继续往前走，快步回到车里。

二拓接过瓶子看了看："还真的有！"

"以后怕是更难找了。"

二拓一脚油门，车子冲进夜幕，将水产市场的大门远远甩在后面。

每一个关于市井江湖的传说，都以各自奇异的方式出现。这个江湖上的人，每过一段时间就要重新变换一次，很多人突然间没了，似乎从来不曾存在。只留下过往的豪情，化作时光之间点缀的酒痕，消逝在西京的风中。

吃了鱼子的大拓，再不多言，往外打起了电话。

六七分钟后，位于万寿路的垃圾山传来消息：十点多钟见到一辆手术车经过。

二拓开车把胡东海送到长乐路，与侯立明、冯天会合。

二拓离开后，侯立明打开帕萨特的后备箱看了看。厕霸已经醒了，挣扎着寻找逃生出口。侯立明一个嘴锤，又把厕霸打到了迎春花盛开的地方。

长乐路与万寿路相距不远。三人驱车直奔万寿路，找到了提供消息的王臭梨。

这个四十多岁的男人，奇懒，早晨出门发现扣子系错了，都懒得纠正，就是不想重复多来一遍，嫌费手。但会风雨无阻一年三百六十五天走到垃圾山，重复一个动作：捡垃圾。尤其喜欢晚上捡，安静，有诗意，没人烦他。

王臭梨说这一带太脏，路也窄，头一回见手术车经过，并向三人指明了车子离去的方向。胡东海请王臭梨给沿途的朋友打个招呼，让他们设法阻拦手术车，尽量拖延时间，但不要引起对方怀疑，否则车上的人危险。

三人回到帕萨特内，直奔手术车的方向追去。

从长乐路继续往东，经过浐河进入长乐东路。越往前车辆越少，帕萨特一路狂奔。

"是不是那辆车？"冯天率先发现目标。

胡东海在夜幕中看不清楚。

侯立明从后车窗探出头。那辆车在路灯下行驶，忽明忽暗，外观像个白色集装箱，尾部有十字标记。

"注意车距。"侯立明嗓音低沉，难掩紧张。

胡东海挺直腰杆。手术车里应该也有自己的侄子。

冯天知道，其实手术车很难对付，这边跟得急了，对方发现不对，随手就能要了人命。可是跟得慢也不行，一是怕丢了，二是对方在手术车上直接做手术，上去抢人也来不及，冯天的手心攥着一把汗。

胡东海问："你怎么知道大家长啥时候做手术？"

冯天说："到了安全的地方，车厢会展开。"

这种依维柯高级手术车的内部面积虽然只有十平方米左右，实际别有洞天。车厢两侧展开后，面积可扩大三倍，分为休息室和手术室两个区域，放得下两个担架，另有手术台、无影灯、心电监测仪、氧气瓶、洗手池等装备。

冯天忽然说："它加速了。"

手术车从长乐东路，上了祥云路，在田王洪庆街道右拐，往蓝田方向走 101 省道。随后在第二个红灯十字路口左转，即将到达灞临路口。

显然，手术车的前行方向，便是号称"西京最美盘山路"的灞临路。

胡东海忽然低喃："不太对劲。"

侯立明怒声说："你别给我捣乱。"

冯天更紧张了，手心的汗越来越多。

胡东海问："小冯，你觉得追上去安全吗？"

冯天颤声说："超安全，机会一半一半。"

胡东海皱眉看了冯天一眼，一半的胜算率，也叫超安全？

"瓷锤，要你何用？"侯立明在后排座骂道。

路上车辆稀少。帕萨特与手术车在五六百米距离内，一前一后，奔向下一个关口。

第 十 六 章
烽火台

→　　1

　　胡小灿已经适应了地下室的环境，知道这个魔窟是个"肉圈"，也就是所谓的供养房。关在这里的人会被摘掉内脏器官，只留下一副皮囊，惨死在拂晓前。

　　胡小灿注意到对面囚室里的那个女孩，她的年龄应该比胡小灿大一些，但也顶多二十五六岁，明眸皓齿，却更显得虚弱，不过她表现出的镇定，让胡小灿心生敬意。胡小灿注意到她的特殊性，还是因为有个护士模样的人，定时过来给她测血压、心率，还注射一些针剂，或者服食几片药。

　　那女孩感受到胡小灿的目光，抬起脸，朝胡小灿笑了一下，那笑容很忧伤，却也传递出一份温暖。胡小灿朝女孩点点头，彼此鼓励。

　　胡小灿的目光转向囚室的链子锁。锁孔是十字型，比较复杂，估计地下室入口的大铁门也是同类锁。

　　铁门外的桌子上，打手们正在赌钱。他们的游戏很残忍：在手背上放一叠钞票，用刀尖去扎，谁能扎多厚，谁就赢多少，既要用刀尖扎透更多的钞票，又不能用力太猛，把自己的手背扎烂。

　　本来是用真钱玩，可是大家长爱钱如命，见不得有人损坏钞票，就改成了扎冥币，等游戏结束，一张冥币换一张百元大钞。

　　有一个鸡冠头打手最贪婪，手背已经被自己扎中两次，旁边放着一叠冥币，少说有二三十张，用烟盒压着，上面浸着鲜血，被昏暗的灯光一照，配合地下室的森冷环境，真像阴曹地府的一群鬼卒正在赌命。

　　囚室内，一个戴眼镜的青年嘟囔道："那是从俄罗斯黑帮传过来的游戏。"

　　胡小灿问："俄罗斯方块升级版？"

　　眼镜青年苦笑道："朋友，你是咋进来的？"

"绑架。"

"噢，我是被骗的，说这里打牌很安全，上不封顶。"眼镜青年说。

"我也是被骗的。"一个满脸青春痘的小子说，"在黑网吧。"

眼镜青年忽然朝墙角努努嘴："看看，这帮畜生连小孩子都不放过。"

那个小男孩平躺着，偶尔动一动胳膊。

铁门外的赌局上忽然传来吵闹声。一个方脑壳、国字脸的年轻人走到桌旁，面无表情。

"威哥不能参加，他没有痛感，刀尖再扎都没反应。"鸡冠头说。

"是啊，机器阿威，你一刀下去，手掌扎透了都没事。"一个打手附和。

阿威笔挺地站在那儿，他不走，别人就玩不成。

"哎，给威哥找个代理人。"鸡冠头忽然说道。

"对对，就从里面找，反正扎手又不破坏器官。"

很快，鸡冠头和一个打手开了铁门，走到囚室前，目光扫来扫去。眼镜青年慌忙低下头，其他人纷纷蜷成一团挤到墙边，装作过路的。

鸡冠头指着青春痘小子："就选他！"

"我不玩……救命！"青春痘小子尖叫着。

囚室打开了，鸡冠头一把揪住青春痘的脖领子。青春痘涕泗横流，鼻涕甩在鸡冠头身上，惹得鸡冠头火起，抬手便是两个大嘴巴，把青春痘打懵了，发出鸟鸣般的颤音。

"我来吧。"胡小灿忽然站起身。

"嗯？"鸡冠头瞪着他。

"我渴望寻求刺激。"胡小灿说。

"呀嘀，这么有种的，我还是头一回遇到。"鸡冠头扔掉青春痘。

囚室里所有人的目光投向胡小灿。胡小灿想象自己正以慢动作在风中行走，潇洒地抹了一下蘑菇头，一个不留神，在门口绊了个狗吃屎，跌回残酷的现实中。

胡小灿一瘸一拐地走到桌前，他的目光不时扫过鸡冠头的嘴。

鸡冠头一直在嚼口香糖。

阿威冷冷地注视着胡小灿，那眼神仿佛在说：你最好给我赢多点。

六七个打手围着胡小灿。

一叠冥币放到胡小灿的左手背上，带血的尖刀塞到他的右手上。

理论上最好的结果是，刀尖把所有的冥币都刺透，却不伤及皮肤，但那是不可能完成的。

"扎！扎！"打手们吼叫起来。

胡小灿举起尖刀，哆嗦着无法下手。他的开锁技能全靠手上功夫，一旦受伤，跟个废物没啥两样。

鸡冠头的脑袋几乎顶在胡小灿的额头上，不断吼叫着。胡小灿一慌，刀子掉在桌子上。鸡冠头一拳打在胡小灿胸口，钞票散落。

鸡冠头偏过脸，吐掉口香糖，然后抓起胡小灿发出兽吼："最后的机会！"

胡小灿盯着口香糖落下的位置，众人的脚步挪来挪去，一旦踩上去就没用了。

冥币重新叠放在胡小灿的手背上，匕首塞到他手上。

这时，一个厨子挤进来，一边打着酒嗝一边嚷道："啊，这么多钱，我也玩两把！"

厨子自己往手背上放了一叠冥币。

"等等，"阿威忽然指了指胡小灿，"你俩，互相扎。"

"威哥这个好玩儿！"鸡冠头"咔咔"怪笑。

"他？"厨子摇摇头，"小屁崽子没轻重，我自己来。我削土豆皮的刀功……"

"互相扎。"阿威语气森冷。

"老子不玩了！"厨子酒气上头，甩袖离去。

阿威突然出手，一拳打在厨子的后脑勺上，厨子像一根木头，直直摔倒。阿威半跪在地，猛烈出拳，拳拳不离厨子的脑袋，嘭嘭声不绝于耳，鲜血飞溅。

阿威面无表情，以同等速度出拳，如一台冰冷的打夯机，一下一下捶击着。

现场鸦雀无声，只有"嘭嘭"的捶打声。

囚室里的供体隔着铁门，虽然看不到那一幕，却已足够恐怖了。

梁若用双手捂住耳朵，抱头蜷坐着。

"我有守护天使……我有守护天使……我有守护天使……"

那边的阿威站起身，面无表情地看着地上的躯体。

鸡冠头蹲下来，伸手探了探厨子，抬头问："还有一口气，要不要掐灭？"

"留着，两个小时后，就能把他掏空了。"

鸡冠头拖着厨子扔到角落。其他人忙着收拾桌上的东西，没有兴致再玩了。

胡小灿故意撞上一个打手，被打翻在地。

他趁机将地上的口香糖粘在自己的袖口上。

→　　2

夜色渐浓，地下室一片死寂，外面传来狗吠声。

入口处留了一个打手，趴在桌上打盹儿。胡小灿捡一粒小石子扔过去。对面的梁若紧张地看着他。石子打在铁门上，"叮"的一声，打手没反应。

胡小灿走到囚室门前，拽过链子锁，把口香糖揪掉一半，塞进锁孔，压到底，然后从鞋跟抽出金属片，将口香糖按实，同时用金属片转动锁孔，锁开了。

他的动作很稳，曾经有过的压力测试，此时发挥了作用。

他没有急着行动，又捡起一粒小石子，远远地丢到铁门上，这次的撞击比较强，"叮"的一声，对面的梁若把嘴巴捂住了。打手在桌子上动了动脑袋，继续睡。

供体们全都眼巴巴地瞅着胡小灿。胡小灿朝他们做个噤声的手势，然后从囚室出来，踮着脚尖迅速走到铁门前。他伸手摸到了大锁，把锁孔翻上来，将剩下的一半口香糖塞进去，按实，照例用金属片转动。

极轻微的"咔嗒"一声，但在供体们听来，却如轰天惊雷般，锁开了。

摘锁时，铁锁太重，胡小灿的右手有汗，一没留神，一下子滑脱了。千钧一发之际，他急忙用左手接住。

梁若远远地看着，心跳如鼓，感觉自己的晕厥症又要发作。

胡小灿握着铁锁，深深地喘了两口气，抹掉额头的汗。

然后他轻轻拉了铁门一下，"吱咛"一声，门打开了。胡小灿从门缝溜出去。打手仍在睡觉。

但他猛地停下脚步，怔怔地站在原地。囚室的供体们不知发生了什么，壮着胆子探头张望。

地下室入口的黑暗与亮光交叠处，一张兔脸浮现出来，上半截在黑暗中，下半截在亮光里。黑暗中只能看到眼白闪动，有淡淡的红丝。

亮光里的嘴巴忽然一咧，笑了，露出一对大板牙。

"神偷啊。"兔牙走过来，戴着白手套，手上转动着一根一尺长的钥匙绳。

胡小灿一步步后退。

"你猜咋回事？我最恨小偷。"兔牙一步步逼近。

"我……不是。"

"你长着一张神偷脸，还顶嘴？"

"我是比较帅，可这不是我的错啊。"

"你猜咋回事？我最恨长得帅的小偷，明明可以靠脸吃饭，偏要去偷，浪费资源！"

胡小灿搞不懂这人的逻辑。

这人却是一位数学天才，因其个性乖张，沦落到超市当了一名小保安。超市都有监控探头，但在监控死角，往往是小偷猖狂之地。兔牙以数学方法计算人的行为模式，在空间节点上伏击，让小偷自己往上撞。

但同事们都说，这货有病。

"有病"的兔牙终于认识了黑医袁富阳。袁富阳让兔牙明白了一个道理：侍奉魔鬼能让他得到更多。于是他去网吧钓了个十二岁男孩当供体，便是他的投名状。

此刻他的投名状还在囚室里关着，而眼前这个小子，居然想逃跑！

兔牙使出一招保安常用的军体拳，上来就是一记强摔，把胡小灿掼倒在地。

这时，炮哥从台阶下来，看到这一幕很生气。

"你摔他干什么？"炮哥质问。

"他想溜。"兔牙说。

"这里的供体可以打脸，也可以打屁股，但绝不能乱摔，万一震坏了肚子里的宝贝，你赔啊？"

"噢对，可以打脸！"

兔牙恍然大悟，看了看自己的手。可等他低头寻找时，胡小灿已经跑回囚室，把自己锁好了。

"哎哟我……"

"算了，跟我走，有大事要办。"炮哥催促道。

话说一个小时前，炮哥刚把胡小灿送到野湖基地时，他的手机响了，是个陌生号码。

"喂？哪一个嘞？"炮哥问。

但只有风声、碰撞声，手机很快断线了。

炮哥感觉不对，连忙拨打厕霸的手机，却是"无法接通"。他立刻拨打厕霸的第二个手机，还好，有彩铃声，那是厕霸最近刚换的，用电音合成的鬼畜音乐：

"当你说哪一个嘞？全世界都知道你是智障炮。哪一个嘞？忧伤的智障炮……"

炮哥并不关心音乐，只等着对方接通，却传来一个陌生女人的声音："喂？"

炮哥暗自吸了口凉气："我弟在吗？"

"噢……你是说厕霸？他……被人打跑了。"

"打跑了？"

"他的一个手机扔在涮锅里，另一个手机落在我这儿了。"

"打他的有几个人？"

"两个……哦不，是三个。"

"什么样的人？"

"两个中年，一个小伙子。"

炮哥马上去办公室向袁富阳汇报："家长，厕霸出事了。"

袁富阳沉吟不语。

"钟摆逃走以后，我通知厕霸注意隐蔽，可是厕霸根本不鸟我……"

袁富阳淡漠一笑："可以启动止损程序了。"

"那……厕霸呢？"

"当作一次教训吧。"

炮哥望着袁富阳，永远猜不透大家长在想什么。

袁富阳看看手表："你有多久没休息了？"

"啊……不记得了。"

"要爱惜自己的身体呀。"袁富阳亲切地说。

一听到"爱惜身体"，炮哥就有些发怵。

"你先去楼下休息一个小时，今晚还有活儿要干呢。"袁富阳说。

此刻，大家长已经安排妥当。

炮哥领着兔牙出了地下室，一边走一边说："从现在开始，你要取代一个人的位置，正式加入战队。准备好了吗？"

"好了。"兔牙说。

"这可不是在超市当保安，这是需要你突破自我。"

"我能破。"

"你以前混得怎么样？"

"以前……"

"安得广厦千万间，你只能撸一串。"

"……对。"

"我就问你，你想一辈子打地铺，还是住别墅？"

"住别墅！"

"那就跟我们好好干，给你四级上升之路。"

"哪四级？"兔牙兴奋地问。

"一级鸟不飞，落日催人归；二级月当顶，玉兔挂莲灯；三级霜冻天，金星难入关；四级金蚀火，井上蛙——吞——蛇！"

"我是理科生，听不大懂。"

炮哥瞥了兔牙一眼："你只要明白，练到四级，你就是一只吞蛇的金蟾。"

"我一定做到！"

"冯天当初也是这么说的。"

"冯天？"

"就是钟摆，大家长把他的名字告诉我了。他的名字曝光之日，就是他的死期降临之时。你知道为什么？"

"不知道。"

"因为他的骨灰盒上要写名字，因为大家长不希望他是一个无名尸。毕竟，大家长照顾了他三年多。"

兔牙抽了抽鼻子，有些感动。

炮哥点起一支烟，慢慢吸了两口，抬头望着一弯残月。月光映在他阴冷潮湿的长发上。

→   3

从灞柳六路的指示路牌过去后，帕萨特经过灞临路口，驶入了盘山路。

车窗外的景色绚烂无比，如果从上往下，在骊山顶可以看到天文台和烽火台，下方便是壮观的盘山路。夜幕笼罩的环形公路层层蔓延，道路两旁连绵不尽的灯光，犹如镶嵌在缎带上的织锦，将路面映照得一片斑斓。

车厢里的三人沉默着。

前方的手术车刚转过一个弯。往上的路，有无数这样的弯道。

冯天的手机忽然振动起来，他接通了，是 DJ 炮哥。

"冯天，很忙啊。"

"你怎么——"

"听到自己的名字怕了？"炮哥淡漠地笑了笑。

"找我有事？"

"叙叙旧嘛。三年多了，说散就散？你现在和胡东海、侯立明搅在一起，没前途的。"

"那你给我指条明路啊。"

"你想展翅高飞，以为自己找到了天空，但天空不过是大家长的一只手，这只手握着手术刀。"

冯天无言。炮哥的嘴炮功夫纵横四海无对手。

"冯天啊，我了解你，只不过暂时受到美色蛊惑。你只要把厕霸还给战队，可以留你一条命。"

"我的命不归我管啊，两个大叔捏着哪！"冯天说着，瞥了眼后视镜。侯立明一副不耐烦的样子。

坐在副驾驶座的胡东海则闭着眼睛，但耳朵不时抽搐一下，似乎在努力探测什么声音。

"别给我演，你身上几根毛我都知道。"炮哥有些生气，"那次你跟我聊命运出口，我就预感到你要走邪路。"

"我还以为你很有思想呢。"

"说点实用的。你还记得刚入行时，我教你的四级上升之路吗？"

"嗯。"

"那四句话就是你的人生密码。"

冯天笑起来："别扯了，只有妹子才会相信人生密码的鬼话。"

"一级鸟不飞，落日催人归，自己想想是什么意思？还有二级月当顶……"

"你是不是突然离开我，精神崩溃了？"冯天一边开车，一边寻思着从炮哥嘴里套点情报，"梁若的病你也知道，你要让她多喝水。"

炮哥冷笑一声："你还是先去黄泉路上等你的妹子吧。"

"什么？"

就在这时，一辆卡车突然俯冲过来。

胡东海的耳朵已经捕捉到异响，迅速发挥空间辨识能力，找到逃生角度。

千钧一发之际，胡东海全身扑向驾驶室，强行扭转方向盘——

车轮发出尖锐的摩擦声，整个车身几乎侧翻，一半轮子空转着，车头强力扭动，眼看要撞向护栏。但在最后一瞬，帕萨特从卡车与护栏的缝隙中穿过去，在滑行中，车身贴着护栏一路挤撞摩擦，咔咔嘭嘭声连续不断，终于刹住了。

那辆卡车狠狠撞到石壁上，引擎盖翻起，冒着烟。

静默。

冯天的手机里传出炮哥阴冷的声音："你们的死期到了。"

胡东海抓起手机说："年轻人，你这么牛，我给你立个无字碑吧。"

侯立明一把推开车门，到驾驶室前把冯天拽出来，抓着他肩膀吼道："开车不打手机，记住没！"

"记……记住了。"

冯天脸色菜青，跑到旁边吐去了。他一边吐一边说："我没想到，他们连厕霸的死活也不管。"

胡东海走到那辆卡车旁，车斗里装着乱七八糟的东西，有旧轮胎、破木箱。他又来到驾驶室前，只见司机的脑袋撞在挡风玻璃上，一动不动。司机的头顶有个挂件摇晃着，是个自由女神像。

胡东海冷哼一声："美国菩萨也救不了急死鬼。"

与此同时，胡东海突然看见冯天撞飞了。

冯天正在吐的时候，冷不防被一股力量撞上，身体从空中划过，摔在地上，又在滚动时撞上断裂的护栏，悬空出去了。他拼命一抓，手指抓住栏杆，没有落下去。

"当心！"胡东海喊道。

侯立明背对盘山路，他身后，一群极限自行车汹涌而来，约有三十几辆，如一大片汹涌的幽灵之潮席卷而至。为首的正是板寸头，冯天是被他的前轮撞飞的。

疾驰的车流，排山倒海般涌向侯立明。

侯立明已无躲避空间，他迅速半跪在地，抬起右臂横在脑门儿前，准备接受第一次冲撞。

但车流突然在他身前分开，化作一左一右两股车流。

侯立明稍微放松戒备，只见分开的车流末端冲来一辆自行车，风驰电掣，车轮狠狠撞到侯立明身上。自行车随之翻滚而起，在上方三米高度，一个前空翻，稳稳地落到侯立明身后。侯立明被撞得就地打滚，同时十几辆自行车蜂拥而上，朝他碾压过来。

刚才分开的车流，有一股涌向了胡东海。胡东海左冲右突，眼前是一片凌乱闪动的光影，他身上挨了十几下。车手们各显其能，或用车轮撞，或拳打脚踢……

这边的侯立明在滚动中，从黄书包里掏出一根铁链，借助一个翻滚，将铁链甩出去，链头钩住最前面的车轮，顺势一拽。说时迟那时快，自行车原地腾空，车身扭动，车手试图控制平衡，但被侯立明更用力地拖拽，自行车硬生生坠落，"咣当"一声砸在公路上。

一切发生在数秒之间，那蜂拥而上的十几辆自行车瞬间分散，犹如怒放的花朵，只有二三辆车躲避不及，被裹带着摔倒，又将侯立明撞了一下。

分散的十几辆车迅即合拢。侯立明正要爬起来，单手拄地还没挺起身，十几辆车子俯冲而来，势能极为迅猛，无法再躲了。

"低头！"胡东海突然大喝一声。

一团黑乎乎的东西，挟着巨大的风势，擦着侯立明的头顶飞过去。

呼——

嗵！

叮噹咔嚓哗啦……

那十几辆车子被一只破轮胎横扫而过，瞬间撞得七零八落。有的车手翻滚在空中，有的狗吃屎栽到地上，自行车更是交相碰撞，撞得火花四处飞溅。

"下次注意点，蹭到头皮了！"侯立明跳起身冲着胡东海嚷道。

"失手，失手，本来是连你一块收拾的。"胡东海掏出手绢擦了擦额头。

"说好了先救孩子，咱俩的恩怨回头再议！"侯立明说着，抬脚踢倒旁边一个小子。

"我和你哪有恩，只有怨！"胡东海猛出两拳，打翻了两个小子。

冯天从护栏边爬上来，还没缓过劲儿。

"瓷锤，过来帮忙。"侯立明说着，把一个小子横空扔过去，摔在冯天脚边。

"小心——"冯天忽然嚷道。

夜幕中，又有十几辆自行车席卷而来。

第一波的冲锋失败后，板寸头率领精英车手，发动第二波冲击。

胡东海指着板寸头，说："就是那小子打伤了老罗。"

胡东海和侯立明迎着车流，怒奔而上。

领先的两辆车撞向胡东海，胡东海紧握双拳，泰山压顶般，砸向两个前轮。

两辆车从胡东海面前翻滚而起，从空中翻过去，一个撞到了石壁，一个跌下了公路。自行车发出剧烈的破裂声，地上擦出一片火星。

与此同时，侯立明的铁链缠住了板寸头的车头，顺势一带，板寸头向前俯冲，眼看要撞上石壁了，他的人已经离座，双膝微弯，双手猛地一提，将车头抬起，前轮在石壁碰了一下，借助于反弹力，板寸头竟将全身扭过来，面对后轮，同时脚踩车蹬，用后轮朝侯立明撞来。

侯立明甩动铁链，但被其他五六辆车干扰。侯立明停顿瞬间，板寸头的后轮到了眼前，突然一个乌龙摆尾，车子以轴心旋转，前轮狠狠扇向侯立明的脑袋。侯立明抬臂阻挡。板寸头却将车子整个提起来，掼压侯立明。

那边胡东海也被七八辆车围住，一时脱不开身。

侯立明被板寸头的车轮压在地上，前轮缓缓挤向侯立明的脖子……

冯天突然冲过来，挥舞着火把，板寸头连忙后退。侯立明爬起来，抢着铁链追击。

胡东海冲开车群的围攻，与侯立明会合。

"他们在拖延时间，"胡东海说，"照着头打！"

这句话是两个意思：一是照着头打；二是照着头领打。

头领自然是板寸头。

极限小子们知道两个老男人的目的，疯狂上来堵截。

侯立明把铁链甩给胡东海，胡东海抓住一端，两人一左一右，将紧绷的铁链划向车群。前车撞上铁链，后车撞上前车，一番剧烈无比的碰撞，公路上一片喧嚣。

胡东海踩着一地自行车，跃身直扑板寸头。板寸头骑着车子往坡上跑，后轮却被侯立明的铁链钩住。侯立明将铁链一拽，自行车僵持住了。胡东海扑向板寸头的同时，胳膊肘猛击其后脑。板寸头弯腰，胡东海的胳膊肘砸到他的头顶，板寸头翻身倒下。胡东海飞起一脚，将板寸头踢向了石壁。

"哥，看车！"蓝帽子车手突然将一辆空车推来。

板寸头单手在石壁上点了一下，身子一扭，落到空车上，循着惯性向前骑了几米，然后原地掉头，朝胡东海俯冲下来。

胡东海蹲踞在公路中间，如一尊兵马俑。

自行车冲来的瞬间，胡东海的脚伸出去，眼看前轮轧上了脚面，胡东海踢了一下，随即脚尖一转，车轮紧贴着他的鞋侧滑过去。刹那间，胡东海的膝盖往前一顶，车头歪了，与此同时，胡东海的手臂往上一推——就在这一踢、一顶、一推的三股力量作用下，板寸头整个连人带车飞旋着翻滚到空中。

胡东海从空中翻滚的自行车上抓住板寸头，硬生生拽下来，狠狠摔翻在地。

自行车坠落到前方二十多米外，与一堆自行车撞到一起。

胡东海一拳砸向板寸头的脑袋："这是老罗还给你的！"

板寸头喷出一口血。

胡东海起身离去。

→　　4

胡东海从一地狼藉中走过，极限小子们丢盔弃甲，拖着板寸头逃走了。

不远处，侯立明和冯天站在帕萨特的后备箱前，正在说着什么。

"胡大叔，厕霸跑了。"冯天沮丧地说。

胡东海瞥了一眼空的后备箱。

侯立明说："那个兔崽子倒是会挑时候。"

冯天说："他跑不远。"扭头往公路外面的黑暗中望去，"那家伙是个宅男，全靠手机续命，没了手机，他就是个瓷锤、瓮子。"

"兵分两路。"侯立明对冯天说，"我和胡东海追击手术车。你这个废物去抓另一个废物。"

胡东海问："你会开车？"

侯立明傲然一瞥："我开过挖掘机，你忘了？"

胡东海在灞河边留下的第二个创伤，就是挖掘机带来的。

侯立明已经坐进驾驶室："你是跟着车跑，还是趴到车顶上？"

胡东海一屁股坐进副驾驶室："话咋那么稠呢？"

冯天站在公路边，目送帕萨特急驰而去，拐过弯道，尾灯消失了。

估计前方的手术车快到骊山烽火台了。

侯立明提高车速，全力追赶。幸好这不是纵横交错的城市街道，否则刚才与极限小子们乱斗，手术车早就跑没影了。

帕萨特接连拐过七八个弯道。

"追上了。"侯立明说。

前方隐约浮现出手术车的影子。

但胡东海那种奇怪的感觉越来越强烈。

"侯立明，你不觉得古怪？"

"我开车的时候，旁边坐着你，这才叫古怪。"

一个被杀了的人，和他的凶手挤在狭窄的金属壳内，这就像两个仇恨满满的男人，火化之后竟然装在一个骨灰盒里。

"我说的不是这个。"胡东海望向挡风玻璃，尽管只能看见一片模糊的光影，但光影中心的手术车却更像一只白色幽灵，"那辆车并不刻意隐藏行迹。"

"别神经过敏！"侯立明斥责道。

"你是太着急救人了，脑子乱了。"胡东海说。

侯立明一愣，失去女儿的煎熬，无法用言语形容，只想把伤害女儿的人渣撕得粉碎。

胡东海说："如果这是对手故意给咱们设的目标……"

"嘘，手术车停了。"侯立明的声音有些紧张。

帕萨特跟着慢慢停下来，隐藏在树荫里。两人悄悄下车。

接下来手术车的车厢可能会展开，面积将扩大三倍，给手术腾出空间。

胡东海听见那边传来开关车门的声音，但再也没动静了。

巨大的夜幕下，烽火台巍峨耸立，犹如一座古老的舞台，曾经上演了烽火戏诸侯的戏码。风在树枝和石缝间呜呜地鸣响，仿佛两千年前的警报声。

二人悄然而迅速地靠近手术车。

手术车停在石壁前，下方是一片草地，附近的灯光交织在车厢上，四周一片寂静。

二人分开包抄。胡东海突然嗅到一股臭味，他皱了皱眉头，看着不远处的侯立明。侯立明位于上风口，闻不到，胡东海正好处在下风口，夜风送来的气味，表明坏蛋在拉屎。

胡东海等了等，一个模糊的身影从草丛里站起身，提上裤子，哼着歌……

胡东海疾行十几步，扑倒司机，捂住他的嘴，司机吓蒙了。

这边的侯立明冲进后车厢，发现板壁上一片血污，大惊，扑到手术台上，却只是一个医疗模型。

侯立明抓着医疗模型，震惊与茫然令他无法呼吸。

"怎么了？"胡东海拖着司机走过来。

"小若……"

"人呢？"胡东海追问。

"不知道……"

这时，胡东海突然听见一阵嘀嗒声——侯立明晃动医疗模型时，似乎触动了什么。胡东海来不及多说，一把从侯立明手中抢过模型，用力扔出去。

轰隆——

医疗模型在空中爆炸。

侯立明脸色铁青，看着空中绽开的火光，很快被夜幕吞噬。

他从车厢跳下来，朝司机冲过来，司机已经吓瘫了。侯立明揪起司机，挥拳便打，胡东海挡住他。

"先别急，审一审。"

"为啥只有你一个人？"侯立明快把司机的脖子掐断了。

司机双腿乱蹬，嘴角喷着白沫。

胡东海上前掰开侯立明的手，司机咯喽一声缓上一口气。

胡东海问："你车上的人呢？"

"就我……就我一个……是别人花钱雇我开车的……"

原来司机接到订单后，雇主先付了一半佣金，并约定，等到第二天早晨八点钟，手术车返回万寿路，再将剩下的一半钱付清。除此以外，司机什么都不知道。

胡东海看了司机的身份证明，这个人完全不知情。

侯立明狂暴的力量无法释放，猛烈捶击手术车，在咣咣声中，二人陷入困境。

冯天听见远处的爆炸声，看到空中绽放的巨大火花，愣了一会儿，不知道那边出了什么事。他想打电话问问，一摸口袋，手机落在车里了。

冯天继续往坡下走，虽然担心二位大叔的处境，但从刚才爆炸的火光来看，是在空中的，想来不会伤到人吧。

忽然，冯天看到一个身影在悄悄移动，是厕霸，冯天顿时兴奋起来。

冯天走进草丛，伏低身子，借助暗影地带曲折前行，打算从侧面撞翻厕霸。

那个身影溜到树后去了。冯天暗笑，飞快地跑过去。

跑得太猛了，以至于从树后伸出的鞋底，戳到眼前时都没看清，紧接着就是下巴的痛击，冯天"啊呀"一声跌倒在地。

一个人蹲下，揪着冯天的头发，把他的脑袋抬起来。冯天以巨大的夜幕为背景，看到 DJ 炮哥的脸。

炮哥的身旁站着厕霸，正咧着嘴，冷笑着俯视冯天。

紧挨着厕霸的是家政员脏鱼，戴着灰色的棒球帽，提着编织袋。

另一边还站着一个人——那个兔子相的年轻人，戴着白手套，手上转动一尺长的钥匙绳，眼白一闪一闪透出淡淡的红丝。

炮哥揪着冯天的头发，把他的脸扶正，然后咬牙切齿地说："莫——与——钟——摆——论——短——长。"每个字，配合一记耳光，七个大耳光扇得冯天眼冒金星。

冯天想：原来这就是第三级——三级霜冻天，金星难入关。

"别打脸……"冯天抗拒道。

"只能打脸。"炮哥微笑道。

厕霸走过来，对着冯天的脸，一正一反，抽了两个大耳光："智障钟！"

"他的名字叫'冯天'，所以你要称他'智障天'。"炮哥说，"来，介绍一下，这位取代冯天的人——"

兔牙走过来，手上仍在抡着钥匙绳。

炮哥说："这是兔牙，职务：门卫。"

兔牙敬了个礼。

然后炮哥把冯天的胳膊反拧，两个大拇指交叉起来。兔牙把钥匙绳套在两个大拇指上，用力收紧。冯天只觉得一阵钻心的疼痛，鼻子哼了几声。

冯天抬起脸，认真地说："你们不知道自己招惹了谁。"

炮哥踢了冯天一脚："我只知道天亮前你的身子就要掏空了。"

几个人快步走向夜幕深处，脏鱼一边走一边清理着现场痕迹。

然后他们把冯天塞进一辆车里，加速往西边驶去。

现在是午夜两点。

把对手玩弄了大半夜的袁富阳，正在野湖基地的休息室陶醉地闻着钱味儿，等待着最后的准备工作。

院子里传来一阵狗吠。别墅的外墙刷成了白色，一侧长满了爬山虎，窗户都装上了向外伸出的钢框。简易药房只是象征意义的，挂了几件隔离衣，环境脏乱，配备了简单的麻醉、抢救药物，但没有专业抢救设备，因为袁富阳不需要。

院里还有一辆手术车，另一辆已经开出去了，正在外面当诱饵。

袁富阳按铃叫来阿威："手术室准备得怎么样了？"

"正在加紧安装。"阿威语气僵硬，"刚才电路有点问题，已经抢修好了。"

"要快。"袁富阳闻了闻钱味儿，"当然了，久不住人的地方，是有各种毛病，我们也是没办法，客户催得紧。但这又是好事，客户急，就愿意付出，正好借助他的势头，一鼓作气建立基地。"袁富阳难得唠叨，这说明他的心情不错。

在很短的时间内，居然把野湖基地搞起来了，不能不说是个奇迹。此时的袁富阳踌躇满志，有一种"天下何事不可为"的黑熊之气。

阿威面无表情地听着。

袁富阳接着说："地下室的供体一个都不能损伤，这二十几个，拆解后价值很高。第一批做稳了，以后就是水到渠成。"

阿威继续面无表情地听着。

袁富阳已经习惯了对着一堵会呼吸的墙说话："尤其是那个梁若，碰都不要碰，听懂了吗？"

阿威点了一下头。

袁富阳看了看手表："客户早晨六点钟拿货。我必须在凌晨四点之前切割梁若。你知道怎么做吗？"

"我先把焚尸炉准备好。"

袁富阳摆了摆手，阿威挺着腰杆出去了。

这时，袁富阳的手机接到了炮哥的讯息：厕霸已经归队，冯天已经捕获。

袁富阳淡淡一笑，起身走到窗前，望着夜幕下黑沉沉的野湖。

盘山路上，胡东海和侯立明从愤怒和绝望中平静下来。

胡东海再次盘问司机，得知这辆手术车是在友谊医院的大门外接的，司机并没有见过雇主，双方联系、打款，都是通过网络。

这进一步确定了胡东海的推测：这辆车不是属于医院的，否则医院就会知道这辆车已经脱离管控系统，那个大家长不会冒险，去偷去抢一辆手术车。

这辆车的出发地，必然来自大家长的秘密窝点，也就是冯天曾经提过的，一个什么基地。

车是新的，司机接车时，油箱是满的。

胡东海忽然想起冯天："小冯怎么还不回来？"

侯立明的全部心思都在女儿的失踪上，听到胡东海的话，他一皱眉头："那个废物把手机落在驾驶室了，没法联系。"

"厕霸能跑多远呀，这么久追不上？"

"冯天那小子会不会耍诈？苦肉计用完了，回到团伙了。"

"你猜疑心太重。小冯这一路上，哪是苦肉计，分明是苦命计。"

侯立明一摆手："不管他，他不回来更安全。"

"我担心他中了圈套……"

"担心有啥用，先把正事办了！"

二人再不多言，开始寻找线索。

胡东海检查手术车的轮胎，侯立明搜索车厢内部，希望借此探明犯罪团伙的窝点。

这辆车跑了大半夜，带有复杂的气味。在车的右侧有比较明显的狗毛味道，轮胎上也粘着狗毛。车顶上有灰末儿，像是一种扬尘，颜色偏红。

胡东海继续检查轮胎，发现左侧后轮的缝隙里夹杂着一些松叶，各种叶型都有。四个轮胎上还有一种油墨的气味，有非常淡的荧光。但一路追踪而来，并没有相关的厂子。另外，沿街也没有成行的松树景观，这么多叶型的松针聚集起来，肯定是一片林子，但侯立明也想不起来，西京城哪里有松树林。侯立明在落叶收集站干过，他倒是认出了其中一种松针，这种叶子属于一种少见的老白皮松，由于树皮和叶子都容易脱落，且气味难闻，市内很少种植。随着城市建设的步伐加快，白皮松已在市街两旁绝迹。

这时，侯立明在副驾驶座的底下，发现了半张撕掉的加油站发票，日期显示是昨天，残缺的印章上显示"大庆路加油站"。

大庆路在西京城的西郊，但这个信息太宽泛、太模糊。

两人把目前的信息汇总了一下。

→　　　6

手术车昨天从贼巢出来，到西郊的大庆路加油站加了油，然后到了友谊医院外面，等雇用的司机上车，一路出了东门，开到盘山路，抵达烽火台。

换言之，手术车从西郊出发，直至抵达了最东边——对方玩弄人的伎俩，不可谓不高。

烽火戏诸侯，应当改成现代版的"烽火戏猕猴"。

如果不是胡东海和侯立明从车上发现一些细微的线索，这局棋到此，完败。

然而发现这些蛛丝马迹，也只不过是漆黑夜里的一点荧火之光。

知道手术车从西郊来，又能怎样？整座西京城区总面积是 10108 平方公里，按简单四区划分粗略计算，西郊至少有 2000 多平方公里。在这么大的区域内，他们现在得到的，只是萤火虫屁股上的一丝亮光而已。

即便他俩使出吃奶的力气、发挥非人的力量，要找到贼窝，至少也得三天。可那时候，黄花菜都凉了，锅底都长毛了。

两个老男人蹲在车旁，侯立明用一根树枝在地上划拉，胡东海什么都看不清。头顶有一弯残月，一抹淡淡的青白色光芒洒在公路上。

侯立明划拉完了，问："你看呢？"

"我看不见。"胡东海说。

侯立明"啪"的一下把树枝撅了："看不见你不说一声，耽误事嘛！"

"我以为你画完了就有主意了。"

"啥都是你以为的，那你号称龙王，现在全靠你了！"

"你别跟我嚷，我也着急。我侄子还在他们手上呐！"

"侄子重要还是女儿重要？"

"小灿是我们胡家唯一的种！"

"看看你这流氓无产者的腐朽落后思想……"

"老子也想先进啊，当年要不是你陷害老子，老子这都生二胎了！"

侯立明把脸侧过去，嘟囔道："……你动不动翻旧账，你的层次也就跟罗有根一样，两个低端货。"

"罗有根咋了？罗有根——"胡东海忽然眼睛发直，"对呀，我咋把根叔忘了。"

胡东海连忙掏出手机，拨通了吉祥村前村长家的电话。

经过传递，电话到了罗有根手上。

罗有根气急败坏地嚷道："凌晨两点半，哪个东西骚扰我？"

胡东海简略介绍了一下情况，说道："老罗，我们正在寻找贼窝的位置。"

罗有根平静了："你想问啥？"

胡东海把汇总的信息告诉了罗有根。

罗有根是职业讨债人，走遍西京地头，可以说熟悉西京所有路面。

"松树林我倒是知道，在西郊。"罗有根说，"这些年道路拓展，尤其是地铁建设加快以后，地铁经过哪里，就需要把大树连根挖起、移栽。后来就形成了北郊的槐树林、西郊的松树林。"

胡东海这才明白，难怪他的那位狱友绘制的暗地图中，没有相关信息，因为那人入狱时，还没有开始大规模建设和移栽。所以这些信息在他的脑子里，当然也是空白。

"可是其他的，我就不清楚了。"罗有根有些沮丧。

胡东海打电话时，侯立明就在旁边盯着，发现胡东海的脸色一沉，知道不顺利，他一把抢过手机。

"罗有根，你答应帮我三次，现在就算是第二次，第三次可以免了。"

"猴王，这时候我还能隐瞒吗？把那帮野路子砸扁，不正是我的心愿吗？"

"那你是真不知道了……"侯立明突然感到一阵绝望。

市井江湖之深远，竟是如此无依无靠。

"要是肥宽在，还有人商量一下……"罗有根说着，忽然声调一变，"哎，为啥一想到肥宽，我就莫名其妙联想到她呢？难道肥宽和她曾经有一腿？"

"你说什么废话？"侯立明准备挂断手机了。

"周亦红！"罗有根尖叫道，像踩了尾巴似的。

侯立明攥着手机呆住了。

"周亦红的能量你猜都猜不到。猴王我告诉你，能把那些信息整合起来的，只有周亦红——周大仙儿！"罗有根尖声嚷道。

侯立明沉默不语。

松树林、大庆路加油站、油墨废料——能把这三条线索拧成一股绳，并指向准确坐标的，恐怕只有那个女人了。

胡东海也听到了罗有根的尖叫，他觉得罗有根的尖叫很及时也很合理。

曾经，侯立明为了给女儿祈福，在周亦红那里暴露了行迹。此时此刻，他又将因为周亦红一次小小的帮助，去茫茫黑夜寻找女儿。

胡东海拿过手机，问罗有根："你有周亦红电话吧？"

"那个号码只是对外的。这深更半夜的，只能打她的私人电话，可是我没有啊。"罗有根从激动中冷静下来，忽然意识到自己揽了一个麻烦。

胡东海对罗有根循循善诱："你可以这么考虑，比方说周亦红欠了你一个亿，半个小时后，她就逃出国门了……"

根叔身为职业讨债人，纵横民间金融界二十载，哪受得了这种刺激？

罗有根先给自己做了两分钟的心理暗示，然后开始打电话。

他盘腿坐在村长家的鸭池边，一共把五个人从后半夜的睡梦中吵起来。

而在寂静的盘山路上，巨大夜幕笼罩下，困守于巍峨烽火台的两个老男人，正紧张地盯着手机。

手机躺在车厢的手术台上。

响了，屏幕亮了。

叮叮咚咚，叮叮咚咚……

胡东海摁了免提键。

罗有根平静地说："猴王，联系到周亦红了，对不起，她让你自己打电话问。"

第十七章
疾风骤雨一盏灯

→   1

环形路望不到尽头，盘盘绕绕是命运的纠缠。

盘山公路犹如环绕在黑夜中的缎带，两旁连绵不尽的灯光衬托着飞驰的手术车。车头大灯雪亮，虽然光束无法刺破重重夜幕，但从烽火台往下看，犹如甲壳虫一般的渺小生命，透射出无与伦比的力量之光，足以令天地动容。

手术车后面是那辆帕萨特，交给了雇用的司机。两辆车一前一后驶出了灞临路口，分路而行，司机听从吩咐，开着帕萨特乖乖去往南郊，手术车加速朝西郊急驰。

侯立明一言不发，紧握方向盘望着前方。从盘山路一下来，道路愈加宽阔平坦，偶有车辆迎面驶过，侯立明的脸庞在闪烁的灯光里一明一暗。

胡东海同样沉默，正摸索着在纸上描画地形图。

周亦红那神秘莫测的人脉编织力再次得到验证，她指出，西郊昆明路上的沣惠渠两旁种满了白皮松，沣惠渠从上世纪 40 年代初便已存在，是西京仅存的以白皮松为景观的老路。后来全城各处挖出的松树，都移栽到那里，形成了西京独一无二的松树林景观。

沣惠渠再往西一公里左右，曾经有个印钞厂，后来整体搬迁了。周亦红曾经为厂里的某人摆平过一件事。

大仙儿进一步指出：这些信息交叉起来，落点的概率百分之九十，圈定在印钞厂以西两公里范围。

胡东海画好了图，扭头瞥一眼侯立明。侯立明的姿势不变，仿佛焊在座位上的一尊铁像，但他的额头和后脖颈浸满了汗水，不停地用手背擦拭额头。

脑海中飞逝而过无数碎片……与二十多年时光尽头的一切重叠起来，侯立明的思绪瞬间跌回到命运洪流中。

如今的周亦红，可以说是当年侯立明塑造的。

周亦红小时候住在棚户区，屋子用捡来的塑料布糊着天花板。家里有个低矮的柜子、一口破箱子、一大一小两张木板床，除此之外，便是门里门外堆积的破烂。

小小年纪的她心底暗暗发誓，一定要脱胎换骨。

初中一年级时，全家终于搬出了棚户区。

高中时，周亦红就认识了侯立明，被他的魅力俘获，此后便纠缠在侯立明的气息中无法自拔。两人越来越甜蜜，直至海誓山盟。不料，侯立明突然和齐芸芬结婚了。深度沉迷而执着于感情的周亦红，备受打击，不知怎么解释这一切，就开始信命，从此经过多年磨炼，终成大仙儿。

因一场错误，因一个男人的伤害，而成就了一方"扛把子"。悲也？喜也？

但刚才在手机里，两人对话的声音又是那么平静。

静如止水。

周亦红谈论的，只是一个坐标，听不出任何感情的波澜。

直到最后出现了几秒钟沉默。

然后周亦红吸了口气，嗓音有一丝颤抖地说："你什么时候……"

但侯立明已经挂断了手机。

现在的时间是凌晨三点二十分。

侯立明回到眼前的世界中，不停地用手背擦拭额头。

胡东海碰了一下车载 CD 的开关，一首老歌的旋律飘起来：

无谓问我一生的事，谁愿意讲失落往事，有情无情不要问我，不理会不追悔不解释意思，无泪无语，心中鲜血倾出不愿你知，一心一意奔向那未来日子……

"什么玩意儿？"侯立明不耐烦地说，"靡靡之音，低级趣味。"

"这是《英雄本色 2》的主题歌。"胡东海关了 CD，"不过我更喜欢《射雕英雄传 2》的主题歌。"

脑海中再次回荡起来：人海之中找到了你，一切变了有情义……啊啊啊……人生匆匆心里有爱，此生有意义，一世有了意义……

"你哼哼啥？"侯立明忽然扭头瞪着胡东海。

"我哼了么？"胡东海歪着脑袋。

"你再哼哼一句，我就让你驾崩算了！"

→　　2

野湖基地的夜色仿佛比别处更浓，黑云低低地压在半空，就连风也变得冷冽而锐利。

冯天被推进地下室时，刀疤脸和咬舌男正在戏弄胡小灿。

咬舌男的飞刀耍得溜溜转，他先在手上玩着匕首，然后叽叽地说一声："小子，看刀！"

嗖——

嘣！

匕首正中木板中心，木板顶在胡小灿的脑袋上。

"可别扎到肚子。"刀疤脸好心提醒道。

"差着八丈呢，我把眼睛蒙起来都标不到。你不服？"咬舌男问胡小灿。

"我服——你——"胡小灿喘了口气，"——个变态。"

"哎？他咋骂人呢？"咬舌男那张阴狠的脸上出现了受辱的表情，略显呆傻的目光更执拗了。

"有种往这儿扎，来，我给你画个靶子。"胡小灿在自己肚皮上画一圈，"你不扎，你就是没把儿的畜生。"

"哎？他骂的啥意思？"咬舌男问刀疤脸。

刀疤脸正在琢磨，冯天被推进来了。

冯天的脸颊肿着，伤痕累累，笑着说："他骂你是畜生里的太监。"

刀疤脸恍然大悟地说："噢，他说你不光是畜生，还不能配种。这是给你的双重侮辱。"

咬舌男变得很安静，手上的匕首却耍得更溜了，绕着手指"呼呼"转了十几圈。

"行了，忍一忍啊。"炮哥说着，拍了拍咬舌男的肩膀，"咱们是联盟，约定就是承诺，事后我们大家长会给你们老板美言几句。"

"还有事后啊？"冯天说，"你们的生命倒计时已经开始。"

"滚开。"炮哥一脚踹到冯天屁股上，直接踹进了囚室。

咬舌男对炮哥说："我要砍掉他的手。"

"咱们不是说好了嘛，胡小灿是供体……"

"不！我要砍他的手。"咬舌男竟指着冯天。

"那是为啥？"大家都愣了。

"他说我是畜生里的太监。"咬舌男说。

"我去，我只是翻译……"冯天愕然道。

"你骂我，我听懂了！"

现场一时混乱起来，供体们抓紧时间躁动，有人拍打铁栅栏，有人要喝水。

这时阿威进来了，身旁跟着鸡冠头。阿威往这儿一站，大家慢慢安静了，都不敢看他的眼睛。

阿威对炮哥说了句什么，炮哥朝外面喊："兔牙——"

兔牙快步走进来，手上抡着钥匙绳。

然后阿威朝身边的鸡冠头点点头，鸡冠头上前一步，和兔牙站到一起。

炮哥说："你俩守在这儿，待会儿点到哪个供体，你俩负责把供体带出来，交给护士。"

囚室里陡然漫过一阵恐怖的声浪，头顶的灯管发出"咝咝"声，光线忽明忽暗，地下室愈发显得阴暗森冷，有女子开始哭泣。梁若脸色苍白，身子不由得抖动起来。炮哥离开时，往她这里瞥了一眼，嘴角有一抹冷笑。

隔着囚室，冯天对梁若说："别怕，你爸爸会来救你的！"

梁若看着冯天，神情极为复杂，是爱还是恨，是不信任还是依赖，说不清道不明的情感，与恐惧、迷茫的情绪交织起来，更让她感到虚弱无力。

胡小灿试探地问："你见过我叔叔吗？"

"当然了，他也正在找你。"冯天说，"和梁若的爸爸一起。"

"她爸爸是谁啊？"胡小灿随口问。

"侯立明。"冯天说。

"什么？"胡小灿惊讶地瞪大眼睛，"我叔叔和侯立明……不可能不可能，我叔出狱后没干别的，整天就想着怎么弄残侯立明。"

"你爱信不信。"冯天没空搭理胡小灿，眼睛望着梁若，"小若，你别生气，那样伤身体。"

"不用你管。"梁若有气无力地说。

"我对不起你……确实，我该死……我入行的时候，是炮哥跟我煽呼的，我当时对社会有偏见，就想着，能够出去闯荡江湖，能够不被人欺负，还要骗得人晕头转向的感觉，实在兴奋。"冯天说，"我上道以后，骗了一些人，也挺有成就感……直到遇见你。"

胡小灿说："喂，骗子就是骗子，别把自己包装得像个饺子。"

"关你什么事？"冯天怒视胡小灿，但他脸上有伤，一怒的样子更凄惨。

胡小灿哼道："我就知道你是骗子，竟然说我叔和侯立明那个王八蛋一起……"

"不准你骂侯立明！"冯天说。

"怎么，他是你老丈人，你们已经确定关系了？"

"嘴这么贱，找打啊。"冯天气势汹汹走过来。

没想到胡小灿的手更快，一个大耳光抽过去。

冯天的脸上流着血，一脚踢翻了胡小灿。

胡小灿往地上一滚，忽然捂着肚子叫起来："好疼啊——疼死我了——"

"哎哟，肝脏破裂，"旁边的眼镜青年蹲下来，撩起胡小灿的衣服，摸了一把，"哎呀，肚脐眼都翻起来了。"

鸡冠头打开囚室门冲进去，冯天上前帮忙。胡小灿忽然往鸡冠头的身上撞了一下。与此同时，冯天的手疾如闪电，从鸡冠头的裤袋里拿出了手机，顺手一转，到了另一只手上，然后传递给眼镜青年。

眼镜青年刚要塞进口袋——

手机却没了。

"神偷啊。"兔牙的白手套上出现了一只手机，低头看了看，"还是团伙作案。"

胡小灿继续扭动着身体，大喊："疼死了"。

冯天说："起来吧，你的伪装术还欠火候。"

兔牙挨个儿扫视三个人："你猜咋回事？我最恨小偷……"

"供体准备好了没？"地下室入口处忽然传来问话声。

一个穿着白大褂的女人走进来，长得五大三粗，旁边跟着两个打手。

兔牙扭头问："第一个选谁？"

那女人指向男囚室，淡漠地说："他。"

女人的手指对着那个十二岁的男孩。

胡小灿突然冲过去撞向兔牙，但被鸡冠头横着撞开了。鸡冠头的脚下没怎么动，只是侧了一下身子，胡小灿就撞到了墙壁上。

兔牙对鸡冠头说："下不为例啊，这样会震伤供体的内脏。"

"我是在帮你。"

"不需要。"兔牙扭头对打手说，"快快，带走。"

小男孩哭着对兔牙说："大哥哥，你答应带我回家的……"

冯天抢上一步："换我去！"

"这年头还有人当英雄？"兔牙说，"噢，在女朋友面前装大瓣蒜。"

鸡冠头把冯天推到墙角："你别急，会轮到你的。"

一个打手把小男孩掂在肩膀上，另一个打手冷眼扫视囚室。小男孩拼命挣扎，哭得撕心裂肺，十分悲惨。

梁若喊："你们不是人！"

小男孩的哭声渐渐远去，消失了。

冯天双手紧攥铁栅栏："你们不知道自己招惹了谁。"

→　　3

手术设备终于安装完成，袁富阳需要检验一下，便选了那个十二岁的男孩。

袁富阳照例喝了三杯烈酒，哼着小曲，一摇三晃走向手术室。

厕霸忽然追过来，越过炮哥，直接向大家长禀报：监控显示，那辆手术车竟然开回了西郊，原本说是在万寿路交车，现在快到西郊印钞厂了，而胡东海和侯立明的帕萨特正朝南边去，目前已经出了朱雀门，直奔子午路，不知想干什么。

在微醺的醉意中，袁富阳最关心的是手术车，立刻派 DJ 炮哥和脏鱼把车收回来，要求将痕迹处理干净，不要在外边留下一丁点儿线索。

袁富阳走进手术室。

白色的灯光中，那孩子躺在手术台上，满脸惊恐。

"别怕，睡一觉，起来你就在天国了。"袁富阳露出麻木的笑容，"你是第一个，然后会有个姐姐去找你，她很漂亮，也很值钱。"

袁富阳说着，伸出舌头，在自己的右手食指上舔了舔，然后用沾着口水的手指，在孩子的眼皮上抹了一下。

孩子吓得惊叫一声，浑身哆嗦。

袁富阳的手指竖在嘴唇上："嘘。"然后示意旁边的护士注射麻醉剂。

袁富阳戴上口罩，只露出两只蛇一样冷的眼睛，眼白上布满了猩红的血丝。

片刻后，孩子昏睡过去。袁富阳拿起手术刀……

那个护士突然逃出门外，满脸惊惶。

在她身后，仿佛从黑暗之境传来的微弱惨叫，比人世间所有的痛苦加起来还要可怕。

松树林在夜幕中连成一片，黑压压无边际。这里的气温比别处低，风吹过，让人骨头发冷。墨蓝色的天空中，还能看到一弯残月，清清冷冷的月色，映着天边的三五颗星星。

白皮松散发的气味，被各种松树的木香遮掩，融合成一股奇怪的松香味道。

松树林中间有一条水泥路，在路灯下落满了松针，平时很少有车辆经过。

之前大家长派人往外送车，选择从松树林穿过，确实利于隐藏行迹。从树林出去就到了沣惠渠的末端，从那里转向城市主干道，车的来历便无人可知。不过大家长没料到，这却让手术车的轮胎粘上了松针，成了破绽。

此刻，那辆手术车停在松林中间，在阵阵松涛中，白色的车厢显得十分醒目。

远处忽然传来摩托车的轰鸣声。

蜿蜒的马路上，一道朦胧的光忽隐忽现，炮哥带着脏鱼赶到了松林。

远远地看到了手术车，炮哥加快摩托车的速度，向着目标飞驰。

嘭！

车轮撞上一个坚硬的物体，猛然翻滚起来。脏鱼往后仰翻，一直滚到树根前停住了。炮哥从车座上弹射出去，狠狠撞到一棵树上，跌落下来。

胡东海和侯立明扔了木桩，分头抓起二人，带到一棵粗壮的松树旁。

"梁若和胡小灿在哪里？"胡东海蹲下来问。

炮哥和脏鱼从晕眩中缓过来，炮哥披头散发，晃了晃脑袋，脏鱼蜷成一团，一动不动。

侯立明在旁边绕着二人转圈，目光冰冷。

"我问最后一遍，梁若和胡小灿在哪儿？"胡东海逼视着炮哥。

"不知……"

啪！

胡东海甩出一个大嘴巴："想好再说。"

侯立明转动的脚步更急躁了，黄书包拍打着腰部，里面传来"哗啷哗啷"的声响。

炮哥翻着白眼冷笑："有种杀了我啊，老傻×。"

侯立明上前，用胳膊压住炮哥的肩膀，说道："这一招叫砍树杈，我在深山老林砍了一年多。"

他以掌为刀，猛砍炮哥的脖子侧面，耳朵到颈动脉，一股强烈的酸麻刺痛感袭来，一下把炮哥砍倒了，半边身子抽搐麻痹，呈现半身不遂症状。

胡东海面向脏鱼："你是好孩子，你说。"

脏鱼全身紧缩，躺在地上像一条死鱼。

炮哥咬牙切齿道："敢乱说，弄死你！"

侯立明从黄书包里掏出一个空塑料袋，罩住了炮哥的头。炮哥拼命撕扯，但塑料袋紧紧套在脑袋上，随着急促的吸气，塑料袋凹下去，嘴巴那里形成一个丑陋的坑，五官紧贴袋子，里面的空气越来越少，炮哥的四肢抖动。

侯立明把炮哥提起来，像提着一只大龙虾，一把扔出去，撞到树上。"嘭"的一声，炮哥弹回来，滚到脚边。

侯立明提起炮哥，再扔出去撞到树上，"嘭"的一声，炮哥又弹回来。

侯立明第三次提起炮哥……

"别打他了，我说！"脏鱼突然发出叫声。

胡东海连忙掏出那张纸，是他在路上画的地形图。

脏鱼的手指从松树林往西移动。"这里……有个废弃的印钞厂……印钞厂往西五百米，有一片野湖，野湖东南角的别墅群，外边贴着广告语：珍爱生命，远离网络……剁手党可耻……"

"他们都在里面关着？"胡东海问。

"嗯，地下室。"脏鱼点点头。

"具体位置？"

"地下室在3单元……手术室在……"

"你是不是找死！"炮哥脑袋上的塑料袋裂开了，鲜血从鼻腔和嘴巴里喷出来，破口大骂。

"手术室在哪里？"胡东海追问。

脏鱼看着炮哥，不敢说了。

侯立明拎起炮哥，第三次往树上扔去，快撞到时，炮哥用双手一探，借着惯性，身子扭动，同时伸出一只脚踢到树上，人已经到了七八米之外。

"×××还有这功夫。"侯立明说。

胡东海正要追，炮哥一头钻进手术车，开车撞了过来。胡东海急忙往旁边躲，不料手术车是奔着脏鱼去的，直接从脏鱼身上轧过去。脏鱼发出一声哀号，炮哥又将车倒回来，再次碾压过来，脏鱼身上响起骨头断裂声。

炮哥的车轮第三次碾向脏鱼。胡东海一把将脏鱼拽过来，奄奄一息的脏鱼呕着乌黑的血。

侯立明砸碎车窗，抓住炮哥的长发，炮哥狂踩油门，想要拖倒侯立明。侯立明生生揪下他的一把头发，带着血丝，手术车撞到松树上停了。

炮哥从车里跳下来，逃进松林深处。

胡东海步步紧追。

树林在胡东海眼前是一大片竖立的黑影，风从耳边吹来，松涛阵阵。胡东海知道炮哥有很强的追踪与反追踪能力，并且擅长跑酷，但他找错了主场——暗夜之中的松林，并非城市的水泥丛林，这里正是"夜盲之狐"的天地。

炮哥在能见度极低的松林中，勉强施展着跑酷技能，脚尖点树，在空中飞跃翻滚，像一只猿猴。

胡东海视野中有个模糊的猴影，不禁冷哼道："我看见猴子就来气，你还跟我玩这一套。"

树林外面的侯立明打了两个喷嚏。

炮哥在逃跑中，分明是朝树林外面跑，但转了一圈，突然看见胡东海站在树旁。炮哥急忙一个飞跃，脚尖点树，身子翻滚，逃到树林深处。再一看，胡东海站在树旁。夜盲之狐如影随行，炮哥像是遇到了"鬼打墙"，逃不脱胡东海的魔爪。

胡东海的追击三要素：方位、风向、脚步声。

三要素归一，铁拳无敌——嗵！

炮哥胸口遭到痛击，后背撞到树上，就地一滚，纵身而起，单脚踩到树上，可惜这次算错了树的宽度，一脚踩空，裤裆硬生生撞到树杆上。还没等他自己落下来，胡东海从半空抓住，一个大背挎，狠狠将炮哥摔在泥坑里，然后倒拖着穿过松林。

胡东海把炮哥丢在地上，一只脚踩着胸口。

侯立明正蹲在脏鱼身边，脏鱼只有进气没有出气了，嘴巴往外涌动的黑血越来越少。

地上的炮哥侧过脸，毫无怜悯地看着脏鱼。

脏鱼嘴里发出气流声。侯立明凑过去听了听，点头说："放心去吧，我知道你的名字了。你叫陈展新。"

"陈展新，你妈妈跟人走了，你爸爸不要你了，你愿意跟我们生活吗？

"陈展新……"

陈展新用最后一口气，伸出带血的手指，在地上画了个"2"。

"啥意思？"侯立明抬头看了看胡东海。

"他是告诉咱们，手术室在2单元。"胡东海说。

侯立明把陈展新抱起来，放到车里。

沉默的动作中，侯立明忽然说："如果搁到现在，你的案子可能不会那样子。"

"嗯？"胡东海没反应过来，呆呆看着侯立明。

"当年灞河案发生时，指导公检法办案的是一九七九年的《刑法》，当时的背景是疑罪从有。"侯立明看了胡东海一眼，"到了一九九六年《刑事诉讼法》修改时，确立了疑罪从无原则。也就是说，没有见到我的尸体，这案子会审很长时间，会有很多反复。"

"可我当时告诉警察，是我亲手打死了你，我很骄傲。"

"你招供认罪了？"

"当时我不认为自己是'认罪'。一人做事一人当，大丈夫有所为，有所不为……"

"流氓无产者的标准傻×思维。"

"你无耻，是你陷害我的！"胡东海怒道。

"你当时稍微冷静一点，也不至于栽这么大个跟头。"

"那还是怪我了？"

"唉，一言难尽啊。"

"我跟你有啥一言难尽的，我跟你两句话就说清楚了！"

两人坐进手术车。侯立明用电线把炮哥捆得结结实实，脸对脸躺在脏鱼旁边。

手术车穿过松树林，沿着沣惠渠向西急驶，经过废弃的印钞厂，看到了那片野湖。车在这时候没油了。

两人从车里下来，把炮哥拖出来，解掉电线，一人提着炮哥的一只脚，拖到别墅外面。

院子里隐约透出灯光，传来狼狗的叫声，不时有人影晃动，步伐整齐，显然是巡逻的打手。

两人来到基地大门外。

胡东海整了整藏青色西装，侯立明把黄书包挎到身后。

黑沉沉的夜幕衬托着夜盲之狐与鬼隐者的身躯。周围是连成片的废弃建筑，荒草围绕的野湖上，飘起薄薄的水雾。水雾蔓延到对面的别墅，那几座建筑仿佛冰冻的野兽，耸立着狰狞的轮廓。

"干吧。"胡东海说。

→　　　4

野湖基地的大铁门关着，戒备森严，围墙上拉着电网。

第一步只能智取进入大门，若失去这唯一的机会，凭他们两个不可能攻入别墅。

侯立明把炮哥脸上的血迹随便擦一下，用自己的胳膊托着炮哥，跌跌撞撞走向大门。

打手们忽然看见两个人走来，其中一个是炮哥。

侯立明抬起炮哥的手臂挥了挥，学着炮哥的口音说："开门。"

大铁门缓缓拉开。炮哥脸上青一块紫一块的，脚步踉跄，看起来只剩一口气了。侯立明的胳膊稍微松了一下，炮哥突然一挣，身子往前蹿去，同时大喊："关门！"

刚说开门，又说关门？打手们愣了愣。

炮哥从半开的门缝钻进去，反手关门。

情急中，侯立明的身子猛地往前倒去，双手推开铁门，自己摔了个狗吃屎，爬起来剧烈咳嗽，吐出血沫，并发出鬼一般的号叫："我俩有病！我俩这病传染！"

一边咳嗽，一边往附近的打手脸上吐血沫。

这"活色生香"的一幕着实刺激，打手们的训练程序里，没有对应传染病的科目。那脸上被吐了血沫的打手，用手一划拉，先就慌了。他往后退，撞倒了另一个打手，其他人惊恐起来。

门口登时炸了锅。

围墙暗处的胡东海乘虚而入。

炮哥慌急中尖声喊道:"别乱,有刺客!"

侯立明扑过去抓炮哥。炮哥一扭,侯立明撕掉了炮哥的衬衣,"哧啦"一声响。

半裸的炮哥嘶叫:"放狗!"

十几条恶犬如开闸的洪水,从狗舍里狂奔而出。

冲在最前面的恶犬猛然一纵,前爪奋起,将侯立明扑倒在地。

胡东海上前踢了一脚,那狗吃痛,跑开了。胡东海说:"我不杀动物!"

侯立明从地上爬起来,吼道:"你眼瞎啊,这是用草原狼和狗直接交配的,闻到血味就吃人!"

群狗直扑侯立明,吠声震天响。领先的狗前爪一纵,再次扑倒侯立明。侯立明一拳打到狗头上,那恶犬呜咽一声翻滚在地。

侯立明怪叫道:"为啥只咬我?"

胡东海紧赶几步,一把扯掉侯立明书包上挂着的一片布。原来那是从炮哥身上扯碎的衬衣,不小心粘在黄书包上,被书包的带子挂住了。

胡东海捡起地上的血衫,冲向炮哥。

院里的景象很奇怪,群狗本来追咬侯立明,忽然茫然无措,然后嚎叫着追赶胡东海,而胡东海则在追赶炮哥。

侯立明斜刺里飞身一脚,将炮哥踹翻在地。胡东海急赶数步,把血衫捆在炮哥的左臂上,然后猛地掰折炮哥的右手,就在群狗即将扑到胡东海的瞬间,他抽身而退。群狗循着惯性又往前扑了十几米,在院里大回旋,以扇形队列奔向炮哥。

炮哥从地上爬起来,玩命儿逃窜。一边跑一边试图解开左臂上的血衫,但右手脱臼了,一碰就痛得龇牙咧嘴。

炮哥无路可退,朝着半开的铁门冲去,一个打手正在关门。

"开门!"炮哥尖叫。

打手急忙敞开门,炮哥一头钻出去,大喊:"关门!"

已经来不及了,十几条恶犬冲出了院子,在夜幕中追逐炮哥。远处传来此起彼伏的嚎叫声,声势震天。

"还是你这个流氓无产者更狠。"侯立明对胡东海说。

"我不杀动物。"胡东海说。

"那你今天晚上要破戒了。"侯立明环视院子。

打手们蜂拥而上。

→　　5

院子并不是战场，胡东海的目标是 3 单元的地下室，侯立明则要攻取 2 单元的手术室。

二人迎着打手们冲上去。

"我们只救人！"胡东海厉声说，"杀首恶，余者不问，挡我者死！"

打手们毫不理会，各个扭曲着脸庞扑过来，似乎要凭一股威势将二人撞碎。

侯立明说："道理讲完了，该用行动教育他们了。"

两人纵身而起，挟着怒放的夜风，迎头扑入战阵，挥拳劈开一个豁口，犹如巨石从山顶掠下——激水之疾，至于漂石，锐不可当！

打手们的第一波围攻崩塌了，七八个打手翻滚在地。

二人并不恋战，趁着打手们重组队列时，急速冲过院子，在小楼前分开，胡东海跑向 3 单元，侯立明跑向 2 单元。

3 单元的地下室正在吵架。

胡小灿又成功地把刀疤脸和咬舌男惹急了。

咬舌男"叽叽"怪叫，要砍胡小灿的手，兔牙和鸡冠头在囚室前挡着。

"供体不许碰，只能上手术台。"兔牙一边说，一边抢耍着钥匙绳。

"砍手又不伤内脏。"咬舌男直着脖子说。

"手腕有大动脉，他那小身板，失血五分钟就得死。"兔牙拿出了理科男的严谨作风。

胡小灿在囚室里扭着屁股："来，基佬，最漂亮的菊花摆在你的灵堂上。"

咬舌男气得哇哇叫，亮出匕首就要戳兔牙。

刀疤脸赶忙抱住他："咱们是联盟，你不能戳自己人。"

"他不让我砍那个狗东西！"咬舌男指着胡小灿。

刀疤脸紧抱着咬舌男："兄弟，我早都认命了，那小子就是咱俩的克星……"

"我非砍他的手！"咬舌男双脚乱蹬。

胡小灿继续拱火："你这个天赋异禀的贼胚，来呀——哈哈哈……呃？"

咔嗒。

囚室的锁忽然打开了，兔牙把铁栅栏推开。

"太嚣张了，忍不下去了，动手吧。"兔牙对咬舌男说。

刀疤脸双臂一松，咬舌男如脱缰的野马，一跃而出。他的肢体灵活性极强，转眼就到了胡小灿身旁，直接把胡小灿按压在墙上，一只手上寒光一闪，匕首刺向小灿的腹部。

"救命！"小灿大喊。

嗡——

一团黑影挟着大风飞过来，闪电般砸到墙上。

咚！

墙上砸出一个裂口，砖石水泥哗哗落下。

哐当。

那东西落到地上，是一柄铁锤。

咬舌男惊得忘了手上的动作，匕首的尖部已经刺到了胡小灿的衣服，胡小灿那娇嫩的腹肌已经感到了一丢丢凉意，距离死神只是一个呼吸之间。

"叔叔！"小灿泪崩。

胡东海甩出铁锤后，脚下未停，几个大步冲到了囚室前。

鸡冠头反应最快，扔掉手上的香烟，健步迎上，手上抢着一把短刀，劈头盖脸砍过来。胡东海一侧身，单手架开对方胳膊，一掌扇在鸡冠头的脸上，把鸡冠头扇得原地转了一圈。

兔牙、刀疤脸、咬舌男急速赶来。

咬舌男一马当先，匕首直刺胡东海的咽喉。胡东海偏过脑袋，膝盖顶上咬舌男的肚子，咬舌男扭身躲过，匕首从右手换到左手，仍刺向胡东海的咽喉。紧接着刀疤脸和兔牙也到了，一左一右夹击。刀疤脸出拳威猛，砸向胡东海的太阳穴，兔牙的白手套直捣胡东海的后脑。

头部的三个角度完全封死——咽喉、太阳穴、后脑勺。

胡东海的两个胳膊肘用力抬起，撞向刀疤脸和兔牙。但咬舌男的匕首躲不过去了，情急中，他的腰杆拼命往后一弯，这个弯折的动作可真要命，胡东海的老腰许久没这么弯过，感觉自己的脊柱啪啪直响，痛得直吸凉气。

动作虽然狼狈些，不过咬舌男的匕首刺空了。咬舌男立刻将匕首换到右手，用力向下一划——就这么片刻的工夫，他的匕首已经来回换手六次。

果然在第六次中了六合彩。

胡东海直起腰的动作慢了一步，"哧啦"一声，匕首划破他的衣服，在肋侧割出一道伤口，鲜血涌出，洇湿了西装。

与此同时，鸡冠头纵身而上，短刀砍在胡东海的肩膀上——扑！

紧跟着刀疤脸一拳打在胡东海的胸口，胡东海的后背撞到铁栅栏上，咣当一声巨响。兔牙随后赶上，白手套照着胡东海的肋侧伤口又补了一拳——嘭！白手套上顿时一片殷红。

"处女血啊。"兔牙笑道。

他的笑容还没有完全展开，手臂就被胡东海擒住了。兔牙没料到，胡东海在连番遭到重击时，反应还能这么快，中年男人这不科学。

"你自己送来的。"胡东海说着，单手用力一掰。

"咔叭"，兔牙的手臂折了，骨头从衣袖里翘起，正好能挂钥匙绳。

"啊噢！"兔牙怪叫一声，跌坐在地。

咬舌男和鸡冠头再次攻来。胡东海略微错步，胳膊猛地抬起，拳头狠狠顶在鸡冠头的下颌，鸡冠头的牙床都裂了，闷哼一声，斜着滚开了。

咬舌男的匕首到了面前，胡东海故技重演——不退反进，迎着匕首而上。

对于单细胞坏蛋来说，出乎意料的一招，永远是出乎意料。咬舌男又是毫秒之间的迟疑，胡东海飞起一脚，正中咬舌男的胸膛。咬舌男仰翻，后脑撞在刀疤脸的鼻子上，撞了个"满脸开花"。两人纠缠着在地上滚了两圈。

胡小灿赶过来，一脚踢到咬舌男脸上。

胡东海几步冲到囚室里，捡起铁锤，提在手上。

"一起走！"胡东海目光一扫，"梁若呢？"

"带到手术室去了。"小灿哭丧着脸说。

胡东海目光一凛，不再迟疑，抡起铁锤砸掉女囚室的锁，供体们聚集起来。

眼镜青年示意胡小灿上前，一起架起冯天。冯天歪着脑袋昏迷着，嘴角有血。

胡东海问："咋回事？"

"梁若被带走的时候，他发疯，被坏蛋打晕了。"

眼镜青年对胡小灿说："幸会啊，以后有空去南马道巷找我玩，我家开了个老年棋牌室，我天天陪着老头儿打麻将……"

就在这时，一阵纷乱的脚步声传来。刚才被关在门外的打手们撞破单元门，杀过来了。

"先待在这儿。"胡东海说。

"叔叔……"

"一会儿就好。"胡东海说，"你们把脸转过去。"

胡东海大步走到铁门前，一脚踢飞了桌子，后背靠着铁门，仿佛把自己焊在了门上。

纷乱的脚步声沿着台阶轰响着下来。

胡东海手提铁锤，肩膀上的血顺着袖口往下流，一滴一滴打在地上。他身上却透出睥睨一切的霸气。

"我只救人，挡我者死！"

十几个打手呐喊着冲向胡东海。

跑在最前面的打手一个猛子撞到胡东海的铁锤上，整个身子凌空翻起，"哗啦"一声，把天花板上的灯泡砸碎了。

狭窄的走廊里顿时变得昏暗。

一团凌乱的影子扑向胡东海，撞击声与喊叫声连成一片。那扇紧闭的铁门传来剧烈的咣咣声，夹杂着此起彼伏的声浪：

"咚！"

"啊——"

嘣！

嗵！

昏暗的光线下，站立的影子越来越少。

只听胡东海厉声说："杀首恶，余者不问！"

"当啷。"有人扔了刀。"咣当。""哗啦。"几个残存的影子逃得干干净净。

胡东海慢慢滑坐到地上，手指颤抖着，肩膀上的伤口撕出了很大的裂口，肋侧的伤口虽然不深，但靠近下腹，非常痛。

"叔叔。"小灿走到胡东海身旁。

"我没事。"胡东海淡淡一笑。

"我是说……能不能借你的手机用一下？"小灿轻声问。

"你要打游戏？"

"不不，我报警。"小灿说。

"哎呀……你侯大叔一见警察就疯，再缓缓吧，等他准备好。"

"那我打个急救电话。"

"好吧。"胡东海把手机递给侄子，心想这孩子真是体贴人，首先想到叔叔需要治伤。

"喂？120吧，现在有个伤者急需救助……嗯，在小南门的博康诊所，后院的房间里，有一位姓谭的女医生……对，失血严重，请你们速去速去。"

小灿打完了电话，长长地舒了口气，感觉自己完成了一件很大的心事。

"噢，叔叔，你没事吧？"

"我刚才就说了，没事。"胡东海挣扎着站起身，"谭医生怎么了？"

"她还好，你千万别着急。"小灿扶起叔叔。

→　　6

侯立明闯入手术室时，先看到地上的血迹，门口的地上扔着一只鞋，是男孩的球鞋，同样沾满血迹。

屋里环境简陋，是仓促中胡乱拼凑而成的设备，手术灯散发着阴冷的光线，散乱的刀具和针管摆在小车里，几个冷藏箱扔在角落，现场没有专业的抢救设备。

侯立明的心脏怦怦狂跳，踉跄着冲到手术台前。梁若平躺着，穿着一件皱巴巴的病号服，闭着眼睛，身子纹丝不动。

侯立明拼命摇晃女儿的肩膀："小若——小若……"

绝望和愤怒使得侯立明浑身发抖，呜咽着摇晃女儿，碰倒了旁边的灯架。

梁若的眼皮忽然动了动，半睁半闭，眼里是空洞的光泽。不知她是被吓住了，还是注射了药剂，整个人呈现出涣散的状态。

侯立明又惊又喜，女儿还活着。他刚把梁若扶着坐起来，自己的脖子突然被一条手臂勒住了。

阿威面无表情出现在身后，他的脚步极轻，等侯立明意识到危险时，已经被牢牢地控制住了。

侯立明伸手去抓阿威的胳膊，梁若身子后仰，跌回到手术台上。

侯立明用肘部击打阿威的胸口，连击三下，阿威的胳膊却越勒越紧。侯立明的呼吸卡住了，眼睛瞪起来，流出了鼻血。

梁若的脖子僵硬，看着父亲的脸色由紫红转成了铁青。

梁若想帮助父亲，但她的手指徒劳地颤抖着，在手术台上滑动。

父女二人对视，互相目睹着对方走向死亡。侯立明拼命向前伸手，却够不到女儿。他的呼吸越来越弱，女儿在他眼前越来越模糊……

"爸爸……"梁若发出细弱的声音，"爸……爸……"

像婴儿咿呀学语……

侯立明的眼里流出了泪水。他的肺腔里积蓄的气浪突然冲破喉咙，发出吼声。他猛地将脑袋反仰，后脑击打阿威的面部。他感觉自己的颅骨砸到阿威的鼻子，但阿威仍然勒着他。他拼尽力量，全身后仰，阿威的脚步一动，踩到了地上的血，滑了一下。侯立明顺势后跃，将阿威带到地上，狠狠地撞在地板上。

阿威的手臂松开了。侯立明反手一扭，按住了阿威的脑袋，膝盖往下砸。阿威出手极快，膝盖还没到，便被手挡住了。阿威身子扭动，凌厉地翻腾而起，同时用膝盖击打侯立明的下颌。侯立明侧脸避开，膝盖擦着面颊，掠过了耳朵，"嗡"地响了一声。

侯立明还没缓过劲，阿威连出两拳，打在他的胸膛和腹部。侯立明滚翻到墙边，一堆东西甩落下来。侯立明趁机拾起一把手术刀，等阿威再次扑来时，侯立明向上迎击，手术刀插在阿威的肚子上。阿威低头看了一眼，毫无反应，照样出拳猛击。

侯立明愕然，这家伙难道是"机器人"？

侯立明挥拳迎击，同时从黄书包里拿出铁链。但铁链刚甩起来，就被阿威反手抓住，向后一跃，再次勒向侯立明的脖子。

侯立明急忙放掉铁链。就在这一瞬间，阿威竟将肚子上的手术刀拔出来，刺向侯立明。侯立明躲避不及，手术刀插在肩膀上，被锁骨挡住了。侯立明一脚踢开阿威，忍住疼痛，一声不吭。

阿威也愣了愣，难道遇到了同款型的上一代机器人？

这时，门外突然闯进来四个打手，从手术台上抢夺梁若。

侯立明怒吼一声，砸倒两个打手，又将一个打手的脑袋猛磕在手术台的角上。第四个打手扛起了梁若，跑向门口。侯立明去追，但阿威将他摔翻在手术台上，一把刀狠狠刺向侯立明的手掌。侯立明躲避不及，反手攥住刀锋，以额头猛击阿威的脸，顺势甩掉手上的刀子，向门外冲去。不料阿威一个扫堂腿，侯立明摔在地上，脑袋险些撞到门框。

阿威抓住侯立明的双脚，往后一拽。侯立明对门外大喊："小若，别怕！"

他翻过身，猛踢阿威。阿威跳起来，朝他受伤的手上踩了一脚，侯立明猛地一抽。阿威的身子半跪在地，猛烈出拳，拳拳不离侯立明的脑袋。

侯立明从地上抓起一把手术刀，扎到阿威的胸口，刀柄几乎深陷进去。阿威捂着胸口，往后跌了一下。侯立明起身往外冲，去救女儿。

阿威再次抓住侯立明的脚，拖拽回来，接着，一支针管刺向侯立明的脖颈。

侯立明勉强躲过，然而针管扎到了上臂。侯立明甩掉针管，双拳猛掼阿威的颧骨，阿威的脸庞顿时变形。

侯立明正要使出最后一击，突然觉得自己的力量正在流失。

他握紧拳头，却在颤抖，他瞥了眼地上的针管，是麻醉药。

阿威躺在地上，歪着脑袋不动了。侯立明爬起身，跌跌撞撞往外走，脚下一滑，又摔在地上。

他不记得自己有多久没有休息没有吃东西，也许他的一生都是这样。

今天发生的一切，都缘于自己在二十五年前犯的错误。一个错误带来了深重的灾难，压得他喘不上气。他抓挠自己的喉咙，想让呼吸顺畅。

所有的罪孽都是无法逃脱的。

他向外爬着。

麻药在发挥效力，他真的太累了，很想好好睡一觉，他控制不住自己的身体，这副躯壳不再属于他。他曾经为了变成另外一个人，用残酷的原始力重新塑造了自己，而现在，那个真正的自己回来抢夺这副皮囊。

他仿佛听到女儿的喊声……

他爬起来，冲进走廊，眼前的一切都在摇晃、倾斜，朝他挤压过来。

狭窄的走廊里，蜂拥而至的十几个打手拿着刀和棍棒。侯立明看不见他们，眼里只盯着走廊尽头的女儿。

第一个迎面冲来的打手，挥刀砍向侯立明，侯立明身子一歪，刀砍空了。侯立明用肩膀往前一扛，那名打手翻身后仰，侯立明夺刀砍去。

"小若……别怕……"

他挥刀踉跄前行，身边惨叫声不断。

打手们挤撞着拥来，侯立明的身上挨了刀，但疼痛反而让他清醒一些，他拼命冲杀着。

"小若——"

每当视线模糊时，他就自己往腿上割一刀。放血疗法，使得这个鬼隐者更像从地狱爬出来的。

他的生命从极冰和极火的地狱中孤身爬出。

他冲出一条路，孤身爬出。

狭窄的走廊里没有站着的人了，除了他。

他把刀扔了，不能让女儿看见刀。

他脚步踉跄。这次听清楚了，女儿在呼唤他：

"爸爸——"

他跌跌撞撞向前走，走进一个房间。门框倾斜，向他挤压。他扶着门框，几乎是摔了进去，倒地时，他看见了女儿。女儿被一个恶魔抓在手里。

→ 7

"我给过你机会，让你像个人一样活着，让你帮我守住地下黑市江湖。"袁富阳露出狰狞的笑容，"人的一生啊，就是一个一个选择组成的，可惜你选错了。"

"放了我女儿。"侯立明嘶声说，慢慢爬起来。

袁富阳躲在梁若身后，一把手术刀抵在梁若的脖子上。这世上没有他的手术刀解决不了的麻烦。

"侯立明，跪下！"袁富阳命令道。

"爸爸……"梁若看着父亲，神情悲惨绝望。

"不然我把你女儿的内脏割下来，就像那个小孩一样，不打麻药。"

侯立明的身体颤抖着，眼前阵阵模糊。

"但我可以让你女儿死得舒服一点，只要你在我面前像狗一样摇尾巴。"

侯立明跪下来。

"我们降生，为这个布满傻瓜的舞台而哭泣——这是莎士比亚的戏剧，我太喜欢了……"袁富阳发出恶魔的喑哑笑声。

他伸出舌头，在自己的右手食指上舔了舔，然后用沾着口水的手指，在梁若的眼皮上抹了一下。

梁若浑身一颤，看到了父亲的眼神。

梁若的身子突然往下一沉。与此同时，侯立明一跃而起，挥拳打在袁富阳脸上，袁富阳摔在窗下，侯立明扑上去用胳膊压住他的脖子。

侯立明扭过头，嘶声说："小若……走……不要待在这里……去找胡大叔。"

"爸爸。"

"走——"

梁若转过身，跌跌撞撞出了门，最后瞥了父亲一眼。

"不要看，不要听。"侯立明说。

然后他转回头，看着袁富阳，眼里充满不屑："你——猪圈里赶黄牛，茄子大一个星宿，也敢冒充神仙。"

"咱们的协议仍然有效，我可以请你……"

"还是我请你吧。"侯立明从黄书包里掏出一只苹果，"昨天从家里带出来的，感谢你对我女儿的照顾。"

侯立明猛击袁富阳的肚子，袁富阳"啊"的一声张开嘴，侯立明把苹果狠狠塞到袁富阳的嘴里。

苹果顶在牙齿上，侯立明一拳砸到苹果上。

嘭！

苹果爆裂的声音伴随着牙齿的震动声。

袁富阳的嘴角撕裂了，鼓起的眼珠几乎要迸射出来。

侯立明又一拳砸到袁富阳脸上。

袁富阳顿了一下，五官仿佛软塑料，塌了进去。

侯立明收回拳头，袁富阳才发出一声闷叫。

第三拳继续砸在脸上。

侯立明第四拳砸下去，袁富阳的头发像稻草一样甩动着。

"我要……我要报警……"袁富阳发出微弱的声音。

侯立明掐着袁富阳的脖子，把他提起来，面对着窗户。

"看看你建立的贼窝。"

侯立明猛地往前一推，用袁富阳的脑袋撞破窗玻璃。在一片稀里哗啦的声音中，袁富阳的脸牢牢地卡在窗户上，四周的玻璃碴围了一圈。

就在这时，侯立明的身子突然往后一仰，被一股力量带倒了。

阿威的突袭来得异常凶猛，拿着袁富阳刚刚丢下的手术刀，刺向侯立明的咽喉。侯立明抬臂阻挡，但他喘不上气了，手术刀越压越低。

阿威的眼里流着黑血，嘴角却突然露出一抹冷笑，那张原本僵硬的国字脸，因这抹笑容变得极为诡异："宋发宽……就是我弄死的……你去找他……"

手术刀的刀尖已经触到了皮肤，侯立明感受到冰冷的死亡气息。

脑子里最后一丝闪光，是女儿的眸子。

久远的黑白色记忆，女儿在襁褓中……女儿笑了……却是他的最后一眼……

"孩子……对不起……爸爸错了……"

侯立明闭上眼睛，眼角凝结着泪痕。

"认罪服法，前途光明！"

嘭！

突然一股更大的力量从背后卷来，铁拳正中阿威的后腰，把阿威打得飞起，撞到袁富阳背上，把袁富阳的脸庞往前送了几公分，玻璃碴子割出十几道血印。

阿威滚翻在地，还要反扑。侯立明捡起那把手术刀，扎到他的胸口。阿威抽搐几下，死透了。

胡东海一瘸一拐走过来。

侯立明抬头说："你不是号称，从来不在背后偷袭人吗？"

"那是个人吗？"胡东海掏出手绢擦了擦额头。

侯立明慢慢挪到墙边，靠墙坐着。

胡东海从窗户上把袁富阳拖下来，袁富阳四肢痉挛。

胡东海说："这个人交给警察就好了，总得有人解释这里发生了什么。"

"他做的事能说得清楚吗？"侯立明瞥了袁富阳一眼。

"十二个字就说清了——大逆不道，人神共愤，天诛地灭。"

这时，窗外隐约传来警笛的长鸣声，闪烁的警灯穿透沉沉夜幕……

胡东海走到一扇完好的窗户前，打开窗子。

侯立明问："小若怎么样？"

"还好，和小灿他们在一起。"

"那个废物呢，死了？"

"刚才昏迷，现在醒了。"

"关键时刻就他妈装死！"

"哦，冯天说厕霸不见了，他们正在找，估计找不到了。"

侯立明更关心的是："我女儿没跟那个废物一起吧？"

胡东海看着窗外的院子，院墙上还剩一盏壁灯，投下朦胧的光晕，那一片光隔绝了周围的黑暗，使得这个夜晚变得平静安详，灯下静静地站着两个年轻人。胡东海看不清楚，但知道那是冯天和梁若。

"哎，我问你话呢，那个废物没和我女儿一起吧？"

胡东海从窗外收回目光："行了，年轻人的事，你不要多管。你没听过一句流行语吗——老爸死于话多。"

"有这句话吗？"侯立明斜睨着胡东海，"你也学会骗人了。"

"逃犯就是多疑。"

一群翘鼻麻鸭从天空飞过，斑斓的影子投在水面，渐渐消失在灞河西岸。

胡东海从空中收回目光，继续往前走，侯立明跟在身边。

河岸两旁高大的柳树遮天蔽日，正是仲秋时节，柳枝在午后的风中飘动，与河滩一眼望不到边的芦苇荡相映成趣。

霸头——这片位于西岸上游的月牙形区域，又将两人的命运连接在一起。

胡东海忽然问："你知道为啥在'霸'字旁加上三点水？"

侯立明摇摇头。

"因为原先的'霸'字太硬，镇不住。"胡东海说。

侯立明没吭声。

二人默默地走着，沿着河坝垛子向前。风有些凉了，衣襟翻飞中，他们走到河堤大道上。

远远地可以看到公安灞桥分局的威严标志。

侯立明低着头，但脚步没有放缓。

"找到你不容易，抓住你更难呀。"胡东海说，"最初我是让你洗刷我的冤屈，再申请国家赔偿……"

"既然答应跟你自首，我不会反悔的。"侯立明抬头说。

"后来，我觉得国家赔偿、钱啊什么的，对我的意义，还不如把你打倒在地，让你跪在我面前磕头认罪更解气。"

"你的思想太落后了。"侯立明说。

"再到后来，我觉得自己想要证明的清白，只和最重要的人有关，他们相信我是清白的。"

"你的想法太多，心累。"侯立明往前指了指，"转过十字路口就到了。"

"昨天晚上，我想通了。"胡东海抬头看看天空，"捆着我的，其实是我自己。"他在路口停下脚步，扭头说，"侯立明，你自己决定吧。"

"嗯？"侯立明怔怔地看着胡东海。

胡东海神色淡然，历尽千帆般的平静："我就送你到这里，剩下的路，你选。"

胡东海转过身，扬长而去。

千江有水千江月，万里无云万里天。

侯立明望着胡东海的背影，缓缓消失在午后的阳光里。

尾　声

一年后。

胡东海骑着单车途经丰登路，在刘家腊牛肉老铺停下。这铺子从他年轻时便存在，如今守摊的老人，应是当年那位老人的子侄吧。

胡东海掏出一个超大号的饼递过去，店家马上拿了一块三十块钱的牛腱肉剁了夹在饼里。胡东海付了钱接过饼，心满意足地去了。整个过程无须口舌，默契如亲人。

在胡东海经过的路口，有一辆黑色轿车缓缓行驶，从街口转弯。

胡东海推着单车，吃着肉夹馍，这个景象出现在黑色轿车的后视镜里，那也不过是街上的寻常一幕。镜中的胡东海渐渐偏离了视野，轿车加速远去。

胡东海的手机响了，他接起来。

"灿儿，咋了？"

"叔，静静非让我陪她去海南玩。"

"噢，好事嘛，去散散心。"

"那你一个人怎么办？"

"傻小子，我乐得自由自在。"

"我的意思是……你对谭姐怎么不积极不热情啊，您都是老前辈了怎么脸皮越磨越薄啊？"

"人家的前夫从美利坚回来了，人家两个才般配。"

"这种事情你还要谦让啊？你是孟尝君礼贤下士？"小灿的声音里透出恨铁不成钢的愤懑，"掏出雄心壮志，叔！谭姐那是故意考验你，女人的心思我这个做晚辈的不能给你讲得太细太深，一切靠你自己努力！"

"可我现在……"

"谭姐最近回合阳老家了，你速速去找。多的不说了，地址发你手机，拜拜。"

当天下午，胡东海便赶到城东客运站，买了去合阳的车票。他走进大厅时，一辆黑色轿车从广场上缓缓经过。

车里有个戴口罩的人，坐在后座的角落。光线映在他的身侧，一条手臂上露出输液器留下的针孔，手臂有些浮肿，显然是大量输液造成的。除了手臂，他的大部分身体隐没在黑暗中。脸部露出一点侧面，隐约看到口罩边缘扭结的疤痕，耳垂上有一枚银色耳钉。

这人微微动了动，往车窗外看去，然后发出嘶哑的声音："告诉你们樊总，那就是其中一个。"

黑色轿车远去了。

合阳县距离西京市一百八十多公里，紧邻黄河。胡东海赶到县上的百良镇，然而谭家的屋门紧锁，邻居说她和家人外出了，不知什么时候回来。胡东海拨打谭春线手机，对方却是关机状态。

傍晚，胡东海缓步走在黄河边，发现岸上挺热闹。每年的七月八号，在黄河上放河灯，是百良镇延续千年的传统习俗，凡是希望完成心愿的人，到水中捞起河灯带回家，第二年再来还愿。

胡东海身旁有不少准备放河灯的人，这古老的习俗已经演变为一场愉悦的祝福仪式。有很多年轻人慕名前来参观。

晚霞没有散尽，在西南的天空划过一道美丽的弧形光彩。高高的树梢上洒满余晖。

胡东海站在河边，望着夕阳中的远方。

顺水而行的河灯随着波光粼粼的河水漂去，摇曳的烛光与晚霞映射在河面的光泽交织起来，呈现一片斑斓的色彩，既神秘又浪漫。

接着有人开始下河捞灯了。

胡东海萌发了一股冲动。放眼四顾，下河的都是小伙子，大叔级别的一位都没有，胡东海更是迫不及待，想一试身手。

一位老婆婆放出了自己的两盏河灯，巧手折叠的莲花状，中间小小灯烛一照，红通通，十分喜庆。

"捞上来一个就可以，许了愿就灵。"老婆婆的脸庞映在晚霞中，剪影透出神秘气息。

胡东海脚下一滑，身子就倒到了河里。他慢慢划水，游向河灯。

他感觉自己的身体很轻，仿佛卸去了沉重的负担，在水的微波中浮动着。

洗去了一身尘埃。

上百盏河灯在他的周围，向着水天交接处漂去。他注目于那两盏河灯，一下子捞了起来。

他双手举着河灯，慢慢朝岸上走来，仿佛看到谭春线的笑靥在风中绽放。

一抹阳光投进室内，罗有根把窗帘拉开，更多的阳光洒进来。

他提着喷壶，给十几盆植物洒水。他最喜欢富贵竹、发财树、元宝草。

门从外面推开，罗丹丹那轻盈纤美的身姿出现了。

"爸，有人给你这个。"丹丹递来一个信封。

罗有根伸手接住："谁给的？"

"我也没见到，是个小孩帮忙传递的。"丹丹走向自己房间，"噢，说是归还你的东西。"

罗有根捏了捏信封，眯缝着眼睛说："凭我的江湖经验，是支票。"

他从信封里抽出一张纸。

上面写着三句话：千万不要相信逃亡二十五年的人；千万不要相信脸上抹粉的家伙；千万不要相信整天背着黄书包的人。

"球！这就是我等来的三千万？"罗有根有一种被侮辱的感觉。

他把那张纸扔到茶几上，继续浇花，嘴里念叨："这个世界啊，不是你玩弄他，就是他玩弄你，很简单的事。但时间久了，你忽然发现，曾经玩弄你的人，居然是你一直挂念的人。呸，恶心。"

罗有根放下喷壶，扶了扶茶色眼镜，拿出一筒玉溪特级烟丝。

他捏了一撮金黄色的烟丝，撒到那张纸里，细心地卷成一支香烟，然后拿起打火机。他沉吟一下，又从抽屉里拿出那张欠条，用打火机点着，然后用欠条上的火，点起香烟，吸了一口。在袅袅升起的青烟中，根叔莞尔一笑。

（全书完）

图书在版编目（CIP）数据

热血追踪 / 张嘉骏著 . -- 北京：北京联合出版公司，2019.1
ISBN 978-7-5596-2811-4

Ⅰ．①热… Ⅱ．①张… Ⅲ．①长篇小说—中国—当代
Ⅳ．① I247.5

中国版本图书馆 CIP 数据核字（2018）第 264099 号

热血追踪

作　　者：张嘉骏
选题策划：一未文化
版权统筹：吴凤未
监　　制：魏　童
特邀策划：孙思远
责任编辑：昝亚会　夏应鹏
封面设计：尚书堂
内文排版：大观世纪

北京联合出版公司出版
（北京市西城区德外大街 83 号楼 9 层　100088）
北京联合天畅文化传播公司发行
天津中印联印务有限公司印刷　新华书店经销
字数 328 千字　710 毫米 × 1000 毫米　1/16　19.25 印张
2019 年 1 月第 1 版　2019 年 1 月第 1 次印刷
ISBN 978-7-5596-2811-4
定价：48.00 元